HEYNE <

Die Chroniken des Raben

Erstes Buch:	Zauberbann
Zweites Buch:	Drachenschwur
Drittes Buch:	Schattenpfad
Viertes Buch:	Himmelsriss
Fünftes Buch:	Nachtkind
Sechstes Buch:	Elfenmagier

Die Legenden des Raben

Erstes Buch:	Schicksalswege
Zweites Buch:	Elfenjagd

JAMES BARCLAY

Elfenmagier

Die Chroniken des Raben

Sechstes Buch

Deutsche Erstausgabe

WILHELM HEYNE VERLAG
MÜNCHEN

Titel der englischen Originalausgabe
NIGHTCHILD (Part 2)
Deutsche Übersetzung von Jürgen Langowski

FSC
Mix
Produktgruppe aus vorbildlich bewirtschafteten Wäldern und anderen kontrollierten Herkünften
Zert.-Nr. SGS-COC-1940
www.fsc.org
© 1996 Forest Stewardship Council

Verlagsgruppe Random House
FSC-DEU-0100
Das FSC-zertifizierte Papier *München Super* für Taschenbücher aus dem Heyne Verlag liefert Mochenwangen Papier.

Deutsche Erstausgabe 3/2006
Redaktion: Rainer Michael Rahn

www.heyne.de
Printed in Germany 2006
Karte: Franz Vohwinkel
Titelillustration: Laura Brett
Umschlaggestaltung: Nele Schütz Design, München
Satz: Christine Roithner Verlagsservice, Breitenaich
Druck und Bindung: GGP Media GmbH, Pößneck

ISBN 10: 3-453-52139-0
ISBN 13: 978-3-453-52139-1

Dieses Buch ist dem Gedenken an
Stuart Bartlett gewidmet.
Er war mir ein großartiger Freund,
ein wundervoller Gatte für Viv
und ein hingebungsvoller Vater für
Tim, Emma, Claire und Nick.
Stuart, wir vermissen dich,
und deshalb ist dieses Buch dir gewidmet.

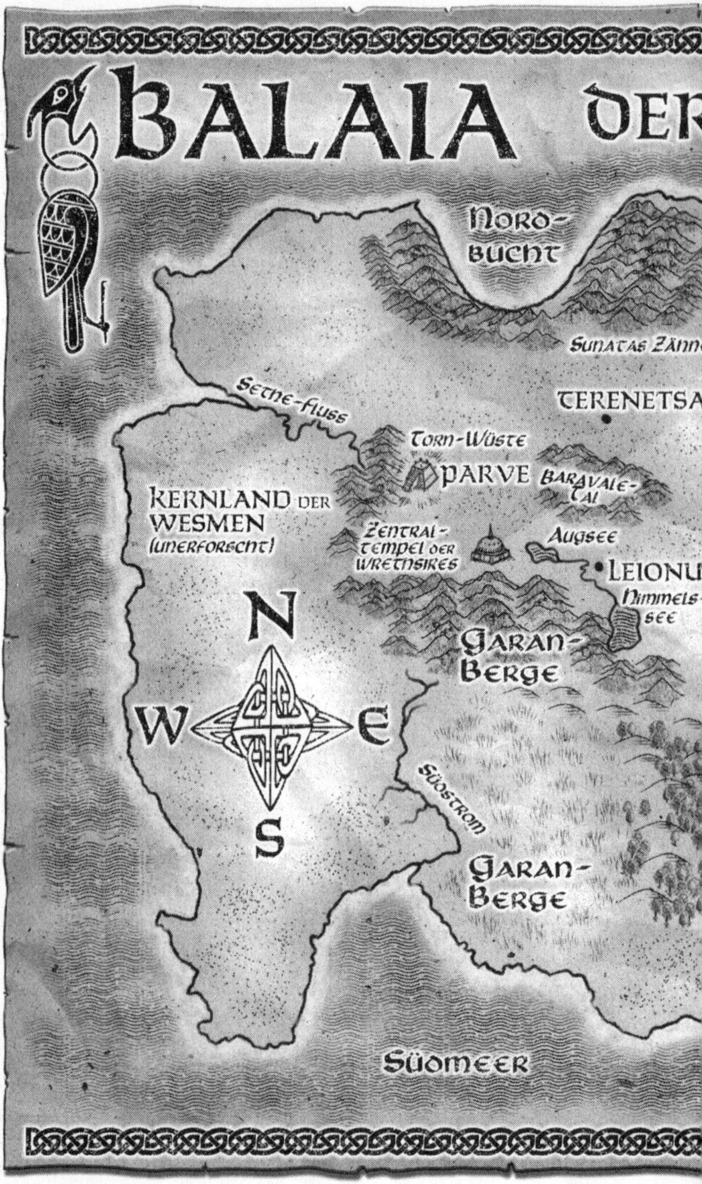
BALAIA DER
Nord-
bucht
Sunatas Zähn
TERENETSA
Sethe-fluss
Torn-Wüste
PARVE
Baravale-
Tal
KERNLAND DER
WESMEN
(unerforscht)
Zentral-
tempel der
Wrethsires
Augsee
LEIONU
Himmels-
see
N
W
E
S
Garan-
Berge
Südstrom
Garan-
Berge
Südmeer

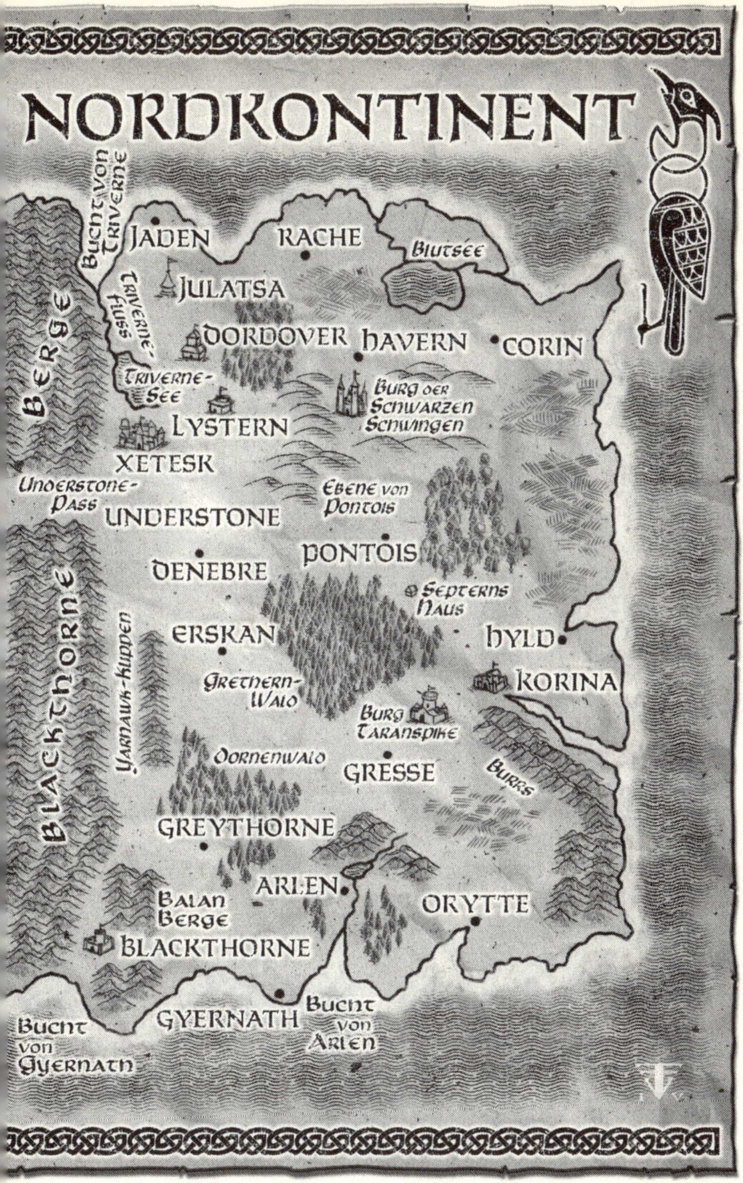
NORDKONTINENT
Bucht von Triverne
Berge
Jaden
Rache
Blutsee
Julatsa
Triverne-Fluss
Dordover
Havern
Corin
Triverne-See
Burg der Schwarzen Schwingen
Lystern
Xetesk
Understone-Pass
Ebene von Pontois
Understone
Pontois
Denebre
Septerns Haus
Blackthorne
Erskan
Hyld
Yarnawk-Kuppen
Grethern-Wald
Korina
Burg Taranspike
Dornenwald
Gresse
Burrs
Greythorne
Arlen
Orytte
Balan Berge
Blackthorne
Gyernath
Bucht von Arlen
Bucht von Gyernath

Auch dieses Mal gab es wieder Menschen, die mir das Schreiben erleichtert und im richtigen Augenblick die richtigen Antworten gegeben haben. Ich danke dir, Alan Mearns, für ein wichtiges, fehlendes Bindeglied, das du mir auf einem Spaziergang zu einem Pub in Killarney geliefert hast. Lisa Edney, Deborah Erasmus und Laura Gulvin danke ich für ihre wertvollen Hinweise. Dave, Dick, George und Pete sei gedankt, weil sie in meinem Namen für die gute Sache kämpften. Simon Spanton unterstützte mich und half mir mit Einsichten durch ein gelegentlich sehr schwieriges Jahr.

Personenverzeichnis

DER RABE	Hirad Coldheart, Barbarenkrieger
	Der Unbekannte Krieger
	Ilkar, Magier aus Julatsa
	Denser, Magier aus Xetesk
	Erienne, Magierin aus Dordover
DIE KOLLEGIEN	Dystran, Herr vom Berge, Xetesk
	Vuldaroq, Herr des Turms, Dordover
	Heryst, Lordältester Magier, Lystern
	Sytkan, Lordmagier, Xetesk
	Ry Darrick, General, Kavallerie von Lystern
	Aeb, ein Protektor
	Lyanna, Eriennes Tochter

SOLDATEN, SEELEUTE UND GRAFEN	Ren'erei, Gilde der Drech
	Tryuun, Gilde der Drech
	Jasto Arlen, Graf von Arlen
	Selik, Hauptmann der Schwarzen Schwingen
	Jevin, Kapitän der *Calaianische Sonne*
DIE AL-DRECHAR	Ephemere
	Cleress
	Myriell
	Aviana
DIE KAAN	Sha-Kaan, der Große Kaan
	Hyn-Kaan
	Nos-Kaan

Wenn die Unschuld den Elementen befiehlt
Und das Land bedrückt und zerrissen liegt,
Dann soll die Spaltung überwunden werden,
Und aus dem Chaos soll sich das Eine erheben,
Das niemand mehr besiegt.

TINJATA, ERZMAGIER VON DORDOVER

Erstes Kapitel

Donetsk stolperte aus dem Wirtshaus *Zum Bugspriet* im Salzviertel und wanderte in Schlangenlinien nach Hause. Es war ein schöner Abend mit außergewöhnlich heiterer Stimmung gewesen, und die Gäste hatten kein anderes Gesprächsthema gekannt als den Grafen, der am Morgen die Schwarzen Schwingen aus der Stadt geworfen hatte.

Donetsk hasste diesen Abschaum und war der erbärmlichen Prozession bis zur Grenze von Arlen gefolgt, bevor er in den Hafen zurückgekehrt war, um sein Tagewerk zu erledigen, das ihn noch recht lange aufhalten sollte, bis er endlich im *Bugspriet* zur Feier des Tages das erste von vielen Gläsern kippen konnte.

Nun war fast Mitternacht, er war hinauskomplimentiert worden, weil das Wirtshaus schloss, und er hatte zum Abschied den Wirt umarmt, der ihm noch einmal für einen Abend Kredit gewährt hatte. Am nächsten Morgen würde er sich an die mitleidigen Blicke erinnern und sich wie immer Vorwürfe machen. Jetzt aber brauchte er einen Spaziergang, um seinen Kopf zu klären und seine Gedanken zu ordnen.

Schlechtes Wetter zog auf, er spürte einen kalten Stich in der Luft. Im Norden grollte hinter den Bergen der Donner, und im Süden, den Arl hinunter, zuckten Blitze am Horizont. Im Augenblick war der Wind allerdings noch eher frisch als kalt, und Donetsk beschloss, zum Hafen zu gehen und vielleicht noch einmal in aller Ruhe einen Blick auf die *Meerulme* zu werfen, ehe er nach Hause zurückkehrte und sich allein schlafen legte, wie er es in den letzten zwölf Jahren jede Nacht getan hatte. Auch er hatte das Gerede und Getuschel in der Stadt gehört, die Magie sei für den ganzen Ärger verantwortlich, doch er scherte sich nicht darum. Wenn dem so war, dann würden die Kollegien es schon wieder richten. Dort wusste man, was zu tun war.

Seine Schritte hallten in der stillen Nacht von den Wänden der Lagerhäuser wider. Er betrachtete die dunklen Skelette der Kräne, hörte vom Hafen her das leise Knarren der Spanten und lächelte in sich hinein.

Er war damals so stolz gewesen. Er hatte eine Magierin geheiratet, die nichts lieber wollte, als sich in Arlen niederzulassen, Kinder zu bekommen und ihre wundervollen reinigenden und heilenden Sprüche für die Leute zu wirken, die sie brauchten. Auch ihre Tochter war mit der Gabe gesegnet gewesen, und als sie zehn war, hatte er Freudentränen geweint, als die beiden in einen gedeckten Wagen stiegen, um nach Julatsa zu fahren.

Sie waren nie dort angekommen. Räuber, hatte der Kutscher gesagt, doch Donetsk hatte später die Wahrheit erfahren. Schwarze Schwingen. Hexenjäger, die nicht wollten, dass auch nur ein Magier überlebte.

Sein Lächeln verschwand, die Trauer war wieder da wie in jeder Nacht. So würde es immer bleiben, egal, wie viel er arbeitete oder trank, um es zu vergessen. Jeden

Tag gab es einen solchen Moment, an dem die Erinnerung ihn einholte.

Donetsk legte eine Hand vors Gesicht und betete, dass die Götter ihren Seelen gnädig sein mochten. Für ihn gab es jetzt nichts mehr zu tun. Nicht einmal Rache. Früher hatte er sich danach gesehnt, aber jetzt schien es unwichtig, weil die Rache am Ende sein Leid doch nur verschlimmern und all die Schmerzen wieder wecken würde. Die Götter wussten, dass er dies am allerwenigsten brauchen konnte.

Er blieb stehen und lehnte sich an einen alten Poller, der noch stark war, aber schon zu splittern begann. Sein Herz raste, und er konnte einen Moment lang kaum atmen. Er hielt den Blick auf den Boden gerichtet, bis das Schwindelgefühl aufhörte, atmete tief durch und verfluchte seinen benebelten, berauschten Kopf, durch den die Erinnerungen schossen wie Blitzschläge. Langsam blinzelnd unterdrückte er die Tränen, schluckte den Kummer hinunter und sah nach vorn. Die *Meerulme* lag nicht weit entfernt, und hinter dem Schiff und dem Fischmarkt warteten sein Heim und sein Bett. Leer, aber dennoch eine erfreuliche Aussicht.

Er ging weiter, riss die Augen weit auf, blies die Wangen auf und ließ sich den Wind ins Gesicht wehen. Er gähnte und freute sich schon darauf, sich hinzulegen, bis ihn die Lieder der Vögel am Morgen riefen, seinen schmerzenden Kopf zu heben. Er ging schneller und lief an der *Meerulme* vorbei, lächelte und winkte dem Posten, der auf Deck seine Runden machte. Der Elf winkte zurück. Donetsk konnte nicht erkennen, ob der Wächter ebenfalls gelächelt hatte, doch der Gruß reichte ihm aus. Er mochte die Elfen, die meisten jedenfalls. Sie hatten etwas Magisches an sich, das konnte er fühlen.

Er gähnte wieder und schmeckte den starken Fischgeruch. Kräftig, aber irgendwie auch beruhigend. Er war jetzt fast zu Hause. Donetsk verließ den Hafen und bog auf den Markt ein, und dort sah er sie. Sie kamen zu Fuß und tauchten vor ihm aus der Dunkelheit auf, sie bewegten sich vorsichtig und leise und hatten Schwerter und Dolche in den Händen. Das Metall schimmerte stumpf im schwachen Mondlicht. Er sah genau hin und ging fassungslos weiter. Es waren zehn, ein Dutzend, zwanzig. Seine erste Idee war, dass sie zur Stadtwache gehörten, aber gleich darauf wurde ihm klar, dass dies nicht zutraf.

Donetsk ging weiter, obwohl er im Grunde genau wusste, wie dumm das war. Bisher hatten sie ihn nicht bemerkt, weil sie eine wichtigere Beute im Auge hatten. Die *Meerulme.*

Die Schwarzen Schwingen. Die Schwarzen Schwingen liefen im Hafen herum, obwohl sie aus der Stadt gewiesen worden waren. Er wurde wütend. Es war eine brennende Wut, die aus der Sehnsucht nach seinen ermordeten Angehörigen wuchs, aber auch daraus, dass dies eine unverzeihliche Beleidigung für Arlen, den Grafen und die ganze Stadt war.

»He!« Ohne Rücksicht auf die Gefahr rannte er los. Er war Donetsk, und die Leute in Arlen würden schon auf ihn aufpassen.

Die Männer schauten auf und blieben stehen. Einer, der vorausgeschlichen war, breitete die Arme aus, und sie bauten sich um ihn auf und standen völlig still. Der Anführer trug einen Mantel mit Kapuze, seine Geste hatte die anderen sofort in Position gebracht. Er rührte sich nicht, als Donetsk ihn anfuhr.

»Raus hier!«, rief der Betrunkene. Er deutete zu der

nach Norden führenden Straße. »Raus hier!« Er schnaufte, nachdem er schnell gelaufen war. »Wache!« Er sah sich um, doch die Straße war verlassen bis auf ihn und sie. Sein Herz stockte vor Schreck. Es war zu spät, um sich noch zurückzuziehen. Stolpernd blieb er vor ihnen stehen.

»Ihr seid hier nicht willkommen. Wir haben euch hinausgeworfen. Verschwindet hier.«

»Immer mit der Ruhe«, leierte der Mann mit der Kapuze. »Du bist betrunken und weißt nicht, was du sagst. Wir sind die Freunde aller Menschen, abgesehen von denen, die die Wahrheit verleugnen. Lass dich von meinen Männern nach Hause bringen.«

Donetsk schüttelte den Kopf. »Nein, ihr dürft nicht hier sein.« Er holte tief Luft und drehte sich zur Burg um. »Ihr müsst …«

Ein heißer, stechender Schmerz durchzuckte seine Brust. Er warf den Kopf zurück, und auf einmal war der Mann mit der Kapuze so nahe, dass er seinen Atem spüren konnte. Der Mann legte ihm einen Arm um den Hals und zog ihn an sich. Die Schmerzen wurden noch stärker. Donetsk grunzte, seine Kräfte verließen ihn.

»Du kannst dich der Gerechtigkeit nicht in den Weg stellen«, flüsterte der Mann mit der Kapuze ihm ins Ohr. »Du darfst dich nicht zwischen uns und das Böse stellen. Möge deine Seele in Frieden ruhen.«

Donetsk spürte, wie sich sein Mund bewegte, doch die Lippen fühlten sich taub an, und er bekam kein Wort heraus.

Der Mann löste sich von ihm und zog den langen Dolch aus seiner Brust. Donetsk ging in die Knie und dachte, wie seltsam dunkel sein Blut war, als es aufs Pflaster tropfte. Er runzelte die Stirn, als die Dunkelheit ihn umfing. Er war enttäuscht, weil er ihnen nicht begreiflich machen konnte, was sie ihm geraubt hatten.

Ren'erei war lange vor Mitternacht von einer zweiten, ebenfalls ergebnislosen Suche auf die *Meerulme* zurückgekehrt. Sie hatte keinen einzigen Hinweis bekommen, dass der Rabe bereits in Arlen eingetroffen war. Nur eine Kavallerieabteilung aus Lystern lagerte jetzt im Nordwesten, und sie begann sich ernstlich zu sorgen. Der Kapitän wollte unbedingt am nächsten Morgen auslaufen. Wenn sie später ablegten, liefen sie Gefahr, bei Ebbe durch die Mündung des Arl segeln zu müssen. Normalerweise war das kaum mehr als eine kleine Unannehmlichkeit, doch da die Winde sehr launisch waren, seit Lyannas Erweckung begonnen hatte, konnte sie dies möglicherweise daran hindern, auf die offene See zu entkommen.

Erienne war relativ ruhig geblieben, und Ren'erei zog neue Zuversicht aus Eriennes absolutem Vertrauen, dass der Rabe rechtzeitig eintreffen werde, ganz egal, wie spät es schon war. Jetzt aber, da Erienne schlief und die Mitternacht kam, wurde Ren'erei wieder unruhig und spazierte auf Deck herum. Irgendwie hatte sie das Gefühl, dass etwas nicht in Ordnung war.

Die Nacht war ruhig, doch der Wind war schneidend kalt. Sie stieg die Leiter zum Ruderdeck hinauf, wo stets ein Elfenwächter postiert war, dessen Augen die Nacht durchdringen konnten.

»Alles in Ordnung, Tryuun?«, fragte sie, als sie ihren Bruder erkannte.

Tryuun drehte sich um und zuckte mit den Achseln. »Eriennes Freunde sind noch nicht aufgetaucht. Davon abgesehen, habe ich vorhin nur einen Betrunkenen gesehen, und gerade eben waren da drüben Rufe zu hören.« Er deutete zum Fischmarkt, einem niedrigen Gebäude zu ihrer Linken. »Wahrscheinlich ein Streit wegen einer Frau oder wegen der Zeche.«

Sie kicherten.

»Und was ist mit dir, Ren'erei? Kannst du nicht schlafen?«

»Nein. Ich mache mir ihretwegen Sorgen. Weil der Rabe noch nicht da ist, meine ich. Niemand in Arlen hat von ihnen gehört. Die Schwarzen Schwingen waren hier und wurden erst gestern hinausgeworfen. Die Atmosphäre ist angespannt.«

»Angespannt?«

Ren'erei streckte einen Arm aus. »Einerseits sind da die Leute, die ahnen, dass bald etwas passieren wird, auch wenn sie nichts Genaues sagen können. Andererseits gibt es Leute, die glauben, alle ihre Probleme hätten zusammen mit den Schwarzen Schwingen die Stadt verlassen.«

»Und was denkst du?«

»Ich denke, wir sollten hier so schnell wie möglich verschwinden.« Ren'erei schaute zum Fischmarkt. Sie hatte eine Bewegung gesehen. Vielleicht nur der Betrunkene. Oder, wenn sie Glück hatte, jemand anders, der ihr sagen wollte, dass der Rabe eingetroffen sei. Vielleicht sogar die Rabenkrieger selbst.

»Hast du das ...« Sie deutete zum Markt, der in tiefem Schatten lag, doch Tryuun hatte schon seine schlanke Elfenklinge gezogen.

»Ja, Ren. Wecke das Schiff. Es sind die Schwarzen Schwingen.«

Tryuun rannte zum Steuerruder, während Ren'erei die Leiter zum Hauptdeck hinunterstieg. Als sie die Achterluke aufstieß, hörte sie schon die Glocke und die Rufe, mit denen Tryuun die Besatzung zu den Waffen rief.

»Aufwachen! Aufwachen! Bewaffnet aufs Deck. Bewaffnet aufs Deck. Angriff von der Landseite. Aufwachen, aufwachen!« Er würde weiter Krach schlagen, bis die ersten Elfen von unten erschienen.

Ren'erei rannte den schmalen Gang hinunter zur Kapitänskajüte und schlug im Laufen mit den Händen gegen die Türen.

»Wacht auf, wacht auf! Die Schwarzen Schwingen greifen an! Wacht auf!« Ohne anzuklopfen, stürmte sie in die Kabine. Der Kapitän war schon aus der Koje gesprungen und zog sich die Hosen an. Ren'erei nahm sein Schwert vom Haken hinter der Tür und warf es ihm zusammen mit dem Lederwams hinüber.

»Wie viele?«

»Etwa dreißig«, sagte Ren'erei. »Tryuun ist oben am Steuerruder. Wir haben nicht viel Zeit. Sie sind am Fischmarkt aus den Schatten gekommen.«

»Hole Erienne und springe mit ihr über Bord. Wir halten sie auf.«

Ren'erei zögerte.

»Mach schon. Nur Erienne ist jetzt wichtig.«

Ren'erei rannte los. Zwei Türen weiter nach links war Eriennes Kabine. Die Magierin unterdrückte einen Schrei, als Ren hereinstürmte und sie überraschte, während sie sich gerade ein Hemd überstreifen wollte.

»Ich bin es, Erienne, alles in Ordnung.«

Ihr bleiches Gesicht erschien im Halsausschnitt des Hemds, das sie anschließend mit schnellen, nervösen Bewegungen zurechtrückte.

»Was ist denn überhaupt los?«, fragte sie ängstlich. Ren'erei konnte ihr ansehen, dass sie es bereits wusste.

»Die Schwarzen Schwingen greifen das Schiff an. Wir müssen dich in Sicherheit bringen, aber du musst ruhig bleiben«, sagte sie, obwohl sie sehen konnte, dass dieser Rat sinnlos war. Erienne zitterte, als sie es hörte, und konnte nicht einmal mehr ihr Hemd zuknöpfen.

»Ich verstehe nicht …« Sie ließ den Satz unvollendet und riss die Augen auf, sah dabei aus wie ein verschrecktes Tier, das in der Falle saß.

Ren'erei holte ihren Mantel. »Komm schon. Wir müssen sofort verschwinden.«

»Warte«, sagte Erienne. Sie sah sich hektisch um, rang mit den Händen und strich über ihre Hosen. »Ich muss doch …«

»Jetzt sofort!«, fauchte Ren'erei. Sie packte Eriennes Arm. »Angst kannst du später noch haben. Jetzt müssen wir hier weg.«

»Lass nicht zu, dass sie mir etwas antun.«

»Nicht, solange ich noch einen Tropfen Blut im Körper habe«, versprach Ren'erei. Halb führte und halb zerrte sie Erienne durch den Gang. Polternde Schritte und gebrüllte Befehle waren auf dem ganzen Schiff zu hören.

Tryuun sah sie kommen, läutete die Glocke und weckte mit lauten Rufen die Besatzung. Es waren mindestes dreißig. Mehr, als er im ersten Moment geschätzt hatte. Sie waren gut bewaffnet und hatten drei lange Planken, Enterhaken und Seile dabei. Es blieb nicht mehr genug Zeit, die Segel zu setzen und abzulegen. Sie mussten die Feinde Mann gegen Mann bekämpfen. Die Angst drehte ihm den Magen um, und als die Erinnerungen kamen, begann auch sein totes Auge zu schmerzen. Doch er durfte sich nicht beirren lassen.

Als die ersten Mannschaftsmitglieder von achtern übers Deck gerannt kamen, sprang er ebenfalls hinunter.

»Geh nach vorn und sorge dafür, dass alle Bescheid wissen«, befahl er dem ersten Elf, bevor er sich an die anderen wandte. »Sie haben Planken und Armbrüste. Wir können sie aufhalten, aber ich brauche Schilde. Du da …« Er schnappte sich einen Mann, der vorbeirennen wollte. »Bogen. Wir brauchen Bogen.«

Vor dem Schiff teilten sich die Schwarzen Schwingen in zwei Gruppen auf. Die größere schleppte die Planken und hielt, hinter Schilden geschützt, direkt auf die *Meerulme* zu. Die zweite, kleinere Gruppe wurde langsamer und ließ sich zurückfallen.

»Armbrüste!«, rief ein Elf, der am Ruder stand.

Tryuun sah zum Ufer. Die Zeit wurde knapp. Er war entsetzt, weil der Angriff so gut geplant war, auch wenn er die ausgezeichnete Organisation widerwillig anerkennen musste. Man konnte kaum darauf hoffen, dass diese Angreifer Fehler machten.

»Holt die Schilde an Deck!«, rief er. »Und wo sind die Bogen? Bei den weinenden Göttern, los doch!«

»Achtung!« Armbrustbolzen kamen geflogen. Die meisten zischten über das Schiff hinweg und fielen dahinter ins Wasser, einige bohrten sich ins Deck oder in die Masten. Dieses Mal hatten sie noch Glück gehabt.

Vorne und achtern flogen lautstark die Luken auf, und endlich war die ganze Mannschaft der *Meerulme* auf Deck. Bogenschützen rannten zu ihren Positionen hinter den drei Masten, wo sie aus der Deckung heraus ein gutes Schussfeld hatten, während auf der Landseite an der Reling Schilde aufgestellt wurden.

Auf einen Ruf von der Mole hin rückten die Träger mit den Planken vor, von Schwertträgern mit Schilden geschützt. Eine weitere Salve Armbrustbolzen zischte über das Deck. Dieses Mal waren die Geschosse besser und niedriger gezielt. Vier von ihnen schlugen in die Schilde, ein fünfter durchbohrte das Bein eines Matrosen. Er ging schreiend zu Boden und wurde von zwei anderen weggeschleppt.

Eine nach der anderen wurden die Planken gehoben und ans Schiff gelegt. Zwei prallten von der Reling ab und rutschten ein Stück zur Seite, die dritte zerbrach den Holm und klemmte sich zwischen den gesplitterten Streben der Reling fest.

»Schafft das verdammte Holz von meinem Deck!«, brüllte der Kapitän. Er drängte sich zur Reling durch. Elfen bückten sich und schoben die losen Planken zur Seite, während die ersten Elfenpfeile die Feinde trafen. Ein Armbrustschütze und zwei Schwertträger fielen. Die Schwarzen Schwingen rannten unterdessen schon die dritte Planke herauf.

»Schmeißt sie runter!«, befahl der Kapitän.

Die Schwarzen Schwingen hatte noch neun Armbrustschützen, deren dritte Salve die Elfen traf, die an der festgeklemmten Planke die Reling bewachten. Drei gingen sofort zu Boden und pressten die Hände auf Bäuche oder Beine, wo die Bolzen eingeschlagen waren. Knochen splitterten, Fleisch wurde durchbohrt. Die Schwertkämpfer der Schwarzen Schwingen stürmten die Planke herauf und stürzten sich auf die Verteidiger, die Armbrustschützen stellten sich in zwei Reihen auf und deckten die Mannschaft der *Meerulme* weiter mit Bolzen ein. Es war ein diszipliniert vorgetragener Angriff, und obwohl die Bogen der Elfen einige Angreifer in der vordersten Reihe fällten, enterten die Schwarzen Schwingen das Deck, und der Kampf Mann gegen Mann begann.

Erienne befand sich unversehens mitten in einem lärmenden Durcheinander. Schattenhafte Gestalten eilten umher, es roch nach Angst und Kampf, und ihr wurde beinahe schwindlig. Das Herz schlug ihr bis zum Hals, und sie schmeckte bittere Galle im Mund. Sie musste an ein Zimmer voller Blut in einem Turm denken, an ihre ermordeten Söhne und an Seliks grausames Lächeln. Sie schauderte, schloss die Augen und versuchte vergeblich, die Erinnerungen zu vertreiben.

Ren'erei war vor ihr, stieß die anderen zur Seite und zerrte Erienne aufs Deck.

Die Rufe wurden lauter, doch bisher hörte man keinen Stahl klirren. Noch nicht. Überall rannten Leute, die aufgeregt gestikulierten oder Bogensehnen schwirren ließen. Auf dem Deck breitete sich eine Blutlache aus.

Erienne ließ sich von Ren'erei nach rechts ziehen. Sie umrundeten das Ruderdeck und entfernten sich aus dem Bereich, in dem gekämpft wurde. Über einen schmalen Laufsteg rannten sie zum Heck des Schiffs hinauf.

»Also gut«, sagte Ren'erei und drehte sich zu Erienne um. »Denk nicht weiter drüber nach. Steige einfach über die Reling und springe hinunter. Ich bin direkt hinter dir. Das Wasser ist kabbelig, aber nicht sehr kalt. Wir schwimmen an der *Meerulme* entlang bis zum benachbarten Liegeplatz, wo das nächste Schiff liegt. Alles klar?«

Erienne sah sie fassungslos an. Unter ihnen war das dunkle, drohende Wasser, in dem sich das Schiff wiegte. Sie starrte hinunter und sah die Bewegungen, spürte schon den unerbittlichen Griff und den unausweichlichen Zug in die Tiefe.

Sie schluckte schwer und kämpfte gegen die Übelkeit an. In ihrem Kopf drehte sich alles.

»Gibt es denn kein Boot?«, fragte sie. Sie konnte sich einfach nicht überwinden zu tun, was von ihr verlangt wurde.

»Nein«, entgegnete die Elfenfrau scharf. »Wir haben nicht genug Zeit. Komm schon, Erienne, bitte. Es wird schon gut gehen. Ich lass dich nicht im Stich.«

Das Heck des Schiffs lag tiefer als das Ruderdeck, aber immer noch recht hoch, beinahe zwanzig Fuß über dem Wasser. Erienne hörte das Klatschen am Schiffsrumpf. Es klang so schrecklich weit entfernt. Sie konnte sich lebhaft vorstellen, wie sie das kalte Wasser umfing, sobald sie seine Oberfläche durchbrochen hatte, wie es sie verschlang, sobald sie untergetaucht war. Und diese Hände, die nur darauf lauerten, sie in die Tiefe zu zerren. Sie würde unter Wasser um sich schlagen, bis ihre Lungen platzten, und dann musste sie doch wieder einatmen, würde aber nichts als Wasser in die Lungen ziehen. Daran würde sie ersticken, würde nur noch mehr nach Luft schnappen und husten und kreischen, aber niemand würde sie hören. Sie wäre dem Meer hilflos ausgeliefert, auf ewig eine Gefangene der Tiefe.

»Erienne, was ist denn los?« Ren'erei packte die zitternde Magierin und drehte sie herum. Die Elfenfrau war überraschend kräftig.

»Ich kann nicht«, keuchte Erienne. »Ich kann nicht.«

Hinter ihnen wurden die Rufe lauter, und das unverkennbare Klirren von Schwertern hallte durch die Nacht.

»Du musst aber«, drängte Ren sie. »Wenn sie das Schiff erobern, dann fangen sie dich. Wir wollen dich nicht verlieren.«

»Und deshalb willst du mich ins Wasser werfen? Nein.« Sie wandte sich ab und packte die Reling so fest, dass ihre Knöchel weiß anliefen.

»Wovor hast du denn Angst?« Ren'erei drehte sie wieder herum, dieses Mal etwas sanfter. »Bitte, Erienne. Wir müssen es einfach tun.«

»Ich kann da im Wasser nicht sehen, was unter mir ist«, sagte sie und war sicher, dass Ren ihre Ängste nicht verstehen und sie für albern halten würde. »Bitte zwinge mich nicht dazu.«

Die Elfenfrau verstummte, und Erienne konnte sehen, wie sie angestrengt nachdachte. Sie runzelte die Stirn und kniff die Augen zusammen, schüttelte schließlich den Kopf.

»Ich sollte es wohl eigentlich nicht tun, aber …«

Ren bewegte sich schnell. Viel zu schnell, als dass Erienne noch hätte reagieren können. Die Elfenfrau bückte sich, fasste Erienne knapp unter der Hüfte und hob sie über die Reling.

Die Bogen der Elfen wurden wieder gespannt, doch die Schwarzen Schwingen kamen in großer Zahl. Sie ignorierten die übrigen Planken und konzentrierten sich auf diejenige, die von der Mannschaft nicht bewegt werden konnte. Sie waren bereits bis aufs Deck vorgestoßen, und das Handgemenge wurde heftiger. Die verbliebenen Armbrüste feuerten weiter, ein Bogenschütze bekam einen Bolzen mitten in die Brust. Er stürzte, umklammerte mit einer Hand das Metall und stieß einen gequälten Schrei aus. Doch seine Gefährten, die um ihr Schiff und ihr Leben kämpften, konnten ihm nicht helfen.

Tryuun lenkte einen Hieb mit dem Schild ab und schlug zurück, traf aber auf eine solide Abwehr. Sein Gegner drang wieder auf ihn ein, drückte ihn mit seinem Schild zurück und schwenkte die Klinge von links nach rechts. Tryuun wich aus, machte einen Schritt zurück und konnte dem Stoß leicht entgehen. Der Gegner rückte nach, schlug aber nicht sofort wieder zu.

Tryuun sah sich um. Die Mannschaft der *Meerulme* hatte einen lockeren Halbkreis um die Schwarzen Schwingen gebildet. Zehn Angreifer waren bereits auf Deck, und weitere kamen schon über die Planke herauf. Seine anfängliche Verwirrung legte sich. Er wusste, was sie wollten, und er hatte nicht genügend Elfen, um sie aufzuhalten.

Eine weitere Salve von Armbrustbolzen tötete den letzten Bogenschützen. Am Ufer wurde ein Ruf laut, die Schwertkämpfer der Schwarzen Schwingen griffen wieder an. Auf der rechten Seite war der Vorstoß besonders erbittert. Tryuun war mit seiner eigenen Deckung beschäftigt und konnte nichts dagegen tun, dass die Schwarzen Schwingen die Verteidiger dort überrannten, wo sie am schwächsten waren. Er konnte seinen Gegner etwas zurückdrängen und zuckte zusammen, als er ein Schwert in eine Elfenschulter fahren sah. Blut spritzte hoch und verteilte sich auf dem Deck.

Nachdem sie eine Lücke in die Reihen der Verteidiger geschlagen hatten, rückten die Schwarzen Schwingen nach und nahmen den größten Teil des Decks ein. Immer mehr Schwarze Schwingen rannten die Planke herauf. Nicht mehr lange, und die Verteidiger wären eingekesselt. Tryuun warnte den Kapitän mit einem Ruf und griff wieder an.

Ren'erei sprang direkt hinter Erienne über die Reling. Es spritzte kaum, als sie aufkam. Erienne war jedoch nicht bis nach unten gefallen. Sie hatte panisch mit den Armen gerudert und mit einer Hand die Reling gepackt, an der sie nun hing. Sie hatte zu viel Angst, um sich ganz fallen zu lassen, und zu wenig Kraft, um sich wieder an Bord zu ziehen.

Auf dem Ruderdeck war ein Brüllen zu hören. Von unten rief Ren'erei zu Erienne herauf. Ihre Stimme war nicht laut, durchdrang den Lärm aber mühelos.

»Komm schon, Erienne, wir verlieren das Schiff. Du musst sofort springen. Hier unten ist nichts als Wasser, hier sind wir sicher.«

»Ich komme«, sagte sie. Ihr war bewusst, wie elend ihre Stimme klang. Sie verdrängte alle Vorstellungen von der Hölle, die unter den Wellen lauerte, alle Bilder von den nach ihr greifenden Händen und vom Verschwinden der Welt, wenn sie unterging, und machte sich bereit, endlich loszulassen.

Dann spürte sie kalten Stahl am Hals und eine starke Hand am Arm.

»Lasst mich Euch retten«, ertönte eine Stimme, die ihr das Blut in den Adern gefrieren ließ. »Ich bestehe darauf.«

Sie schaute hoch, sah das Gesicht dicht über sich und kreischte.

Zweites Kapitel

Darrick preschte ins Lager der Lysternier und rief Izack. Der Kommandant kam aus der Dunkelheit gerannt, als der General vom Pferd sprang.

»Izack, gebt Alarm. Die Truppe muss schneller im Sattel sitzen und reiten als jemals zuvor. Schickt eine Nachricht an die Dordovaner, dass sie ja nicht in die Nähe der *Meerulme* kommen sollen. Wenn Ihr die dordovanischen Magier findet, dann sagt ihnen, dass sie nicht mehr mit uns reiten dürfen.«

»Sir?« Izack runzelte die Stirn.

»Später. Wir müssen zur *Meerulme*. Ich fürchte, es wird eine Menge Ärger geben.«

»Sir!« Izack machte kehrt und rannte los. Darrick sah, wie er einen jungen Soldaten zur Glocke schickte und seinen Männern befahl, zu den Koppeln zu laufen. Zelttüren klappten auf, Pferde wieherten und schnaubten, Metall klirrte, und überall waren drängende Rufe zu hören.

Darrick drehte sich um und rannte ebenfalls zur Koppel, um sich ein frisches Pferd zu besorgen. In diesem

Moment war er nur einer unter einigen hundert Männern, die es eilig hatten.

Die Koppeln sahen aus wie das leibhaftige Chaos, doch Darrick wusste, dass dem nicht so war. Alle Pferde waren nach präzisen Regeln untergestellt, und jeder Mann konnte sein Pferd ohne Mühe und Behinderungen finden. Ganz in der Nähe brüllte Izack, der irgendwie schon wieder vor ihm war, neue Befehle.

»Aufgesessene Kavallerie, verlasst die Koppeln und sammelt euch in Trupps am Sammelpunkt eins. Eins!« Er hob einen Arm und streckte einen Finger aus, um es auch denen zu übermitteln, die ihn nicht hören konnten. »Los jetzt, Lystern, los!«

Darrick grinste. Das würde den dordovanischen Magiern überhaupt nicht passen, falls sie es gehört hatten. Die Magier hatten sie hochmütig bewacht und gegängelt und glänzten im Moment, wie er bemerkte, durch Abwesenheit. Falls sie überhaupt noch etwas Vernunft besaßen, hatten sie sich längst abgesetzt.

Er wich den tänzelnden letzten Pferden aus, denen die Sättel aufgelegt wurden, und den Reitern, die mit wehenden Mänteln zum Sammelpunkt unterwegs waren, und lief weiter. Sein persönlicher Stallbursche hielt sein Reservepferd schon bereit. Die Stute sah im Fackelschein tadellos aus, das Fell glänzte, sie hatte schon erwartungsvoll den Kopf gehoben, Zaumzeug und Trense waren poliert wie immer. Der General bedankte sich mit einem Nicken, sprang in den Sattel, steckte die Füße in die Steigbügel und setzte das Pferd mit den Hacken in Bewegung. Im Sprung überwand er den Zaun der Koppel und galoppierte zum Sammelpunkt, wo Izack schon mit den Leuten haderte.

»Das ging mir noch nicht schnell genug«, klagte der erfahrene Hauptmann, dem Darrick blind vertraute.

»Bei den Göttern, Izack, ich bin froh, dass Ihr nicht mich kommandiert. Wenn man bedenkt, dass Ihr die Leute aus dem Tiefschlaf geweckt habt, war das vermutlich ein Rekord.«

»Trotzdem haben wir keine Zeit zu verschwenden.«

Darrick sah, wie sich seine Männern zum Sammelpunkt begaben. Die letzten tauchten gerade auf. »Sorgt für Ruhe.«

»Zuhören«, rief Izack und hob beide Arme über den Kopf. »Der General spricht.« Die Reiter verstummten sofort.

»Dies wird kein Angriff auf offenem Feld gegen einen klar erkennbaren Feind. Wer in den letzten Jahren mit mir in die Schlacht gezogen ist, wird sich an die Erregung erinnern, die sich im Kampf einstellt. Dies hier muss ruhiger verlaufen. Wir werden durch enge Straßen reiten und kommen an den Häusern Unbeteiligter vorbei, die keinesfalls verletzt werden dürfen.

Wir werden schnell reiten, müssen aber trotzdem vorsichtig sein. Wir lassen die Waffen in der Scheide, bis wir im Hafen angelangt sind und der Befehl zum Angriff gegeben wird.

Ich weiß nicht genau, was wir am Hafen sehen werden, aber vergesst nicht, dass einige, die unsere Verbündeten zu sein scheinen, möglicherweise keine Verbündeten sind. Wir reiten, um ein Kind vor seinen Mördern zu retten. Die Unschuldigen müssen überleben. Lystern, wir reiten!«

Mit einem Aufschrei setzte sich die Kavallerie in Bewegung und begann den schnellen Ritt nach Arlen.

Hirad hatte sich nach Norden gewandt und die Wölfe von den südlichen Wegen nach Arlen fern gehalten. Er verfolgte keinen bestimmten Plan, wollte aber jedenfalls so nahe wie möglich am Hafen herauskommen. Was er allerdings ein paar Meilen außerhalb von Arlen beobachten konnte, hatte ihn erschüttert.

Aus einem Lager, in dem die Feuer noch hell brannten, zogen hunderte Fußsoldaten und Reiter zum kleinen Hafen. Wahrscheinlich waren es Dordovaner. Westlich von ihnen, unermüdlich rennend und sich rasch nähernd, wanderte ein dunkler Fleck durch die von fahlem Mondlicht erhellte Landschaft.

Schweigend und beängstigend wie eine schwarze Decke strömten sie übers Land. Sie brauchten keine Laternen und keine Pferde, sie brauchten keine Rast. Wenn sie in Arlen eintrafen, würde die Hölle losbrechen. Die Protektoren. Wenn sie einen Auftrag bekommen hatten, dann führten sie ihn rücksichtslos aus und machten alles nieder, was sich ihnen in den Weg stellte.

Hirad kannte nur einen einzigen Mann, der sie aufhalten konnte, doch er wusste nicht, wo er war. Er wurde irgendwo gefangen gehalten. Vielleicht war er bei den Dordovanern, doch bis er die eingeholt hätte, wäre es zu spät. Er beschloss, ein Risiko einzugehen und einen Bogen zu schlagen, bis er einige Meilen nördlich von Arlen weitere Lagerfeuer fand.

Thraun und das Rudel folgten ihm, als er ins Lager ritt. Es war beinahe verlassen, überall waren Zeichen eines hastigen Aufbruchs zu sehen. Die Zelteingänge waren nicht ordentlich gesichert, Feuer brannten ohne Aufsicht herunter, Waffenständer waren hastig geleert worden, einige sogar umgekippt. Er bemerkte nur zwei Männer. Sie standen am Hauptfeuer, über dem noch mehrere dampfende Kessel hingen. Die Speere hatten sie neben sich in den Boden gerammt, um sich die

Hände am Feuer zu wärmen, während der Wind an ihren Mänteln zerrte.

Da er Thraun ohnehin nicht überreden konnte, außerhalb zu warten, ritt er einfach mitten hinein und vertraute darauf, dass die Wölfe nicht angriffen, solange er es nicht tat. Außerdem verliehen die fünf Wölfe hinter ihm seinen Fragen den nötigen Nachdruck.

Die Soldaten bemerkten ihn erst sehr spät, weil der rauschende Wind die Geräusche überdeckte und der grelle Feuerschein dunkle Schlagschatten warf. Als sie endlich auf ihn aufmerksam wurden, waren ihre Reaktionen komisch und vorhersehbar zugleich. Sie packten die Speere, wichen aber gleichzeitig zurück, als ihnen bewusst wurde, was da auf sie zukam. Sie wechselten einen Blick und schätzten die ihrer Ansicht nach hoffnungslose Situation ein. Zum Weglaufen war es zu spät, aber wenn sie kämpften, konnten sie nicht gewinnen.

Hirad zügelte sein Pferd und sprang herunter. Er spürte mehr, als dass er sah, wie Thraun ihm zum warmen Feuer folgte. Die Soldaten sagten nichts, sondern starrten an ihm vorbei zu den Wölfen.

»Ja, sie sind beeindruckend, was?«, sagte er, die Hand auf den Schwertknauf gelegt. »Aber sie sind nicht gefährlich. Nicht unbedingt.«

»Wollt Ihr was?«, fragte einer.

»Gut geraten. Der Rabe. Wo ist er?«

Erkennen flackerte in ihren Gesichtern, doch zugleich runzelten sie die Stirn.

»Wir haben gehört, Ihr wärt getötet worden«, sagte der zweite Soldat. Beide waren junge Männer. »Von Wölfen.« Er deutete auf Thraun.

»Wer das erzählt hat, der hat sich geirrt. Wo ist nun der Rabe?«

»Man hat sie nach Arlen gebracht. Ins Gefängnis.«

Hirad nickte bedächtig. Der Rabe saß im Gefängnis. Eine Demütigung, die er selbst mit heraufbeschworen hatte. Er schluckte seinen aufkommenden Ärger hinunter.

»Und Darrick? Wo ist eigentlich die Kavallerie? Angenommen jedenfalls, meine Vermutung ist richtig, und ihr kommt aus Lystern. Das Lager ist zu ordentlich, um von Dordovanern aufgebaut zu sein.«

»Es gibt Ärger in Arlen.« Wieder wechselten sie einen Blick. Hirad verstand. Immerhin waren sie Darricks Männer.

»Hört mal, ich weiß ja, dass ihr eure Befehle habt, aber egal, wie es auszusehen scheint, am Ende wollen wir alle das Gleiche. Sagt es mir. Ich werde dem General nicht verraten, woher ich es weiß, aber es könnte mir helfen, eine Menge eurer Kameraden zu retten, und ich habe keine Zeit, jetzt mit euch zu streiten.«

Sie zögerten einen Augenblick, dann zuckte einer mit den Achseln, und der andere ergriff das Wort.

»Die Kavallerie ist zum Hafen geritten. Der General glaubt, es habe einen Verrat gegeben. Er will die *Meerulme* sichern.«

»Ist das alles?«

Die beiden nickten, aber Hirad war schon wieder in Bewegung. Er drehte sich um, packte die Zügel seines Pferds und wandte sich noch einmal an die beiden Soldaten, als er sich in den Sattel schwang.

»Bei den brennenden Göttern, es ist noch viel schlimmer, als ihr glaubt. Die Dordovaner kommen von Süden, und die Protektoren sind direkt hinter ihnen. Wenn ihr Darrick eine Botschaft schicken könnt, dann unterrichtet ihn. Ihr wisst ja, wohin ich will.« Er ließ sein Pferd die

Hacken spüren. »Thraun, komm mit.« Er ritt im Galopp aus dem Lager, und die Wölfe folgten ihm.

Ren'erei wollte rufen und Erienne wissen lassen, dass sie alles tun werde, um die Magierin aus Seliks Gewalt zu befreien, doch sie wusste, dass sie besser still bleiben sollte. Alles andere hätte sie die Freiheit und vielleicht auch das Leben gekostet.

Die Schwarzen Schwingen hatten die *Meerulme* blitzschnell übernommen, und Ren'erei verfluchte sich selbst, weil Erienne in diese scheußliche Lage geraten war. Sie hatte jedoch so große Angst gehabt, und sie über Bord zu werfen, schien die einzige Lösung zu sein.

Ren'erei hörte Eriennes Schreie, als Selik sie aufs Deck zerrte. Sie betete, dass Tryuun überlebt hatte und aufpassen konnte. Der arme Tryuun, seine Furcht war sicher fast so groß wie die von Erienne.

Doch Ren'erei musste sich um dringendere Probleme kümmern. Das Wasser war kalt und wurde vom rasch auffrischenden Wind aufgewühlt. Die Gischt brannte in ihrem Gesicht. Das Leder zog schwer an ihrem Körper, und ihr Schwert, obschon leicht geschmiedet und der besseren Beweglichkeit wegen auf den Rücken geschlungen, vergrößerte noch ihr Gewicht und machte es ihr schwer, sich mit Wassertreten an der Oberfläche zu halten. Sie musste rasch nachdenken und die beiden verfügbaren Möglichkeiten gegeneinander abwägen.

Das Heck der *Meerulme* war wie bei allen Elfenschiffen leicht überhängend gebaut, doch man konnte, wenn man es richtig anfing, durchaus an dieser Seite hinaufklettern. Ihr wollte allerdings kein einleuchtender Grund einfallen, es zu versuchen. Allein konnte sie das Schiff nicht befreien, und während sie herumsaß und auf irgendeine Chance wartete, konnte sie leicht geschnappt werden, woraufhin sie Erienne als Gefangene würde Gesellschaft leisten müssen.

Also schwamm Ren'erei fort und entfernte sich vom Heck der *Meerulme,* um ein Stück abseits im sicheren Fischereihafen wieder an Land zu gehen. Dort war sie außer Sichtweite der Schwarzen Schwingen. Es war klar, was sie planten. Erienne und die *Meerulme* gaben ihnen die Möglichkeit in die Hand, Lyanna zu erreichen.

Die Frage war allerdings, wie viel sie bereits wussten. Es war erschreckend, dass sie die *Meerulme* so leicht hatten einnehmen können. Ren'erei musste annehmen, dass sie in groben Zügen über das Ziel des Schiffs informiert waren oder mindestens wussten, dass es im Süden lag. Schließlich war der Verfall des Schirms der Al-Drechar der Grund dafür, dass sie hierher gereist waren, und ein kluger Magier war sicher fähig, die Störungen im Fluss des Mana richtig zu deuten.

Ren'erei kraulte mit kräftigen Zügen durchs Hafenbecken und glitt, ohne sich zu verausgaben, rasch durchs unruhige Wasser. Ein Stück vor sich sah sie schon den Fischereihafen, dessen aus Stein und Holz gebaute Liegehalle den relativ empfindlichen Jollen und Kuttern Schutz und ruhiges Wasser zum Ankern bot, seit die Stadt Arlen gegründet worden war. Selbst auf dem normalerweise ruhigen Wasser des Sees erzeugten die böigen Winde, die manchmal als Stürme von den Bergen herunterkamen, gelegentlich hohe Wellen und trieben die Fischereiflotte in einen sicheren Unterschlupf.

Am Ende des Wellenbrechers beschloss sie, bis ans Ufer zu schwimmen, statt im Windschatten der Hafenmauer über den Kies zu laufen. Der Wind fegte scharf übers Wasser und konnte sie im Nu bis auf die Knochen auskühlen, wenn sie jetzt schon an Land ging. Als sie die dümpelnden Fischerboote sah, dachte sie an die Besitzer, die vermutlich eine schlaflose Nacht verbrachten und zu den Göttern der Meere beteten, dass die Boote unbeschädigt die Nacht überstanden.

Ein Stückchen vor dem Ufer musste Ren'erei wieder an Erienne und die *Meerulme* denken. Die Besatzung konnte den Schwarzen Schwingen die Überfahrt nicht verweigern, und man konnte sie nicht einmal sehr lange aufhalten. Lyannas Nacht hatte begonnen, und Balaias Schicksal hing davon ab, dass Erienne, Denser und Ilkar möglichst schnell nach Herendeneth kamen, um die hinfälligen, geschwächten Al-Drechar zu unterstützen. Die Zeitnot führte jedoch zwangsläufig auch die Schwarzen Schwingen zur Insel. Die Lösung, die sie im Auge hatten, durfte jedoch keinesfalls verwirklicht werden. Das Eine musste überleben.

Die Schwarzen Schwingen hatten freilich ein Problem. Sie brauchten die Elfen, um sicher durch die Gewässer um Herendeneth zu gelangen, und die Elfen wollten, dass Erienne überlebte. Selik hatte also nicht die unumschränkte Kontrolle über das Schiff, und deshalb hatten sie noch eine Chance. Die zweite Möglichkeit war also die einzige, die Ren'erei tatsächlich noch offen stand. Sie musste den Raben finden und dazu ein Schiff, mit dem sie der *Meerulme* nach Herendeneth folgen konnten. Wenn möglich, mussten sie sogar früher dort ankommen, und dann konnten sie nur noch hoffen, irgendwie zu siegen.

Als sie aus dem Wasser stieg und schaudernd im windigen Hafen stand, hörte Ren'erei die Befehle der Elfen weithin hallen. Sie hörte donnernde Hufe, die sich rasch näherten, und sie sah von Südwesten her Lichter kommen. Sie rannte nach Norden hinter den Fischmarkt in Richtung des Jahrhundertplatzes und fragte sich, ob ihr nun nicht ohnehin alles aus der Hand genommen wurde. Andererseits spielte dies keine Rolle. Sie musste es wenigstens versuchen, und dies bedeutete, dass sie zunächst den Raben finden musste.

Erienne hatte nach kurzer Zeit nicht einmal mehr die Kraft zu schreien. Selik hatte einfach vor ihr gestanden, sein widerliches Lächeln aufgesetzt und gewartet, bis sie sich verausgabt hatte. Jetzt sah sie sich von Furcht, Selbsthass und Hoffnungslosigkeit übermannt, und ihre Knie wurden weich. Sie hatte ein schreckliches Gefühl im Bauch, eine Vorahnung von Qualen und eine aufkommende Furcht, die sich immer mehr ausbreitete und Wellen von Übelkeit durch ihren ganzen Körper jagte. Sie zitterte, die Tränen rannen ihr über die Wangen, ihre Kehle war wund vom Schreien, und sie wehrte sich nicht einmal mehr, als Selik sie auf die inzwischen wieder unnatürlich stille *Meerulme* zurückzog.

Selik hielt sie im Nacken fest und zerrte sie übers Deck. Seine Fingerspitzen lagen auf ihrer Kehle, und jedes kleine Zucken eines Fingers war eine Drohung. Auf dem Hauptdeck stieß er sie unter dem Johlen der Schwarzen Schwingen in den Fackelschein. Sie stolperte, stürzte aber nicht, und orientierte sich, so gut sie konnte.

Die Decksplanken waren mit Blut bespritzt, die Elfen standen mit gesenkten Köpfen und von Schwertern bewacht auf Deck, die Gestürzten lagen, wie sie gefallen waren, einige zuckten sogar noch. In der Nähe umklammerte einer den Bolzen einer Armbrust, der aus seinem Oberschenkel ragte. Sein schmales Gesicht war bleich und vor Schmerzen verzerrt, und seine Versuche, die starke Blutung einzudämmen, wurden von den Schwarzen Schwingen teilnahmslos beobachtet. Da stand sie nun und konnte wegen der Verletzungen, die Lyanna ihr zugefügt hatte, nicht einmal mehr einen Spruch wirken, um den Mann zu heilen.

Auch auf anderen Schiffen gingen jetzt die Lichter an, nachdem die Besatzungen vom Kampflärm im Hafen geweckt worden waren. Erienne konnte nur hoffen, dass ihnen andere Matrosen und die Leute aus der Stadt zu Hilfe kämen. Das war alles, woran sie sich noch klammern konnte. Dies, und dass Ren'erei das Richtige tat und nicht etwa versuchte, ohne Hilfe allein wieder an Bord zu gelangen.

Erienne richtete sich auf, wandte sich an Selik und nahm ihr letztes bisschen Selbstbewusstsein zusammen.

»Jetzt habt Ihr, was Ihr wollt. Nun helft den Verletzten, bevor ihr Tod die Schuld vergrößert, die Ihr ohnehin schon auf Euch geladen habt.«

Selik kam kopfschüttelnd zu ihr. »Aber, aber, Erienne. Ihr seid doch wohl kaum in einer Position, Forderungen zu stellen, nicht wahr?«

»Ihr braucht eine Mannschaft, um das Schiff zu bewegen, oder?« Erienne hörte, wie die Worte über ihre Lippen kamen, doch sie erkannte die Stimme, die sie sprach, nicht als ihre eigene. Die Stimme zitterte, nichts vom üblichen Selbstvertrauen und der gewohnten Stärke war mehr vorhanden. Sie konnte sich kaum auf Selik konzentrieren, der da vor ihr stand. Sein zerstörtes Gesicht und der keuchende Atem bezeugten, was sie ihm angetan hatte, und doch hatte er überlebt, und die Galle in ihrem Hals schmeckte bitter. Sie hatte es damals nicht geschafft, ihn zu töten, und nun war sie in seiner Gewalt.

Sie sah den Hass in seinen Augen. Einen tiefen, brütenden, schwärenden Hass. Er ging in Wellen von ihm aus. Mehr als sechs Jahre lang hatte er sie verfolgt, dies war nun offensichtlich. Die meiste Zeit über hatte sie in Sicherheit im Kolleg von Dordover gesessen und nicht an ihn gedacht. Warum sollte sie auch? Bei den Göttern, sie hatte ihn doch getötet, oder? Doch da stand er nun vor ihr, ihre Nemesis, er hatte sie ganz und gar in seiner Gewalt, und das war es, was sie wirklich ängstigte. Jetzt waren die Schwarzen Schwingen zum zweiten Mal in der Lage, ihre Familie und ihr Leben auszulöschen, und schon der Gedanke versetzte ihr einen schmerzhaften Stich in der Brust. Sie sah keine Möglichkeit, die Schwarzen Schwingen und vor allem Selik aufzuhalten.

Welche Chancen hatten sie denn noch? Er würde sie jetzt nicht mehr gehen lassen. Wenn sie sich rundheraus weigerte, verurteilte sie Lyanna und vielleicht ganz Balaia zum Tode. Wenn sie sich ihm fügte, wäre das Ergebnis das gleiche. Sie saß in der Falle und konnte nichts tun, außer auf Zeit zu spielen, während sie die Scharfrichter geradewegs zu ihrem Kind führte. Sie schluckte schwer und war nahe daran, ohnmächtig zusammenzubrechen. Es verschwamm ihr vor Augen, und sie schwankte.

»Nun?«, quetschte sie heraus.

»Ich habe nicht die Absicht, sie sterben zu lassen, Erienne.« Er rief einen seiner Männer mit einem Fingerschnippen zu sich und winkte ihn zu einem der gestürzten Elfen, dessen Blutverlust lebensgefährlich schien. »Eine wirkungsvollere Hilfe unter Beteiligung von – wie soll ich es ausdrücken? Unter Beteiligung von magischen Kräften ist jedoch schon unterwegs.«

»Wie bitte?« Alles stürzte wieder auf Erienne ein. Sie erinnerte sich an die Zeit als Gefangene in der Burg der Schwarzen Schwingen. Sie hatte dort erfahren, dass einige Magier Verrat geübt hatten und den Hexenjägern halfen. Ihr war bei diesem Gedanken übel geworden, und jetzt verstärkte er nur noch ihre Hoffnungslosigkeit.

Selik lächelte, sein gelähmter Mund verzerrte sich gehässig. »Bewertet es nicht als Verrat, geschätzte Magierin. Seht es als Hilfe. Schließlich wollen wir ja alle dieses Chaos beenden, das die unkontrollierte Magie Eurer Tochter ausgelöst hat.«

Erienne ging auf ihn los und wollte ihm mit bloßen Händen die Haut vom grässlichen Gesicht kratzen, doch er hielt sie mühelos auf.

»Rührt sie ja nicht an«, knirschte sie. »Wagt es nicht, ihr irgendetwas anzutun.«

»Ich? Erienne, Ihr missversteht mich. Ich habe wirklich nicht die Absicht, auch nur ein Härchen auf dem zweifellos hübschen Kopf Eurer Tochter zu krümmen. Auch kein anderer Mann der Schwarzen Schwingen wird ihr etwas tun. Es gibt andere, die wissen, was für die Mana-Kreatur, die Ihr in die Welt gesetzt habt, das Beste ist, und ich will dies gern ihren fähigen Händen überlassen.« Er zog sie nahe an sich, und seine Finger gruben sich tief in ihre Oberarme.

»Wollt Ihr wissen, warum ich noch lebe? Auch nachdem Euer Spruch mein Fleisch vereist hat? Eure Rabenfreunde haben mich in den Keller geworfen, wo ich mit meinen Gefährten verwesen sollte. Sie hätten mich im Turm verbrennen lassen sollen, wo ich im warmen Blut Eurer Söhne lag.«

Als ihre Jungs erwähnt wurden, sackte sie innerlich zusammen und sah das Gemetzel vor sich, als sei es erst gestern gewesen. Die blicklosen Augen, die aufgeschlitzten Kehlen und das rote Blut. Das dunkelrote Blut, das überall war.

»Nun, ich bin noch nicht fertig mit den Malanvai. Es gibt noch eine, die ich haben will, und das seid Ihr. Und jetzt seid Ihr mein, solange ich beschließe, Euch am Leben zu lassen. Wenn Ihr tot seid, kann ich wieder leben, ohne Euren verfluchten Schatten über mir zu spüren. Denkt darüber nach, Erienne Malanvai, und genießt Eure letzten Tage.«

Er drehte sich abrupt um. Auf dem Schiff war es still, und sie konnte trotz der Tränen sehen, dass alle sie anstarrten. Ein Gedanke ging ihr immer und immer wieder durch den Kopf. Sie war verloren, doch Lyanna musste überleben.

»Ihr tut mir Leid, Selik. Ihr seid nichts als ein Lakai für andere, die Euch weit überlegen sind«, sagte sie mit erstickter Stimme. »Und wenn Ihr Euch jemals an dem Ort blicken lasst, an dem meine Tochter lebt, dann werden die Al-Drechar Euch so leicht auslöschen, wie man eine Fliege zertritt. Ihre Macht ist größer als alles, was Ihr Euch überhaupt ausmalen könnt.«

Selik stieß sie in Richtung der Luke zum hinteren Unterdeck.

»Glaubt das nur, wenn Ihr wollt. Meine Informanten haben allerdings das Flackern des Mana gesehen, und sie sind äußerst beunruhigt. Offenbar sind Eure wundervollen Al-Drechar nicht mächtig genug, um Eure Tochter zu kontrollieren. Außerdem wird es meiner Ansicht nach Zeit, dass wir zwei uns unter vier Augen über die Al-Drechar unterhalten.«

Die hintere Luke wurde geöffnet, als er sie weiter

in diese Richtung stieß. Sie hob den Kopf und sah dem Kapitän der *Meerulme* in die Augen. Die Erniedrigung stand ihm ins Gesicht geschrieben. Hinter ihm hatte sich ein Mann der Schwarzen Schwingen aufgebaut, der dem Elf das Schwert an die Kehle hielt. Er stieß es weg.

»Verletzt sie auf irgendeine Weise, und Ihr werdet nirgendwo landen, außer auf dem Grund des Südmeeres.«

»Wagt ja nicht, mir zu drohen, Elf. Ihr seid besiegt.« Selik blieb nicht stehen.

»Das ist keine Drohung. Ohne uns könnt Ihr den Weg nicht finden, und das wisst Ihr auch. Wenn Erienne verletzt wird, dann werden wir eher sterben, als Euch auch nur eine Seemeile weit zu befördert. Das ist ein Versprechen.«

Jetzt blieb Selik stehen und stieß Erienne zu einem seiner Männer hinüber. »Bring sie nach unten. In ihre eigene Kabine, falls sie dort unten ist. Und jetzt zu Euch, Elf. Ich schließe das folgende Abkommen mit Euch. Solange diese Hexe auf dem Schiff ist, soll sie körperlich unversehrt bleiben. Wenn Ihr es aber wagt, noch einmal so mit mir zu reden, dann lasse ich Euch vor den Augen Eurer Mannschaft verbluten, ehe ich Eure Überreste an die Haie verfüttere. Meiner Ansicht nach sind danach immer noch genug Leute übrig, um das Schiff zu steuern. Verstanden?«

Eriennes letzte Wahrnehmung war, dass Selik dem Kapitän einen Stoß vor die Brust versetzte, eine verächtliche Geste für den stolzen Elf, die in ihr schon wieder die Galle hochsteigen ließ. Als sie nach unten geschoben wurde, hörte sie noch einmal seine Stimme.

»Und jetzt macht Eure Mannschaft bereit, auf meinen Befehl hin auszulaufen. Wenn unsere Gäste kommen, werden wir sofort aufbrechen. Es ist ein weiter Weg nach Ornouth, nicht wahr, Kapitän? Und deshalb ist mir jede Verzögerung zuwider.«

Erienne brach in Tränen aus. Er wusste so viel, aber woher wusste er das alles? Und welches Kolleg hatte sie verraten? Als sie die Kabine betrat und auf Selik wartete, fürchtete sie, die Antwort bereits zu kennen.

Drittes Kapitel

Der Unbekannte hatte sich die Hände vors Gesicht geschlagen und versuchte zu verdrängen, was er fühlte. Er spürte ihre Nähe als einen Druck im Kopf, wie er ihn seit Jahren nicht mehr empfunden hatte. Er hatte gewusst, dass sie marschierten, noch bevor der Rabe im Wald von Darrick abgefangen worden war, hätte aber nie gedacht, dass sie Arlen so schnell erreichen konnten. Andererseits durfte man die Protektoren nicht unterschätzen.

Er riss den Kopf hoch. Ilkar beobachtete ihn.

»Stimmt was nicht, Unbekannter?«

»Sie sind hier«, gab er zurück und erhob sich.

»Wer?«, fragte Denser, der in der anderen Ecke der Zelle hockte. Im Schein der einsamen, flackernden Fackel war er kaum zu sehen. Seit seinem Eingeständnis, dass er sterben musste, um Lyanna zu retten, hatte er geschwiegen. Inzwischen saßen sie schon mehrere Stunden in der Zelle. Die Nacht war gekommen, und es schien, als habe der Unbekannte jegliche Tatkraft verloren. Als habe er sich geschlagen gegeben.

»Die Protektoren.« Der Unbekannte trat an die Tür

und hämmerte mit der Handkante dagegen. »He. Komm mal her.« Er hämmerte weiter, bis ein Mann mittleren Alters mit finsterem Gesicht vor dem Gitter auftauchte.

»Muss das sein?« Der Mann hatte Nachtwache und weigerte sich, seinen Namen zu nennen, war aber recht freundlich, weil er wusste, wer seine Gefangenen waren, und weil er erbost über die Soldaten und den Magier aus Lystern war, die in sein Reich eingedrungen waren und nebenan im Wachraum saßen.

»Ja. Hol mir einen von den anderen.«

»Ach, ich bin dir wohl nicht gut genug, was?«

»Nein, es ist einfach nur nicht dein Problem. Oder es sollte nicht dein Problem sein. Also, bitte ...«

»Tja, aber was ist denn? Immerhin bin ich hier der Aufseher.«

Der Unbekannte packte einen Gitterstab, und der Wächter zuckte unwillkürlich zusammen.

»Es gibt Ärger in der Stadt. Sehr bald schon.«

»Bist du eine Art Hellseher?«

»Etwas in der Art, ja«, bestätigte der Unbekannte kurz angebunden. »Hör mal, ich habe keine Zeit, darüber zu diskutieren. Hol mir einfach einen von den anderen.«

»Du wirst doch inzwischen keine Sachen machen?« Der Wärter kaute nachdenklich an der Unterlippe.

»Doch«, fauchte der Unbekannte. »Ich werde ein paar Witze erzählen. Bei den Göttern, Mann, hol mir einen aus Lystern her. Los doch!« Wieder ein Schlag an die Tür, der durchs ganze Gefängnis hallte.

Der Wärter wich zurück. »Ich mach das nur, weil ihr nicht hier drin sein solltet.«

»Danke.« Der Unbekannte sah ihm hinterher, bis Ilkar ihm die Hand auf die Schulter legte.

»Geht es dir jetzt besser?«, fragte der Elfenmagier.

Der Unbekannte drehte sich um und kämpfte das Lächeln nieder, das Ilkars Gesichtsausdruck ihm beinahe entlockt hätte.

»Es ist ernst. Darrick wollte nicht glauben, was ich gesagt habe. Er denkt wohl, er könne mit Xetesk reden und gegen die Protektoren siegen, wenn er muss, oder Erienne fortbringen, ehe sie hier sind. Aber die Tatsache, dass wir immer noch in diesem stinkenden Loch sitzen, bedeutet, dass er Graf Arlen noch nicht überzeugen konnte, ihn aufs Schiff zu lassen. Und jetzt sind die Protektoren nahe.«

»Wie nahe?«

»Ich bin nicht ganz sicher«, sagte der Unbekannte. »Aber sie sind nicht mehr weit von der Stadt entfernt. Sie sind in Kampfstimmung, deshalb konnte ich sie spüren. Es dröhnt in meinem Kopf.«

»Vielleicht sollten wir sie einfach ihre Arbeit tun lassen«, meinte Denser. »Erienne ist bei ihnen jedenfalls sicher.«

»Und die Todesopfer unter den Lysterniern stören uns nicht weiter, was?«, fragte Ilkar. »Sie sind ebenso Opfer der dordovanischen Intrigen wie wir. Ganz zu schweigen von den unschuldigen Opfern in Arlen.«

»Lystern hat sich auf die Seite Dordovers geschlagen«, entgegnete Denser. Seine Stimme kam immer noch aus dem Schatten.

»Du glaubst doch nicht, dass sie sich frei entschieden haben, oder?«, entgegnete Ilkar.

»Wir können nicht einfach hier herumsitzen und zusehen, wie Darrick da hineinstolpert«, sagte der Unbekannte. »Also, ich kann es jedenfalls nicht. Du kannst ja machen, was du willst.«

»Das wäre jedenfalls die schnellste Art, das ganze

Durcheinander aufzulösen«, murmelte der Xeteskianer. »Der schnellste Weg, wie ich wieder mit meiner Frau zusammenkomme.«

Der Unbekannte schenkte sich die Antwort, drehte sich wieder zur Tür um und wollte noch einmal rufen, hielt jedoch inne, als er den Magier vor sich stehen sah. Er war ein junger Mann und laut Darrick sehr begabt. Groß, kräftig und durchtrainiert, wie man es von einem Mann erwartete, der zur Kavallerie des Generals gehörte. Im Augenblick wirkte er allerdings recht verunsichert.

»Steht Ihr schon lange da?«, fragte der Unbekannte.

»Lange genug, glaube ich. Wo stolpert der General hinein?«

»Die Protektoren kommen«, sagte der Unbekannte. »Und Ihr müsst uns sofort hinauslassen.«

»Was wollt Ihr dann tun?«

»Vielleicht ein Gemetzel verhindern.« Der Unbekannte sah, dass der Magier nichts begriff. Ihm platzte fast der Kragen. »Oh, nein, nicht Ihr auch noch. Hört zu, auch die Protektoren sind hinter Erienne her, und das wird Darrick ihnen nicht ausreden können. Trotz seines bewundernswerten Selbstvertrauens und der ebenso bewundernswerten Disziplin seiner Kavallerie werden sie massakriert werden. Glaubt mir.«

»Wir unternehmen bereits die notwendigen Schritte. Der General ist zum Hafen unterwegs, und unsere dordovanischen Verbündeten sind ebenfalls im Anmarsch.«

»Dann weiß er, dass die Ankunft der Protektoren unmittelbar bevorsteht?«

Der Magier versuchte zu lächeln. »Nein, aber wir werden unsere Positionen bezogen haben, bis sie ankommen, und dann können wir mit ihren Herren reden. Bis dahin haben wir auch das Schiff zurückerobert, und …« Der

Magier biss sich auf die Zunge, aber es war ihm herausgerutscht, und auf einmal standen alle drei gefangenen Rabenkrieger vor ihm, der Unbekannte in der Mitte.

»Was meint Ihr mit ›zurückerobern‹?«, fragte Denser. In seinen Augen loderte wieder das wütende Feuer. »Wer hat das Schiff denn im Moment besetzt?«

»Das ist eine vorübergehende Situation«, wand sich der Magier.

»Wer hat es besetzt?« Der Unbekannte trat unten gegen die Tür, die gefährlich bebte.

»Wir glauben …« Der Magier hielt inne und überlegte, wie weit er gehen konnte. »Eine kleine Abteilung der Schwarzen Schwingen hat …«

Der Unbekannte brachte ihn mit einem Blick und erhobenem Zeigefinger zum Schweigen. Neben ihm fluchte Ilkar.

»Verdammt, ich habe es gewusst«, sagte Denser. »Ich habe es gewusst.«

»Lasst uns raus. Sofort«, sagte der Unbekannte. Seine Stimme war gefährlich leise, obwohl er inzwischen vor Wut kochte. In seinem Kopf herrschte ein einziges Durcheinander. Er sah drei Parteien um die *Meerulme* kämpfen – und ein einziges denkbares Ende. Er wusste nur eines: Erienne musste am Leben bleiben.

»Diese Schweinehunde, diese verdammten Schweinehunde.« Denser hatte sich wieder von der Tür entfernt und lief aufgeregt in einem engen Kreis herum. »Bei den guten Göttern, sie haben sie schon wieder erwischt.«

Die Worte drangen dem Unbekannten bis ins Mark, und er fühlte mit Erienne, die mit großer Gewissheit zum zweiten Mal in den Händen der Leute war, von denen sie in ihren schlimmsten Albträumen heimgesucht wurde.

»Bitte, Unbekannter.« Densers Worte waren kaum mehr als ein verzweifeltes Keuchen, die vorherige Bitterkeit war verschwunden. »Du musst uns hier herausbringen.«

Der Unbekannte hielt den nervösen Blick des Magiers.

»Jetzt hört mir gut zu. Zwei Punkte sind wichtig. Darrick weiß nicht, womit er es zu tun hat, aber wir wissen es. Die Schwarzen Schwingen werden ihn nicht einfach das Schiff stürmen lassen. Sie würden Erienne eher töten, als sie zu verlieren. Glaubt es mir, wir haben ihre Werke schon früher gesehen, und die Opfer waren Eriennes Söhne.

Diese Sache ist zu groß für ihn und zu groß für Euch. Also lasst uns heraus, gebt mir eine Klinge, und dann können wir verhindern, dass alles völlig aus den Fugen gerät.«

»Das kann ich nicht machen«, entgegnete der Magier. »Der General hat sehr präzise Befehle gegeben.«

»Zur Hölle mit seinen präzisen Befehlen!«, rief der Unbekannte. Er knallte bei jedem Wort die Faust an die Tür. »Seine präzisen Befehle werden ihn noch umbringen. Und Euch auch, wenn Ihr uns nicht gehen lasst.«

»Ich kann nicht«, sagte er beinahe flehend.

»Dann gehen wir eben ohne Eure Hilfe«, sagte der Unbekannte. »Diese Dummheiten nehmen schon viel zu lange ihren Lauf.«

»Wir haben Befehl, Euch zu töten, wenn Ihr ausbrechen wollt.«

»Das könnt Ihr ja versuchen. Und jetzt verschwindet, oder riegelt die Tür auf.« Der Unbekannte wandte sich ab und winkte Denser und Ilkar zu sich. Doch was er sagte, war nicht mehr zu hören, weil ein ohrenbetäubendes

Heulen ertönte, auf das ein Schrei folgte. Dann hörte man Schwerter klirren.

»Bei den fallenden Göttern, was war das denn?« Denser schrak aus seinem Elend auf.

Der Unbekannte lächelte. »Macht euch bereit.«

»Wozu?«, fragte Ilkar.

»Macht euch einfach nur bereit.«

Hirad wusste genau, wo in Arlen das Gefängnis war. Vor einigen Jahren hatte er dort nach einer Schlägerei in einem Gasthof am Jahrhundertplatz eine Nacht verbracht. Er hatte den Kampf gewonnen, aber die Pritsche in der Zelle und der Gestank waren die Prellungen nicht wert gewesen.

Es war schon nach Mitternacht, als er in die Stadt galoppierte. Der Wächter verzichtete auf protestierende Rufe, als er die Wölfe sah, die Hirad folgten. Er sprang zur Seite und rief seinen Kollegen zu, man müsse Graf Arlen Bescheid geben.

»Wir sind spät dran«, sagte Hirad zu sich selbst, als sein Pferd auf dem Weg zum Salzviertel durch den Händlerbezirk sprengte. Es war ruhig auf den Straßen. Nur die Betrunkenen, die nach Schließung der Gasthöfe den Jahrhundertplatz verlassen hatten, torkelten noch in der Gegend umher, als er das Pferd vor dem Gefängnis zügelte.

Es war ein niedriger Steinbau, der zwischen den Lagerhäusern stand. Die Zellen blickten auf einen umfriedeten Innenhof hinaus, der zugleich als Koppel und als Auslauf für die Gefangenen diente, die länger in den beiden kleinen Zellen sitzen mussten.

Draußen waren drei Pferde angebunden, die verzweifelt an ihren Zügeln zerrten. Ihr Wiehern hallte hohl, die

Hufe klapperten nervös, als sie vor den Wölfen fliehen wollten, die auf einmal aus dem Nichts auftauchten.

Hirad hatte keine Zeit für solche Nebensächlichkeiten.

»Thraun!«, rief er, während er aus dem Sattel sprang und sein Schwert zog. Es fühlte sich gut an, die Waffe wieder in der Hand zu haben. Der Wolf schien zu verstehen und heulte, um das Rudel von der Beute abzuhalten. Sie sammelten sich um ihn, alle Wolfsaugen waren auf den Menschen gerichtet.

»Jetzt wird es lustig«, sagte der Barbar. Er marschierte zur Tür, die vor ihm geöffnet wurde. Ein Wächter erschien im Licht, das durch die Tür aufs schmutzige Pflaster fiel.

»Du sollst deine Chance bekommen«, sagte Hirad. »Ich will den Raben holen.«

»Das geht nicht«, sagte der Wächter und hob die Klinge.

»Wie du willst.« Hirad hob das Schwert und zog es nach rechts, während er einfach weiterrannte. Der Wächter blockte mit seinem Schwert ab, und die Funken flogen. Der Soldat, nach seinem Aussehen ein älterer Kämpfer, wich ein wenig zurück.

»Du musst nicht sterben. Gib mir einfach nur den Raben.« Hirad zog sich einen halben Schritt zurück. »Wir kämpfen auf der gleichen Seite.«

»Das glaube ich nicht.« Der Mann griff an, und Hirads Deckung war bereit. Jetzt sprang jedoch Thraun den Mann an und riss ihn zu Boden. Sein Kopf prallte auf den Stein, und eine Wolfspranke schlug nach seinem Hals.

Hirad holte tief Luft und rannte hinein. Drinnen stieß er auf drei Wächter, die gerade ihre Waffen an sich nahmen. Draußen brachen die Schreie des Wächters ab, bis nur noch ein entsetzliches Gurgeln zu hören war.

»Einer ist erledigt. Ich will nicht, dass es noch mehr werden.« Hirad hörte die Pfoten der Wölfe hinter sich, als das Rudel ihm durch die Tür folgte. »Wenn ihr angreift, kann ich sie nicht mehr kontrollieren.«

Ein weiterer Mann kam um die Ecke gerannt.

»Sie werden jetzt wirklich …« Er brach ab, als er die Szene in der Wachstube sah.

»Wütend?«, half der Barbar aus. Er wechselte das Schwert in die andere Hand. »Das bin ich auch, wenn Ihr meine Freunde nicht sofort aus der Zelle lasst.«

»Ich …«, wollte der Mann sagen. Dann trübte sich sein Blick. »Sie wirken einen Spruch.«

Hirad ließ das Schwert fallen und riss einen Dolch aus dem Gürtel, rannte zum Magier und legte ihm den Arm um den Hals. Die Metallspitze des Messers lag an seiner Kehle.

»Ich hatte gehofft, dass sie das tun«, sagte er. »Ich nehme an, dass sie gleich die Tür zerlegen werden. Da wollen wir doch nicht stören, oder?«

Die Spitze des Dolchs drang ein wenig in die Haut ein, und ein Blutstropfen quoll heraus. Die Wächter sahen wie gebannt zu und schauten zwischen Hirad und den Wölfen hin und her. Sie hatten Angst, konnten aber immer noch nicht ganz glauben, was sie sahen.

Der Magier bewegte seine Hände, es war nur eine winzige Geste. Das reichte Hirad. Er drückte die Klinge ein wenig tiefer hinein.

»Lasst es bleiben. Ihr seid ganz sicher nicht schneller als ich.«

Thraun stieß ein tiefes Knurren aus. Hirad sah sich um. Das Rudel war nervös. Die drei Männer hatten die Schwerter gezogen, bewegten sich aber nicht.

»Warte noch, Thraun«, sagte Hirad. Er hatte keine Ahnung, ob der große Wolf ihn verstehen konnte. Wenn nicht, gäbe es noch mehr Blutvergießen.

Von den Zellen her war eine unverwechselbare Stimme zu hören, und dann splitterte Holz. Ein paar Herzschläge später erschien der Unbekannte in der Wachstube. Er war nicht einmal erstaunt, als er Hirad und das Wolfsrudel vorfand.

»Schön, dass du mal vorbeischaust«, sagte er.

Hirad nickte. »Also gut. Lasst die Waffen fallen. Wir brauchen sie.« Das Messer am Hals des Magiers bewegte sich nicht.

Die Männer zögerten. Der Unbekannte schnaufte gereizt, machte ein paar rasche Schritte quer durch den Raum und knallte dem vordersten Wächter die Faust unters Kinn.

Der Schlag traf den Mann völlig unvorbereitet, und er prallte gegen die anderen beiden. Sein Schwert fiel mit lautem Scheppern auf den Boden. Der Unbekannte bückte sich, nahm die Klinge an sich und hob sie drohend.

»Lasst die Schwerter fallen«, knurrte er. Auch die anderen Klingen fielen auf den Boden. Der Unbekannte machte einen weiteren Schritt, und die Wächter, ein Lysternier und der Aufseher, wichen zurück. Denser und Ilkar nutzten die Gelegenheit und nahmen die Schwerter an sich.

»Es tut mir Leid«, sagte Hirad zum Magier.

»Schon gut«, entgegnete der Magier. »Ich weiß, dass dem General dabei auch nicht wohl war.«

»Nein, ich meinte dies hier.«

Er zog den Magier zu sich herum, drehte den Dolch um und knallte ihm das Ende des Griffs an die Schläfe. Der Mann sackte in sich zusammen.

»Wir können ja nicht zulassen, dass er einen Spruch wirkt, oder?« Er fing den Bewusstlosen auf und legte ihn sanft auf den Boden. Dann wandte er sich an die Wächter. »Und jetzt ihr. Es tut mir Leid um euren Freund da draußen, aber nehmt es mal als Warnung und verfolgt uns lieber nicht.«

Er betrachtete die anderen Rabenkrieger. Denser sah ihn an, als wäre er ein Gespenst, Ilkar konnte sich ein Lächeln nicht ganz verkneifen, und der Unbekannte gab sich große Mühe, ein unbeteiligtes Gesicht zu machen. Alle drei blickten immer wieder zu den Wölfen.

»Ja, das ist tatsächlich Thraun. Darüber können wir später noch reden. Wir haben viel zu tun.« Er lächelte. »Der Rabe! Der Rabe zu mir!«

Er führte sie an, und sie rannten zum Hafen.

Überall in Arlen brannten schon die Lichter, als der Graf von hektischem Klopfen an der Tür geweckt wurde. Nach General Darricks recht dramatischem Auftritt hatte er Wächter am Hafen postiert, doch wie erwartet war nichts weiter geschehen.

»Ja doch, verdammt.« Er stand auf. Der Hauptmann seiner Wache stürmte mit ernstem Gesicht herein.

»Die Schwarzen Schwingen haben die *Meerulme* geentert, die Lysternier haben gerade einen Wächter über den Haufen geritten, und die Dordovaner kommen. Unser Hafen wird ein Schlachtfeld werden.«

»Nicht, solange ich hier der Graf bin«, sagte Arlen. »Ihr wisst, was Ihr zu tun habt. Blockiert jeden Zugang in die Stadt. Sperrt den Hafen ab und holt meinen Kammerdiener aus dem Bett. Er soll in der Waffenkammer auf mich warten.«

»Das ist bereits geschehen, mein Lord.«

Arlens Grinsen war humorlos. »Umso schneller kann ich dann zu Euch stoßen.«

Der Hauptmann der Wache rannte wieder hinaus, seine Schritte auf dem Marmorboden hallten laut im Flur wider. Arlen trat an ein Fenster und zog die Vorhänge zur Seite. Am Hafen konnte er nichts erkennen, doch die Tatsache, dass überall Lichter brannten, verriet ihm, dass seine Stadt wach war, und dass nicht nur die nächtlichen Müßiggänger am Jahrhundertplatz unterwegs waren.

»Diese verdammten Magier«, murmelte er. »Zur Hölle sollen sie fahren.«

Darrick ritt an der Spitze des stummen Angriffs. Er hatte Schuldgefühle wegen der Wächter von Arlen, die verletzt oder getötet worden waren, als seine Truppe von Norden her in die Stadt gestürmt war. Die Kavallerie ritt mit klappernden Hufen über den Markt, die Betrunkenen und Spaziergänger stoben in alle Richtungen davon und brachten sich in Schänken und Gasthöfen in Sicherheit, wo noch Musik spielte und die Lichter hell brannten. Geradewegs nach Süden galoppierten sie, vorbei an Frachtbüros und dem Hafengasthof. Dann bogen sie scharf nach rechts ab und erreichten den Liegeplatz der *Meerulme*.

Auf allen Schiffen im Hafen brannte Licht, und die *Meerulme* bildete keine Ausnahme. Darrick sah die Elfen in der Takelage und hörte einzelne Befehle, die der Wind herüberwehte. Die ersten Regentropfen kamen herunter. Es sah so aus, als sollte es eine unangenehme Nacht werden.

Er zügelte sein Pferd vor der *Meerulme*, seine Kavallerie stellte sich hinter ihm auf.

»*Meerulme!*«, rief er. »Ich will mit dem Kapitän sprechen.«

Auf dem Schiff waren schlagartig alle Arbeiten unterbrochen worden, als die Kavallerie aufgetaucht war. Ein gebrüllter Befehl setzte die Elfen wieder in Bewegung. Ein Mann trat an die Backbordreling und lehnte sich darauf.

»General Darrick, welch angenehme Überraschung.«

»Wer seid Ihr?«, fragte Darrick.

»Ein Verbündeter«, lautete die Antwort. »Ich fürchte, der Kapitän dieses Schiffs ist im Moment unabkömmlich, aber im Grunde führe ich sowieso den Befehl. Ich bin Selik, der Hauptmann der Schwarzen Schwingen.«

»Dann seid Ihr kein Verbündeter«, fauchte Darrick.

»Ich glaube, da könnten Eure dordovanischen Freunde anderer Meinung sein, General.«

»Ich habe keine dordovanischen Freunde«, entgegnete Darrick. »Und Ihr auch nicht.«

»Da bin nun wieder ich anderer Meinung«, erwiderte Selik achselzuckend. »Aber das spielt keine Rolle. Ihr könnt sie gleich selbst fragen. Kann ich Euch sonst noch irgendwie behilflich sein?«

Darrick hielt einen Augenblick inne. Ihm war bewusst, dass der Wortwechsel genau beobachtet wurde, und wie er selbst glaubte niemand, was Selik gerade gesagt hatte. Jetzt wünschte er, er wäre nicht ohne die dordovanischen Magier aufgebrochen. Wenigstens hätte man sie jetzt befragen können. Von dem Abschaum an Bord der *Meerulme* waren jedenfalls keine ehrlichen Antworten zu erwarten.

»Ich verlange von Euch, dass Ihr mir Erienne Malanvai sofort ausliefert. Weiter verlange ich, dass Ihr sofort das Schiff verlasst, bevor es noch weiteres Blutvergießen gibt. Ich habe mehr als zweihundert Kavalleristen und dreißig Magier bei mir. Wenn Ihr unseren Forderungen nicht nachkommt, werden wir das Schiff einnehmen.«

»Wie Ihr ganz richtig sagt, habe ich Erienne Malanvai. Und wenn Ihr nicht vorsichtig seid, könnte es zu unerwünschten Todesfällen kommen«, sagte Selik. »Ich würde vorschlagen, Ihr haltet Euch zurück.«

»Ihr könnt sie nicht töten«, sagte Darrick. »Sie ist Euer einziger Trumpf.«

»Greift mich nur an, wenn Ihr das wirklich glaubt«, erwiderte Selik. »Ich würde allerdings sagen, dass es ein großes Risiko ist.«

Darrick wandte sich an Izack. »Teilt die Kavallerie ein. Sie sollen im Sattel bleiben, aber keiner nähert sich dem Schiff. Wenn es abzulegen versucht, verbrennt die Segel.« Er wandte sich wieder an Selik.

»Ihr seid nicht willkommen, Selik. Und Ihr werdet es nie bis aufs offene Meer schaffen. Überlegt es Euch genau, ehe Ihr Segel setzt.«

»Vielen Dank für die Warnung«, sagte Selik. »Allerdings halte ich das für eine Verschwendung Eures Atems.« Der Mann wandte sich ab.

Darrick saß ab und führte sein Pferd zum Hafengasthof, um zu beobachten und nachzudenken. Izack teilte unterdessen die Kavallerie ein, und gleich darauf bildeten die Berittenen um das Schiff einen vier Reiter tiefen Halbkreis, auf den die Magier gleichmäßig verteilt wurden. Schilde wurden errichtet, und die Offensivmagier bezogen im Zentrum der Formation ihre Stellung. Sie hatten die Sprüche vorbereitet und warteten.

Im Osten war neues Hufklappern auf dem Pflaster zu hören. Er fragte sich, ob Selik nicht am Ende doch Recht behalten sollte. Widerstrebend stieg er auf und lenkte sein Pferd im Trab zum östlichen Ende der lysternischen Formation. Er schnippte mit den Fingern und winkte einen älteren Elfen aus seiner Kavallerie zu sich.

»Was kannst du sehen?«

»Mehrere hundert Reiter in den Farben von Dordover. Unsere ehemaligen Begleitmagier sind bei ihnen, sie reiten vorne in der Truppe.«

»So etwas.« Darrick presste die Lippen zusammen und hob einen Arm. Seine Leute wurden still.

»Achtung. Dies wird nicht unbedingt eine freundliche Begegnung. Achtet auf mich. Achtet auf Kommandant Izack. Bleibt wachsam.«

Seine Stimme erreichte auch die *Meerulme.* Er betrachtete das Schiff. Irgendwo dort wurde Erienne gefangen gehalten. Die Elfen tummelten sich anscheinend ungehindert an Bord, doch die Schwarzen Schwingen beobachteten jede Bewegung. Er musste sehr vorsichtig vorgehen. Im Grunde konnte er immer noch nicht glauben, dass zwischen den Dordovanern und den Hexenjägern ein Abkommen bestand, doch die Beweise mehrten sich. Selik musste auf Zeit spielen, während das Schiff fürs Auslaufen vorbereitet wurde. Wenn er erst einmal abgelegt hatte, wurden die Probleme sogar noch größer.

»Wie weit?«, fragte er, ohne den Kopf umzudrehen. Er sah die Fackeln, doch die Entfernung war schwer zu schätzen.

»Sie sind jeden Augenblick hier. Drei Reiter breite Formation. Nicht sehr eng. Ihr wärt darüber nicht erbaut, Sir.«

Darrick sah den Elfen an. »Nein, wäre ich ganz sicher nicht.«

»Das ist kein Kompliment, sondern es ist einfach so«,

meinte der Elf, der plötzlich nervös wurde. »Es könnte bedeuten, dass es dieser Truppe an Disziplin mangelt.«

»Ich verstehe. Dann wollen wir abwarten und sehen, was geschieht, nicht wahr?«

»Jawohl, Sir.«

Die Reitertruppe der Dordovaner tauchte aus dem Schatten auf und kam um die Ecke des Fischmarkts herum. Darrick konnte jetzt erkennen, was der Elf meinte.

»Nenne Izack deinen Namen«, sagte der General. »Ich werde später nach dir fragen.«

»Ja, Sir.«

Als die Dordovaner den Verteidigungsring der Lysternier sahen, zügelten sie die Pferde. An der Spitze ritt ein Mann, den Darrick nicht erkannte. Es war ein Magier, kein Soldat.

»General Darrick«, sagte der Magier. Sein Lächeln passte schlecht zu seinem Tonfall.

»Zum zweiten Mal an diesem Abend stehe ich vor einem Unbekannten. Ich wüsste gern Euren Namen.«

»Gorstan«, erwiderte der Magier. »Adjutant von Vuldaroq, dem Herrn des Turms.«

»Ich lasse das Schiff bewachen«, erklärte Darrick. »Es ist seltsam, dass Ihr schon so lange hier seid, ohne die Bedrohung durch die Schwarzen Schwingen bemerkt zu haben. Ich hätte Euch viel früher im Hafen erwartet.«

Gorstans Lächeln war kaum sichtbar. »Es gibt keine Bedrohung, General Darrick. Es gibt nur Gleichgesinnte, auch wenn sich die Ethik unterscheiden mag. Nennt es ein Zweckbündnis, das von den Umständen diktiert wurde.«

Also doch. Darrick saß wie betäubt im Sattel. Seine Hoffnungen, Arlen könne sich geirrt haben, wurden in diesem Moment zunichte, und hinter sich hörte er trotz aller Disziplin die Kavallerie flüstern und tuscheln. Er hob eine Hand, um sie zum Schweigen zu bringen. Mit den Dordovanern konnte er fertig werden, doch dicht hinter ihnen folgten die Protektoren, weil auch Xetesk das Kind haben wollte. Er konnte nicht zulassen, dass das Blut seiner Männer vergossen wurde, und er musste die verworrene Situation klären.

Im Gefängnis schmachteten unterdessen die Männer, auf die er schon viel früher hätte hören sollen. Dem Raben konnte man vertrauen, wie man keinem Kolleg vertrauen konnte, und nun mussten vielleicht seine Männer mit ihrem Leben bezahlen, weil er seinen alten Freunden nicht geglaubt hatte.

Darrick ruckte an den Zügeln seines Pferds und ließ es vorwärts laufen. Er winkte Gorstan zu sich heran. Die beiden Männer trafen sich im zehn Schritt weiten Korridor zwischen den beiden Kavallerietruppen. Darrick sprach absichtlich leise.

»Sagt mir, dass Ihr die Aktion der Schwarzen Schwingen nicht gut geheißen habt.«

»Jeder so wie er kann, General. Die Schwarzen Schwingen sagten, sie hätten Erfahrung in der Einnahme von Schiffen, und es scheint so, als hätten sie Recht gehabt. Kein Dordovaner wurde verletzt, und wir haben Erienne in unserer Gewalt.«

»Ihr habt eine von Euch den Hexenjägern ausgeliefert. Damit seid Ihr nicht besser als sie.« Darrick hielt die Zügel fest. Er wollte keine wütende Geste machen, weil er dies vor seiner Kavallerie für ein Zeichen von Schwäche gehalten hätte.

Gorstan rutschte ein wenig im Sattel hin und her.

»General, es gibt Zeiten, in denen man sich mit dem Teufel verbünden muss, um etwas noch Schlimmeres zu verhindern. In einer solchen Gefahr leben wir heute, und Balaia wird uns dankbar sein für unser Eingreifen.«

»Erienne ist eine Dordovanerin«, fauchte Darrick.

»Sie ist eine Einzelgängerin, seit sie sich entschlossen hat, unser Kolleg zu verlassen und uns alle dem Untergang zu weihen«, entgegnete Gorstan. »Seid Ihr blind?«

»Nein, ich bin nicht blind. Allerdings glaube ich nicht, dass sie, ausgerechnet sie, den Schwarzen Schwingen ausgeliefert werden sollte.«

»Euer Mitgefühl wird eines Tages Euer Untergang sein«, sagte Gorstan.

»Und Eure unheilige Allianz der Eure.«

Gorstan überlegte einen Moment. »Ich nehme doch an, dass Ihr nach wie vor die Übereinkunft zwischen den Anführern unserer Kollegs respektiert.«

Der Puls pochte in Darricks Hals. Seine ganze Ausbildung befahl ihm, einfach zu nicken, die Konsequenzen zu ignorieren und die ganze Schuld und Schande denen zuzuweisen, die ihm die Befehle gegeben hatten. So hielt es jeder erfolgreiche Soldat. Normalerweise jedenfalls.

»Sie töten, was sie nicht verstehen«, sagte Darrick.

Gorstan zuckte mit den Achseln. »Manchmal ist das die einzige Lösung.«

Darrick konnte beinahe sehen, wie Vuldaroqs feistes Gesicht diese Bemerkung mit einem Nicken quittierte. Selbst ein Bündnis mit Xetesk wäre dem vorzuziehen, was sich hier gerade abspielte. Darrick holte tief Luft. Er war sich bewusst, welche Wirkung seine nächsten Worte haben konnten.

»Ich kann und werde nicht für die sprechen, die meinem Befehl unterstehen. Nein, ich gewähre Euch meine Unterstützung nicht. Ich bin auch nicht damit einverstanden, dass der Zweck die Mittel heiligen soll. Euer

Verhalten ist mir zuwider, und ich empfinde nichts als Verachtung für Dordover und jeden in Lystern, der diesen abscheulichen Plan unterstützt hat.«

Gorstan lächelte milde. »Ich glaube, das nennt man Hochverrat, General.«

»Dann soll es so sein.«

»Vuldaroq sagte bereits, dass Ihr vermutlich Ärger macht.«

»Ich glaube, hier sollte eher von Ehrenhaftigkeit die Rede sein. Eine Eigenschaft, die derzeit nur selten zu finden ist.«

»Ich …«

»Schweigt, Dordovaner. Ich kann Euer Geblöke nicht mehr hören. Ich werde jetzt meiner Kavallerie meine Absichten mitteilen. Die Männer werden sich daraufhin selbst entscheiden, was sie tun wollen. Zwischen Euch und mir wird es keinen weiteren Kontakt geben. Falls wir uns noch einmal treffen, ist Euer Leben verwirkt.«

»Ehre.« Gorstan kicherte. »Ihr lasst Balaia fallen, um Eure Ehre zu retten. Ihr seid ein Narr. Was meint Ihr wohl, warum Lystern so schwach ist?«

Darrick juckte es mächtig, darauf eine passende Antwort zu geben, den Magier vom Pferd zu ziehen und ihn zu verprügeln, bis sein höhnisches Lachen in seinem blutenden, zahnlosen Mund in einem Gurgeln unterging. Er beherrschte sich.

»Wie ich schon sagte, es wird keinen weiteren Kontakt geben.« Er zog sein Pferd herum und ritt im Schritt zu seinen Männern zurück.

Viertes Kapitel

Aeb lief mühelos neben Sytkan, dem berittenen Anführer der Magier. Die Protektoren ruhten, nachdem sie den Tag über bis in den Abend gerannt waren. Vorher hatten sie aus Arlen die Nachricht bekommen, die Schwarzen Schwingen seien aus der Stadt vertrieben worden. Es stand zu befürchten, dass später, vielleicht im Schutze der Dunkelheit, Unruhen ausbrechen würden. Die Protektoren, die zu diesem Zeitpunkt noch mehr als dreißig Meilen von der Stadt entfernt waren und schwieriges Gelände vor sich hatten, mussten eine Menge Zeit wettmachen. Es hatte keine weitere Kommunion mehr gegeben.

Wenige Meilen vor der Stadt hatten sie die Dordovaner bemerkt. Fußsoldaten folgten ihren berittenen Kameraden im Abstand von einer halben Meile und verloren ständig an Boden. Späher berichteten, eine Streitmacht von zweihundert Fußsoldaten plus hundertfünfzig Kavalleristen und berittenen Magiern sei unterwegs. Die Fußsoldaten waren ohne Verteidigung.

Sytkan hatte sofort ein gemächlicheres Marschtempo

befohlen, von Aeb jedoch verlangt, dass die Protektoren sich jetzt schon auf den höchstwahrscheinlich bevorstehenden Kampf einstimmten.

Nun musste eine Entscheidung getroffen werden. Aeb verstand, dass es politische Überlegungen gab, doch er sah keinen Grund, seine Brüder etwa nur widerstrebend zum Kampf zu rufen. Dordover hatte seine Absichten schon vor einigen Tagen an der Grenze des xeteskianischen Landes deutlich gemacht. Die Fußsoldaten stellten eine Bedrohung für den Erfolg der Mission dar, und die Protektoren waren dazu ausgebildet, Bedrohungen zu beseitigen.

»Wie schätzt du die Lage ein, Aeb?«, fragte Sytkan.

»Ein Angriff außerhalb von Arlen ist wirkungsvoller«, erklärte Aeb. »Es gibt mehr Platz für die Aufstellung, der Feind kann nicht fliehen, und es besteht kaum Gefahr für Unbeteiligte.«

»Könnt ihr sie umzingeln?«

»Gewiss, mein Magier.« Aeb sagte nichts weiter, da die zu wählende Taktik auf der Hand lag. Die Schlacht sollte rasch vorbei sein. Sie waren den Feinden im Verhältnis von beinahe drei zu zwei überlegen.

«Aber können wir den Angriff rechtfertigen?«, fragte Sytkan. »Wie ist deine Meinung, Aeb?«

»Es sind Dordovaner, die sich ihrer Kavallerie anschließen wollen. Wenn ihnen dies gelingt, vergrößert sich die Gefahr. Hier sind sie schwach.«

»Das ist keine Rechtfertigung«, wandte der Magier ein.

»Sie sind Feinde«, sagte Aeb.

»Ja, das sind sie.«

Aeb wartete auf die Befehle. Hinter ihm stand die Vorhut, inzwischen weniger als hundert Schritt von dreißig weiteren berittenen Magiern und dreihundertvierzehn Protektoren entfernt. Es musste bald geschehen. Sie brauchten etwas Zeit, um die Dordovaner zu umgehen, und inzwischen waren die Lichter der Stadt deutlich zu erkennen.

»Braucht ihr magische Unterstützung?«, fragte Sytkan.

»Das ist nicht nötig. Wir können sie leichter besiegen, wenn wir nur die Waffen benutzen.«

»Glaubst du, sie könnten sich unter einem magischen Angriff zerstreuen?«

»Wir würden so reagieren«, bestätigte Aeb.

»Erlaubnis zum Angriff erteilt.«

»Ja, mein Magier.« Aebs Schritt stockte keine Sekunde, als er die Befehle weitergab.

Flankenangriff. Erste Kompanie rechts, zweite Kompanie links, dritte Kompanie im Halbkreis von hinten. Einkreisung versuchen, der Rest schützt unseren Gebieter. Leise laufen. Ausführen.

Aeb rannte los und ließ den Rest seiner Vorhut und einige besonders ausgewählte Brüder zurück, um die Magier zu bewachen. Bald stießen drei weitere Brüder zu ihm. Die erste Hundertschaft wich unterdessen nach rechts vom Weg ab. Ihr Schritt war gleichmäßig und entsprach dem Vorstoß der Truppe auf der linken Seite. Der Halbkreis im Zentrum sollte sich etwas weiter unten auf dem Weg formieren, sie sollten drei Reihen tief stehen und mit den äußeren Kämpfern der Gruppen an den Flanken die Formation schließen.

Das Gelände war flach und offen. Trotz der Dunkelheit und obwohl die Dordovaner viel Lärm machten, rechnete Aeb damit, dass sie höchstens ein Drittel der gegnerischen Truppe überholen konnten, ehe sie bemerkt wurden. Dies sollte jedoch ausreichen.

Die Protektoren holten rasch auf, Aebs Hundertschaft befand sich auf einer kleinen Anhöhe, die linke Gruppe auf leicht abschüssigem Gelände. Die Waffen waren mit Schnappverschlüssen auf den Rücken geschnallt und machten kaum Geräusche, als die Protektoren über den Weg eilten. Aeb konnte bereits schemenhaft die Dordovaner vor sich sehen. Ihre Fackeln tanzten, während sie in enger Formation in Fünferreihen eilig marschierten. Sie rechneten offensichtlich nicht mit einem Angriff aus dem Rücken. Die Protektoren, die als Späher ausgeschickt worden waren, hatten berichtet, dass die Dordovaner weder Sicherungsposten nach hinten noch eine Vorhut eingesetzt hatten. Dies waren tödliche Fehler.

Langsamer jetzt, die vorderen Teile der ersten und zweiten Hundertschaft nähern sich dem Gegner. Angriff beginnt auf mein Kommando.

Er konnte die Feinde jetzt auch hören. Sie plauderten miteinander, als drohe ihnen keine Gefahr. Diese Männer glaubten, sie hätten den Sieg bereits errungen, und das beeinträchtigte die Disziplin.

Als er etwa vierzig Schritt hinter dem Feind lief, bat Aeb die Brüder, nach Anzeichen zu forschen, dass der beginnende Angriff bemerkt worden war. Ein Viertel die Marschsäule hinauf war tatsächlich eine warnende Elfenstimme zu hören.

»Linke Flanke, linke Flanke. Ich sehe Läufer in etwa dreißig Schritt Entfernung. Rechts überprüfen.«

Eine Stimme antwortete fast sofort.

»Läufer auf der rechten Seite.«

Als die Dordovaner langsamer wurden und das Kratzen der Schwerter zu hören war, die eilig aus Scheiden gezogen wurden, übermittelte Aeb den Angriffsbefehl.

Die Hundertschaften an den Flanken rannten los und griffen die Dordovaner an.

Die Protektoren gingen schweigend vor und rissen die Äxte und Klingen vom Rücken. Aeb hörte, wie das Erkennen durch die Reihen der Feinde lief und sich die Furcht in den Gesichtern spiegelte.

Bogenschützen.

Bogenschützen schickten eine Pfeilsalve in den Himmel. Es waren zu wenige, und die Pfeile waren zu schlecht gezielt, um den Angreifern irgendwelche Schwierigkeiten zu machen. Ein einziger nur blieb im Arm eines Bruders stecken. Er legte die Axt weg, ein anderer trat dicht neben ihn, um seine verletzte Seite zu schützen, und übermittelte, er könne den Kampf fortsetzen.

Hintere Hundertschaft, aufschließen. Wir haben Kontakt zur linken Seite. Beim Angriff ausfächern, Zweierreihen.

Aeb bog ab und sah, dass die Brüder von der linken Seite sich näherten, um die Falle zu schließen. Wie eine Welle, die schräg aufs Ufer trifft, formierten sich die Reihen der Protektoren und griffen die Dordovaner an. Aeb rannte nun wieder geradeaus und erreichte die Frontlinie der verwirrten Feinde, die bereits in Panik gerieten.

Ein Schritt nach vorn, und Aeb zog die Axt nach links, quer über den Rumpf seines Gegners. Er spürte, wie die Klinge das Fleisch traf und die Deckung wegfegte, die auf einen Überkopfschlag eingerichtet war. Neben ihm blockte Xye einen Schlag mit der Axt ab und stieß mit dem Schwert gerade nach vorn und in Hüfthöhe zu. Die Klinge durchbohrte den Leib des Gegners, als wäre er nicht mit einem Kettenhemd und einer Lederrüstung geschützt.

Der Gegner stand immer noch vor Aeb und schaffte es irgendwie sogar, einen ausholenden Schlag von unten nach oben zu führen. Aeb wich zurück und klatschte dem Mann die flache Axt ins Gesicht, ehe er ihm das Schwert zwischen die Beine schlug und seine Lenden spaltete, dass das Blut fünf Schritt weit in alle Richtungen spritzte.

Hintere Hundertschaft hat Feindkontakt, die hinteren Linien sind besiegt.

Rechts oben mit der Axt blockieren, Xye. Abblocken, Schwert nach unten, Stich gerade nach vorn.

Xye befolgte die Anweisungen. Ein Gegner starb.

Aeb blieb kühl und gelassen, der Sieg stand unmittelbar bevor. Er übermittelte Befehle nach links und rechts, lenkte die Protektoren und ließ die Verwundeten, von denen es nur sehr wenige gab, in Sicherheit bringen, als sich der Ring enger um die Feinde schloss. Sobald sie sahen, dass sie in der Falle saßen, wurden die Stimmen der Dordovaner lauter, ihre Schläge wurden härter und wilder, und ihre Verteidigungsformation bäumte sich störrisch auf. Obwohl rings um Aeb ein großer Lärm herrschte, konzentrierte er sich auf die geistigen Botschaften und überließ die Verzweiflung den Gegnern.

Er trieb die Axt in den Hals eines Dordovaners. Im Stürzen griff der Mann nach der Waffe. Aeb ließ los, blieb im Gleichgewicht und blockte den Angriff des nächsten Gegners über Kopf mit der Klinge ab, nachdem er vom Bruder hinter ihm eine entsprechende Anweisung bekommen hatte. Dann richtete er die Aufmerksamkeit wieder auf den erstaunten Feind, knallte ihm die Faust auf den Mund und die Nase und warf ihn rückwärts von den Beinen. Zum Abschluss zog er ihm das Schwert quer über die Brust.

Die Klinge kreischte auf dem Kettenhemd, Funken stoben, und der Schlag nahm dem Mann den Atem. Gegen den nächsten Hieb, der ihm den Hals zerfetzte, dass das Blut bis auf Aebs Maske spritzte, wehrte er sich nicht einmal mehr. Aeb schüttelte den Kopf, um die Tropfen aus den Augenschlitzen zu vertreiben.

Keiner darf überleben. Keiner darf nach Hause zurückkehren, übermittelte er.

Wir werden siegen. Wir sind eins.

Die Protektoren kämpften weiter, ihre Waffen blitzten trüb unter dem bewölkten Himmel, während die Fackeln der Feinde auf dem schlammigen Boden flackernd erloschen. Die Schreie der unglücklichen Dordovaner ebbten langsam ab. Einer legte seine Waffe weg, um sich zu ergeben. Im nächsten Moment wurde er von Xye geköpft.

Es war bald vorbei. Aebs letzter Dordovaner bekam einen Schlag auf den Bauch, und dann hauchten er und ein halbes Dutzend seiner Kameraden ihr Leben aus.

Wir sind eins.

Wir sind siegreich.

Bericht, übermittelte Aeb.

Drei Protektoren waren gefallen. Einundzwanzig hatten Verletzungen davongetragen, davon konnten zwölf in dieser Nacht nicht mehr kämpfen. Aeb reagierte gereizt. Irgendwie hatte ihre Disziplin versagt.

Nein, sendete Xye zurück. *Wer in die Enge getrieben ist, kämpft für zwei. Verzweiflung weckt neue Kräfte in einem Sterbenden.*

Dann haben wir uns überschätzt. Lernt, Brüder, lernt. Wir sind eins.

Aeb holte seine Axt und säuberte die Klingen seiner Waffen an den Kleidern der gefallenen Gegner, ehe er sie Xye reichte, der sie ihm in die Halterungen auf dem Rücken schob. Anschließend versorgte er Xye auf die gleiche Weise. Er bückte sich, riss ein Stück sauberes Tuch aus einem dordovanischen Hemd und wischte sich die Maske und die Schultern ab. Dann drehte er sich um und begrüßte Sytkan, der gerade eingetroffen war.

»Ich würde gratulieren, wenn es angesichts eines solchen Gemetzels nicht herzlos klänge«, sagte der Magier.

»Wir sind siegreich«, meldete Aeb.

»Das sehe ich«, entgegnete Sytkan, während er offenbar angewidert das Blutbad betrachtete. »Sie haben doch sicher an irgendeinem Punkt versucht, sich zu ergeben. Berichte.«

»Gefangene sind eine Bedrohung«, sagte Aeb.

»Das ist alles?«

»Wir haben nicht genug Kräfte, um Gefangene zu bewachen«, erklärte Aeb.

Der Magier seufzte. »Nein, wohl nicht. Holt die Masken eurer Gefallenen und schickt die Verletzten zu einem Magier. Lasst alle hier, die nicht mehr rennen können, und formiert euch. Die Schlacht ist noch nicht vorbei. Gibt es Probleme?«

»Nein. Werden wir hierher zurückkehren?«

»Selbstverständlich. Los jetzt, Aeb.«

Der Protektor gab die Befehle weiter, und bald darauf rannte die Armee nach Arlen.

Darrick zog sein Pferd herum und wandte sich an seine Kavallerie. Ihm war bewusst, dass alles, was er sagte, auch von Selik aufmerksam verfolgt wurde. Dagegen konnte man nichts machen. Seine Männer schwiegen erwartungsvoll, auch die Pferde waren ruhig. Ihre Flanken dampften noch im bleichen Licht der Laternen und Fackeln. Zweifellos würde auch Graf Arlen bald eintreffen, doch nicht vor ihm fürchtete Darrick sich. Er fürchtete die Protektoren. Er hatte sich nichts anmerken lassen, doch die Worte des Unbekannten hatten ihre Wirkung nicht verfehlt. Er wollte nicht als Feigling betrachtet werden. Er nickte Izack zu.

»Der General spricht!«, rief der Kommandant. Das Schweigen wurde tiefer. Darrick sah, wie Selik übers Deck der *Meerulme* schlenderte.

»Ich bin überrascht, enttäuscht und angewidert, wenn ich nun bestätigen muss, dass die Dordovaner hinter mir die Schwarzen Schwingen auf dem Schiff zu meiner Rechten rückhaltlos unterstützen.« Er hielt inne, als die Männer unruhig wurden. Er hob eine Hand und fuhr fort.

»Wie ihr wisst, hat unser Rat beschlossen, den dordovanischen Rat dabei zu unterstützen, das Kind zu fangen und in Gewahrsam zu nehmen. Offensichtlich haben sich die Pläne jedoch geändert, und die Dordovaner haben die Mutter des Kindes, die selbst Dordovanerin ist, den Hexenjägern ausgeliefert.

Wir bekommen deshalb nicht den Auftrag, das Schiff wieder einzunehmen, sondern wir sollen vielmehr das Schiff und alle Menschen, die derzeit an Bord sind, beschützen.« Wieder hielt er inne, doch diesmal erhoben sich keine Stimmen. Izack ahnte sicher schon, was jetzt kommen würde. Viele andere traf es jedoch völlig unvorbereitet.

»Ich kann nicht für euch sprechen, weil dies eine Frage ist, die jeder vor seinem eigenen Gewissen beantworten muss. Ihr wisst, was in Balaia geschieht. Naturgewalten suchen uns heim, und es ist die Magie, die sie antreibt. Wir sind alle der Meinung, dass dies aufhören muss, nur die Methoden sind nicht ganz so klar.

Hier seht ihr Dordover. Theoretisch unsere Verbündeten. Die Protektoren nähern sich, da auch Xetesk Pläne hat, denen wir uns, ebenfalls theoretisch, entgegenstellen sollten.

Ich sage es noch einmal, urteilt nach eurer eigenen Moral und nach eurem eigenen Gewissen. Denkt an eure Familien und an alles, was euch wichtig ist, bevor ihr über eure nächsten Handlungen entscheidet. Ich jedenfalls kann und werde den Abschaum an Bord dieses Schiffs nicht unterstützen. Deshalb trete ich von meinem Kommando zurück. Ich verzichte auf meinen Generalsrang und lege die Befehlsgewalt über diese Kavallerie nieder. Ich ziehe meine Unterstützung für die Handlungen der Kollegien von Lystern und Dordover zurück. Somit muss ich nun als Verräter gelten. Falls einer von euch mich jetzt verhaften will, werde ich nicht protestieren. Falls nicht, werde ich meines Weges gehen. Izack, Ihr führt jetzt den Befehl.«

Darrick gab seinem Pferd die Hacken und entfernte sich vom aufkommenden Tumult. Die Tränen liefen ihm über die Wangen.

»Bist du wirklich bereit, Unbekannter?«, sagte Hirad, als sie zum Hafen rannten.

»Wozu denn?« Der Unbekannte runzelte die Stirn.

»Na ja, ein billiges Schwert, keine Rüstung. Hoffentlich bist du überhaupt noch schnell genug.«

»Ich komme schon irgendwie klar. Pass du bloß auf deine neuen Schoßhündchen auf.«

Hirad lächelte. Die Wölfe trabten ohne sichtbare Anstrengung neben ihm her. Der Unbekannte rannte auf der anderen Seite, die beiden Magier folgten. Sie hatten den Holzplatz erreicht und waren fast im Hafen.

»Ich sage Thraun, dass du ihn so genannt hast.«

»Ach, sprichst du inzwischen fließend Wölfisch?« Auf einmal schnitt der Unbekannte eine Grimasse und legte eine Hand an seinen Kopf. »Bei den Göttern, es hat begonnen.«

»Die Protektoren?«

»Ich spüre den Krieg im Kopf. Sie kämpfen«, bestätigte der Unbekannte.

»Es muss außerhalb der Stadt sein, sonst könnten wir es hören. Zur Mole geht es nach rechts«, sagte Hirad.

Der Unbekannte nickte und führte den Raben um die Ecke. Der steife Wind wehte schneidend kalt vom See her, und der Regen, vor einer Weile nicht mehr als ein leichter Nieselregen, prasselte schwer herunter. Der Unbekannte fror, aber er zeigte es nicht. Hirad spürte die Kälte im Gesicht und freute sich nicht darauf, dass der Schweiß auf seinem Körper gefrieren würde, sobald sie innehielten. Falls sie überhaupt Zeit zum Verschnaufen bekamen.

Gleich darauf hielten sie abrupt an. Ein Stück voraus, kaum hundert Schritt entfernt, sahen sie eine große Kavallerieabteilung. Die Reiter waren vor einem Schiff, bei dem es sich um die *Meerulme* handeln musste, ausgefächert, und dahinter flackerte ein Dutzend Fackeln. Im Wolkenbruch konnte man nicht viel erkennen, es sah aber nach einer weiteren Streitmacht aus.

»Da vor uns, das ist Darricks Truppe«, erklärte der Unbekannte, als sie im Schatten des Holzplatzes in Deckung gingen. Dort waren sie auch ein wenig vor dem Regen geschützt.

»Verteidigt er etwa das Schiff?« Hirad spähte hinüber.

»Entweder das, oder er will verhindern, dass jemand

anders an Bord geht«, sagte Ilkar. »Ich kann ihn sehen. Er spricht zu seinen Männern, und nach ihren Reaktionen sind sie über das, was er sagt, nicht erfreut.«

Hirad beobachtete Thraun und das Rudel. Die Wölfe waren zuerst weitergelaufen, doch als der Rabe anhielt, waren sie zurückgekehrt. Thraun trabte in engen Kreisen um das Rudel herum. Die Raubtiere standen da und starrten die Masse von Pferdefleisch an, die vor ihnen wartete.

»Was jetzt? Die Wölfe werden nervös.«

»Ich verstehe nicht, warum du sie überhaupt mitgebracht hast, Hirad«, maulte Denser.

»Pass mal auf, Mann aus Xetesk. Sag du ihnen doch, dass sie nicht mitkommen sollen. Dann werden wir sehen, ob sie auf dich hören.«

»Ruhe, ihr zwei«, mahnte der Unbekannte. »Hebt euch das Gezanke für später auf. Wir müssen Darrick erreichen und vor dem warnen, was da auf ihn zukommt. Die Dordovaner soll es meinetwegen erwischen, wie es vermutlich sowieso schon vor der Stadt geschehen ist. Das Problem ist aber, dass die Leute dort vermutlich zur dordovanischen Kavallerie gehören, und die werden nicht gerade erbaut sein, uns hier zu treffen.«

»Das ist egal«, wandte Denser ein. »Erienne ist auf dem Schiff, und wir müssen sie da herunterholen.«

»Das sagst du am besten dem Mann, dessen Kavallerie es umstellt hat.«

»Schenk dir das, Unbekannter«, fauchte Denser. »Wir brauchen dazu keine Muskeln, sondern das hier.« Er tippte sich an die Schläfe. »Ein paar gut gezielte Sprüche, damit sie in Panik geraten. Dann fliegen Ilkar und ich hinüber, schnappen uns Erienne und verschwinden im Schutz des Rauchs und der Dunkelheit.«

Der Unbekannte drehte sich rum und sah Denser scharf an. »Das ist der Grund, weshalb ich die Pläne mache. Was du da vorschlägst, ist Selbstmord. Glaubst du wirklich, die Schwarzen Schwingen wären nicht auf so etwas vorbereitet? Bei den Göttern, von euch beiden abgesehen stehen wahrscheinlich sechzig Magier auf der Mole herum. Du weißt weder, wo Erienne festgehalten wird, noch weißt du, wie stark der Gegner ist. Wir können es uns nicht erlauben, irgendetwas in Gang zu bringen, bei dem sie verletzt werden könnte.«

»Sie verletzen sie jetzt schon.«

»Nichts, was sie umbringen könnte, meine ich. Wenn wir angreifen, dann muss es völlig überraschend kommen. Wir wissen aber noch nicht genug. Deshalb will ich mit Darrick reden. Hör mal, Denser, ich verstehe deine Verzweiflung, und wir alle wollen Erienne da so schnell wie möglich herausholen. Aber wir können uns keine Dummheiten erlauben. Wenn du dir jetzt vielleicht einen Weg überlegen könntest, wie wir mit Darrick reden können, ohne …«

»Nicht nötig«, unterbrach Ilkar. »Er kommt hierher. Allein.«

Sogar Thraun hörte auf, im Kreis zu laufen, und starrte hinüber.

Fünftes Kapitel

Ren'erei hatte sich hinter einem erhöhten Holzsteg versteckt, als die Reiter vorbeidonnerten. Sie hatte heftig zitternd zugeschaut, wie ein kurzer Wortwechsel mit Selik dazu führte, dass die Reiter sich offenbar zu einer Verteidigungsformation aufbauten. Die Reiter waren keine Schwarzen Schwingen, sondern gehörten offensichtlich zu einem Kolleg. Das spielte im Grunde keine große Rolle, vergrößerte aber ihre Verwirrung. Sie richtete sich wieder auf und rannte gebückt durch den Hafen, bis sie hinter dem Fischmarkt außer Sicht war.

Leise schlich sie an der Mauer entlang. Als sie einigen Müllsäcken ausweichen wollte, sah sie auf einmal weißes Fleisch. Sie blieb stehen und bückte sich. Der Mann war tot und lag mit dem Gesicht nach unten in der stinkenden Brühe voller Fischabfälle, die durch die Gosse floss. Es war kein Ort, an dem man liegen sollte, weder tot noch lebendig.

Ren'erei konnte den Mann nicht liegen lassen. Sie drehte ihn herum und wollte ihn unter den Armen packen.

»Oh, nein!«, keuchte sie. Es war Donetsk. Entsetzt schleppte und zerrte sie den schweren Leichnam aus dem Dreck heraus. Die Stahlkappen seiner Schuhe kratzten auf dem Pflaster. Sie schleifte ihn bis zur Kiesböschung, hinter der sich der Fischereihafen erstreckte. Er sollte am kommenden Morgen wenigstens einigermaßen sauber gefunden werden.

Als sie seinen Mantel reinigte, sah sie die Stichwunde in der Brust. Weder im Gesicht noch am Hals oder an den Händen war er verletzt. Dies bedeutete, dass er nicht auf den Angriff vorbereitet gewesen war. Es hatte keinen Kampf gegeben. Ren'erei legte zwei Finger auf die Wunde, sprach ein kurzes Gebet und bat für ihn um Frieden im nächsten Leben. Eine unbedeutende Geste, aber der Mann verdiente ein wenig Ehrerbietung, während sein Körper kalt und steif wurde.

Weitere Berittene rückten an. Der Lärm näherte sich rasch von Osten, und Ren'erei kauerte sich dicht an Donetsks Körper, um unbemerkt zu beobachten. Die Hufschläge, das Klirren von Metall und die Männerstimmen hallten laut zwischen den Gebäuden. Im schwachen Fackelschein wurden ihre Schatten riesig, als sie sich näherten. Ren'erei erkannte die Abzeichen des Kollegs von Dordover, als die Kavallerie vorbeigaloppierte und vor der *Meerulme* anhielt. Sie konnte aber nicht sagen, ob es eine freundliche Begegnung oder ein Angriff war, und sie hatte keine Zeit, sich Klarheit zu verschaffen.

Der kalte Wind hatte sie inzwischen fast getrocknet, doch jetzt begann es zu regnen. Sie blickte zum bewölkten Himmel hinauf. Schwere Wolken zogen vorbei, gelegentlich waren tief in ihnen Blitze zu sehen, die andeuteten, dass es noch schlimmer kommen würde. Sie betete für Lyannas Erweckung.

Sie wusste nicht, wohin sie sich wenden sollte. Schließlich stand sie auf, rannte hinten um den Fischmarkt herum und lief zum Jahrhundertplatz. In praktisch allen Häusern brannte jetzt Licht. Die Einwohner waren von den hunderten von Pferden, die zum Hafen gestürmt waren, geweckt worden. Einige Gasthöfe am Platz hatten auch zu dieser späten Stunde noch geöffnet. Wenn der Rabe in der Stadt war, dann konnte sie dort sicher etwas erfahren.

Der Unbekannte Krieger trat aus der Deckung heraus, als Darrick sein Pferd im Trab laufen ließ. Hirad kniete neben Thraun, einen Arm um den Hals des großen Wolfs gelegt, um ihn festzuhalten und zugleich zu beruhigen. Das Rudel war offensichtlich nervös und wurde deshalb aggressiv. Die Wölfe hatten ihm die Führung überlassen, doch jetzt hatte er angehalten, und sie waren nicht zufrieden.

Darrick hielt vor dem Raben an und stieg sofort ab. Sein Pferd bockte und zerrte am Zügel. Er ließ die Riemen los, es schoss sofort davon, galoppierte eine Seitenstraße hinauf und verschwand in der Dunkelheit.

»Bei den Göttern, ich bin froh, euch zu sehen«, sagte er.

»Ich wünschte, wir könnten das Gleiche sagen«, erwiderte der Unbekannte. »Ich mag es nicht, wenn ich eingesperrt werde.«

»Das kann ich mir vorstellen.« Darricks Lächeln war humorlos. »Hört mal, wir können hier nicht reden. Sie beobachten uns.« Er deutete hinter sich.

»Und, was nun?«, fragte der Unbekannte.

»Ich habe das Kommando niedergelegt. Man könnte wohl sagen, dass ich gerade eben desertiert bin.«

»Wie bitte?«, sagte Hirad. Darrick sah ihn an, bemerkte ihn offenbar erst jetzt.

»Bei den fallenden Göttern, was hat das alles hier zu bedeuten?«

»Das da ist Hirad, und das da sind die Wölfe, von denen du vermutet hast, sie hätten ihn getötet«, meinte Ilkar.

»Sie sind ganz nützlich, wenn man ein Gefängnis knacken will«, meinte Hirad.

»Ich verstehe.« Hirad wartete, bis Darrick sich wieder gefangen hatte. »Lasst uns hier verschwinden. Ich glaube, ich kann euch helfen.«

»Das wäre nicht schlecht«, entgegnete Denser.

Der Rabe setzte sich in Bewegung. Thraun ließ Hirad keine Sekunde aus den Augen.

»Ich kann es nicht erklären«, erklärte Hirad ihm. »Wir tun, was wir können. Ich verstehe nur nicht, was du willst. Wir jedenfalls versuchen, Erienne zu erreichen.«

Als der Name fiel, knurrte Thraun. Das Rudel folgte dem Raben unter die Traufe des Holzlagers. Hinter ihnen erhoben sich Stimmen.

»Nun rede schon«, drängte Denser.

»Ich hätte auf euch hören sollen«, gab Darrick zu. »Es tut mir Leid.«

»Das ist im Augenblick nicht wichtig«, antwortete der Unbekannte. »Wir stecken in großen Schwierigkeiten, und du hast nichts Vernünftiges beizusteuern.«

»Ich weiß. Hört mal, fragt nicht weiter, akzeptiert es einfach nur. Die Dordovaner haben mit den Schwarzen Schwingen ein Bündnis geschlossen. Ich will damit nichts zu tun haben, deshalb bin ich gegangen. Ich bin desertiert. Meine Männer müssen sich selbst entscheiden, und ich glaube, ein großer Teil ist zwar mir gegenüber loyal, hat aber keine großen Probleme mit den Schwarzen Schwingen. Sie wollen wie jeder andere ihre Angehörigen und ihr Heim retten, und dieses Bündnis scheint der schnellste und einfachste Weg zum Ziel zu sein.«

»Sie haben keine Ahnung!« Denser explodierte. »Diese Schweinehunde werden ihr das Herz bei lebendigem Leibe herausreißen.«

»Ich weiß«, sagte Darrick. »Bei den Göttern, das weiß ich jetzt. Aber wir kommen hier nicht an Erienne heran. Sie würden sie töten und hoffen, einen anderen Zugang zu Lyanna zu finden. Hört mal, ich weiß nicht genau, was Dordover plant, aber ich weiß, dass sie dieses Schiff zur Unterstützung gechartert haben.« Er deutete zum Liegeplatz auf der anderen Seite, wo ein großes, seetüchtiges Schiff festgemacht hatte. An Bord brannten Lichter, und man sah Bewegungen. »Es wird ausgerüstet und ist bereit, in See zu stechen. Die Dordovaner sind schließlich schon mindestens zwei Wochen hier.«

»Dann übernehmen wir das Schiff und folgen der *Meerulme*?«, sagte Hirad.

»Ich sehe keine andere Möglichkeit«, meinte Darrick. »Keine unmittelbar greifbare Möglichkeit jedenfalls. So können wir wenigstens beobachten, wie sich die Dinge entwickeln.«

Der Unbekannte nickte. »Einverstanden. Aber wir müssen schnell einen Plan entwerfen. Ich glaube nicht, dass die Dordovaner bis zum Morgen warten.«

»Tja, du bist ja der Experte, Unbekannter«, sagte Denser.

»Und du bist immer noch unglaublich witzig«, gab Hirad zurück.

»Ich frage mich nur, welchen Sinn es haben soll, ihnen zu folgen«, meinte Denser.

»Uns bleibt nichts anderes übrig«, erklärte der Unbekannte. »Wir haben hier in Arlen keine Chance, etwas zu unternehmen. Die Insel oder sogar die Überfahrt könnte uns solche Möglichkeiten bieten, sofern wir bereit sind, schnell zu handeln.«

Denser schüttelte den Kopf und wollte Einwände erheben, doch er wurde von einem Spruch unterbrochen, der über dem Hafen explodierte. Die ohrenbetäubende Detonation war im ganzen Stadtviertel zu hören. Dann brüllten Männer, und man hörte Hufgetrappel, als die Kavallerie eilig neu aufgestellt wurde. Befehle wurden gerufen, und gleich darauf drang ihnen der Schlachtlärm in die Ohren.

Der Unbekannte sah Hirad an und nickte.

Die Protektoren waren in Arlen eingetroffen.

Auf dem Hauptplatz stieß Ren'erei auf Arlens Wächter. Der Graf selbst saß auf einem großen, dunkelbraunen Hengst und sprach zu der rasch anschwellenden Menschenmenge.

»… eine friedliche Stadt, doch manchmal müssen wir, so widersinnig es auch scheinen mag, kämpfen, um den Frieden zu erhalten. Unser Hafen ist von fremden Truppen besetzt. Alle, die wir dort nicht willkommen heißen können, müssen vertrieben werden. Meine Wächter sind bei mir, und wer von euch hier sich dazu in der Lage fühlt, ist willkommen, unsere Zahl zu verstärken.«

Ren'erei schüttelte den Kopf. Eine Ansprache für die Betrunkenen. Diese Zuhörer waren leicht zu gewinnen, und das Brüllen, das auf seine Worte folgte, bewies es. Die Elfenfrau sah, wie einige Männer einzeln oder zu zweit zum Hafen rannten. Wahrscheinlich Matrosen, die sich in die relative Sicherheit ihrer Schiffe zurückziehen wollten.

Sie suchte in der Menge nach dem Raben, doch die vielen Gesichter verwirrten sie nur. Der Graf gab Befehle, die Wächter formierten sich, und die Menge folgte ihm, offenbar in freudiger Erwartung einer Prügelei. Wieder schüttelte sie den Kopf. Zwei Dutzend Betrunkene und ungefähr ebenso viele Wächter gegen gut ausgebildete Kavallerie. Sie konnte nur hoffen, dass Arlen sich rechtzeitig zurückzog, wenn es gefährlich wurde.

Hinter Ren'erei flammte ein Spruch auf und warf einen hellen Feuerschein über den Himmel. Darauf folgte ein dumpfer Knall, und dann war das Gebrüll hunderter zorniger Stimmen zu hören. In diesem Moment handelte der Mob wie ein einziger Mann und lief zum Südende des Marktes. Arlen und seine Wächter befanden sich in der Mitte der Menge, jeder Anschein von Ordnung war verschwunden.

Ren'erei zog sich rasch zurück und sah ihnen nach. Sie packte einen Wächter am Ärmel, der so vernünftig war, den anderen in einem gewissen Abstand zu folgen. Der Mann drehte sich um und sah sie streng und aufgebracht an.

»Der Rabe«, sagte Ren'erei. »Wo ist der Rabe?«

Der Wächter lachte. »Da, wo alle Freunde der Magie sein sollten, Elfenfrau. Hinter Schloss und Riegel. Komm doch mit, wenn du deine Schiffe retten willst.« Damit verschwand er und rannte den anderen hinterher.

Seufzend machte Ren'erei sich auf den Weg zum Gefängnis. Sie fürchtete, dort ein Blutbad vorzufinden.

Thraun heulte, und das Rudel verschwand um die Ecke und rannte zur Mole. Die Wölfe hörten nicht auf Hirads Rufe.

»Der Rabe zu mir!«, befahl der Unbekannte.

Sie zogen die Schwerter blank, Ilkar und Denser bereiteten Sprüche vor. Der Rabe lief rasch zur Mole. Der Regen war noch stärker geworden und trommelte auf die Straße und in ihre Gesichter. Auf der Mole war mittlerweile der Teufel los.

Ein Lagerhaus am Fischmarkt brannte, hinter der *Meerulme* hörte man heftige Kampfgeräusche von Protektoren und Dordovanern. Ein ansehnlicher Teil der Lysternier hielt sich heraus, doch viele beteiligten sich am Kampf, weil sie in Xetesk einen Feind sahen, den sie hassen konnten, obwohl sie die Streitmacht fürchteten, die da vor ihnen aufmarschiert war.

Hirad sah das Rudel in dem von Fackeln und Feuerschein erhellten Schlachtgetümmel verschwinden. Pferde bäumten sich auf, und er hörte Thrauns unverkennbares Heulen. Hirad hatte keine Ahnung, was die Wölfe dort wollten, aber wenigstens fanden sie endlich ein Ventil für ihre aufgestauten Aggressionen. Er war nur froh, dass er ihnen nicht im Weg war.

»Schild steht«, meldete Ilkar, als sie losrannten.

»Feuerkugeln bereit«, sagte Denser.

In der Luft waren Gestalten zu sehen, die sich vor dem brennenden Lagerhaus hin und her bewegten.

»Fliegende Magier«, bestätigte Ilkar. Er sprach leise, doch seine Stimme trug weit.

»Die *Meerulme* legt ab«, sagte der Unbekannte. »Seht nur.«

Das Vorsegel wurde aufgezogen, vorne und hinten wurden die Taue gekappt, und mit einem Knirschen, das dem Kapitän durch Mark und Bein fahren musste, drehte das Schiff am Liegeplatz, während sich das Vorsegel blähte und es vom Ufer wegdrückte. Die fliegenden Magier kreisten hoch oben, als die *Meerulme* Fahrt aufnahm.

»Wie viele kannst du erkennen, Ilkar?«, fragte der Unbekannte. Der Rabe war stehen geblieben, weil er sich nicht am weiter vorn tobenden Kampf beteiligen wollte, der gerade die Tür des Hafengasthofs erreicht hatte. Die Gäste verließen eilig das Lokal und rannten davon.

»Zehn oder mehr«, sagte Ilkar. »Es ist schwer zu sagen.«

Ein weiterer Lichtblitz flammte auf, Feuerkugeln schlugen mitten in die verunsicherte lysternische Kavallerie und ließen Pferde und Reiter erschrocken fliehen. Im Osten ging Heißer Regen nieder, und trotz der Nässe stiegen Dampf und Rauch vom Dach des Fischmarktes auf. Der stechende Geruch von brennenden Fischabfällen und Ölresten wurde vom Wind herangetrieben.

Eine Abteilung der dordovanischen Kavallerie löste sich aus dem Kampfgeschehen, sprengte mitten durch die Lysternier und ritt links neben dem Gasthof in Richtung Jahrhundertplatz.

»Das ist eine Finte«, sagte Darrick. »Sie wollen den Feind umgehen und von der anderen Seite zum Hafen zurückkehren.«

»Wir brauchen mehr Kräfte, wenn wir das zweite Schiff einnehmen wollen«, sagte der Unbekannte.

»Hat jemand einen Vorschlag?«, fragte Hirad.

»Ja. Darrick, geh zum Schiff und sieh mal, ob du etwas ausrichten kannst. Denser, du gehst mit ihm. Ilkar und Hirad, ihr kommt mit mir. Wir werden ein paar Protektoren holen.«

»Und deshalb machst du die Pläne, ja?«, sagte Denser.

»Tu es einfach.« Der Unbekannte wandte sich an Hirad. »Los jetzt.«

Im Rennen beobachtete Hirad die Schlacht, die vor ihnen im Gange war. Die Lysternier waren ohne Anführer und der Panik nahe. Der Verlust Darricks hatte ihnen einen bösen Schlag versetzt, und auch wenn sie einen neuen Kommandanten hatten – Izack, wie Hirad erkannte –, der Befehl auf Befehl brüllte, war zu erkennen, dass sie nicht sicher waren, ob sie weglaufen oder kämpfen sollten. So geriet die ganze Einheit in Unordnung, und nur einige magische Schilde behüteten sie vor der Katastrophe. Wenn die Protektoren sie erreichten, gab es ein Massaker.

Hinter der nervösen lysternischen Kavallerie hatten die Dordovaner im schmalen Kampfgebiet zwischen dem Fischmarkt, dem brennenden Lagerhaus und dem Rand der Mole eine enge Verteidigungsformation aufgebaut. Nach dem ersten Angriff hatten die dordovanischen Magier die Protektoren mit einer Reihe von Kraftkegeln zurückgedrängt, während andere Magier die Kavallerie vor Angriffen durch Geschosse und Sprüche schützten.

Natürlich suchten die Protektoren sich nun einen anderen Weg. Man konnte sehen, wie sie sich in die Stadt zurückzogen, um die Dordovaner zu umgehen, die unterdessen im Osten des Fischmarktes und um den Hafengasthof Sperren errichteten.

Die xeteskianischen Magier konzentrierten sich inzwischen auf die Gebäude in der Nähe. Der erste Heiße Regen hatte das Dach des Fischmarktes noch zufällig getroffen, doch jetzt konnte Hirad erkennen, dass regelmäßig Feuerkugeln auf die Balken und das Schieferdach schlugen. Sie verkochten den Regen und entzündeten das rasch trocknende Holz. An zehn oder mehr Stellen brachen in der Markthalle Feuer aus.

»In die Stadt«, rief der Unbekannte und führte sie rechts am Hafengasthof vorbei, fort vom unmittelbaren

Kampfgeschehen. Hirad konnte sehen, wie das Rudel die Pferde scheu machte, während es zwischen den Lysterniern hin und her lief. Thraun blieb stehen und sah der verschwindenden *Meerulme* hinterher, dann rannte er wieder ins Getümmel hinein.

Als der Rabe den Hafen verließ, kamen ihnen Menschen entgegen, an ihrer Spitze der berittene Graf Arlen.

»Oh, das ist ein Fehler«, sagte der Unbekannte.

Die Rabenkrieger zogen sich in eine Gasse zurück, die hinter dem Gasthof verlief, doch sie hatten bereits die Aufmerksamkeit der Truppe erregt. Mehrere Männer wurden langsamer, schauten genauer nach und wählten die Rabenkrieger als ihre ersten Angriffsziele aus. Der Unbekannte und Hirad standen nebeneinander, die Klinge des großen Mannes tippte gleichmäßig aufs Pflaster.

»Tut es nicht«, warnte der Unbekannte die Männer. Es waren keine Stadtwächter, sondern Einheimische, die von Alkohol und Adrenalin aufgeputscht waren.

»Der Graf sagt, ihr sollt hier verschwinden«, nuschelte einer.

»Das passt uns jetzt gerade nicht«, erwiderte Hirad. »Geht weiter, oder geht nach Hause. Es ist gefährlich hier.«

»Das ist unsere Stadt«, sagte ein anderer, der hinter den ersten beiden stand. »Wir bestimmen hier, wo es langgeht, nicht ihr.« Darauf folgte zustimmendes Gemurmel, und die Männer rückten weiter vor.

Hirad zählte sechs. Alle waren groß, aber keiner war ein geübter Schwertkämpfer. Er bedauerte, was gleich passieren musste. Der Unbekannte tippte immer noch auf den Boden, der Barbar wechselte zweimal den Griff, um die Gegner einzuschüchtern, doch die Angreifer waren zu benommen, um die Gefährlichkeit der Rabenkrieger zu erkennen.

Ilkar seufzte hinter ihnen.

»Was ist?« Hirad sah sich nicht um.

»Ich ...«, der Elf unterbrach sich. »Bei den Göttern. Schnappt euch die ersten beiden. Mehr schafft ihr nicht.«

Die Rabenkrieger zweifelten nicht an Ilkars Worten. Was der Magier auch fühlte, es musste etwas Großes sein. Viel zu schnell, als dass die Männer vor ihnen noch reagieren konnten, streckten Hirad und der Unbekannte Krieger die Arme aus und zogen die vorderen beiden Männer zu sich unter den Schild. Hilflos fuchtelten sie mit den Klingen in der Luft herum. Hirad knallte seinem Gegner den Schwertgriff ans Kinn, um ihn ruhig zu stellen. Das Gerangel war schnell vorbei.

Höllenfeuer knallte in den Gasthof, und die unglaublich heiße Glut suchte die Seelen der Lebenden. Es waren viele Flammensäulen, und nur wenige Menschen befanden sich im Gasthof. Als das Feuer ins Gebäude eindrang und sämtliche Fenster nach außen explodierten, sprangen einige Flammensäulen weiter und fanden die nächsten Opfer auf der Straße.

Die Flammen tobten über Ilkars Schild hinweg, und einen Moment lang sah Hirad nichts außer grellem Orange und weißen und gelben Blitzen. Die Einwohner Arlens aber schrien entsetzt auf und starben kreischend, als das Höllenfeuer in ihre wehrlosen Körper fuhr. Das verbrannte Fleisch spritzte gegen die Wände, brennende Leichen flogen wie Puppen durch die Gasse und die Straße.

Auf der Seite, wo der Rabe stand, brannte der Hafengasthof lichterloh. In den gähnenden Fenstern züngelten Flammen, und im Schieferdach klafften Risse.

»Ilkar?«, fragte der Unbekannte.

»Ja. Los jetzt, gehen wir!«

Der Unbekannte schüttelte den Mann, den er festhielt.

»Kehrt nach Hause zurück und kümmert euch um eure Familien. Das hier ist eine Nummer zu groß für euch.« Er stieß den Mann fort, und Hirad tat das Gleiche mit seinem Gegner. Die Männer stolperten benommen durch das Blutbad.

»Der Rabe! Der Rabe zu mir!

Sechstes Kapitel

Thraun wusste, wo sie war. Er rief das Rudel zu sich, auch wenn die Wölfe Angst hatten und am liebsten geflohen wären. Sie rannten zwischen den Beutetieren hindurch, heulten und bissen zu. Die verschreckten Pferde sprangen wild umher und lehnten sich gegen die Befehle ihrer Herren auf. Das Rudel wich den scharfen Waffen in den Händen der Menschen mühelos aus, huschte durch die Beine der Beutetiere und unter den schwitzenden Körpern hinweg.

Doch auch jetzt sollte es kein Festmahl geben. Die Luft roch schlecht, und die Flammen machten es nicht besser. Die Antwort auf alles war die Frau mit dem Dunstschleier um ihre Seele. Thraun hatte sie und ihr Kind schon vor der Begegnung mit dem menschlichen Rudelbruder gesehen. Sie war jetzt auf dem schwimmenden Land, das sich mit dem Wind bewegte, und der Rudelbruder hatte ihren Namen ausgesprochen. Thraun konnte den Klang nicht wiederholen, doch tief in seinem Herzen verstand er, und er wusste, dass er das Rudel nahe zu den Antworten gebracht hatte, die sie suchten.

Doch obwohl sie so nahe waren, sollten sie um die Antwort betrogen werden. Der Abstand zwischen der Mole und dem schwimmenden Land war bereits zu groß, als dass das Rudel hätte springen können, und mit jedem Herzschlag wurde der Abstand größer. Der Wind wehte stark und kräftig und trieb das schwimmende Land immer weiter weg. Er heulte und bellte, dass es zurückkehren solle, er drehte sich frustriert mehrmals um sich selbst, doch der Wind wehte nur noch stärker, der Regen stach ihm in Augen und Nase und durchnässte sein Fell. Immer mehr große weiße Blütenblätter erschienen auf den Bäumen des schwimmenden Landes und fingen den Wind ein. Die Frau verschwand in der Dunkelheit.

Noch einmal heulte er, rief das Rudel zu sich und rannte fort, um den Rudelbruder zu suchen.

Der Rabe hatte keine Zeit, Arlen zu helfen. Der Graf und seine Männer waren in etwas hineingeraten, das weit über ihre schwachen Kräfte hinausging. Ein Blick die Straße hinunter zeigte, dass die *Meerulme* weitere Segel setzte und ins offene Wasser des Sees hinausfuhr. Droben am Himmel schwebten dordovanische Magier durch die von Flammen erhellte Nacht, einer landete auf dem Deck des Schiffs.

Als sie zum Jahrhundertplatz rannten, hörte Hirad nicht weit voraus die Abteilung der dordovanischen Kavallerie. Wahrscheinlich ritten sie am Rand des Platzes entlang, um den Kontakt mit dem Gegner zu meiden, bis sie am Gefängnis vorbei von hinten wieder die Mole erreichten. Links waren weitere Hufschläge und eilige Schritte zu hören.

Am südlichen Ausgang des Marktes blieb der Unbekannte am Ende einer Reihe von Schreibstuben stehen und hob einen Arm, um Hirad und Ilkar aufzuhalten. Mehr als siebzig Protektoren standen in einem Verteidigungsring um sechs berittene Magier. Es war klar, dass die Magier ihn über den Haufen geritten hätten, doch die Protektoren waren sofort langsamer geworden, als sie den Unbekannten erblickt hatten, und Hirad konnte spüren, welche Ehrfurcht sie für ihn empfanden.

»Ich brauche vierzig Protektoren und so viele Magier, wie Ihr bei dem, was Ihr gerade tut, entbehren könnt«, sagte der Unbekannte. Er hatte das Schwert vor sich auf den Boden gestellt. Es bewegte sich nicht.

»Und wer, zum Teufel, seid Ihr? Der Herr vom Berge?«, fragte ein Magier. Trotz der Gereiztheit verriet seine Stimme auch einen gewissen Respekt.

»Nein, ich bin der Unbekannte Krieger, wir sind der Rabe, und wir wollen Lyanna vor Dordover retten.«

Der Magier nickte. »Ich habe Euch natürlich erkannt. Glaubt Ihr wirklich, Ihr habt bessere Aussichten, unser gemeinsames Ziel zu erreichen, wenn Ihr es auf Eure Art tut?« Inzwischen überwog die Achtung den Zorn.

»Die *Meerulme* ist ausgelaufen. Unsere einzige Chance besteht darin, uns ein Schiff zu besorgen. Wir wissen von einem ausgerüsteten Schiff, das für die Abfahrt bereit ist. Die dordovanische Kavallerie will an Bord gehen. Ich brauche die Protektoren, um den Zugang zu erzwingen – und als Unterstützung für weitere Kämpfe. Ihr anderen müsst mir die Haupttruppe der Dordovaner und Lysternier vom Hals halten. Ich brauche Eure Antwort sofort.«

Der Magier nickte noch einmal. »Nehmt dreißig. Magier kann ich nicht entbehren. Ich bin Sytkan. Lasst mich durch Denser unterrichten, wenn Ihr das Schiff eingenommen habt.«

Der Unbekannte lächelte. »Danke, Sytkan. Möglicherweise habt Ihr soeben das Kind des Einen Weges gerettet.« Er deutete auf die Protektoren. »Aeb, bring deine Brüder mit.« Er wartete nicht auf die Antwort, sondern drehte sich sofort um und rannte zum Hafen zurück.

Erienne hörte die Kampfgeräusche, konnte jedoch nichts sehen, weil ihr winziges Kabinenfenster nach hinten hinausging, wo stockdunkle Nacht herrschte. Sie betete, dass ihr Kolleg kam, um sie zu retten. Noch inbrünstiger betete sie, dass beim nächsten Mal die Tür von Denser geöffnet würde. Sie bemerkte den Aufprall, als das Heck der *Meerulme* beim Wenden über die Mauer schrammte. Die Spanten knarrten protestierend. Sie hörte die Befehle, die der Kapitän rief. Jeder Silbe war sein Widerstreben anzumerken. Sie spürte das Wiegen des Schiffs, als es das freie Wasser erreichte und Fahrt aufnahm. Und schließlich, als die Tür geöffnet wurde und Selik eintrat, weinte sie.

»Nun ja, nun ja.« Selik ignorierte ihre Tränen. »Eine schöne Aufregung war das. Wie schade, dass wir schon aufbrechen müssen.«

»Verschwindet, Selik. Ihr seid Abschaum, und ich will Euch erst sehen, wenn Ihr kommt, um mich zu töten.« Sie wischte sich die Tränen mit dem Ärmel ab.

»Dummerweise ist dies aber mein Schiff, auf dem ich gehe, wohin ich will«, sagte Selik. »Ich habe übrigens gerade mit Eurem alten Freund General Darrick gesprochen. Wie es scheint, missfällt es ihm, dass die Kräfte der Gerechten das Schiff übernommen haben.«

Wider Willen wurde Erienne neugierig, doch sie hob nicht den Kopf. »Wenigstens ist er kein Mörder.«

»Nein, aber er ist ein Mann, dessen Prinzipien etwas unbequem werden.«

»Was meint Ihr damit?« Erienne war verwirrt und verunsichert. Sie segelten zu Lyanna, aber die Reise konnte nur damit enden, dass sie durch die Hände ihrer Feinde starb. Und doch tauschte sie mit Selik, dem Anführer der Schwarzen Schwingen, Belanglosigkeiten aus.

»Er ist lieber desertiert, als seinen dordovanischen Verbündeten weiter zu helfen.«

»Das ist gut. Sie sind ja auch kaum besser als Ihr.« Erienne schmeckte bittere Galle auf der Zunge. »Gibt es sonst noch etwas?«

»Aber ja. Ich wollte Euch denen vorstellen, die ich bereits angekündigt habe. Ich lege Wert darauf, meine Versprechen zu halten.«

»Ihr klingt genau wie Euer toter Freund Travers.«

»Das fasse ich als Kompliment auf. Er war ein großer Mann.«

»Ich verzichte.«

Seliks Lächeln war etwas gezwungen. »Vergesst nicht, wem Ihr gehört. Aber wo bleiben meine Manieren?«

Erienne sah ihn eintreten, und sie sah das Lächeln auf seinem Gesicht, die halb ausgebreiteten Arme und das wohlwollende Gehabe. Dann verschwamm es ihr vor Augen, und sie setzte sich schwer aufs Bett. Sie musste sich seitlich mit den Händen abstützen, um nicht das Gleichgewicht zu verlieren. Sie zwang sich, ihn anzusehen.

»Ihr.« Das war alles, was sie sagen konnte.

Der Rabe rannte vor ihm, und Aeb ließ vor allem Sol, den Unbekannten Krieger, keinen Moment aus den Augen. Die Protektoren liefen mit ihm, und nur mit ihm, und in Aeb erwachte ein Gefühl, an das er nur noch vage Erinnerungen hatte. Es durchflutete ihn, und alle Seelen im Verband nahmen Anteil daran. Er und die Brüder, die bei ihm waren, fühlten es stärker als die anderen, und obwohl es unvertraut war, hießen sie es begeistert willkommen.

Freude.

Auf der *Calaianische Sonne*, die nach Darricks Informationen bereits verproviantiert war und nur noch auf die Passagiere wartete, brannten Laternen. Die Mannschaft war auf Deck versammelt und starrte zur Mole hinunter, wo vor den inzwischen ausgedehnten, im Regen zischenden Bränden eine Art Patt entstanden war. Vom Wind aufgepeitschte, riesige Flammen loderten hoch empor und drohten auf die benachbarten Gebäude, die bisher von magischen Angriffen verschont geblieben waren, überzugreifen.

Heißer Regen, gewirkt von Lystern, Dordover und Xetesk, ging unablässig im Hafen nieder. Über die Pferde und Reiter waren Schilde gebreitet worden, auf denen das magische Feuer spielte.

Darrick sah, wie der Hafengasthof vom Höllenfeuer getroffen wurde, und er hörte die Todesschreie der Menschen. Einige konnten sich in die andere Seitenstraße retten und warfen sich gegen die lysternische Kavallerie. Die Lysternier reagierten überrascht und schlugen den Angriff eher halbherzig zurück, bis deutlich wurde, dass einige gerade freie Magier die Straße mit Kraftkegeln gesperrt hatten.

»Sieh mal zu, was du mit der Besatzung tun kannst. Ich muss Sprüche vorbereiten«, sagte Denser.

»Geht klar«, antwortete Darrick.

»Noch etwas, Darrick.«

»Was denn?«

»Danke.«

Darrick runzelte die Stirn. »Wofür?«

»Dafür, dass du das Leben meiner Familie über die Politik stellst.«

»Das wurde auch Zeit.« Darrick wandte sich ab.

Denser betrachtete die gegenüberliegenden Gebäude. Drei Lagerhäuser standen dort am Hafen, dazwischen gab es Durchgänge, die breit genug für vier oder fünf Pferde nebeneinander waren. Da er keinen Kraftkegel sprechen konnte, der stark genug war, um alle Zugänge abzudecken, wählte er einen Spruch, der ein größeres Hindernis aufbauen sollte, und betete, dass der Unbekannte bald mit den Protektoren käme. Er kniete sich hin, um im scharfen Wind nicht das Gleichgewicht zu verlieren, ignorierte den Regen, der ihm ins Gesicht peitschte, sowie den stärker werdenden Geruch von brennendem Holz und heißem Metall und begann mit den Vorbereitungen.

Auf dem Rückweg zum Hafen hatte Ilkar den Schild aufgehoben und kurz innegehalten, um Schattenschwingen zu wirken. Er schwebte über Hirad in der Luft und suchte die dordovanische Kavallerie. Da sie keine genauen Informationen hatten, führte der Unbekannte sie wieder am Holzplatz vorbei, um möglichst schnell zur Mole und zu ihrem Schiff zu gelangen.

Der Regen machte das Pflaster glitschig, das Wasser lief in Bächen durch die Gosse, und der Schlamm von den Hufen der Pferde machte das Ganze nicht besser. Mehr als einmal glitt Hirad aus und wurde blitzschnell von einem Protektor gestützt, noch bevor er selbst richtig bemerkte, dass er das Gleichgewicht verloren hatte. Er wollte schon wütend werden, weil sie offenbar grundsätzlich unterstellten, er sei auf ihre Hilfe angewiesen, wenn er durch den Regen rennen musste, doch dann konnte er nur noch staunen, wie schnell sie dachten und handelten.

Er schaute hinauf und sah Ilkar, der aus der von Bränden erhellten Nacht zu ihnen geflogen kam, um ihnen eine Lagebeschreibung zu geben.

»Denser und Darrick sind am Schiff. Denser bereitet etwas vor. Die Dordovaner werden jeden Augenblick dort eintreffen; sie reiten ein paar Straßen weiter an einem Lagerhaus entlang. Auf dem Schiff selbst rührt sich nichts, aber die Mannschaft ist auf Deck. Es wird knapp.«

»Wir brauchen einen Schild, wenn wir auf sie treffen«, sagte Hirad.

»Dafür sorge ich.« Ilkar flog voraus, landete fünfzig Schritt vor ihnen, warf die Schattenschwingen ab und bereitete den Schild vor.

Der Unbekannte beschleunigte. Hirad spürte, wie sich die Protektoren mühelos dem Tempo anpassten, während er selbst auf einmal jedes einzelne seiner neununddreißig Jahre spüren konnte.

»Auf so was könnte ich gut verzichten«, schnaufte er.

»Das Leben bei den Kaan hat dich anscheinend faul und bequem gemacht«, entgegnete der Unbekannte.

»Für Witze bin ich zuständig, ja?«, gab Hirad zurück.

Sie kamen um die Ecke, Ilkar lief jetzt neben ihnen, und nach wenigen Augenblicken brach auf der Mole das Chaos aus.

Im ersten Moment schien es fast, als wären sie schneller als die Dordovaner und könnten das Schiff vor ihnen erreichen, doch als sie noch siebzig Schritt von Denser und Darrick entfernt waren, rief der General etwas Unverständliches, und der xeteskianische Magier zog vor dem Gesicht die Fäuste zusammen, um sie anschließend wie einen Hammer nach unten zu führen.

Die Lagerhäuser dicht am Liegeplatz bebten, standen still und bebten wieder. Wellen liefen durch die Steinquader der Mole, gelockerte Balken fielen von den Dächern der Gebäude. Wieder gab es eine kleine Pause. Die ersten dordovanischen Reiter galoppierten bereits auf der Mole entlang, doch dann schossen an einem Dutzend oder mehr Stellen riesige Steinbrocken aus der Erde, Pflastersteine, Trümmer und Wasserfontänen flogen hoch und spritzten in alle Richtungen.

Das mittlere der drei Lagerhäuser schien sich geradezu aufzubäumen, als ein großer Felsbrocken die Stützpfeiler wegschlug. Die Wand wölbte sich nach außen, und das Dach kippte schräg auf die Straße herunter. Die verängstigten Pferde schrien, und die Reiter versuchten, die bockenden und springenden Tiere wieder unter Kontrolle zu bringen, um der Holzlawine von oben und den von unten aufsteigenden Erdbrocken zu entkommen.

»Der gute alte Denser«, sagte Hirad. Doch sie sollten nur eine kleine Verschnaufpause bekommen. Die Reiter suchten sich bereits einen neuen Weg durch die Steine und die zertrümmerten Balken, die noch nicht einmal richtig zur Ruhe gekommen waren. Obwohl der Erdhammer Tote gefordert hatte, rückte die dordovanische Kavallerie weiter vor.

»Los jetzt, los jetzt.« Hirad begann zu rennen, als der erste Reiter sich Denser näherte.

»Aeb!«, rief der Unbekannte. »Nimm die linke Seite, Hirad nimmt die rechte. Ich brauche einen schräg angesetzten Keil.«

»Ja«, antwortete der Protektor.

»Und du kannst frei sprechen. Tu, was du tun musst«, fügte der Unbekannte hinzu.

»Ja.«

Der erste Reiter kam nicht weit. Der Magier wich aus, als er Darricks Ruf hörte, und der General zog das Schwert hoch und stach es dem Reiter in den Brustkorb. Dabei streifte er den Kopf des Pferdes und schnitt dem Tier ein Ohr ab. Der Reiter stürzte aus dem Sattel, das Pferd wieherte erschrocken und rannte blindlings weiter und brachte sich nur noch mehr in Gefahr.

Hirad rannte, so schnell er konnte. Die Hauptmasse der dordovanischen Kavallerie suchte sich jetzt durch die Seitenstraßen einen Weg zum Hafen. Der Vorstoß zum Schiff wurde von einem aufgeregten Ruf aufgehalten. Die Kavallerie bildete rasch eine Angriffsformation, die auf die heranstürmenden Protektoren und den Raben an ihrer Spitze zielte. Über die Köpfe der Reiter schossen Feuerkugeln hinweg, prallten jedoch an Ilkars Schild ab. Der Magier war hinter einer drei Männer tiefen Front gut geschützt.

Die Pferde hatten nicht genügend Platz, um mit voller Geschwindigkeit vorzustoßen, und je näher die Dordovaner kamen, desto öfter stolperten die Tiere; sie scheuten vor der massiven Mauer von Kämpfern, die keine Furcht zeigten.

Der Unbekannte wurde etwas langsamer, tippte zweimal mit der Klinge auf den Boden und schlug das Schwert dem ersten Pferd in den Hals. Das Tier bäumte sich auf, das Blut spritzte hoch und wurde vom Regen fortgespült. Am Himmel zuckten Blitze hinter den brodelnden Wolken, Donner grollte laut über dem Hafen.

Neben dem Unbekannten löste Aeb seine Axt aus der Halterung. Das Schwert blieb auf dem Rücken. Er schlug mit der flachen Klinge nach einem Pferd und setzte die Bewegung fort, um weiter oben dem Reiter die Waffe in den Bauch zu treiben. Der Reiter wurde förmlich aus dem Sattel gehoben und kippte nach hinten. Er geriet unter die Hufe des folgenden Pferds.

Hirad tauchte unter den Hufen eines hochsteigenden Pferdes weg und wich einem Schwertstreich aus. Die eigene Waffe hielt er sich über den Kopf, um nach unten geführte Schläge abzuwehren. Er hasste es, gegen Kavallerie zu kämpfen. Da hatte man wenig Platz, die Schläge kamen von allen Seiten, und im Gedränge machten die Pferde unberechenbare Bewegungen, sodass man leicht zerquetscht werden konnte. Doch die Protektoren folgten ihm, und endlich einmal wusste er, dass er sich um Bedrohungen von hinten nicht zu kümmern brauchte. Er konnte darauf vertrauen, dass die Kampfmaschinen aus Xetesk ihm den Rücken freihielten.

Eingekeilt zwischen zwei großen Pferden stieß er mit dem Ellenbogen nach rechts und schlug mit dem Schwert nach links. Die Klinge prallte gegen die Axt des Gegners. Er nahm sie in eine Hand, sah nach rechts und packte das Wams des Reiters, um ihn vom Pferd zu ziehen. Gleichzeitig hob er das Schwert und blockte den Schlag des Axtkämpfers auf der linken Seite ab.

Wider Erwarten kippte der Reiter, den er gepackt hatte, sofort aus dem Sattel. Hirad ließ ihn fallen und achtete nicht weiter auf ihn, riss das Schwert zurück und versetzte dem Axtkämpfer einen Hieb aufs ungeschützte Bein. Dann ließ er sich fallen und landete mit den Knien auf der Brust des Mannes, den er vom Pferd gezogen hatte. Er hörte und fühlte seine Rippen brechen. Ein Schlag mit dem Schwertgriff mitten auf den Hals des Gegners beendete den Kampf.

Ringsum war ein Durcheinander von stampfenden Pferdebeinen. Er kam vorsichtig hoch und richtete sich einen Moment später ganz auf. Hinter sich hörte er die Schreie eines sterbenden Mannes. Dann schlug er wieder zu, während links neben ihm die Klinge des Unbekannten den Bauch eines Dordovaners aufriss. Gleichzeitig traf Aebs Axt den Hals eines weiteren Gegners.

Die Kavallerie war nicht mehr gut in Form. Der Kommandant befahl eine Kampfpause, und wer noch konnte, riss sein Pferd herum und floh vom Schlachtfeld. Die Protektoren ließen sie ziehen. Reiterlose Pferde folgten den zurückweichenden Dordovanern. Vierzehn Gegner lagen tot am Boden, ein Protektor war gefallen. Der Unbekannte hatte eine Schnittwunde am Arm davongetragen.

»Alles klar, Unbekannter?«, fragte Hirad, als sie sich neu formierten.

»Das verdammte Schwert. Schlecht ausbalanciert. Kein Wunder, dass Arlen für Kämpfer noch nie eine gute Stadt war. Der örtliche Waffenschmied gehört aufgehängt.« Er legte eine Hand auf die Wunde und betrachtete das Blut, das vom Regen weggespült wurde. »Die Schweinehunde haben mein Hemd ruiniert.«

Hirad lächelte. »Wir müssen uns auf den nächsten Angriff vorbereiten. Ich …« Hinter ihnen ertönte ein Brüllen, und sie hörten Hufschläge. Hirad sah sich um. Dordover und Lystern gingen nun gemeinsam auf sie los. »Verdammt. Jetzt gibt es Ärger.«

»Das ist leicht untertrieben«, meinte der Unbekannte. »Aeb! Hinten verteidigen. Eng formieren. Wir dürfen dieses Mal nicht zulassen, dass sie in unsere Reihen eindringen.«

»Es soll geschehen.«

Die Protektoren setzten sich sofort in Bewegung. Sie traten vor oder zurück, bis drei gleich starke Reihen entstanden waren. Jeder hatte nur eine Waffe in der Hand, und so sah sich die Kavallerie aus Dordover und Lystern einer massiven Verteidigungsreihe gegenüber.

Aus Hirads Richtung ging Heißer Regen auf die Dordovaner nieder, prallte jedoch von den Schilden ab und traf die zerstörten Lagerhäuser in der Nähe. Es war Densers Spruch, der dieses Mal jedoch nicht viel auszurichten vermochte. Die Reiter sahen ihr Ziel und griffen an.

»Macht euch bereit«, sagte der Unbekannte. Seine Schwertklinge tippte auf den Boden.

»Und ob«, entgegnete Hirad. Die Hufe klapperten auf dem Stein, die Brände spiegelten sich auf den Klingen der Angreifer. Hirad stieß einen Schrei aus, um seinen Kopf zu klären, und suchte sich sein erstes Ziel.

Jeder Eindruck lief durch das Bewusstsein aller Brüder im Seelenverband, und so konnte Xye wie jeder andere Protektor den Ansturm der Gegner kühl und analytisch betrachten. Mit absoluter Gewissheit und Sicherheit konnte er den Angriff einschätzen und so die Verletzungsgefahr für die anderen Protektoren oder die Gebieter vermindern. Er hatte die absolute Unterstützung aller Brüder, und sein Mut war nicht zu brechen.

Er stand im Zentrum ihrer Reihen, acht Schritt von Sol und Aeb entfernt, und blickte zum Flammenmeer, das inzwischen den ganzen Fischmarkt, den Gasthof und den Holzplatz erfasst hatte und sogar schon die Gießerei und einige Lagerhäuser in der Nähe gefährdete. Die

Brände machten die Nacht zum Tage und beleuchteten die angreifenden Reiter und Pferde in den grellen Farben der Hölle.

Xye war der Ansicht, dass die Feinde ein großes Risiko eingegangen waren und einen unüberlegten Angriff vortrugen, der eher auf Panik denn auf Taktik beruhte. Die gemischte Truppe aus Dordover und Lystern ritt eilig über die Mole herbei. Die Kämpfer aus Lystern waren unsicher, die aus Dordover wollten vor allem die Linien vernichten, die ihre Kameraden gefährdeten. Hinter ihnen hatten die Magier die Barrieren fallen lassen, und nun wurde die Kavallerie von den Gebietern mit Feuerkugeln, Heißem Regen und Eiswind eingedeckt, während die Protektoren, die nicht mehr durch die Kraftkegel behindert wurden, ihrerseits zum Angriff übergingen.

Inmitten dieses Gefechts geschahen Dinge, die Xye nicht einordnen konnte. Neue Kämpfer kamen zu Fuß unter dem Befehl eines einzigen Berittenen, und im Durcheinander von Gedanken und Impulsen fing Xye auch einen Hinweis auf, der vor heulenden Wölfen warnte. Die Tiere sollten verschont werden.

Stärke und Mut. Zersplittert ihren Angriff. Hilfe kommt von hinten. Wir sind eins.

Xye wusste, dass die Brüder nicht verlieren konnten.

»Nimm den Kopf hoch, Hirad«, sagte der Unbekannte. Seine Schwertspitze tippte immer noch auf den glitschigen Stein vor seinen Füßen. »Nimm die Mitte, aber niedrig. Ich nehme den Reiter.«

»In Ordnung.«

Der Unbekannte fasste das Kurzschwert mit beiden Händen und beobachtete die anrückenden Dordovaner. Es war kein starker Angriff. Pferde und Reiter waren nervös angesichts der Feinde, die sie nun vor sich sahen. Ihr Selbstvertrauen war dahin, weil ihre Gegner sie nicht fürchteten, wie sie es gewöhnt waren.

»Ilkar, wie geht es?«

»Ich überlege, ob ich mich in den Angriff einschalte«, sagte der Magier.

»Erst, wenn sie da sind, nicht vorher.«

»Das kann ja nicht mehr lange dauern.«

Ilkars grimmiger Unterton entging dem Unbekannten nicht. Es war keine günstige Situation. Die vorderste Reihe der Kavallerie hatte sie fast erreicht, die Formation war breit genug, um den Waffen genügend Spielraum zu geben. Auf einer Seite donnerten Hufe, Männer riefen und Pferde schnaubten, auf der anderen Seite standen die Protektoren, im Moment noch völlig reglos und ohne einen Laut von sich zu geben.

Der Unbekannte tippte nicht mehr mit der Schwertspitze auf den Boden, sondern machte einen Ausfallschritt, hob die Klinge hoch und schlug nach dem Reiter im Zentrum, den er aus dem Augenwinkel wahrgenommen hatte. Hirad ging in die Hocke und schlug von unten nach dem Hals des Pferdes. Der Reiter war auf den Angriff gefasst, doch es reichte nicht. Seine einhändige Verteidigung war nicht stark genug, um den wuchtigen Schlag des Unbekannten abzuhalten. Seine Klinge wurde zur Seite gefegt, und seine Brust und sein Hals waren schutzlos der Klinge des Rabenkriegers ausgeliefert, die durchs Fleisch und kreischend über das Kettenhemd fuhr. Blut spritzte in die Luft, und als sein Pferd unter Hirads Schlag zusammenbrach, stürzte der Mann leblos aus dem Sattel.

Als sich der Unbekannte dem nächsten Gegner zuwandte, bekam er von hinten einen Schlag in die Schulter. Mit erhobener Deckung drehte er sich um, doch von dort drohte keine Gefahr mehr. Der Kopf eines Dordovaners prallte auf den Boden.

Die zweite Reihe der Kavallerie pflügte durch die Leichen der ersten Reihe und drängte die Protektoren und den Raben zurück. Der Unbekannte wehrte Schläge von links und rechts ab, spürte die herandrängenden Leiber der Pferde um sich und verrenkte sich den Hals, um eine Lücke zu finden. Er hörte Hirad fluchen und sah eine Klinge blitzen. Ein Pferd kreischte. Der Unbekannte schlug nach rechts und traf die Rüstung eines Reiters. Der Mann war außer Atem und wollte sein Pferd herumreißen, doch das sterbende Tier reagierte nicht mehr und brach unter ihm zusammen. Der Unbekannte zerrte den Mann auf den Boden herunter, wo Hirad ihn erledigen konnte.

»Ilkar, jetzt wäre ein guter Moment, etwas zu unternehmen.«

Der Magier reagierte nicht sofort, dann sagte er: »Schild unten. Der Rabe, bückt euch.«

Der Unbekannte gehorchte sofort. Ilkars Spruch donnerte über seinen Kopf hinweg. Ein Kraftkegel knallte in die Überreste der ersten Reihe und trieb die Pferde zurück. Sie prallten mit den Pferden zusammen, die folgten, und die Reiter wurden aus den Sätteln gefegt.

Ein reiterloses Pferd, das gerade hochgestiegen war, wurde umgeworfen, und im Sturz streiften seine Hufe die Schulter und das Kinn des Unbekannten. Er brach auf dem nassen Boden zusammen und sah Sterne, das Schwert wurde ihm aus der Hand gerissen, und er keuchte unter den starken Schmerzen in der Schulter. Er rollte sich sofort nach links ab und sah, wie die Dordovaner sich neu formierten. Hirad rief ihn. Er war in der vordersten Reihe und verwundbar, sein Schwert lag ein paar Schritte entfernt. Er kam in die Hocke hoch, der Schmerz schoss durch seine Schulter und zum Hals hinauf. Er kroch rasch hinüber und schnappte sich die Klinge, richtete sich auf und wollte sich wieder in den Kampf einschalten.

»Unbekannter, links!« Hirads verzweifelter Ruf drang zu ihm durch. Er drehte sich nach links um und hob instinktiv das Schwert mit der rechten Hand.

Das Pferd war wie aus dem Nichts gekommen, es bewegte sich quer zur Kampflinie, und als er sich mit einem Sprung in Sicherheit bringen wollte, beugte sich der dordovanische Kavallerist vor und schlug hart und weit unten mit der Axt zu. Der Hieb traf die ungeschützte Hüfte des Unbekannten.

Er spürte die Schmerzen, er nahm wahr, dass er fiel, und er spürte noch den Aufprall seines Gesichts auf dem Stein.

Siebtes Kapitel

Das Rudel drängte sich verängstigt zusammen, als ringsum die Explosionen zu hören waren. In der Nähe ging ein Gebäude der Menschen in Flammen auf, es gab Geräusche wie von umstürzenden Bäumen. Männer schrien, der heulende Wind zerstörte den Gemeinschaftsgeist des Rudels. Die Wölfe rannten weg.

Thraun konnte sehen, wohin sie liefen, in die Schatten und dorthin, wo es still war, doch er wusste, dass es der falsche Weg war. Dort gab es weder Antworten noch Sicherheit. Beides konnte man nur beim menschlichen Rudelbruder finden. Es dauerte lange, bis er das Rudel beruhigen konnte, und noch länger, bis sie ihm gehorchten.

Er bellte und heulte und drängte sie, ihre wilde Flucht einzustellen. Nacheinander taten sie es und zogen sich in den Schutz eines schmalen Durchgangs zwischen den hohen, von Menschen gebauten Mauern zurück. Hier waren die Geräusche der Zerstörung nur noch gedämpft zu hören, und der Gestank der Brände, von Blut und von Tod wich dem Geruch nach verfaulenden Pflanzen und Schlamm, den der Regen angeschwemmt hatte.

Thraun hörte das hektische Keuchen des Rudels, er sah die hängenden Zungen, die weißen, weit aufgerissenen Augen und die flach an die Köpfe gelegten Ohren. Sie sollten nicht hier sein, mitten in der Welt der Menschen. Er verstand, welche Angst sie vor dem Feuer hatten, das ringsum vom Himmel fiel, und dazu der Brandgeruch, die Schreie der sterbenden Menschen, die einstürzenden Gebäude. Er durfte nicht zulassen, dass diese Angst die Oberhand gewann.

So blieb er stehen, während sie verzagt am Boden kauerten. Er wartete, bis ihr Atem wieder ruhiger und tiefer war, bis sie ihn Hilfe suchend ansahen und nicht mehr winselten. Die ganze Zeit über gab er beruhigende, tröstende Laute von sich, um ihnen Kraft zu spenden.

Am liebsten hätte er das Rudel wieder in den Wald und zu den Welpen und Weibchen geführt, die noch lebten. Doch sie waren jetzt so dicht vor ihrem Ziel. Der Rudelbruder und die anderen würden die Frau finden, und dort waren auch die Antworten. Er sehnte sich nach dem Wald, aber noch mehr sehnte er sich danach, beim Rudelbruder zu stehen. Er wollte den Menschen helfen. Das war ein Gefühl, das er nicht ganz verstehen konnte, doch es war da und ließ sich nicht verleugnen.

Er wünschte, er könnte das alles dem Rudel mitteilen. Leider gab es keine Laute und Verhaltensweisen, die seine Gedanken übermitteln konnten. Ihm war klar, dass sie nicht verstanden, warum sie hier waren, abgesehen davon, dass er das Rudel anführte und sie ihm vertrauten. So würden sie ihm weiter folgen, zurück zu den Bränden und den Schmerzen und dem üblen Geruch, der alles überdeckte. Sie würden jedoch auf einem anderen Weg gehen und dem brennenden Holz so gut wie möglich ausweichen. Dorthin, wo der Rudelbruder mit den seltsamen

Menschen hingelaufen war, deren Gesichter aus Holz bestanden und die dort, wo ihre Seelen sein sollten, nichts hatten. Er fürchtete diese Menschen. Sie waren leer.

Thraun stupste die Wölfe nacheinander mit der Schnauze an, drückte die Nase in ihr durchnässtes Fell und nahm ihnen nach und nach die Angst. Er würde bei ihnen bleiben. Er würde sie beschützen. Jetzt war die Zeit zu handeln. Doch sie waren widerwillig; sie kauerten in der Dunkelheit, und in ihren Augen stand die Angst. Er brauchte sie jetzt, denn sie mussten auch ihm Kraft geben.

Er wollte zu den Schrecken zurückkehren, doch sie wollten ihm nicht folgen. Er tappte zu ihnen zurück und blieb vor ihnen stehen, während sie noch mit hängenden Köpfen kauerten. Sie konnten nicht hier bleiben, das musste er ihnen irgendwie begreiflich machen. Ein Wolf versteckte sich nicht im Dunklen. Das Rudel jagte, das Rudel lief frei.

Er knurrte und verlangte, dass sie aufstanden. Er verlangte ihren Gehorsam. Er war der Leitwolf, und sie mussten ihm gehorchen. Langsam überwanden die Furcht und die Achtung vor ihm den Impuls, einfach vor dem zu fliehen, was außerhalb der dunklen Gasse lag. Mit hängenden Köpfen und schlotternden Läufen standen sie auf.

Das Rudel war bereit. Er führte sie aus der dunklen Ecke hinaus in den Feuerschein und in den Lärm. Wieder schlug ihm der Geruch des bösen Sturms in die Nase. Metall klirrte, und die Schreie der Menschen klangen laut in seinen Ohren.

Er heulte, um den Wölfen Kraft zu geben, lief ihnen voraus und suchte nach der Witterung des Rudelbruders. Thraun wusste, wohin er gelaufen war, und als sie sich wieder dem Ort näherten, wo das Land das Wasser traf, war er sicher, dass sie ihn finden und die Schrecken, die das Rudel erlitten hatte, bald vergessen konnten.

Das Kampfgeschehen hatte sich verlagert. Am Wasser entlang brannten jetzt die Häuser der Menschen. Die Hitze strahlte aus, es knisterte in der Luft, und der Regen fiel als zischender Dampf. Er konnte den Rudelbruder nicht sehen und wusste nur, dass er dort irgendwo war. Was er sah, waren Beutetiere und die Menschen, die auf ihnen ritten.

Mit einem Bellen führte er das Rudel zum Angriff, er sprang und schlug einem Beutetier die Zähne in den Hals und spürte das warme Blut und die panischen Bewegungen, mit denen es ihn abschütteln wollte. Der Reiter schrie und schwang seine scharfe Waffe, die kurz stach, ehe sie von Thrauns undurchdringlicher Haut abprallte.

Thraun ließ den Hals der Beute los und sprang mit der gleichen Bewegung hoch, um den Menschen zu schnappen. Seine riesigen Pfoten prallten gegen dessen Brust und warfen ihn auf den Boden, wo das schwache Wesen hilflos um sich schlug, bis Thraun ihm die Kehle zerfetzte.

Das vermischte Blut schmeckte gut, doch es war nicht die Zeit, sich an der Beute satt zu fressen, und Menschenfleisch war sowieso nicht nach seinem Geschmack. Er hob den Kopf und sah das Rudel um ein anderes Beutetier stehen, das hochstieg und nach der leeren Luft schlug, während der Reiter Mühe hatte, nicht herunterzufallen. Einer umging es und biss das Tier in die Hinterbeine. Es brach zusammen und stieß einen lauten Schmerzensschrei aus. Der Reiter ging zu Boden und blieb hilflos liegen.

Als der Mensch getötet war, rief Thraun sie mit einem Bellen zu sich und suchte das nächste Ziel. Die Reiter hatten sie inzwischen bemerkt, und immer mehr drehten sich um, versuchten die Wölfe abzuwehren. Hinter ihnen ging das Klirren und Rufen unvermindert weiter.

Thrauns Herz stockte einen Moment, als er einen Mann mit Dunst über der Seele bemerkte, der sie anstarrte. Der Mann hatte keine scharfen Umrisse, und das machte es nur noch schrecklicher. Thraun wollte losrennen, doch einer aus dem Rudel behinderte ihn. Er bellte, dass sie sich verteilen sollten, rannte zum Mann und sprang hoch, als Feuerkugeln aus der Hand des Mannes flogen. Sie zogen über Thrauns Kopf hinweg und schlugen hinter ihm ein. Er packte das ganze Gesicht des Mannes mit den Zähnen und zerfetzte ihm die Brust mit den Pfoten, während er hinter sich das schreckliche Kläffen und Winseln des Rudels hörte.

Er biss noch einmal zu, um den Mann zu töten, drehte sich um, rannte los und blieb vor ihnen stehen. Sie hatten sich nicht verteilt, wie er es ihnen befohlen hatte. Die Nähe der Beute und das Blut hatten sie verführt. Jetzt lagen drei von ihnen am Boden, und einer taumelte. Ihr Fell brannte lichterloh, alle litten entsetzliche Qualen, alle starben. Thraun sah hilflos zu, wie das unnatürliche Feuer ihr Fell und ihr Fleisch zerfraß, ihnen die Stimmen nahm und die Körper lähmte. Endlich erwiderte einer von ihnen Thrauns Blick, und während der Wolf starb, konnte Thraun die Botschaft in den Augen lesen.

Verrat, ein falscher Tod.

Thraun setzte sich neben die brennenden Leichen und heulte. Die Feinde rings um ihn waren ihm egal. Es kümmerte ihn nicht, ob er angegriffen wurde oder nicht. Er hatte sein Rudel im Stich gelassen. Das Rudel existierte nicht mehr, und seine Instinkte hatten die Wölfe das Leben gekostet. Er hatte sie im Stich gelassen, genau wie er damals …

Eine lange verschüttete Erinnerung durchfuhr ihn wie ein Messerstich. Ein kleiner Mensch. Ein anderer Rudelbruder, mit weißem Tuch bedeckt, mit geschlossenen Augen, die Brust bewegte sich nicht mehr.

Thraun war zu verwirrt, um sich zu rächen oder zu fliehen. Er blieb, wo er war, der letzte Hüter seines toten Rudels, und sah zu, wie Beutetiere und Reiter sich träge um ihn bewegten, als besäße er jetzt Augen, die alles verlangsamten.

Mit jedem Herzschlag wurde ein Befehl in ihm deutlicher und drängender. Tief in seinem Innern entstand er, und Thraun wusste, dass er den Ruf nicht ignorieren konnte.

Erinnere dich.

Graf Arlen drehte sich im Sattel hierhin und dorthin und versuchte, ein wenig Ordnung zu schaffen. Er und seine Männer waren zwischen den tobenden Bränden und eingestürzten Gebäuden auf die Mole gestürmt und unversehens mitten in eine erbitterte Schlacht geraten. Die Kavallerie der Kollegien kämpfte gegen die Protektoren, und die Wildheit der Kämpfe, die auf dem Pflaster seines Hafens stattfanden, war schockierend. Männer brüllten, Pferde kreischten, auf allen Seiten knallten Sprüche, trafen auf Schilde oder gingen auf hilflose Opfer nieder.

Der Gestank von verkohltem Holz und Fleisch trieb seinen Männern trotz des strömenden Regens die Tränen in die Augen. Schwerter klirrten gegeneinander oder auf Rüstungen, und im Feuerschein lief das Blut in riesigen, vom Regen verdünnten Lachen ins Hafenbecken. Männer und Pferde rannten durch die Pfützen, dass es nur so spritzte, und stellten sich ihren Gegnern.

Die *Meerulme* hatte das Hafenbecken verlassen und steuerte mit prallen Segeln den See an. Links vor den zerstörten, eingestürzten Lagerhäusern, aus denen die Flammen hundert Fuß hoch in den Himmel schossen, fand in unmittelbarer Nähe der *Calaianische Sonne* ein weiterer erbitterter Kampf statt. Es herrschte ein ohrenbetäubender Lärm, der Anblick war entsetzlich, und Graf Arlen hatte keine Ahnung, wie er dem Einhalt gebieten sollte.

Die Einwohner, die ihn umringten, hielten inne. Der Anblick des Todes hatte ihnen jeglichen Mut genommen. Einige waren sogar fortgerannt, und Arlen konnte es ihnen nicht verdenken. Nur seine Wächter hatten sich zu einer ordentlichen Formation aufgestellt und waren von zwei Seiten her angegriffen worden. Einige waren von Protektoren getötet worden, die sich den Rückweg zum Stadtzentrum freikämpfen wollten, andere von den Dordovanern, die entschlossen schienen, sie aufzuhalten. Schließlich hatte Graf Arlen sich zurückgezogen, und jetzt schauten ihn die Überlebenden Hilfe suchend an.

Einer der Männer, die er ausgesandt hatte, um herauszufinden, wie weit die Kämpfe auf die Stadt übergegriffen hatten, kam atemlos gerannt.

»Berichte«, befahl Graf Arlen.

»Es ist überall das Gleiche«, meldete der Bursche, der höchstens zwanzig war und offenbar Todesängste ausstand. »Bis zum Gefängnis und bis hin zum Salzviertel brennt es. Eine Seite des Jahrhundertplatzes steht in Flammen, das Feuer wird vom Wind weitergetragen. An einem Dutzend Stellen wird gekämpft.« Er hielt inne und keuchte schwer. »Die Protektoren ziehen durch die ganze Stadt, und die dordovanischen Magier decken sie von Dächern und aus Fenstern mit Sprüchen ein. Unsere Leute fliehen. Hunderte laufen nach Norden zur Burg, aber ich glaube nicht, dass sie dort bleiben werden. Ich glaube, die ganze Stadt zerfällt. Was sollen wir tun, mein Lord?«

Arlen hätte ihn beinahe angebrüllt, dass er es selbst nicht wüsste. Dass es keine Möglichkeit gab, diese unkontrollierten Kämpfe zu unterbinden, und dass man auch die Brände, die die Gebäude fraßen, nicht eindämmen konnte. Es waren einfach zu viele. Ganze Kompanien kämpften im Hafen und in der Stadt, während ihm weniger als dreißig verängstigte Männer zur Verfügung standen. Es gab nichts, das sie tun konnten, doch er musste seine Männer in Bewegung bringen und ihnen eine nützliche Aufgabe geben.

»Hört zu, Männer!«, rief er. »Wir ziehen uns aus dem Hafen zurück. Wir bauen auf dem Platz eine sichere Zone auf. Dorthin können unsere Leute fliehen. Von dort aus können wir sie in die Burg führen. Vergesst diese Bastarde, die sollen sich gegenseitig umbringen. Wir retten unsere eigenen Angehörigen. Los jetzt!«

Er zog sein Pferd herum und führte seine Männer fort. Die Schuldgefühle lagen als bleierne Last auf seinen Schultern. Im Augenblick hatte er ein paar seiner Wächter gerettet, aber er musste sich zu seinem Schrecken eingestehen, dass er die Kontrolle über seine Stadt verloren hatte. Er fragte sich, wie viele Männer dies ebenfalls erkennen würden, sobald sie aus dem Hafen geflohen waren und wieder klar denken konnten. Wenn die Protektoren und Dordovaner Arlen zerstören wollten, dann konnte er nichts tun, um das zu verhindern.

»Unbekannter«, brüllte Hirad. »Nein!«

Er ging den Kavalleristen an, der seinen Freund niedergemacht hatte. Fünf große Schritte, ein Sprung, und er hatte den richtigen Winkel, um zuzuschlagen. Der Dordovaner nahm eilig sein Pferd herum und bot dessen Körper als Ziel an. Hirad war schon in der Luft und zog im Sprung das Schwert von rechts nach links. Er schlug dem Mann den Kopf vom Leib, der Rumpf kippte zurück, das Blut spritzte dem strömenden Regen entgegen.

Hirad achtete nicht auf das Pferd, sondern rannte sofort zurück und stellte sich breitbeinig über den Unbekannten. Er wagte nicht, nach unten zu schauen, weil er fürchtete, den Tod des großen Mannes zu sehen. Schon einmal hatte er das gesehen, und ein zweites Mal wäre zu viel.

»Aeb! Protektoren!«, rief er. »Helft mir!«

Sie waren schon da und unternahmen einen Frontalangriff, während die hinteren Reihen das Gelände absicherten. Jetzt kämpften sie mit beiden Waffen gleichzeitig und bedrängten die Kavallerie. Axtschneiden gruben sich ins Fleisch der Pferde, Schwerter blockierten die verzweifelte Hiebe der Kavalleristen, bevor sie die Reiter niedermachten.

Die Dordovaner gingen auf Hirad los, den sie als leichte Beute zu erkennen glaubten – ein mehr oder weniger wehrloser Mann, der einem liegenden Freund zu helfen versuchte. Der Erste verlor ein Bein, als Hirad unter einem Schlag wegtauchte, der Zweite stürzte vom Pferd, als dieses tot zusammenbrach. Dann waren die Protektoren bei ihm, Aeb zu seiner Linken, und bildeten einen Halbkreis aus Stahl, der den Unbekannten schützte.

»Ilkar, sieh nach ihm!«, rief Hirad, als er einen Schwertstreich ablenkte, den Arm des Reiters packte und ihn vom Pferd zog, damit Aeb ihm die Axt in den ungeschützten Bauch schlagen konnte.

»Bin direkt hinter dir, Hirad. Mach weiter«, sagte Ilkar.

Hirads Herz pochte wie wild. Er bemühte sich, die Übersicht zu behalten. Alle Fasern seines Körpers sagten ihm, er solle die Kavallerie frontal angreifen, seine Instinkte die Regie übernehmen lassen und so viele wie möglich mitnehmen, ehe er selbst starb. Doch er widerstand dem Impuls und zwang sich, vor allem an den Mann zu denken, den er schützte.

»Er lebt noch, aber er ist schwer verletzt. Ich brauche Denser, Hirad. Schnell.«

»Überlass das mir«, sagte Hirad, und neue Kräfte durchströmten seinen Körper. »Aeb, wir müssen jetzt sofort diesen Kampf beenden.«

»Ja, ich verstehe. Wir folgen dir.«

Hirad nickte, schaute auf und sah, wie die Dordovaner sich für einen neuen Angriff aufstellten. Außer den Pferden, die tot oder im Todeskampf auf der Mole lagen, konnte er zwanzig Leichen zählen, die zusätzliche Hindernisse für die Angreifer bildeten. Es konnte kein geradliniger Angriff werden, und Hirad beschloss, dies zu seinem Vorteil zu nutzen.

Die Protektoren warteten in einer Linie, schweigend und reglos. Sie hatten nur geringe Verluste erlitten, die jedoch nicht ignoriert werden konnten. Es musste jetzt sofort geschehen.

»Los jetzt!« Hirad sprang vor und rannte mit voller Geschwindigkeit auf die dordovanischen Reiter zu. Die Protektoren folgten ihm sofort, er hörte ihre Schritte. Drüben bei der Kavallerie schrie jemand, dann kamen die Reiter in Bewegung und rangen mit ihren Pferden, die keine große Neigung zeigten, den maskierten Tötungsmaschinen ins Auge zu sehen, die von Hirad angeführt wurden. Sie nahmen die Köpfe herunter und rochen das Blut der Toten und Sterbenden, und auf dem unebenen, glitschigen Boden fanden ihre Hufe keinen Halt.

Hirad stürmte weiter. Er rannte direkt auf einen Kavalleristen zu und sah, wie der Mann die Klinge hob. Er sprang über ein noch zuckendes Pferd hinweg, landete dahinter und rollte sich nach links ab. Hinter dem Reiter kam er in der Hocke auf, dann sprang er hoch, fuhr herum und versetzte dem Mann einen Stich in die Nieren, bevor dieser das Pferd wenden konnte.

Sofort wandte Hirad sich wieder um und beobachtete die Protektoren, die ein Bild vollkommener, organisierter Kampfkraft boten. Sie gingen immer zu zweit oder dritt jeweils einen Gegner an, Pferd und Reiter wurden gleichzeitig attackiert, sodass der Kavallerist nicht mehr ausweichen konnte, sich nicht verteidigen konnte und kein klares Ziel mehr fand. Die Reiter hatten keine Chance.

Da er im Augenblick keinen unmittelbaren Gegner hatte, beobachtete Hirad ein paar Augenblicke lang wie gebannt drei kämpfende Protektoren. Einer bückte sich und trieb dem Pferd die Axt in die Hinterläufe. Der Zweite schlug mit dem Schwert nach dem Hals des Tiers, der Dritte fing den verzweifelten Hieb des Reiters mit der Axt ab und durchbohrte dessen Bauch mit dem Schwert.

Es war vorbei, ehe Hirad zweimal Luft holen konnte. Die Protektoren erinnerten ihn an ein Rudel Wölfe.

Thraun.

Hirad erinnerte sich schwach, ein Heulen gehört zu haben, als er neben dem Unbekannten gestanden hatte. Da die Protektoren inzwischen die Dordovaner beschäftigten, hatte Hirad etwas Luft und konnte in der Nähe nach dem Rudel suchen, doch er sah keinen einzigen Wolf. An der Mole, in der Nähe des Liegeplatzes, den die *Meerulme* verlassen hatte, war die Kavallerie aus Dordover und Lystern inzwischen aufgerieben worden. Die letzten Reiter wurden von den Protektoren unter der Anleitung berittener Magier bekämpft.

Vor dem Schiff, das sie einnehmen wollten, hatte es ein Blutbad gegeben. Die Protektoren hatten jeden Widerstand schnell zerschlagen, überprüften bereits alle Liegenden und bückten sich, um die zu töten, die noch atmeten. Ansonsten war die Mole verlassen, und das war sehr schlecht. Hirad kam mit einem Ruck wieder zu sich, und jetzt wusste er, warum der Unbekannte mit dem Tode rang. Der Rabe hatte sich zersplittern lassen und sich verteilt, obwohl sie sich geschworen hatten, genau dies niemals zu tun.

Thraun musste sich um sich selbst kümmern.

»Denser!«, rief Hirad. »Darrick! Wo seid ihr?«

Der Wind riss ihm die Worte von den Lippen, und der stetige Regen, der auf Steine, Balken und Wasser prasselte, übertönte seine Rufe ebenso wie das Knacken der Flammen. Die Brände breiteten sich zum Jahrhundertplatz hin aus und wurden durch den stürmischen Wind noch weiter angefacht.

»Denser!« Hirad drehte sich um. »Ich brauche dich jetzt!« Stirnrunzelnd sah er zu ihrem Schiff. Es war auffallend still an Bord. Die Mannschaft, die an der Reling gestanden hatte, war verschwunden. Man sah da oben nur noch wild pendelnde Laternen, die das leere Deck beleuchteten.

Hirad marschierte zum Schiff.

»Denser!«, brüllte er zum dritten Mal. »Bitte! Der Unbekannte ist verletzt. Denser!« Bei den Göttern, wo steckte der Mann bloß? Er drehte sich um und wollte zu Ilkar und dem Unbekannten zurückkehren. »Ilkar, wie geht es ihm?«

»Nicht gut, Hirad. Bringe ihn schnell her.«

»Denser!« Auf dem Schiff bewegte sich etwas. Eine Luke wurde geöffnet, und jemand trat ins Freie. Denser. »Komm sofort hier herunter.«

»Was ist denn los?« Denser betrachtete die Mole, die Reste der Kavallerie und die Protektoren, die sie jagten, und zog die Augenbrauen hoch.

»Bei den Göttern, hast du Wachs in den Ohren? Der Unbekannte ist verletzt. Ilkar braucht dich.« Hirad deutete zum Elfenmagier, der vor dem hingestreckten Unbekannten kniete. Sein Gesicht war leichenblass im Feuerschein. »Schnell.«

Denser nickte, wirkte einen Spruch und flog mit Schattenschwingen vom Schiff herunter. Hirad sah ihn durch den Rauch fliegen, der als dichte Wolke über Arlen stand. Er trabte zu dem großen Mann zurück und nahm sich nicht einmal die Zeit, sich zu fragen, warum Denser an Bord des Schiffes war und wo Darrick steckte. Im Moment spielte das wirklich keine große Rolle.

Die Kämpfe im Hafen waren fast vorbei, doch er konnte hören, wie ein Stück entfernt in der Stadt die Protektoren den letzten Dordovanern den Garaus machten. Einige Leute, vermutlich Arlens Stadtwächter, wanderten ziellos zwischen den Leichen umher oder starrten die Brände an, die die nächtliche Kälte vertrieben. Der Regen hatte nicht nachgelassen, und der Wind heulte unablässig.

Hirad war erschöpft. Er war lange nicht mehr so gerannt und hatte lange nicht mehr so gekämpft; und auch wenn die Schlacht schnell vorbei gewesen war – es war anstrengend. Außerdem hatte er beobachten müssen, wie der Unbekannte niedergemacht wurde, und jetzt sah er Ilkars aufgeregte Gesten, als Denser bei ihm landete. Es musste eine schwere Verletzung sein. Wahrscheinlich sogar tödlich, wenn ihm die Sprüche der Magier nicht halfen.

Hirad steckte sein Schwert in die Scheide und ging langsam weiter.

»Hirad!« Es war Aeb. Der Protektor kam zu ihm, seine Waffen steckten wieder in den Halterungen auf dem Rücken.

»Was ist?«

»Komm mit.«

Hirad blickte sich zu Ilkar und Denser um. Beide waren jetzt ruhig und konzentrierten sich auf die Sprüche, die sie wirkten. Hier konnte er nichts weiter tun. Er zuckte mit den Achseln. »In Ordnung.«

Aeb machte sofort kehrt. Als sie sich einer schwelenden schwarzen Masse näherten, richteten sich zwei andere Protektoren auf und zogen sich zurück.

Hirad runzelte die Stirn und sah genau hin. Er ging schneller, und schließlich entpuppten sich die schmorenden Umrisse als Wölfe. Der Regen zischte auf dem verbrannten Fleisch.

»Ich kann es nicht glauben«, murmelte er, doch Aeb hielt ihn zurück.

»Du kannst nichts mehr für sie tun. Du kannst aber etwas für den Gestaltwandler tun.«

Hirad starrte Aebs hölzerne Maske an.

»Wie bitte?«

»Der Gestaltwandler.« Aeb deutete auf eine Gestalt, die Hirad einfach nur für irgendeine Leiche gehalten hatte, die mit leerem weißem Gesicht den Himmel anstarrte.

»Bei den fallenden Göttern.«

Hirad rannte hinüber, schlitterte und fiel auf die Knie. Es war ihm egal, ob er sich mitten ins blutige Wasser setzte.

Unter einem übergeworfenen Mantel lag eine in Fötusstellung zusammengerollte Gestalt. Einen zweiten Mantel hatten die Protektoren unter ihn gelegt, damit der Körper nicht auskühlte.

Ein Urwald scheckiger brauner Haare wuchs auf dem Kopf, das Gesicht war mit einem weichen Pelz bedeckt, der etwa einen halben Finger lang war und nur die Nase und die geschlossenen Augen freiließ. Die Haut wirkte irgendwie alt, die Ohren waren lang und schienen eher einem Elf als einem Menschen zu gehören. Hirad legte eine Hand auf den zitternden Körper und ließ den Kopf hängen. Thraun.

»Ich hätte nie gedacht, dass wir dich noch einmal wiedersehen, alter Freund«, flüsterte er. »Bei den Göttern, musst du leiden.«

Der Barbar dachte einen Augenblick nach und schaute wieder zu Aeb auf, der seinerseits den Unbekannten anstarrte. Die stoische Ruhe, die der Protektor normalerweise zeigte, war verschwunden. Aeb ballte nervös eine Hand zur Faust und öffnete sie wieder.

»Wenn jemand ihn retten kann, dann sind es Denser und Ilkar«, sagte Hirad.

»Wir haben ihn im Stich gelassen.«

Hirad nickte. Er hatte Schuldgefühle. »Wir alle haben ihn im Stich gelassen.«

Noch einmal sah Hirad sich auf der Mole um. Die Kräne waren zerstört, die Lagerhäuser ausgebrannt, die Wege und Straßen ein Schauplatz des Todes. Es war kein Ort für kranke Männer.

»Wir müssen sie beide hier fortschaffen«, sagte er. »Es gibt medizinische Einrichtungen in Arlen.«

»Die sind überfüllt, falls sie nicht zerstört sind«, widersprach Hirad. »Nein. Thraun kann auf normale Weise sowieso nicht geheilt werden, und außerdem gehören sie beide zum Raben. Ich kann sie nicht hier lassen.«

»Ich verstehe.«

Der Barbar schaute zum Schiff. Dort war alles ruhig. Unnatürlich ruhig. Was hatte Denser getan? Dann wurde es ihm klar.

»Hilf mir mit Thraun und bring deine Brüder mit. Es wird Zeit, an Bord des Schiffs zu gehen.«

Wortlos nickte Aeb und bückte sich. Er hob den in Mäntel gehüllten Thraun auf und legte ihn sich behutsam über die rechte Schulter. Dann stand er fast mühelos wieder auf.

»Kannst du ihn tragen?«

Aeb nickte und ging los.

»Bist du sicher?«

Thraun war ein großer Mann.

»Ja«, bestätigte Aeb. »Xye wird helfen, Sol zu tragen.«

Hirad trabte zu Ilkar und Denser hinüber. Irgendwo waren Hufschläge zu hören, die den allgemeinen Lärm aus der Stadt, den Sturm und die Brände übertönten.

»Könnt ihr …« Er deutete hilflos zum liegenden Unbekannten und sah erst jetzt die schreckliche Verletzung knapp unter der Taille, wo die dordovanische Axt seine Hüfte zerschmettert hatte.

»Er wird überleben«, sagte Denser. Sein Atem ging schwer, als sei er zehn Meilen gerannt. »Aber ich glaube nicht, dass er jemals wieder laufen kann.«

»Aber er kann doch nicht …« Hirad unterbrach sich und legte den Kopf schief. Die Hufschläge wurden lauter, viel lauter sogar, und sie näherten sich rasch. Er drehte sich um und sah aus der Rauchwolke zwischen zwei zerstörten Lagerhäusern einen einzelnen Reiter ins Freie stürmen, einen Dordovaner. Er wollte zur *Calaianische Sonne,* wendete aber sofort, als er Aeb sah. Er stieß einen wütenden Ruf aus und hielt auf den Protektor zu.

Hirad wollte rennen, doch er konnte es nicht rechtzeitig schaffen. Aeb war ohne Schutz und allein, und Thraun auf der Schulter behinderte ihn. Auch die anderen Protektoren rannten jetzt, doch auch sie kamen zu spät. Aeb blieb stehen, kniete vorsichtig nieder, legte Thraun auf den Boden und stützte dessen Kopf ab, obwohl er wusste, dass dies ihn selbst das Leben kosten musste. Doch andererseits, überlegte Hirad, war sein Tod vielleicht eine Befreiung für die Seele.

Der Reiter hob die Klinge, als er nahe genug war, doch auf einmal zuckte er zurück und umklammerte einen Armbrustbolzen, der in seinem Hals steckte. Er kippte aus dem Sattel. Das reiterlose Pferd brach seitlich aus, wich dem knienden Protektor aus und galoppierte an der Mole entlang. Aeb sah sich kurz zu seinem gefallenen Angreifer um, hob Thraun wieder auf und ging weiter, inzwischen umringt von den anderen Protektoren.

Hirad drehte sich noch einmal um, bevor er den toten Dordovaner erreicht hatte. »Ilkar, wir sind hier nicht sicher. Wir müssen ihn an Bord bringen.«

»An Bord?« Ilkars müde Stimme war kaum zu hören.

Hirad hörte, wie Denser etwas sagte, das er jedoch nicht verstand.

»Oh«, sagte Ilkar. »Gut, wir kommen.«

Hirad lächelte. Xye stand inzwischen bei ihnen, und der Barbar konzentrierte sich wieder auf den Kavalleristen. Er lag im Sterben, und sein Blut ergoss sich in trägen

Stößen aufs Pflaster. Der Bolzen hatte ihn einige Fingerbreit unter dem Ohr getroffen.

Der Barbar nickte und sah sich in die Richtung um, aus der der Schuss gekommen sein musste.

»Zeige dich«, rief er, auch wenn er sich nicht viel davon versprach.

Sofort tauchte eine Gestalt mit ausgebreiteten Armen aus dem Schatten auf. Die Armbrust fiel auf den Boden. Die anmutigen Bewegungen der Elfenfrau verrieten Hirad schon, bevor er das Gesicht und die Ohren erkennen konnte, welchem Volk sie angehörte.

»Das war ein guter Schuss.« Hirad hob eine Hand, und die Elfenfrau blieb stehen.

»Ich hatte eigentlich aufs Auge gezielt«, entgegnete sie. »Die verdammte Armbrust der Schwarzen Schwingen war schlecht kalibriert.«

»Ich wüsste gern deinen Namen – und was du hier tust. Du gehörst nicht zu Arlens Leuten, nehme ich an?«

»Nein.« Die Elfenfrau lächelte, doch es war ein humorloses Lächeln. »Ich bin Ren'erei. Ich gehöre zur Gilde der Drech, und ich habe gerade Erienne an meine schlimmsten Feinde verloren. Wir haben dich schon gesucht, Hirad Coldheart. Dich, Denser und den Raben.«

Hirad trat vor und bot ihr eine Hand, die Ren'erei schüttelte.

»Dann kommst du wohl besser mit und lernst die anderen kennen.«

Es war, als hätte jemand einen Hebel umgelegt. Auf einmal war alles vorbei. Gerade liefen die verdammten Protektoren noch Amok in der Stadt, hetzten die Kavalleristen aus Dordover und schlachteten sie ab, und im nächsten Augenblick hatten sie sich zu einer ordentlichen Reihe aufgestellt und trabten aus der Stadt. Ihre Toten blieben ohne Masken zurück, und ihre Magier drehten sich nicht einmal zu dem Zerstörungswerk um, das sie hinterließen.

Damit musste sich nun Graf Arlen beschäftigen. Was sich in seinem Hafen ereignet hatte, war viel zu grässlich, als dass er näher darüber nachdenken wollte. Der Regen prasselte immer noch herunter, das Donnergrollen ließ nicht nach, und er fühlte sich, als stünde er mitten in der Hölle.

Rings um den Jahrhundertplatz brannte es, überall schrien die verletzten und ängstlichen Menschen. Arlens Pferd lag tot vor seinen Füßen, sein Arm war gebrochen, sein Gesicht blutig und zerschlagen. Hinter ihm tobten immer noch viele Brände, die man unmöglich alle löschen konnte. Er hatte befohlen, einige Gebäude abzureißen, um die weitere Ausbreitung der Flammen nach Norden zur Burg hin zu unterbinden.

Die Bewohner seiner Stadt schlichen umher wie Gespenster und starrten offenen Mundes die qualmenden Reste ihres Lebens an. Kämpfer von den Kollegien und Magier waren in seine Stadt eingedrungen und hatten sie in weniger als einer Stunde in Schutt und Asche gelegt.

Darrick hatte Recht gehabt, man musste die Protektoren fürchten. Doch er hatte sich nicht deutlich genug ausgedrückt. Sie waren nicht menschlich. Kein Mensch konnte so rücksichtslos kämpfen, dafür sorgten schon die Dämonen, die sie kontrollierten. Und die Magier, die mit ihnen ritten, waren sogar noch schlimmer. Diese Männer besaßen noch ihre eigenen Seelen, doch sie hatten im Namen der Magie unbeschreibliche Schrecken entfesselt und viele Menschen vereist oder verbrannt und in ihrem Blut sterben lassen. Er hatte gesehen, wie sie Gebäude anzündeten, um Pferde zu erschrecken. Sie hatten Hagelschauer durch Straßen fliegen lassen, um Menschen und Tiere zu zerfetzen. Sie hatten das Feuer wie Regen vom Himmel fallen lassen, um Angst und Schrecken zu verbreiten.

»Warum hier?«, murmelte er. »Warum gerade in meiner Stadt?«

Arlen glitt das Schwert aus den Fingern, und er brach mitten auf dem Platz zusammen. Er wünschte, die Nacht möge ewig dauern, damit er am nächsten Morgen die Asche nicht sehen musste.

Wie konnten sie es nur wagen, solche Zerstörungen zu bewirken? Was fiel ihnen ein, sein Land als Schlachtfeld für ihren Streit zu benutzen? Er legte sich die Hände vors Gesicht und weinte. Seine Kraft war dahin, er war geschlagen.

Wenigstens wusste er, wer die Schuld daran trug.

Die Magie hatte Balaia zerstört, sie hatte die Schlacht ausgelöst, die alles zerstört hatte, was er in seinem Leben aufgebaut hatte. Die Abrechnung musste eines Tages kommen. Nicht heute und nicht morgen, aber eines Tages würde sie kommen. Und die Hüter der Magie sollten für das leiden, was sie so leichtfertig und mit solcher Verachtung hervorriefen.

Vielleicht hatten dieser Bastard von Selik und die Schwarzen Schwingen doch Recht. Die Kollegien hatten schon viel zu lange die Vorherrschaft, und die Magier mussten aus ihren protzigen Türmen getrieben werden.

Er saß im Straßendreck, der Regen prasselte aus dem kranken Himmel herunter, und ringsum brannte seine Stadt. In diesem Augenblick schwor sich Graf Arlen, dass er selbst es sein wollte, der den ersten Stein warf.

Achtes Kapitel

Darrick und Denser hatten die Mannschaft der *Calaianische Sonne* gefangen genommen. Denser war aufs Schiff geflogen und hatte den schweren ehemaligen General über die glücklicherweise nur kurze Entfernung getragen. Sie waren mitten auf dem Hauptdeck gelandet.

Sie hatten so getan, als gehörten sie zu den Dordovanern, die an Bord erwartet wurden, und waren mühelos bis zum Ruderdeck vorgedrungen. Darrick hatte einige Entschuldigungen gemurmelt, dem Kapitän das Schwert an den Hals gesetzt und ihn aufgefordert, seine Mannschaft in den Laderaum zu schicken. Unterdessen hatte Denser neben ihm gestanden und der besseren Wirkung halber keimende Feuerkugeln zwischen den Händen gehalten.

Jetzt wurde eine Laufplanke heruntergelassen, und der Rabe kam mit achtundzwanzig Protektoren an Bord. Die Mannschaft wurde freigelassen und setzte mürrisch und finsteren Blickes die Segel.

Der Unbekannte und Thraun waren in Kabinen gelegt worden, die übrigen Rabenkrieger, Darrick und Ren'erei saßen am Tisch des Kapitäns. Der Kapitän selbst, ein großer, kräftiger Mann mit braunen Haaren namens Jevin, saß am Kopfende und versuchte zu verstehen, was man ihm erklärt hatte.

Im Grunde hatte er nur Ren'erei wirklich zugehört. Die beiden wechselten in einem Elfendialekt, den offenbar nicht einmal Ilkar verstehen konnte, einige Worte. Der Barbar hatte die Elfenfrau, die Aeb und Thraun gerettet hatte, bereits ins Herz geschlossen. Sie war ernst und immer bei der Sache und hatte die wütende Elfenmannschaft allein schon durch ihre Gegenwart und einige offensichtlich sehr gut gewählte Worte beschwichtigt.

»Und diese unglaublichen Wetterumschwünge haben wirklich nur mit einem einzigen Mädchen zu tun?« Jevin hielt einen Zeigefinger hoch.

»Ja«, bestätigte Denser.

»Und Ihr sagt, sie sei eine Al-Drechar?« Er zog die Augenbrauen hoch.

»Ja«, sagte Denser noch einmal.

»Warum beschützen die Elfen sie dann nicht? Sie muss ihnen doch sehr wichtig sein.«

»Sie beschützen sie ja«, sagte Ren'erei. »Aber die Gilde ist nicht stark genug, und wir brauchen mehr Unterstützung. Erienne hat Denser und den Raben gerufen, und dies hat wiederum dazu geführt, dass wir die Protektoren als Hilfe gegen die Dordovaner brauchten.«

»Die Protektoren kommen aber aus Xetesk«, wandte Jevin ein. »Xetesk verfolgt nicht weniger selbstsüchtige Ziele als Dordover.«

»Abgesehen von einem wichtigen Punkt«, entgegnete Denser. »Wir wollen Lyanna nicht töten. Wir wollen, dass sie überlebt und ihre Fähigkeiten entwickelt.«

»Wenn er ›wir‹ sagt, dann meint er in diesem Fall Xetesk«, ergänzte Ilkar. »Wir hier sind allerdings der Rabe, und wir arbeiten nicht für Xetesk. Es ist eben nur so, dass sich unsere Vorstellungen in gewisser Weise ähneln.«

Jevin nickte. »Es scheint so, als hätte ich es hier mit dem kleineren von zwei Übeln zu tun.«

»Werdet Ihr uns helfen?«, fragte Ilkar.

»Ich lasse das Auslaufen vorbereiten«, fauchte Jevin. »Was wollt Ihr denn sonst noch?«

»Das meinte er nicht«, sagte Denser. Er sprach bewusst ruhig. »Es tut mir Leid, dass wir Euch dies zumuten müssen. Wir wollen wissen, ob Ihr uns freiwillig helfen wollt. Wir können dafür sorgen, dass Ihr bezahlt werdet, aber noch wichtiger ist, dass Ihr Dordover daran hindert, ein Verbrechen an ganz Balaia zu begehen. Und Ihr würdet mir helfen, meine Tochter zu retten.«

Endlich lächelte Jevin. »Dann sollte die Bezahlung aber wirklich gut sein.«

»Das Doppelte von dem, was die Dordovaner Euch versprochen haben.«

»Das müsste reichen«, meinte Jevin. »Um ehrlich zu sein, ich wollte schon immer mal den Raben kennen lernen. Ich hatte mir die Begegnung zwar anders vorgestellt, aber nun seid ihr da. Hier sind meine Bedingungen. Ihr lasst mich das Schiff so führen, wie ich es für richtig halte. Ich kenne den Weg nach Ornouth und werde nur um Rat fragen, wenn ich ihn brauche. Ich werde unter keinen Umständen das Schiff gefährden. Ihr werdet die Protektoren sofort zurückziehen, und erst dann werden wir auslaufen.

Ihr seid meine Gäste und nicht meine Wächter. Deshalb werdet Ihr die Regeln an Bord befolgen, über die Euch mein Erster Maat unterrichten wird, sobald wir unterwegs sind. Ich werde meine Mannschaft versammeln und den Leuten die Lage erklären. Habt Ihr Fragen?«

Die Anwesenden schüttelten die Köpfe.

»Dann sind wir uns einig.« Er streckte die Hand aus, die Hirad in Abwesenheit des Unbekannten schüttelte.

Die Tür der Kapitänskajüte wurde geöffnet, und Aeb bückte sich, als er unter der niedrigen Tür durchging.

»General Darrick, ein Mann fragt nach Euch. Er gehört zu Eurer Kavallerie.«

Darrick stand rasch auf. »Ich kümmere mich darum. Denser, ich glaube, du solltest lieber die Protektoren vom Deck rufen, damit das Schiff ablegen kann.«

»Ja, das sollte ich wohl machen«, antwortete Denser.

Der Rabe folgte Darrick aus der Kajüte. Draußen ging es einen kurzen Flur entlang, dann eine Holztreppe hinauf bis zum Deck. Ein halbes Dutzend Reiter stand im Licht von zwei Fackeln unten vor dem Schiff. Hirad erkannte Izack an der Spitze.

»Kommandant Izack«, sagte Darrick, als er ans Geländer trat. »Ist das die Abteilung, die mich verhaften soll?«

Izack kicherte. »Nein, Sir, ganz sicher nicht. Wir haben die Waffen und die Rüstungen des Raben mitgebracht und wollen uns Euch anschließen.«

»Ersteres nehme ich dankbar an. Das Zweite muss ich ablehnen, auch wenn mich eure Loyalität berührt.« Er hob eine Hand, als Izack widersprechen wollte. »Izack, Ihr seid ein guter Soldat und ein treuer Freund, und gerade deshalb will ich nicht, dass Ihr hier hineingezogen werdet, so verlockend es auch wäre, einen Mann von Euren Fähigkeiten an meiner Seite zu wissen.

Ich habe ein Verbrechen gegen Lystern begangen, auch wenn Ihr und ich es nicht so sehen. Ich bin flüchtig, und Lystern braucht gute Männer wie Euch, um die Verteidigung zu verstärken.«

»Die Verteidigung?«, fragte Izack.

»Es wird Auseinandersetzungen zwischen den Kollegien geben, Izack. Wer das Kind auch bekommt, es wird Ärger geben. Ich habe meine Entscheidung getroffen, und ich werde meinen Kampf im Ornouth-Archipel ausfechten. Ihr müsst nach Hause zurückkehren und mit den Vorbereitungen beginnen. Sorgt dafür, dass Heryst auf Euch hört. Er ist ein guter Mann, obschon er manchmal zu Fehlurteilen neigt. Man kann den Dordovanern nicht mehr trauen, auch wenn er dies anders sehen mag. Was sagt Ihr dazu?«

»Wenn Ihr mich darum bittet, General, dann will ich es tun.«

»Danke, Izack.« Darrick entspannte sich ein wenig und stützte sich auf die Reling. »Passt auf Euch auf. Lystern wird Euch brauchen.«

Izack nickte. »Was soll ich sagen, wenn ich nach Eurem Verhalten heute Abend gefragt werde?«

»Sagt ihnen die Wahrheit.« Darrick richtete sich wieder auf. "Viel Glück, Izack. Wir sehen uns sicher bald wieder.«

»Das will ich doch hoffen, Sir. Viel Glück auch für Euch.«

Er zog sein Pferd herum und führte seine Männer fort. Sie ließen ein verschnürtes Bündel auf der Mole liegen. Hirad sah den Griff des Zweihandschwerts herausragen, das dem Unbekannten gehörte. Er betete, dass er eines Tages wieder die Spitze auf den Boden tippen hörte.

Inzwischen versuchten sie nicht einmal mehr, den Schild aufrechtzuerhalten. Ephemere wusste, dass ihre

Feinde kamen. Die Frage war nur noch, ob Hilfe vor ihnen eintraf. Wie ein Vulkanausbruch – und für einen aufmerksamen Magier ebenso offensichtlich – brodelte das Mana aus Lyannas Bewusstsein. Mit jeder Stunde wurden die Zerstörungen, die dadurch entstanden, umfangreicher.

Inzwischen war die Anstrengung für sie so groß geworden, dass immer nur eine von ihnen bei Lyanna wachen konnte, während die anderen schliefen oder die Brühe zu sich nahmen, die von den Elfen der Gilde für sie zubereitet wurde. Die Elfen versuchten zu lächeln, doch Ephemere konnte sehen, wie behutsam sie mit ihnen umgingen, und sie durchschaute die freundlichen Lügen, wie gut sie sich schlugen.

Ephemere saß mit der Lemiir-Pfeife im Esszimmer. Im benachbarten Vorraum hatte sich Myriell bei Lyanna niedergelassen. Es war sinnlos, sie in ihrem eigenen Schlafzimmer zu lassen. Die Kleine bemerkte es in ihrem derzeitigen Zustand ohnehin nicht, und so war es wenigstens für die sterbenden Hüterinnen ein wenig leichter.

Das Gesicht der alten Al-Drechar verzog sich zu einem unsicheren Lächeln, als sie einen tiefen Zug aus der Pfeife nahm. Die Kräuter vertrieben die schlimmsten Schmerzen, die sie sonst in jedem wachen Augenblick spürte. So viele Stunden hatten sie hier zu viert gesessen und gestritten, geredet, gescholten und gehofft. Erst jetzt wurde ihr bewusst, wie glücklich diese Zeit gewesen war.

Das Lächeln verschwand. Seit fünf Tagen hatte sie auf dem Weg nach draußen kaum mehr als ein aufmunterndes Wort mit Aviana gewechselt oder Myriell auf dem Weg zu Lyanna einen ruhigen Schlaf gewünscht. Cleress hatte sie die ganze Zeit über gar nicht mehr gesehen. Mit jedem Tag, der verging, wurden sie schwächer, und es sah keineswegs danach aus, als sollte Lyannas Nacht bald vorbei sein.

Ihr einziger Trost war, dass ein neues Stadium begonnen hatte, aber diese Entwicklung bedeutete vorerst nur, dass sich das Elend noch verschlimmerte. Bisher hatten die ungezielten Ausbrüche von Lyannas Begabung ihre Heimat Balaia getroffen, doch inzwischen hatte die Reichweite zugenommen, und jetzt war auch Herendeneth betroffen. Dies zeigte, dass das Unterbewusstsein des Mädchens an Verständnis, Kontrolle und Zielstrebigkeit gewonnen hatte, doch die Folge war, dass der ganze Archipel aus heiterem Himmel von Unwettern heimgesucht wurde.

Die Winde waren keine einzelnen, wütenden Ausbrüche mehr, die in Lyannas Träumen entstanden. Jetzt zuckten die Blitze unablässig zu Boden, die Wellen schlugen ans Ufer und schwappten fast bis zum Haus hinauf, der Wind donnerte unermüdlich an die Läden, an die Fenster und die Mauern, und wenn Wolken aufzogen, dann fiel ein unglaublich heftiger Regen, der im höheren Gelände Flüsse entstehen ließ. Auf dem Rückweg ins Meer rauschte das Wasser mitten durchs Haus.

Der Geruch von feuchtem Holz, modrigen Teppichen und nassen Balken erinnerte ständig daran, wer im Reich der Al-Drechar die Elemente beherrschte. Ephemere seufzte. Wie dumm sie doch gewesen waren. Sie waren Jahrhunderte alt und doch in die Falle getappt, hatten ihre eigenen Fähigkeiten überschätzt. Noch schlimmer, sie hatten die zerstörerische Kraft von Lyannas unausgebildetem, aber erwachendem Geist unterschätzt. Der einzige Trost war, dass sie, selbst wenn sie es gewusst hätten, kaum etwas hätten ändern können. Aber wenigstens hätten sie dann ein wenig besser vorbereitet begonnen.

Es hätte das Sterben ein wenig angenehmer gemacht.

Die alte Elfenfrau nahm noch einen Zug aus der Pfeife und stellte sie in den Ständer zurück. Sie würde bald für Myriell neu gestopft und angezündet werden. Als sie die Augen wieder öffnete, ohne sich genau zu erinnern, wann sie sie überhaupt geschlossen hatte, sah sie zwei Elfen der Gilde links vor sich stehen. Schuldbewusst gestand sie sich ein, dass sie nicht einmal den Namen der beiden wusste. So nickte sie nur zustimmend, dass es Zeit wurde.

Die jungen Elfenmänner schoben ihren Stuhl zurück und halfen ihr, einer zu jeder Seite, auf die Beine. Quälend langsam schlurfte sie zur Tür. Sie war fest entschlossen, sich nicht tragen zu lassen, wie es Aviana schon dreimal geschehen war. Natürlich war das dumm, aber manchmal waren diese kleinen Kämpfe alles, was sie noch auf den Beinen hielt.

Einer der Elfen öffnete die Tür des improvisierten Schlafzimmers, und sie betraten den von gedämpften Lampen erhellten Raum. Links waren die Fenstervorhänge einen Spalt geöffnet. Diese Ecke des Gebäudes war etwas geschützt, und wenn draußen ein Sturm tobte, wehte hier nur eine kleine Brise durch den Raum. Es musste bald hell werden, doch die Vorhänge blieben geschlossen. Das war besser für die Konzentration.

Lyanna lag auf dem Rücken auf dem Bett, das sie ihr hier hereingestellt hatten. Das Mädchen hatte die Augen seit sechs Tagen nicht mehr geöffnet. Sie war in einen Tiefschlaf gefallen, kaum dass Erienne aufgebrochen war, um Denser und den Raben zu finden. Ihre Lieblingspuppe und ein Glas Wasser warteten neben ihrem Bett. Symbole der Hoffnung und des Glaubens, dass sie ihre Nacht wohlbehalten überstehen würde. Doch das unberührte Wasser war mehrmals ausgewechselt worden, und die Puppe verstaubte.

Die Elfen halfen Ephemere aufs Bett. Sie setzte sich auf die Bettkante und beugte sich vor, um Lyannas Haare zu streicheln. Ihr Gesicht war im Augenblick kühl und trocken, doch das nächste Zucken, wenn ihr ganzer Körper sich aufbäumte, war nie fern. Sie wurde von Phantomen gequält, gegen die nicht einmal die Al-Drechar etwas ausrichten konnten.

Die Elfen der Gilde waren unermüdlich. Sie wuschen Lyanna täglich, wechselten die verschmutzten Bettlaken und fütterten sie im Schlaf mit Suppe, indem sie den Schluckreflex durch Massage des Halses auslösten.

»Armes Kind«, flüsterte Ephemere. Sie gab Lyanna einen Kuss auf die Stirn und bedeutete den Elfen mit einer Geste, dass sie ihr gegenüber sitzen wollte.

Die Elfen halfen ihr auf ein zweisitziges Sofa, wo sie sich neben Myriell niederließ. Dann winkte sie den Elfen, dass sie sich zurückziehen konnten. Sie hörte das leise Klicken, mit dem die Tür geschlossen wurde, nahm sich zusammen und sprach ein Stoßgebet, sie möge noch lange genug leben, um die Berührung von Avianas Geist zu spüren, wenn ihre Schwester kam, um sie abzulösen. Im Augenblick war es an ihr, Myriell abzulösen. Sie stimmte sich aufs Mana-Spektrum ein und stellte sich dem Sturm.

Sobald sie sich Lyannas Geist und dem Schild näherte, den Myriell ringsherum aufgebaut hatte, waren die Stürme draußen im Vergleich kaum mehr als ein Hauch auf ihrer Wange. Der Regen und der Donner waren weit entfernte, harmlose Echos, und die mächtigen Blitze waren nicht mehr als das Flackern einer einzigen flackernden Kerze.

Ephemere stellte sich vor, wie sich im Mana-Sturm ihre Gesichtshaut spannte, wie das Haar hinter ihr flatterte und wie der Sturm ihre Augen tränen ließ. Richtungslos, aber hoch konzentriert verflochten sich die Ströme und zuckten wie Peitschen vorbei. So entstand ein endloser Tunnel mit dunkelbraunen, weiß gestreiften Wänden, in dem immer wieder gelbe, orangefarbene, grüne und tiefblaue Blitze zuckten. Durch diesen Tunnel stürzte Ephemere dem Zentrum entgegen.

Sie war allerdings nicht völlig hilflos. Im Tunnel gab es ein Licht, ein schwaches, pulsierendes Licht. Myriells Bewusstsein. Ephemere kämpfte sich heran und schob eine Blase aus schützendem Mana vor sich her, mit dem sie die brüllende, heulende Magie des Nachtkindes daran hinderte, sie zu zerstören.

Sie sehnte sich nach der Wärme des Kontakts, und die Sehnsucht trieb sie weiter, bis sie ihre Schwester gefunden hatte und nahtlos mit ihr verschmolz. Sie spürte, dass die Freude bei der Berührung erwidert wurde. Ephemere spürte auch Myriells Erschöpfung, doch stärker noch die Entschlossenheit, Lyanna nicht im Stich zu lassen. Sie richtete sich ein, nahm Myriell einen Teil der Last ab und schnaufte schwer, als der Gedankenschild, den sie um Lyanna legte, in Stücke zu gehen drohte. Sie setzte ihre ganze Willenskraft ein und gab mehr Energie in die Mana-Gestalt, bis sie sich stabilisierte. Erst dann richtete sie die Aufmerksamkeit auf ihre Schwester.

»Ich bin da, Myra«, sagte sie.

»Ich dachte schon, du kommst nie hier an«, antwortete Myriell.

»Geh und schlaf jetzt.«

»Sei vorsichtig, Ephy. Es wird immer schwieriger.«

»Ich weiß, Myra«, sagte Ephemere. »Ich weiß.«

»Ich liebe dich, Ephy«, sagte Myriell, als sie sich zu lösen begann.

»Ich liebe dich auch«, sagte Ephemere.

Damit war Myriell fort, und Ephemere war mit Lyanna allein. Ihr Herz schlug vor Sorge schneller, und sie war einen Moment lang außer Atem. Unter der empfindlichen Abschirmung schrie Lyanna vor Schmerzen auf, ihre Gedanken waren wirr, und sie hatte Angst.

Ephemere mochte sich einsam fühlen, doch für Lyanna war es noch viel, viel schlimmer. So ein kleines Kind war sie noch, und nicht nur von ihrer Mutter getrennt, sondern auch von der äußeren Welt abgeschnitten. Sie lebte jetzt in der dunkelsten Nacht, wo das ungesteuerte Mana unablässig auf ihr zerbrechliches Bewusstsein einstürmte.

Lyannas Bewusstsein war wie ein Magnet; sie zog die magische Essenz in ungeheurer Menge an, konnte sie aber nicht formen und verstand nicht einmal, was sie entfesselte. Während sie in ihrer Nacht dahindämmerte, experimentierte ihr Geist und versuchte die Kräfte zu kontrollieren, nach denen er sich sehnte. Willkürliche Mana-Formen wuchsen mit immer stärkerer Kraft heran, weil es noch keine Kontrolle gab. Lyanna musste lernen, wenn sie überleben wollte.

Für Ephemere und die Al-Drechar kam es allein darauf an, sie vor dem zu beschützen, was sie noch nicht kontrollieren oder steuern konnte. Zusammenbrechende Mana-Formen stellten eine große Gefahr dar und mussten, wenn sie sich auflösten, von den Stellen zurückgehalten werden, an denen sie Schaden anrichten konnten, und man musste ihnen ein Ventil geben. Das bedeutete, dass die Al-Drechar die halb geformten magischen Ausbrüche abfangen mussten wie eine Serie harter Schläge.

Jeder Schlag kostete sie ein wenig Kraft. Wenn jedoch eine voll ausgeformte Gestalt entstand, dann musste sie in die Freiheit entlassen werden, obwohl dies in Balaia und inzwischen auch in Ornouth große Zerstörungen nach sich zog. Doch das musste man aushalten. Damit der Eine Weg nicht unterging, musste man es aushalten.

Ephemere weinte. So ging es ihr zu Beginn jeder Schicht. Sie spürte Lyannas Stöhnen auch im Mana – die einzige menschliche Emotion, die man in dem Tumult der Elemente überhaupt erkennen konnte. Antworten konnte sie nicht, sie konnte nicht die Arme um ein Wesen legen, das nicht da war und das man nicht trösten konnte.

Sie konnte nur die gefährliche magische Energie ableiten, die Lyanna auf den Plan rief. Und jedes Mal, wenn ein magischer Schlag ihren Schild traf, wurde sie etwas schwächer, doch mit jedem Atemzug wuchs auch ihre Entschlossenheit.

Dies alles war jedoch nicht der Grund dafür, dass sie weinte.

Sie musste alles ertragen, was das Nachtkind auf sie losließ, doch ihre Tränen weinte sie, weil sie nicht wusste, ob Erienne rechtzeitig zurückkehren würde.

Wenn Erienne nicht kam, dann war die Welt schon so gut wie tot, dann wären alle ihre Mühen umsonst gewesen.

Erienne war einen Moment lang verwirrt und weigerte sich zu glauben, was ihre Augen sahen. Selik hatte zwar durchblicken lassen, dass ihm Magier halfen, doch selbst in ihren schlimmsten Albträumen wäre Erienne nie darauf verfallen, in diesem Moment den Mann vor sich zu sehen, der gerade ihre Kabine betrat. Sie schüttelte den

Kopf und schauderte, als ihr bewusst wurde, was dies zu bedeuten hatte. Es war nicht etwa irgendein abtrünniger dordovanischer Magier, sondern der Hohe Sekretär des Kollegs. Ein Mann, der großen Respekt genoss und über die Ethik ihres Kollegs wachen sollte. Ein Mann, den sie schon ihr Leben lang kannte und von dem sie geglaubt hatte, sie könne ihm vertrauen.

»Erienne, bitte urteilt nicht vorschnell über mich.«

Ihr wurde übel, als sie Berians Worte hörte. Sie war froh, dass sie saß, sonst wäre sie gestürzt. Ihre Gefühle und Gedanken überschlugen sich. Sie wusste nicht, wie sie reagieren und was sie sagen sollte. Sie wusste nur, dass sie in Berians Gegenwart Abscheu empfand. Die Größenordnung seines Verrats war kaum zu fassen. Sie schwankte und wandte den Kopf ab.

»Sprecht nicht mit mir.« Ihr Mund schmeckte nach bitterer Galle. »Ich will Euch nicht einmal ansehen, Ihr widert ich an.«

»Bitte, Erienne«, sagte Berian. »Wir mussten Euch doch finden. Wir machen uns Sorgen um Euch und Lyanna.«

»Wie könnt Ihr es wagen, mich anzulügen!« Eriennes Augen blitzten, ihre Wut erwachte. »Ihr steht neben dem Mörder meiner Kinder. Es waren dordovanische Kinder. Wie konntet ihr das tun!«

Berian warf einen Blick zu Selik. »Er wusste jedenfalls, wo wir Euch finden konnten«, sagte er sanft. »Und wir werden dafür sorgen, dass Euch nichts mehr geschieht.«

»Lügner!« Erienne stürzte durch die Kabine und versetzte Berian einen Fausthieb ins Gesicht, bevor Selik sie fortziehen und aufs Bett werfen konnte.

»Beruhigt Euch«, sagte er.

»Beruhigen soll ich mich?«, schrie sie. »Bei den brennenden Göttern, ich habe mich und mein Kind der Hölle ausgeliefert.« Sie zielte mit dem Finger auf Berian. »Und Ihr seid ein verdammter Verräter. Ihr seid schon tot. Ich schwöre es. Ihr habt alles verraten und Euch mit den Hexenjägern verbündet, um eine von Euch zu finden und zu töten.«

Sie sackte in sich zusammen, ihr Kopf sank auf die Brust, ihre Wut war verraucht. Sie fühlte sich nur noch hilflos, und die Tränen rollten über ihre Wangen. Alles, woran sie je geglaubt hatte, war auf einen Schlag zerstört worden.

»Wie konntet Ihr das tun?«, flüsterte sie.

»Eure Tochter ist eine Gefahr für Balaia«, sagte Berian. Jede Sanftheit war aus seiner Stimme gewichen. »Und sie ist der Beginn des Untergangs von Dordover. Glaubt Ihr wirklich, wir sehen untätig zu, wie Ihr sie auf den Einen Weg bringt? Sie muss von Dordover kontrolliert werden, damit unser Kolleg überlebt. Ihr seid die Verräterin, Erienne Malanvai. Ich will mein Kolleg retten, Ihr wollt es fallen sehen.«

Erienne schüttelte den Kopf. »Nein«, schluchzte sie. »Nein, Ihr versteht es nicht.«

»O doch, Erienne, ich verstehe es«, sagte Berian. »Ich verstehe es nur zu gut.«

Sie hörte Schritte, die sich entfernten, dann wurde ihre Tür verschlossen und verriegelt.

Erienne hatte bis jetzt noch nicht über die Umstände ihres Todes nachgedacht. Sie hatte sich nicht gefragt, ob er unmittelbar bevorstünde, was sie dann sagen und wie sie reagieren und wie sie sich fühlen könnte. Doch nun war er offensichtlich nahe, und es war schlimmer als alles, was sie sich hätte ausmalen können. Denn sie starb nicht allein. Im gleichen Moment besiegelte sie auch das Schicksal ihrer Tochter.

Es war, als schaue sie aus großer Entfernung auf sich selbst herab. Sie fühlte sich gespalten zwischen absoluter Gewissheit auf der einen und einer irrealen Qualität wie in einem Traum auf der anderen Seite. Es gab viele Dinge, die sie sicher wusste. Selik würde sie nicht anrühren, bis sie Herendeneth erreichten. Der Rabe, falls er überlebte, würde ihr folgen. Dordover hatte sie verraten. Und ausgerechnet Berian reiste auf dem gleichen Schiff wie sie und half dabei, ihren Tod zu planen. Andererseits hatte sie jedes Zeitgefühl verloren. Sie spürte, wie sich das Schiff bewegte, sie wusste, dass sie durch den Kanal zur Bucht von Arlen fuhren, doch irgendwie stellte sich keine Verbindung zu ihrer Realität ein. All dies hätte eigentlich nicht geschehen dürfen, und irgendwie dachte sie immer noch, sie werde irgendwann aufwachen und feststellen, dass Denser sich besorgt über sie beugte.

Natürlich hatte sie versucht, einen Spruch zu wirken. Das war ein Weg, mit allem, was sie kannte, wieder in Kontakt zu kommen. Ihre Fähigkeiten erwachten wieder, sie hatte aber noch nicht genug Kraft, um komplizierte Formen zu wirken, und selbst wenn sie es gekonnt hätte, ein dordovanischer Spruchschirm isolierte ihre Kabine und schnitt sie völlig ab.

Sie schenkte sich ein Glas Wasser ein, ging in den hinteren Teil der Kabine und sah aus dem kleinen Fenster. Durch den Regen konnte sie den roten Fleck am Himmel über Arlen sehen. Anscheinend wüteten dort immer noch die Brände. Sie hielt sich am Fensterrahmen fest, als das Schiff rollte. Das Wasser schwappte auf ihre Hand. Der Wind kam in sehr starken Böen, und obwohl er in die richtige Richtung wehte, hatte die *Meerulme* gewiss nicht alle Segel gesetzt. Sehen konnte sie es freilich nicht, denn Selik ließ sie nicht aufs Deck hinaus.

Sie setzte sich aufs Bett, trank das Glas aus und stellte es auf ihren kleinen Tisch. Wieder rollte das Schiff, und das Glas fiel auf den Boden. Sie ließ es liegen. Sie versuchte, nicht mehr an das Wetter draußen zu denken, an den Regen, der an die Fensterscheibe prasselte, an den Wind, der über dem Schiff heulte, und wollte sich auf die Frage konzentrieren, was, wenn überhaupt, sie tun konnte.

Die Liste ihrer Möglichkeiten war nicht sehr lang. Der nahe liegende Weg war die Magie, doch sie hatte gerade erst begonnen, den Schild abzutasten, der rings um sie aufgebaut worden war. Er war stark, vermutlich das Werk von drei dordovanischen Verrätern, und zweifellos wurde er genau überwacht, damit sie es sofort spürten, wenn Erienne den Schirm erkundete. Falls sie eine Schwäche fand, musste sie sofort zuschlagen.

Auf der physischen Ebene gab es zwei Ausgänge, die ihr beide versperrt waren. Die Kabinentür war verriegelt, und draußen standen die Wächter. Es wäre sinnlos, sie anzugreifen, obwohl sie innerhalb des Schirms standen. Was hätte das schon genützt?

Das Fenster war zugenagelt, und selbst wenn sie es mit Gewalt öffnen konnte, nach dem Sturz ins Wasser wäre sie doch nur ertrunken.

Selbstmord war allerdings eine Möglichkeit, die sie nicht völlig ausschließen wollte. Wenn sie starb, dann gab es für die Besatzung der *Meerulme* keinen Grund mehr, sich den Schwarzen Schwingen zu fügen und die Reise fortzusetzen. Damit hätte sie den Al-Drechar jedoch nur ein wenig Zeit erkauft. Da die Verteidigung der Insel in Stücke ging, konnte ihre Position nicht mehr lange verborgen bleiben, falls die Feinde sie nicht sowieso schon kannten. Trotz der gefährlichen Zufahrt würde Lyanna früher oder später gefunden werden.

Wieder ruckte und bebte das Schiff, als es von einer Welle getroffen wurde. Sie spürte die seitliche Bewegung und wusste, dass sie sich der Mündung des Arl näherten. Sie hatte genug gelernt, um die Gezeitenkräfte zu verstehen, die die Durchfahrt durch die Bucht ungemütlich machen konnten, wenn Ebbe oder Flut gerade einsetzten. Vom Sturmwind aufgepeitscht, waren die Wellen sicher nicht ungefährlich. Sie mochte sich kaum vorstellen, wie es auf offener See aussah.

Sie hatte das Gefühl, innerlich zusammenzubrechen. Als hätte sie ihre ganze Willenskraft verloren, als wolle sie nun wehrlos geschehen lassen, was mit ihr geschah. In ihrem Herzen aber hielt sie an ihrem Entschluss fest. Es war der Entschluss, dass Lyanna, ihr wundervolles Mädchen, auf jeden Fall überleben musste, und dass man ihr irgendwie helfen und sie retten werde.

An diesen Glauben klammerte sie sich, weil sie nichts anderes mehr hatte. Sie brauchten mindestens sieben Tage, um Herendeneth zu erreichen. Eriennes Schicksal lag nun nicht mehr in ihren eigenen Händen. Es kam nicht mehr auf Dordover an und nicht auf ihren Mann, sondern auf etwas, das viel stärker war als all die Kräfte, die sich gegen sie gewandt hatten. Sie wusste, dass das Ganze niemals untergehen würde, solange einer von ihnen noch die Kraft hatte zu helfen.

Der Rabe.

Neuntes Kapitel

Es hatte schon vor einigen Tagen begonnen, doch niemand hatte es bisher bemerkt. Trotz der Überschwemmungen war niemand umgekommen, es hatte nicht einmal besonders viele Verletzte gegeben. Sie hatten die Berichte über ungeschützte Gehöfte, die Küstenstädte und die Dörfer am See gehört, als die Flüchtlinge in die Stadt kamen. Doch hier in Korina, hier war man seit eh und je der Ansicht, die Stadt werde stets von echtem Schaden verschont bleiben. Jetzt aber strömten die Flüchtlinge aus der Stadt hinaus und nicht in sie hinein.

Diera rannte, den schreienden Jonas an die Brust gepresst, aus dem Zimmer, als das Fenster nach innen gedrückt wurde. Der heftige Windstoß ließ den ganzen Gasthof bis in die Grundfesten erbeben. Es war mehr als nur ein starker Sturm. Der Wind hatte die Läden so fest zugeworfen, dass sie nach innen durchgeschlagen waren. Unter dem Aufprall waren die Fensterrahmen zerbrochen, und das ganze Fenster mitsamt Rahmen und Glas war in den Raum geflogen.

Sie eilte die Treppe hinunter und sah panische Menschen in der Gaststube. Die Gäste des Krähenhorsts wollten vor dem brüllenden Sturm fliehen, der über den Marktplatz fegte. Die Frontseite des Gasthofs war zur Hälfte weggerissen worden, Bücher und Blätter flatterten durch die Luft, Tische rutschten und kippten um, das Feuer loderte in alle Richtungen und spuckte heiße Glut, und erschrockene und schmerzvolle Schreie übertönten sogar das Klirren der zerspringenden Gläser.

»In den Keller, in den Keller!«, rief jemand ihr ins Ohr und zog sie am Arm. Es war Tomas. Sein Gesicht war bleich, er hatte einen Schnitt auf der Stirn, das Blut lief ihm ins Auge. Er deutete auf eine Tür hinter der Theke, schob sich an ihr vorbei und kniete sich zwischen den Trümmern seines Gasthofs neben einen Mann, dem von einem herabgefallenen Balken beide Beine zerquetscht worden waren. Fassungslos sah sie zu, wie Tomas mit dem Eingeklemmten einige Worte wechselte, nickte und ihm über der Arterie einen tiefen Schnitt ins Bein beibrachte. Er hielt ihn fest, während sein Lebenssaft auf den Boden rann, bis er starb.

Schreie drangen von draußen herein. Menschen rannten in westlicher Richtung vorbei, sahen sich über die Schulter um und rannten noch schneller. Ein gewaltiges Tosen erfüllte die Luft, ein betäubendes, schmerzhaft lautes Geräusch. Diera drückte Jonas' Kopf an sich und bedeckte sein zweites Ohr mit der freien Hand.

»Tomas!«, schrie sie. »Tomas!«

Das Rauschen wurde noch lauter. Ein Wagen flog an der Vordertür des Gasthofs vorbei und knallte nicht weit entfernt gegen eine Wand. Balken und Eisenteile flogen herum. Die Menschen, die im Gasthof ausharrten, duckten sich und klammerten sich an alles, was ihnen etwas

Halt geben konnte. Tomas rief den Leuten etwas zu, doch sie konnten ihn nicht hören.

Hand über Hand kroch er wieder zur Theke, packte Diera und zerrte sie zur Kellertür. Er zog die Tür mühsam auf, und zusammen stolperten sie die von Laternen beleuchtete Treppe hinunter. Hinter ihnen fiel die Tür mit einem Knall wieder zu.

Hier unten war es ruhiger, und nun hörte sie ihr eigenes Keuchen, das Wimmern ihres kleinen Kindes und Tomas' Flüche. Der Keller war voller Menschen. Sie sah Maris und Rhob, die einander umarmten, und viele andere, die sie nur flüchtig kannte. Ihnen allen stand die Furcht ins Gesicht geschrieben, sie zitterten vor Anstrengung am ganzen Körper, und wer noch stehen konnte, kümmerte sich um diejenigen, die dazu nicht mehr genug Kraft hatten.

Über ihnen war ein schreckliches Knirschen zu hören, dann ein gewaltiger Knall, der alle Balken beben ließ. Staubwolken schossen über ihren Köpfen aus den Fugen.

»Der Gasthof«, keuchte Tomas. »Weg, er ist weg.«

Diera sah die Qual in seinem schmalen, blutverschmierten Gesicht.

»Was können wir tun?«, fragte sie.

Er drehte sich zu ihr um, legte ihr eine Hand auf die Wange und streichelte sie sachte.

»Beten«, sagte er. »Beten, dass die Decke des Kellers hält. Beten, dass die Flut nicht bis hierher kommt. Beten, dass wir morgen noch die Sonne sehen, und dass dein Mann einen Weg findet, all das zu beenden, bevor wir alle sterben.«

Diera sah ihn an. Sie wusste, dass es im Grunde nur mit Magie zu tun hatte. Schon seit Tagen redete man in der Stadt darüber. Sie wollte eigentlich fragen, was denn ein Mann gegen dies alles tun könne. Andererseits war ihr auch klar, dass jeder Mensch einen Glauben brauchte, an dem er festhalten konnte.

Tomas hatte sich entschlossen, an Sol zu glauben.

Diera wiegte ihr weinendes Kind und hielt es vor ihrer Brust fest. Es war tröstlich, diesen Glauben zu teilen. Schließlich hatte er Balaia bisher noch nie im Stich gelassen.

Die *Calaianische Sonne* hatte Mühe, Fahrt aufzunehmen. Der Wind, mit dessen Hilfe die *Meerulme* ausgelaufen war, hatte sich gedreht und wehte jetzt geradewegs den Arl herauf zum See.

Es war Nacht und völlig dunkel, die zerstörte Stadt lag hinter ihnen. Der Rabe hatte von der Mannschaft trockene Kleider bekommen und konnte eine Bestandsaufnahme machen, während Jevin, ihr spröder Kapitän, sich mit widrigen Winden herumschlug und so viel Segel setzte, wie er es wagte. Er hatte bereits erklärt, dass sie möglicherweise den ganzen Fluss hinunter kreuzen mussten. Wenn die *Meerulme* Glück gehabt hatte, dann konnten sie frühestens einen halben Tag nach ihr die offene See erreichen.

Darrick besorgte Essen und Trinken aus der Kombüse, Hirad, Ilkar und Denser standen zwischen den schmalen Doppelkojen, auf denen der Unbekannte und Thraun lagen. Hirad fühlte sich hilflos. Er ging im Geiste immer wieder durch, was geschehen war, und überlegte, ob er irgendwie hätte helfen können. Er fand nichts.

So lag der Fels des Raben bewusstlos unter einer Warmen Heilung, lebendig zwar, aber schwer verletzt. Hirad wischte sich mit dem rechten Daumen und dem Zeigefinger die Augenwinkel aus. Jemand legte ihm eine Hand auf die Schulter.

»Es war nicht deine Schuld«, sagte Ilkar. »Ich habe den Kraftkegel gesprochen.«

Hirad sah den Elf an. »Das meine ich doch nicht. Niemandem kann man irgendetwas vorwerfen. Ich dachte nur, ihr könntet vielleicht noch etwas mehr tun.«

»Wenn Erienne hier wäre, hätten wir mehr Möglichkeiten. Sie beherrscht den Körperspruch meisterlich.«

»Aber ich dachte ...« Hirad machte eine hilflose Geste.

»Die Warme Heilung wirkt nur begrenzt. Sie kann Gewebe zusammenfügen, das Muskelwachstum fördern und Brüche heilen. Er braucht mehr als das. Viel mehr«, sagte Ilkar.

»Wie sieht es denn insgesamt aus?« Hirad hatte bisher nicht nachgefragt, weil er nicht wusste, ob er die Antwort überhaupt hören wollte.

»Die Axt hat seine Hüfte verletzt und sein Becken gebrochen«, sagte Denser. »Mal ganz abgesehen von dem, was mit seinen Bändern und Muskeln und mit der Haut passiert ist ... wir konnten das Becken wieder einrichten, und es wird heilen. Die Hüfte ist allerdings zerstört, und überall sind Knochensplitter. Wir sind keine Ärzte, Hirad, wir haben nicht die Fähigkeit, ihn wieder einzurichten, wie es ein Körperspruch könnte.«

Hirad schüttelte den Kopf und suchte verzweifelt nach einer Lösung. Die beiden Magier wichen seinen Blicken geflissentlich aus.

»Wird er denn wieder laufen können?«

Ilkar nickte. »Irgendwie schon. Das Gelenk wird steif bleiben, und er wird ständig Schmerzen haben. Er wird stark humpeln, aber er wird wieder gehen können.« Der Elf zuckte mit den Achseln.

»Bei den Göttern«, sagte Hirad, dem sofort klar war,

welche Folgen dies hatte. »Er wird nicht mehr kämpfen können.«

»Nicht mehr mit dem Zweihandschwert«, bestätigte Ilkar. »Er wird nicht mehr das Gleichgewicht halten können, weil das Bein zu schwach ist. Er könnte aber mit einem Langschwert kämpfen, wenn ihm jemand die linke Seite freihält.«

»Er hatte Glück, dass er überhaupt überlebt hat«, fügte Denser hinzu. »Er hat eine Menge Blut verloren.«

Hirad blickte auf den großen Mann hinab. Die Magier wollten ihn auf dem rollenden Schiff mehrere Tage, vielleicht sogar die ganze Reise über, im Tiefschlaf halten. Erwachen würde er dann als Krüppel, und die Kraft und Anmut, die ihn so sehr ausgezeichnet hatten, wären unwiderruflich verloren. Es gab allerdings noch etwas, das sie tun konnten. So leicht wollte Hirad nicht aufgeben.

»Könnte Erienne ihm helfen?«, fragte er.

»Wenn sie bei ihm ist, bevor die Muskeln über das Gelenk wachsen und die Knochen ganz verheilt sind, ja«, sagte Denser. »Aber warum fragst du?«

»Wie viel Zeit haben wir, bevor es endgültig zu spät ist?«

»Nun, wir können die Heilung vermutlich etwas verzögern, aber die Sprüche wirken schon«, sagte Ilkar. »Drei Tage vielleicht?« Er sah sich fragend zu Denser um, der mit den Achseln zuckte und nickte.

»Dann sollten wir sie wohl schleunigst befreien, was?«

Eine Weile hörte Hirad nichts außer den Geräuschen des Schiffs, das durch das raue Wasser im Fluss pflügte. Die Segel flappten an den Masten, die Balken knarrten und knackten. Ilkar und Denser sahen ihn verblüfft an.

»Was denn?«, sagte er und hob beide Hände.

»Tja, ich glaube, wir warten einfach auf deine Erklärung, wie du dieses Wunder vollbringen willst«, sagte Ilkar.

»Es ist ganz einfach«, entgegnete Hirad, in dessen Kopf sich gerade ein Plan herauskristallisierte. »Kapitän Jevin holt die *Meerulme* ein, wir fliegen im Schutz der Dunkelheit rüber, wüten unter Deck, schnappen uns Erienne und fliegen zurück. Die Protektoren könnten wir auch gleich mitnehmen. Man könnte sie doch mit Schattenschwingen ausstatten, oder?«

»Ja, aber …«, wollte Denser einwenden.

»Aber was?«

»Als ich in Arlen etwas Ähnliches vorgeschlagen habe, wurde ich niedergebrüllt.«

»Das war etwas anderes«, entgegnete Hirad.

»Oh, ja, das erklärt natürlich alles«, meinte Denser. Er wollte sich abwenden. Hirad legte ihm eine Hand auf die Schulter und drehte ihn wieder zu sich herum.

»Ich würde es auch für dich tun«, sagte er. »Ich würde es für jeden von uns tun. Dieses Mal geht es um den Unbekannten.« Er sah Denser an. »Schau ihn dir gut an, Denser. Er hat seine Frau und sein Kind verlassen, um dir zu helfen, deine Angehörigen zu finden. Er hat kein Wort darüber verloren. Und jetzt sieh dir an, was es ihn gekostet hat.

Jetzt werden wir ihm helfen. Ich will nicht, dass er zum Krüppel wird. Er gehört zum Raben.«

»Erienne auch«, murmelte Denser.

»Und auch sie werden wir retten. Im Hafen von Arlen war es nicht der richtige Zeitpunkt. Sie haben mit einem Angriff von uns gerechnet. Jetzt sind sie unvorbereitet.«

Denser sah ihn einen Augenblick düster an, dann lächelte er traurig.

»Du hast Recht. Wahrscheinlich sterben wir dabei, aber du hast Recht.«

»Gut!« Hirad klopfte ihm auf die Schulter. »Und jetzt musst du mit Sytkan in Arlen Kommunion halten, damit er weiß, welche Protektoren bei uns an Bord sind, bevor er über irgendeine Bestrafung nachdenkt. Außerdem könntest du versuchen, Erienne zu erreichen. Ilkar, komm mit. Wir müssen mit Ren'erei reden und sehen, ob wir Jevin Beine machen können. Und danach kannst du mir etwas über Thraun erzählen.«

Er drehte sich um und hatte schon die Türklinke in der Hand, als Denser ihn aufhielt.

»Hirad?«

»Was ist denn?«

»Es tut mir Leid. Du weißt schon, im Wald ...«

Hirad zuckte mit den Achseln. Denser schien ehrlich bekümmert. Noch ein Achselzucken.

»Mir tut es auch Leid. Aber letzten Endes hat es sich zu unserem Vorteil ausgewirkt. Wenn wir uns nicht verkracht hätten, dann wäre auch ich von Darrick gefangen genommen worden. Also lass es uns vergessen, ja? Und jetzt wollen wir deine Frau holen, den Unbekannten in Ordnung bringen und deine Tochter retten. Danach können wir uns vielleicht überlegen, wie wir die Kaan nach Hause schicken, und dann werde ich dir alles verzeihen. Mach du mal deine Kommunion.«

»Ich bleibe dann hier«, sagte Denser.

Hirad nickte und verließ mit Ilkar die Kabine.

Die kleine Protektorentruppe war im vorderen Laderaum untergebracht, der während der Fahrt über das Südmeer eigentlich den Dordovanern als unbequeme Unterkunft hätte dienen sollen. Vierundzwanzig hatten mehr oder weniger unverletzt überlebt. Keiner von denen, die nicht mehr hätten kämpfen können, war an Bord gekommen.

Sie standen im Kreis und hatten die Hände vor dem Bauch verschränkt. Die maskierten Köpfe waren gesenkt, sie schwankten leicht, wenn sich das Schiff bewegte. Ihre stille Versenkung fand ihren Spiegel im weit entfernten Xetesk, wo auch der Seelenverband tief drunten in den Katakomben ruhte. Jeder noch lebende Protektor trauerte um die Seelen, die gegangen waren, und freute sich über deren Befreiung aus dem Bann.

Jeder Tod schwächte die Gemeinschaft, aber jede befreite Seele schenkte ihnen Hoffnung. Aebs Gefühle waren verwirrt, doch in der Stille fanden sie einen Ausdruck. Er wusste, dass es seinen Brüdern ging wie ihm. Sie sehnten sich nach der Gemeinschaft im Seelenverband und hassten die Mächte, die ihnen die Seelen aus dem lebendigen Körper gerissen und die Verbindung eingerichtet hatten, die sie am Leben erhielt. Die Dämonenkette.

Jeder Protektor wollte von der Dämonenkette befreit werden. Niemand wollte seine Brüder durch diese Befreiung verlieren. Sol war das einzige lebende Beispiel, und er verkörperte alle Gefahren, die diese Befreiung mit sich brachte. Die Bruderschaft spürte ihn, und er spürte sie. Doch sie konnten keine Verbindung herstellen. Er war einer von ihnen und würde es immer bleiben, doch er stand außerhalb des Netzes, das die anderen unterstützte und verband. Dennoch war er ein Symbol der Hoffnung, und sie verehrten ihn.

»Wir sind eins«, sagte Aeb. Seine Stimme erfüllte den Lagerraum. Statt seine Gedanken zu senden, sprach er laut, wie es ihr Recht war, wenn sie nicht in Kampfstimmung waren.

»Wir sind eins«, summten die Protektoren.

»Sol ist schwer verletzt und in seinem jetzigen Zustand so unzugänglich wie seine Seele. Wir entfernen uns von unserem Gebieter. Ich habe darum gebeten, dass wir Denser, dem Dawnthief-Meister, zugeteilt werden. Es wird eine Ehre sein, die wir zusammen mit unseren Brüdern im Seelenverband feiern können.

Bereitet euch vor, Brüder, die ihr mir nahe seid. Schärft eure Klingen und versorgt eure Wunden, stählt euren Geist. Unsere Feinde wollen zerstören, was Xetesk seine Stärke gibt. Wir sind die Beschützer.«

»Wir sind eins.«

»Wir sind eins.«

»Nach der Überlieferung der Dämonenkette und im Namen des Lebens nach der Bruderschaft rufe ich ihn, der uns führen und uns behüten soll, wo immer wir sind. Wir sind eins«, sagte Aeb.

»Wir sind eins«, antworteten sie.

Eine weitere Versenkung folgte. Aeb sendete nun wieder Gedanken aus, weil sie handeln mussten.

Xye, wir brauchen heißes Wasser. Die Elfen können uns vielleicht Tücher und Salben geben. Ren'erei genießt die Gunst des Kapitäns.

Es soll geschehen.

Aeb sah sich im Kreis um. Er spürte die Müdigkeit seiner Brüder. Sie waren tagelang gerannt, und jetzt, nach dem Kampf, hatten sie keinen Gebieter mehr, der über die Dämonenkette die Energien steuern konnte, mit deren Hilfe sie sich erholten.

Setzt euch, Brüder, und lasst die Luft über eure Gesichter fächeln. Fin, schließe die Tür. Brüder, die Dunkelheit soll uns verbergen.

Fin ging zur Luke und verschloss sie. Nur für Xye würde sie geöffnet werden. Eine nach der anderen wurden die Laternen gelöscht, und als tiefste Dunkelheit herrschte, konnte Aeb hören, wie die Brüder seinem Beispiel folgten und die Bänder der Masken lösten.

Er nahm auch seine Maske ab und ließ die Luft sein wundes Gesicht kühlen. Das Ebenholz war glatt, doch darunter entzündete sich die empfindliche Haut. Er senkte den Kopf, weil er nicht einmal das Auge eines Bruders funkeln sehen wollte. Es brachte Unglück und den Tod im nächsten Kampf, wenn man die Brüder ohne Maske sah.

So war es festgeschrieben.

»Also, wie ist nun die Lage?«, fragte Hirad.

Der Rabe saß mit Ren'erei und Darrick am Tisch des Kapitäns, während Jevin auf Deck mit seinem Ersten Maat und dem Rudergänger redete.

»Wir haben gute und schlechte Neuigkeiten«, begann Denser. »Sytkan hat das Recht des Gebietens für die vierundzwanzig Protektoren an Bord auf mich übertragen. Ich werde später mit ihnen reden, aber es soll reichen, wenn ihr wisst, dass ihr sie auf Herendeneth einsetzen könnt, wie ihr es für richtig haltet. Sie werden frei sprechen und sich so frei bewegen, wie es den Protektoren überhaupt möglich ist.«

»Was genau bedeutet das?«, fragte Ilkar.

»Sie werden, wenn nötig, präventiv angreifen, sobald sich eine Gelegenheit bietet, sie werden dich informieren, wenn sie glauben, dass du sie nicht so gut wie möglich einsetzt, und sie werden ihre Bewegungen selbst koordinieren, solange sie keine anderen Anweisungen bekommen.«

»Und die schlechten Nachrichten?« Hirad trank einen

Schluck Tee. Auf Tellern standen Hartkäse, Brot und Dörrfleisch bereit. Gemüse war in der Kombüse nicht zu finden gewesen.

»Balaia liegt in Trümmern. Alles scheint auf einen Krieg zwischen den Kollegien hinauszulaufen. In den Ländereien der Magier gibt es Scharmützel, Arlen war allerdings bislang der einzige nicht von Magiern beherrschte Ort, der betroffen war.« Denser hielt inne und atmete durch. »Aber das ist nichts, verglichen mit den Naturgewalten. Sytkans Austausch mit Xetesk hat ergeben, dass in Korina Wirbelstürme ausgebrochen sind, es gab vulkanische Aktivitäten in den Blackthorne- und Balan-Bergen, weitere Stürme im Norden und Überschwemmungen den ganzen Südstrom hinauf. Balaia hat nicht mehr viel Zeit.«

»Was ist mit Erienne?«, drängte Hirad.

»Moment noch«, sagte Denser. »Ich bin noch nicht mit den schlechten Nachrichten fertig. Sytkan berichtet auch, in den letzten Tagen sei eine dordovanische Flotte von Gyernath aus in See gestochen.«

»Wie groß und wann genau sind sie aufgebrochen?«, wollte Darrick wissen.

Denser zuckte mit den Achseln und schenkte sich Tee nach. Das Schiff rollte ein wenig, und der Becher rutschte bis zum erhöhten Rand des Tischs, es schwappte jedoch nichts heraus.

»Die Einzelheiten sind nicht ganz klar. Auch in Gyernath hat es Überschwemmungen gegeben«, erklärte er. »Sytkan wird in den nächsten zwei oder drei Tagen noch einmal Kontakt mit mir aufnehmen, falls er weitere Informationen bekommt.«

»Können wir noch irgendwo Hilfstruppen bekommen?«, fragte Hirad.

»Das versucht Sytkan gerade zu klären«, entgegnete Denser.

»Es ändert nichts«, sagte Darrick. »Wenn meine Informationen nicht völlig falsch sind, dann gibt es im Umkreis von zehn Tagesmärschen von den südlichen Häfen keine nennenswerten xeteskianischen Streitkräfte, und Korina ist völlig ausgeschaltet. Die Ausnahme ist natürlich die Protektorenarmee, doch selbst wenn sie jetzt direkt nach Arlen zurückrennt und ein Schiff nimmt, kann sie frühestens in einem Tag auslaufen, weil sie sonst auf See verhungern würde.«

»Wer führt eigentlich die Dordovaner an?«, fragte Denser.

»Vuldaroq«, antwortete Darrick sofort. »Dieser fette Trottel hätte schon vor Tagen in Arlen eintreffen sollen, doch er ist nicht dort angekommen. Ich werde das Gefühl nicht los, dass er im Land der Magier auf Schwierigkeiten gestoßen ist.«

»Dann stehen wir also allein gegen alle anderen«, sagte Hirad. »Ich hoffe nur, die Insel lässt sich gut verteidigen.«

»Es gibt nur eine einzige Landungsstelle auf Herendeneth. Die Insel wurde sehr sorgfältig ausgewählt«, sagte Ren'erei.

»Darüber können wir uns noch später den Kopf zerbrechen«, unterbrach Ilkar. »Was ist mit Erienne?«

»Sie wird abgeschirmt«, erklärte Denser. »Damit hätten wir wohl rechnen müssen. Ich komme nicht zu ihr durch, oder jedenfalls nicht, ohne die Magier, die sie abschirmen, zu alarmieren.« Er starrte in seinen Teepott.

»Alles klar, Mann aus Xetesk?«, fragte Hirad. Ihm war immer noch schwindlig, nachdem er gehört hatte, was Denser bevorstand.

Erst jetzt, in der relativen Ruhe der Kapitänskajüte auf der *Calaianische Sonne* wurde ihm bewusst, was es wirklich bedeutete. Ilkar hatte Hirad beinahe beiläufig erzählt, dass Denser sein Leben verlieren würde, wenn er Lyanna rettete. Jetzt konnte der Barbar sehen, wie bekümmert der Julatsaner darüber war. Und jetzt endlich dachte er auch selbst darüber nach, und die Schmerzen fuhren Hirad in den Bauch und drehten ihm das Herz um.

Er hatte Schuldgefühle, weil er Denser im Wald vor Greythorne so schlecht behandelt hatte. Denser hatte die ganze Zeit gewusst, dass er sterben würde, und kein Wort darüber verloren. Hirad war nicht sicher, ob es Tapferkeit oder Dummheit war. Jetzt, da sie es wussten, unterstützte der Rabe ihn natürlich, aber er hätte diese Unterstützung viel früher bekommen können.

Denser war gelegentlich schwierig, aber Hirad wollte ihn um nichts in der Welt verlieren. Was derzeit geschah, ließ ihr Schweigen und ihre Streitereien in den letzten Jahren so dumm erscheinen. Doch damals hatte er nicht damit gerechnet, Denser zu verlieren. Das hatte sich jetzt geändert, und an dieser Einsicht zerbrach er fast.

Traurig lächelnd schaute Denser auf. »Ich brauche sie in meiner Nähe, Hirad. Wir haben nicht mehr viel Zeit.«

»Ich weiß, Denser. Es tut mir Leid«, sagte Hirad. »Wir holen sie für dich da raus.«

»Wenn das überhaupt jemand schafft, dann der Rabe«, stimmte Darrick zu.

»Ich habe nicht vergessen, dass wir vor allem deinetwegen so in der Tinte sitzen«, meinte Denser, auch wenn kein Zorn in seiner Stimme war.

Darrick schwieg dazu, nickte nur und ließ den Kopf hängen.

»Aber jetzt etwas anderes«, warf Ilkar ein. »Was hat der Kapitän gesagt, Ren?«

»Er sagte, er wolle mit seiner Mannschaft reden und die Wetterverhältnisse beobachten. Versprechen könne er jedoch nichts.«

»Das wird er aber müssen«, meinte Hirad. »Ich bin nicht an Ausflüchten interessiert.«

»Darf ich was sagen?«, fragte Ren'erei.

»Klar«, sagte Ilkar.

»Ich kenne den Kapitän der *Meerulme* sehr gut. Ich weiß, dass er alles tun wird, um die Fahrt zu verzögern, ohne dies allzu offensichtlich werden zu lassen. Er kann eine Menge Tricks einsetzen. Bitte, ihr müsst Jevin vertrauen. Er ist ein erfahrener Kapitän und wird so schnell fahren, wie er kann. Aber ihr könnt nicht von ihm erwarten, dass er sein Schiff und seine Mannschaft opfert, wenn er es übertreibt.«

»Ein gewisses Risiko muss er eingehen«, sagte Hirad. »Wir haben nur noch drei Tage.«

»Das ist ihm bewusst«, entgegnete Ren.

»Man kann es ihm sicher noch bewusster machen«, gab Hirad zurück.

»Drohe ihm nicht«, warnte Ren ihn. »So geht das nicht.«

Hirad stellte seinen Becher und den Teller weg und beugte sich vor.

»Ren, ich will dir mal was erklären«, sagte er. »Wir freuen uns alle, dass du hier bei uns bist. Wir respektieren dein Wissen und das, was du schon für den Raben und besonders für Erienne getan hast.

Aber wir sind der Rabe, und wir waren bisher immer erfolgreich, indem wir das getan haben, was nötig war. Das wird sich nicht ändern, nur weil Jevin ein bisschen empfindlich ist. Hast du das verstanden?«

Ren'erei öffnete den Mund und wollte etwas erwidern, doch Ilkar legte ihr eine Hand auf den Arm.

»Nicht«, sagte er und lächelte etwas gezwungen. »Ich erkläre es dir später.«

»Hör mal«, sagte Denser. »Ich würde gern mit dir reden, aber nicht hier. Ich will alles über die Situation meiner Frau und meiner Tochter erfahren.«

Ren'erei lächelte. »Ja, gern.«

Hirad sah ihnen nach, als sie gingen. Er wich Ilkars Blicken aus und zog es vor, wortlos seinen Becher und den Teller nachzufüllen. Draußen war der Wind etwas abgeflaut, oder er hatte sich schon wieder gedreht. Jedenfalls fuhr das Schiff erheblich ruhiger.

»Du hast da gerade wirklich ein außerordentliches Taktgefühl bewiesen, Hirad. Ganz hervorragend«, sagte Ilkar, als die Tür wieder geschlossen war.

»Was?«

»Du und dein Vortrag über das Thema ›Wir sind der Rabe‹. Das funktioniert nicht mehr. Du hast sie bloß wütend gemacht, und wir brauchen sie auf unserer Seite.«

»Sie muss doch wissen, wie es mit uns ist.«

»Es ist in Ordnung, das zu tun, was richtig ist«, gab Ilkar scharf zurück. »Aber man kann es immer so oder so tun.«

»Und du meinst, ich habe es falsch gemacht.«

»So seltsam es scheinen mag, ja.« Ilkar seufzte. »Aber andererseits, wie könnte ich erwarten, dass du dich über Nacht änderst?«

Hirad lächelte, weil er wusste, dass die sanfte Gardinenpredigt vorbei war. »Nein. Tut mir Leid, Ilks. Es ist eben nur so, dass es nicht so läuft, wie es laufen sollte.«

»Was meinst du damit?«

»Ich meine uns, den Raben. Bei den brennenden Göttern, Ilkar, wir sind im Eimer. Der Unbekannte ist verkrüppelt, Erienne ist gefangen, und Thraun … aber das Schlimmste ist, dass Denser sein Leben opfern wird, und wir können nichts dagegen tun. Das ist doch einfach nicht richtig.«

Ilkar schürzte die Lippen. »Ich weiß. Aber wir können trotzdem noch siegen.«

»Es wird sich nicht wie ein Sieg anfühlen. Denser wird tot sein.« Er zuckte mit den Achseln. Die Worte, die er gerade ausgesprochen hatte, kamen ihm seltsam vor. Als hätte jemand anders sie gesagt.

»Es wird nicht wie der Tod sein«, sagte Ilkar. Seine Antwort klang hohl, doch er schien echte Hoffnung zu haben. »Ein Teil von ihm wird in Lyanna weiterleben.«

»Er wird nicht mehr da sein«, sagte Hirad. »Das ist alles, was ich verstehe.«

Sie schwiegen und lauschten dem Knarren des Schiffs, den Schritten oben auf Deck, dem gedämpften Rauschen des Windes. Hirad war müde. Er hatte seit Tagen nicht mehr richtig geschlafen. Sein ganzer Körper tat weh, besonders das Kreuz und die Schultern. So war es nicht immer gewesen, aber nachdem er einige Tage auf unebenem Grund und kaum geschützt im Freien genächtigt hatte, nachdem er nur hatte essen können, was er fangen oder pflücken konnte, forderte das Alter seinen Tribut. Er hatte den Gipfel seiner Form überschritten, und dies bedeutete, dass jeder ausgedehnte Kampf zur Qual wurde. Widerwillig musste er zugeben, dass ihre erzwungene Untätigkeit vielleicht sogar ein Segen war, auch wenn seine Gedanken sich weiter im Kreis drehten.

Darrick hatte die meiste Zeit geflissentlich geschwiegen und sich aufs Zuhören beschränkt. Damit hatte er es geschafft, weitgehend von Densers bissigen Bemerkungen verschont zu bleiben. Hirad lächelte bei sich. Eriennes Gefangennahme war nicht einmal seine Schuld gewesen.

»He, Darrick, Kopf hoch«, sagte der Barbar.

»Wenn es dir nichts ausmacht, ich bin nicht so guter Dinge, wie du glaubst.« Darrick schaute nicht auf.

»Wir wissen doch alle, dass dieses Chaos nicht deine Schuld ist. Das weiß auch Denser, wenn er richtig darüber nachdenkt.«

»Aber es ist meine Schuld«, sagte Darrick. »Ich hätte auf mein Herz hören sollen, bevor ich nach Arlen geritten bin. Wenn ich euch hätte laufen lassen, dann wärt ihr jetzt auf der *Meerulme* unterwegs. Der Unbekannte wäre nicht verletzt worden. Ich bin ein Dummkopf, und ich hätte das Schlimmste verhindern können. Ich hätte mich weigern müssen, euch gefangen zu nehmen.«

»Ich denke nicht«, sagte Ilkar. »Beim geringsten Anzeichen von Befehlsverweigerung wärst du abgelöst worden.«

»Können wir nicht über etwas anderes reden?« Darricks Antwort klang abweisender, als es vermutlich seine Absicht war. Er lächelte, um seinen Worten die Schärfe zu nehmen. »Was ist mit Thraun?«

Das war Hirads nächste brennende Frage. Thraun. Das außergewöhnlichste Geschöpf, das er seit sehr langer Zeit gesehen hatte. Er nickte und sah Ilkar erwartungsvoll an. Der Julatsaner kaute an der Unterlippe und lehnte sich zurück.

»Auch er ist in einer schlechten Verfassung. Er hat lange als Wolf gelebt. Zu lange, um wieder vollständig zur menschlichen Gestalt zurückzukehren, so viel ist klar. Du hast die Haare in seinem Gesicht gesehen. Das Fell bedeckt seinen ganzen Körper, aber das ist noch das Wenigste. Er liegt da wie ein Tier. Seine Arme sind in ausgestreckter Stellung erstarrt, seine Knie sind abgeknickt und ebenfalls steif. Seine Muskulatur ist unausgewogen, seine Füße haben noch Krallen, und sein Herz ist viel zu groß. Das sind nur die Punkte, die wir ohne große Mühe feststellen konnten.

Er sieht äußerlich halbwegs wie ein Mensch aus, aber eigentlich ist er kein Mensch. Noch nicht, jedenfalls. Wir hoffen, seine Organe und sein Körper werden sich weiter umwandeln, aber wir sind nicht sicher.«

»Könnt ihr ihn am Leben erhalten?«, fragte Hirad.

»Das ist kein Problem. Wir müssen uns nur Klarheit verschaffen, was für ein Leben es sein soll. Bei den fallenden Göttern, sein Bewusstsein muss ein absolutes Chaos sein. Wir können nur raten, wie viel von seiner menschlichen Psyche und seinen Erinnerungen er noch besitzt. Er wird viel Hilfe brauchen.«

»Dann sollten wir also dafür sorgen, dass ein paar von uns überleben, damit wir uns um ihn kümmern können«, sagte Hirad.

»Allerdings«, stimmte Ilkar zu.

»Es ist doch unglaublich, oder? Thraun ist wieder bei uns. Als hätte das Schicksal es so gewollt.«

»Wie meinst du das?«, wollte Ilkar wissen.

»Seit einigen Wochen finden wir wieder zusammen. Irgendwie fühlt es sich an, als sei der Rabe niemals wirklich untergegangen. Ich hätte allerdings nie geglaubt, dass wir Thraun wiedersehen. Er ist uns aus dem Dornenwald gefolgt, es kann nicht anders sein. Und jetzt hat er sich wieder zurückverwandelt. Das ist doch kaum zu glauben, oder?«

»Das ist richtig«, stimmte Ilkar zu. »Wenn ich dir nur

etwas Hoffnungsvolles über ihn sagen könnte. Oder über irgendeinen anderen von uns.«

»Kaum möglich«, erwiderte Hirad, und die Unbeschwertheit verflog. »Was tun wir jetzt?«

»Ich weiß nicht, was du noch vorhast, Hirad, aber es ist mitten in der Nacht, und ich bin erledigt«, sagte Ilkar.

Hirad nickte. Obwohl sich das Schiff unter ihnen bewegte, war er sicher, an Ort und Stelle einschlafen zu können. Schon der Gedanke ließ ihn herzhaft gähnen.

»Wie ich sehe, bist du meiner Meinung«, fügte Ilkar hinzu.

»Und ob.« Hirad stand auf und streckte sich. »Komm schon, General, du auch.«

»Gute Idee.«

Als Ilkar an der Tür an ihm vorbeikam, musste Hirad grinsen. Ihm fiel etwas ein, und er ergriff die Chance, den Freund etwas aufzumuntern.

»Ich sag dir was, Ilks, diese Ren'erei, die sieht schon gut aus, was?«

Ilkar starrte ihn an. »Sie ist nicht übel«, stimmte er zu.

»Wäre sie nicht was für dich? Ein gut aussehender Elf wie du, berühmt und leitender Magier in Julatsa. Das könnte die Reise in den Süden doch erheblich angenehmer machen.«

Ilkar schüttelte den Kopf. »Nur du, Hirad Coldheart«, sagte er. »Nur du kannst in so einer Situation an Sex denken.«

Hirad zuckte mit den Achseln und ging über den Flur in Richtung ihrer Kabinen und Kojen.

»Träum was Schönes, Ilkar.«

Zehntes Kapitel

Am ganzen folgenden Tag musste die *Calaianische Sonne* gegen den starken Wind ankämpfen, der die See mitunter zu fast dreißig Fuß hohen Wellen aufpeitschte. Jevin setzte mehr Segel, als er eigentlich verantworten konnte, und verließ für keine Minute das Ruderdeck. Ständig suchte er den von Blitzen durchzuckten Himmel und die brodelnden dunklen Wolken nach Hinweisen ab und beobachtete die Segel, ob sich Schwierigkeiten ankündigten. Er war besorgt, weil der unberechenbare Wind immer wieder die Richtung wechselte.

Ren'erei war die meiste Zeit bei ihm geblieben, hatte ihm geschmeichelt und ihn ermuntert. Darrick hatte sich gedankenverloren zurückgezogen, stand einsam auf dem Deck herum oder legte sich in seine Koje im vorderen Bereich des Schiffs, das eigentlich für die dordovanischen Kommandanten vorgesehen gewesen war. Die Protektoren ließen sich kaum blicken. Sie blieben im Laderaum, nur hin und wieder erschien einer von ihnen und bat um Essen oder heißes Wasser. Für sie war es eine Zeit der Ruhe.

Es war Nachmittag. Hirad packte die vordere Reling mit einer Hand und stützte mit der anderen Hand Ilkar, der sich wieder einmal vorbeugte und würgte. Vor Anstrengung zitterte der Elf am ganzen Körper, sein Gesicht war feucht von der Gischt und vor Schweiß. Es war ein übler Tag für den Julatsaner gewesen, doch seine Hauptsorge galt nicht seinem unmittelbaren Zustand. Der Elf fürchtete, seine Übelkeit könne nachteilige Auswirkungen auf seine Mana-Reserven haben – und natürlich auch auf seine Fähigkeit, sich zu konzentrieren und brauchbare Sprüche zu wirken. Sie waren auf ihn angewiesen, wenn sie eine Chance haben wollten, Erienne zu retten.

Für Hirad war dies nur ein weiteres Problem auf einer sich ständig verlängernden Liste. Seine Anregung, Denser könne die Protektoren mit Schattenschwingen ausstatten, war bereits verworfen worden. Auch ohne Ilkars Seekrankheit war es schon sehr anstrengend, Thraun und den Unbekannten am Leben und im Tiefschlaf zu halten. Im günstigsten Fall konnten die beiden Magier die Schattenschwingen für sich selbst sprechen und bis zur *Meerulme* und wieder zurück fliegen und während des Rettungsversuchs in begrenztem Umfang Schilde oder offensive Sprüche wirken. Das war es aber auch schon. Sie mussten sich auf Erienne verlassen, konnten jedoch nur raten, in welcher Verfassung sie sich befand. Hirad konnte weit und breit nichts entdecken, das seine Stimmung zu heben vermochte.

Die *Calaianische Sonne* stürzte sich wieder einmal in ein Wellental; der Aufprall ließ den ganzen Rumpf erzittern, verteilte die Gischt auf dem Vorderdeck und durchnässte die Rabenkrieger. Obwohl er hier ständig Güsse von Salzwasser abbekam, war dies der einzige Ort, an dem Ilkar sich halbwegs wohl fühlte.

Hirad starrte zum Himmel hinauf. Am Horizont zuckten Blitze und erhellten die schwarzen Wolken und den zornigen, dunkelgrauen und mit weißem Schaum überzogenen Ozean. Über ihnen zogen die dicken Wolken mit erschreckender Geschwindigkeit vorbei. Sie wurden von einem Wind getrieben, der das Schiff, hätte er in Meereshöhe geweht, direkt zum Meeresgrund gedrückt hätte. Hinter ihnen war das Land nicht mehr zu sehen, und er schauderte, weil er sich unwillkürlich fragte, ob er es jemals wiedersehen würde.

Der Barbar konnte den Aberglauben der Seeleute gut verstehen. Zuerst war er skeptisch gewesen, doch jetzt konnte er nachfühlen, wie wichtig es manchmal war, wenn man etwas hatte, an dem man festhalten konnte.

Auf dem ganzen Schiff waren Zeichen des Aberglaubens zu sehen. In jeder Kabine gab es einen Schrein zu Ehren einer Gottheit des Meeres oder des Himmels – kleine Figuren, getrocknete Blumen, Kerzen und winzige Modelle von Booten, die in geschnitzten Holzschalen schwammen. Über jeder Koje waren in strahlendem Rot oder Gelb Gebete ins Holz geschnitzt oder auf Zetteln angebracht. Keiner war an Bord, der nicht einen Talisman sein Eigen nannte, sei es ein Fisch oder ein Vogel, und alle waren aus Metall und wurden an Halsketten getragen.

Der eigenartigste Aberglaube jedoch betraf die Katze. Hirad wusste, dass die meisten Schiffe eine Katze an Bord hielten, die sich um die Ratten und Mäuse kümmerte, doch auf diesem Schiff wurde die Katze geradezu verehrt. Sie hatte einen luxuriösen Korb und bekam reichlich Fleisch und Biskuits, und ihre Wasserschale war immer gut gefüllt. Jeden Tag war ein anderes Mannschaftsmitglied an der Reihe, die Katze zu versorgen, sie auf Splitter zu untersuchen oder sie bei Beginn der ersten Nachtwache in den Korb zu setzen und ihr Lieder vom Meer vorzusingen. Natürlich wollte die Katze gelegentlich anderswo schlafen, doch die Tradition durfte nicht missachtet werden. Hirad hatte keine Einwände gegen all dies, solange sie nur segelten.

Ilkar richtete sich ein wenig auf und drehte sein tropfnasses, aschfahles Gesicht zu Hirad herum.

»Lass uns wieder reingehen, ich muss mich hinlegen.«

»Jevin sagt, es sei noch schlimmer, wenn du unter Deck bist.«

»Er sagte auch, bis morgen sei ich darüber hinweg, und ich glaube, das stimmt ebenfalls nicht. Hilf mir nach unten.« Auf einmal würgte er wieder und spuckte Galle, die vom Wind fortgerissen wurde, über die Reling.

»Komm, geh hier neben mir.«

Hirad hielt eine Hand an der Reling, legte den anderen Arm um Ilkar und bewegte sich mit ihm langsam zu den vorderen Kabinen. Als er die Tür öffnete, hörte er einen Ruf und drehte sich um. Ren'erei winkte ihnen vom Ruderdeck. Sie zuckte mit den Achseln und streckte den Arm aus, wahrscheinlich wollte sie wissen, wie es Ilkar ging. Hirad schüttelte den Kopf, deutete auf sich selbst und dann zum Ruderdeck. Ren winkte, um zu signalisieren, dass sie verstanden hatte.

Ilkar und Hirad teilten sich eine winzige Kabine auf der Backbordseite des Schiffs. Hirad half dem Magier aus dem Mantel, bettete ihn in die untere Koje, die ihm gehörte, und wischte ihm das Gesicht mit einem Handtuch ab. Das Schiff rollte und stampfte. Hirad stolperte.

»Bei den Göttern, ich wünschte, ich wäre tot«, stöhnte Ilkar.

»Versuch doch einfach zu schlafen. Ich überlege inzwischen, ob es irgendetwas gibt, das dir vielleicht helfen könnte.«

»Ein Messer mitten ins Herz, das müsste reichen«, sagte Ilkar. Er schloss kurz die Augen und legte sich die Hände aufs Gesicht.

Hirad klopfte ihm auf die Schulter. »Ich bring dir später eins mit. Das wird schon wieder, Ilks.«

Er schloss die Tür hinter sich und kehrte aufs Deck zurück. Seltsam, er war kaum jemals auf einem Schiff gewesen, doch er fühlte sich hervorragend. Es fiel ihm nicht einmal schwer, das Gleichgewicht zu halten, es sei denn, das Schiff tauchte in ein Wellental. Er hatte lange geschlafen, herzhaft gefrühstückt und fühlte sich im Gegensatz zu Ilkar besser erholt als seit vielen Tagen. Als er die Leiter zum Ruderdeck hinaufkletterte, fragte er sich, ob er nicht den Beruf verfehlt hatte.

Kapitän Jevin und Ren'erei standen hinter dem Rudergänger, und die drei Elfen blickten abwechselnd zur Flagge, die auf dem Hauptmast wehte, und zum Kompass rechts neben dem Steuerruder. Jevin machte ein ernstes Gesicht und nickte nur knapp, als Hirad sich zu ihnen gesellte.

»Wie kommen wir voran?«, fragte der Barbar. Er musste laut sprechen, um den heulenden Wind zu übertönen. Schon wieder prasselte ein schwerer Regenguss herunter. Er zog die Felle enger um sich.

»Also, wir sind auf jeden Fall schneller als die *Meerulme*«, sagte Jevin.

»Wie kommt das?«

»Sie ist ein kleineres Schiff, nicht so breit und nicht so lang. Der Kapitän wird unter diesen Bedingungen möglichst wenig Segel setzen. Das Schiff wurde nicht für so ein Unwetter gebaut.« Er drehte sich zu Hirad um. »Unseres übrigens auch nicht.«

»Können wir sie einholen?«, fragte Hirad.

Jevin leckte einen Finger an und hob ihn, als wollte er den Wind prüfen, dann runzelte er die Stirn. »Bei den Göttern, Mann, wie soll ich das wissen? Ich weiß nicht, wie weit sie vor uns sind, in welche Richtung sie fahren und wie schnell sie sich bewegen. Wir können nur herumraten. Eigentlich sollte es auch so ein Wetter nicht geben. Der Wind kommt aus drei Richtungen gleichzeitig, die Dünung läuft kreuz und quer, und ich segle nach Kompass, weiß aber nicht einmal, ob die Anzeige stimmt. Wir fahren nach Süden, aber das war's dann auch schon.«

Hirad nickte. Es war eine dumme Frage gewesen.

»Entschuldigt«, lenkte er ein. »Bitte tut, was Ihr könnt. Es hängen viele Leben von Euch ab.«

Ren sah ihn überrascht an, dann lächelte sie. Sie berührte ihn leicht am Arm und hauchte einen lautlosen Dank.

»Meine Mannschaft schlägt sich tapfer, und ich bin zu jung, um auf dieser Reise zu sterben«, sagte Jevin etwas freundlicher. »Kümmert Euch am besten um Eure kranken Kameraden und überlasst das Segeln den Seeleuten.«

Hirad drehte sich um und wollte gehen, doch der Kapitän war noch nicht fertig.

»Geht in die Kombüse und bittet den Koch um etwas Lemiirpulver. Sagt ihm, ich hätte Euch geschickt, sonst gibt er es Euch nicht. Löst das Pulver in Wasser auf. Das sollte Ilkars Kopf und Bauch beruhigen, damit er schlafen kann.«

»Danke.«

Jevin nickte knapp und blickte wieder zu den Segeln.

Die Nacht kam, doch nach den niedrigen dunklen Wolken, dem böigen Wind und dem manchmal sintflutartigen Regen war der Unterschied kaum zu erkennen.

Der Kapitän der *Meerulme* klopfte seinem Rudergänger auf die Schulter. Es war eine kleine Geste, doch der Elf wusste, was sie bedeutete. Er nahm das Steuerruder ein wenig herum und brachte das Schiff vier Grad weiter vor den Wind. Da das Schiff im Sturm heftig stampfte und gierte, konnte Selik den Richtungswechsel und die Verminderung der Geschwindigkeit nicht bemerken. Er war kein Seemann.

Der Kapitän konnte ihn beobachten. Er stand an der Steuerbordreling und hatte das Gesicht in den Wind gedreht, und hoffentlich tobte sein Magen. Der Kapitän hatte schon ein halbes Dutzend Mal beobachtet, wie Selik sich übergeben hatte, seit der Sturm stärker geworden war. Das schwächte ihn und machte ihn unaufmerksam. Nur schade, dass einige Magier, die bei ihm waren, nicht auf ähnliche Weise beeinträchtigt wurden. Besonders der Alte.

Berian, so hieß er. Er hatte viel zu viel Zeit damit verbracht, dem Kapitän über die Schulter zu schauen. Er hatte den Kurs festgelegt, und er war derjenige, auf den der Kapitän achten musste, bevor er den Kurs ändern konnte. Dieser Dordovaner war gefährlich. Er wusste eine Menge über das Meer, beobachtete den Kompass genau, wenn er auf dem Ruderdeck war, und wartete, bis sich die Nadel zwischen den Gradmarkierungen eingependelt hatte, ehe er nickte, dass alles in Ordnung sei.

In den ersten Morgenstunden hatte er sich jedoch nicht blicken lassen, und sein Stellvertreter hatte keine Ahnung, worauf er achten musste. Sie waren in dieser Zeit weit vom Kurs abgekommen; dadurch hatten die Verfolger wertvolle Stunden gewonnen. Der Kapitän hatte noch nicht begonnen, sich nach den Verfolgern umzusehen. Vielleicht würde er es am dritten Tag tun, doch seine Neugierde würde auf jeden Fall Verdacht erregen.

Er wusste, dass sie verfolgt wurden. Er hatte großes Vertrauen zu Ren'erei. Sie war ganz sicher an Bord eines anderen Elfenschiffs, und er konnte nur beten, dass der Rabe bei ihr war. Die Schlacht im Hafen von Arlen hatte seinen Hoffnungen allerdings einen starken Dämpfer versetzt. Er musste die Gewissheit haben, dass er die Al-Drechar nicht hilflos den Feinden auslieferte, wenn er sich Herendeneth näherte. Falls ihnen ein anderes Schiff folgte, und falls es ihnen auch durch die gefährlichen Gewässer von Ornouth folgen konnte, dann hatten sie noch eine Chance.

Erienne war unterdessen ein kurzer Spaziergang an der frischen Luft auf dem Hauptdeck erlaubt worden. Er hatte einen Blick von ihr auffangen können, als sie von einem Magier, der sie bewachte, wieder unter Deck gescheucht wurde, und er hatte ihr, wie er hoffte, ein aufmunterndes Lächeln geschenkt. Doch sie sah aus wie ein Mensch, der jegliche Hoffnung aufgegeben hatte, und er hätte gewiss nicht viel sagen können, um ihr Mut zu machen.

»Kapitän?« Sein Rudergänger deutete zur Steuerbordreling. Drei Magier redeten mit Selik, unter ihnen auch Berian, der mehrmals nach hinten zum Ruderdeck deutete. Es war eine zornige Unterhaltung, und der Kapitän biss sich auf die Unterlippe.

»Geh wieder auf Kurs, Junge«, sagte er. Seine Lippen bewegten sich kaum. »Und bleib ruhig.«

Der Rudergänger nickte, wartete auf das nächste Wellental und nahm das Ruder ein wenig herum. Der Kapitän spürte die veränderte Last auf den Segeln, die so zurückhaltend gesetzt waren, wie er es gerade noch vertreten konnte. Der Ruck fuhr unter seinen Füßen durch das Holz. Die vier Männer verließen die Reling und kamen zum Steuerruder.

»Schau nach vorn«, flüsterte der Kapitän. Er hielt den Blick auf den Kompass gerichtet.

»In Ordnung, Käpt'n.«

Stiefel kamen die Leiter herauf und polterten über das Ruderdeck. Der Kapitän wurde zur Seite gestoßen und schaffte es sogar noch, einen Ausdruck empörter Überraschung auf sein Gesicht zu bringen, als Seliks Schwertspitze gegen seine Brust gedrückt wurde.

»Was haben wir jetzt schon wieder getan, Euren Tee zu sehr gesüßt?«, fragte er und schaute an dem Mann der Schwarzen Schwingen vorbei zu den Magiern, die sich am Kompass versammelt hatten.

Selik versetzte ihm mit der Rückhand eine Ohrfeige, die den Kapitän schwanken ließ.

»Ihr stellt meine Geduld auf eine harte Probe, Elf«, sagte Selik. »Berian?«

»Wir sind auf dem richtigen Kurs«, erwiderte der alte Magier.

»Aber er war nicht immer richtig, nicht wahr, Kapitän?« Die Schwertspitze drückte ein wenig fester gegen seine Brust, und dem Kapitän war nur zu bewusst, dass ein plötzlicher Ruck seinem Leben ein Ende setzen konnte.

»Es ist unter diesen Bedingungen unmöglich, den

Kurs exakt zu halten«, sagte er. »Wir tun, was wir können.«

Wieder eine Ohrfeige. »Lügner.« Seliks unversehrtes Auge funkelte wutentbrannt. »Ihr haltet Euch wohl für sehr klug, Elf, aber die besseren Leute gehören zu mir. Sie können unser Ziel über die Mana-Spuren erkennen, sie können unsere Position durch Licht, Wind und Magie bestimmen, und sie können es spüren, wenn ein Elf mit dem Leben seiner Mannschaft spielt, indem er absichtlich unsere Reise verzögert.«

Der Kapitän schwieg. Selik trat einen Schritt zurück.

»Wir wissen nicht genau, wie sehr uns dies aufgehalten hat. Wir vermuten aber, dass es uns eine Menge Zeit gekostet hat. Für alles, was etwas kostet, muss ein Preis bezahlt werden.« Selik nahm die Schwertspitze etwas höher, bis sie direkt vor dem Hals des Kapitäns lag.

»Ich könnte die Bezahlung von Euch einfordern, aber ich fürchte, Eure Mannschaft könnte mit Eurem Tod nicht einverstanden sein. Glücklicherweise gibt es aber genügend andere Möglichkeiten.«

Er drehte sich herum und bohrte dem Rudergänger blitzschnell das Schwert in den Hals. Der junge Elf zuckte, gurgelte und brach zusammen. Selik zog das Schwert zurück, das Blut strömte aus der schrecklichen Wunde auf den Boden.

Dem Kapitän wurde übel, aber stärker als seine Übelkeit war sein Zorn. Er wollte auf Selik losgehen, doch Seliks Schwertspitze, die wieder auf seinen Bauch zielte, hielt ihn auf.

»Damit seid Ihr dem Tode einen Schritt näher«, sagte er.

Selik lächelte nicht. »Wisst Ihr, irgendwie bezweifle ich das. Die Gerechten werden belohnt, und die Bösen werden vernichtet. So war es schon immer. Und nun würde ich vorschlagen, dass Ihr selbst das Ruder in die Hand nehmt, ehe wir noch einmal vom Kurs abkommen. Ich lasse den Toten von meinen Männern wegschaffen. Schließlich haben wir keine Zeit für Eure lächerlichen Rituale, nicht wahr?«

Selik schritt zur Leiter. Der Kapitän folgte jeder seiner Bewegungen mit seinen Blicken. Er wünschte, eine Welle möge ihn treffen, damit er ausrutschte und aufs Deck stürzte. Er betrachtete die Leiche des jungen Rudergängers und sah, wie der Regen das Blut wegspülte. Er sprach ein stilles Gebet, um seine Seele den Göttern der Meere zu empfehlen, und packte das blutige Steuerruder. Sein ganzer Körper brannte vor Hass.

Am dritten Tag war Hirad schon früh an Deck und suchte den Horizont nach der *Meerulme* ab. Er wusste zwar, dass die Elfen das Schiff viel eher bemerken würden als er, doch er musste einfach irgendetwas tun. Denser und Ilkar, dem es eine Spur besser ging, versorgten den Unbekannten und Thraun. Ren war wie immer bei Jevin, und Darrick, nun ja, Darrick saß in seiner Privathölle. Das sah dem General überhaupt nicht ähnlich, doch Hirad ließ ihn brüten. Der richtige Augenblick, um alle zusammenzubringen, war noch nicht gekommen und würde vielleicht niemals kommen. Erst wenn Erienne wieder an Bord war, gab es für Hirad einen Raben, den man anführen konnte.

Am zweiten Tag war das Wetter immer schlechter geworden, und Jevin hatte sich gezwungen gesehen, die Segel teilweise zu reffen, um nicht die Kontrolle über das Schiff zu verlieren. Es war frustrierend, doch Hirad tröstete sich mit dem Wissen, dass es der *Meerulme* nicht besser ging. Er vertraute Jevins Zusicherung, dass sie immer noch schneller fuhren. Aber war es schnell genug?

Selbst wenn sie die *Meerulme* jetzt sahen, konnten sie dann rasch genug aufschließen, um noch in der kommenden Nacht einen Flug mit Schattenschwingen zu unternehmen? Hirad trommelte mit den Fingern auf die Reling und blickte schaudernd zu den dunklen Regenwolken hinauf. Ihm war schon den ganzen Tag kalt, und die Kraft, die er durch den Schlaf gewonnen hatte, löste sich in einem Gefühl völliger Hilflosigkeit wieder auf. Nur die Magier konnten den Unbekannten davor bewahren, den Rest seines Lebens als Krüppel zu verbringen. Es gab nichts, was Hirad tun konnte. Nicht, solange sie nicht …

»Schiff voraus!« Der Ruf kam vom Krähennest auf dem Hauptmasten. »Schiff voraus!«

Hirad sah sich um, konnte aber nichts erkennen. Jevin rief vom Ruderdeck etwas hinauf, doch der Barbar beherrschte den Elfendialekt nicht und konnte weder Frage noch Antwort verstehen. Hirad rannte das ganze Deck hinunter und stürmte die Treppe hinauf.

»Ruhig, Hirad. Bei rauer See tut Eile selten gut«, sagte Ren'erei.

»Ja, ja, schon gut. Kapitän?«

»Wir haben eine Sichtung. Wir können noch nicht sagen, ob es die *Meerulme* ist, aber das Schiff fährt an Steuerbord direkt vor uns.«

»Was bedeutet das?«

»Wenn sie es sind, dann sind sie vom Kurs abgekommen. Wahrscheinlich absichtlich«, erklärte Ren.

»Können wir sie einholen?«, fragte Hirad.

»Daran besteht kein Zweifel«, entgegnete Jevin. »Es ist eher eine Frage, wann wir sie erreichen.«

»Am Abend. Wir müssen am Abend nahe genug heran sein.«

Jevin sah ihn scharf an. »Mir ist Eure Zeitplanung durchaus bewusst. Und ich werde alles tun, was ich kann, um dieses Schiff wohlbehalten ans Ziel zu bringen. Habt Ihr verstanden?«

Hirad verdrehte die Augen zum Himmel. »Ja, aber ...«

»Kein Aber, Hirad Coldheart«, sagte Jevin. »Wie ich schon gesagt habe, überlasst das Ruderdeck lieber den Seeleuten. Bereitet Euren Plan vor, geht etwas essen oder macht sonst etwas. Und besorgt Ilkar noch etwas Lemiir.«

»Ich soll einfach vom Deck verschwinden, was?«, meinte Hirad.

Jetzt lächelte Jevin. »Ihr habt es begriffen«, sagte er.

Hirad drehte sich um und stieg die Leiter hinunter. Hinter sich hörte er Jevin Befehle rufen.

»Bootsmann! Ich brauche mehr Vorsegel! Wir wollen vor dem Sturm segeln! Wir wollen diesen dummen Landratten zeigen, was Segeln wirklich bedeutet!«

Der Barbar schüttelte den Kopf und marschierte lachend übers Hauptdeck zu den vorderen Kabinen. In der Kombüse drückte ihm der Koch wortlos sein Lemiir in die Hand, dann betrat Hirad leise die Kabine, wo die beiden Magier beim Unbekannten und bei Thraun saßen. In der Kabine war trotz des halb geöffneten Fensters die Luft schlecht, und der Geruch von Urin und starker Seife ergab eine unappetitliche Mischung.

Er kippte etwas Wasser in einen Krug und gab das Lemiir-Pulver dazu, schüttelte einmal und reichte die Mischung an Ilkar weiter.

»Es wundert mich, dass du den Gestank hier überhaupt aushalten kannst.«

»Eigentlich bleibt mir nicht viel anders übrig.« Ilkar nahm den Krug und schüttelte noch einmal, um das Pulver besser aufzulösen. »Danke. Das Zeug ist wirklich gut. Ich frage mich, warum ich es nicht schon früher bekommen habe.«

»Ich habe so eine Ahnung, dass es teuer und schwer zu beschaffen ist«, meinte Hirad. »Wahrscheinlich hast du Glück, dass du ein Elf bist, sonst würde Jevin dich leiden lassen.«

»Glaube mir, ich leide auch so schon genug«, sagte Ilkar. Er leerte den Krug mit einem großen Schluck und verzog angewidert das Gesicht. »Das Zeug ist gut, aber es ist widerlich und süß zugleich. Es schmeckt wie gezuckerte Baumrinde.«

»Bist du stark genug, um einen Spruch zu wirken?«, fragte Hirad. Denser sah sich um, und Hirad klopfte ihm breit grinsend auf die Schulter. »Wir haben nämlich gerade vor uns ein Schiff gesichtet.«

»Ist es die *Meerulme*?« Densers Stimmung besserte sich sichtlich, und in seinen stumpfen Augen glomm ein Funke.

»Wie viele andere Schiffe sind hier wohl bei diesem Wetter unterwegs?«, meinte Hirad.

»Verdammt wenige.« Denser nickte heftig. »Nun, Ilkar, was sagst du?«

»Tja, wir haben noch den ganzen Tag Zeit. Ich ruhe mich aus, wenn es euch nichts ausmacht. Solange es nichts Schwieriges wird, müsste es klappen. Bittet mich nur nicht, eine Gedankenschmelze zu wirken.«

»Schattenschwingen?«, fragte Denser.

»So gerade eben, denke ich«, erwiderte Ilkar.

»Es wäre gut, wenn du es hinkriegst«, sagte Hirad. »Ich fliege nämlich mit dir.«

»Ist dir noch nicht in den Sinn gekommen, dass dies nicht die richtigen Bedingungen sind, um jemanden mit deinem Körpergewicht zu tragen?«, sagte Ilkar. »Es tut mir Leid, aber das müssen Denser und ich allein erledigen.«

Hirad schüttelte den Kopf. »Nein, kommt nicht in Frage. Ich habe nämlich eine Idee.«

Elftes Kapitel

Als es dunkel wurde, konnte Hirad die *Meerulme* durch den Dunst unter den niedrigen Wolken sehen. Der Wind war etwas abgeflaut, die Dünung war etwas schwächer, und Jevin hatte dem Bootsmann befohlen, so viel Segel zu setzen, wie er es wagte. Er wusste, dass der Kapitän der *Meerulme* dagegen das Tempo so sehr drosseln würde, wie es eben möglich war.

Doch als es Nacht wurde, war deutlich, dass sie noch einen weiten Weg zu fahren hatten. Bei der augenblicklichen Geschwindigkeit würden sie mindestens noch einen weiteren Tag brauchen, um das Schiff einzuholen. Sobald sich das Meer etwas beruhigte, konnte die *Meerulme* dem breiteren Handelsschiff, auf dem der Rabe sich befand, davonfahren. Hirad wünschte, ein neuer Sturm möge losbrechen, und mitten in der Nacht wurden seine Gebete erhört, erheblich drastischer, als er es sich vorgestellt hatte.

Er ruhte sich mit Denser und Ilkar aus, um für den Angriff Kräfte zu sammeln. Plötzlich wurde er in schwärzester Finsternis emporgeworfen, als das Schiff Schwindel erregend rollte. Er wäre beinahe aus der Koje gestürzt. Ilkar, der am Rand seiner Koje lag, hatte weniger Glück und purzelte fluchend auf den Boden. Über ihnen trampelten Füße, und Befehle wurden gerufen.

»Das klingt aber nicht so gut«, sagte Hirad. Er konnte gerade eben Ilkars Umriss sehen und ließ sich neben ihm hinab, um ihm aufzuhelfen.

»Wie spät ist es?«

»Nach Mitternacht, würde ich sagen«, antwortete Hirad. »Wie geht es deinem Magen?«

»Es geht so«, sagte Ilkar. »Wir hätten doch früher geweckt werden müssen …«

Sie prallten gegeneinander, als eine weitere Welle das Schiff von der Seite traf. Figuren wurden aus dem Schrein geworfen, die Decken rutschten von den Kojen herunter.

»Lass uns nach oben gehen«, sagte Hirad. »Bring Denser mit, wir treffen uns auf dem Ruderdeck. Ich hoffe, die *Meerulme* ist inzwischen nahe genug für dich.«

»Das hoffe ich auch.«

Halb rannten und halb stolperten sie aus der Kabine. Hirad tastete sich zur Tür, die zum Hauptdeck führte, Ilkar ging nach nebenan, um Denser zu holen. Der Unbekannte und Thraun blieben einstweilen sich selbst überlassen. Sie waren durch Sprüche in Tiefschlaf versetzt worden, und Darrick war bei ihnen.

Das Deck glich einem Tollhaus. Jevin und der Bootsmann gaben der Mannschaft schreiend Befehle. Über ihnen am Hauptmast war ein Segel halb zerfetzt, die Überreste flatterten im Sturmwind. Ringsum bauten sich riesige Wellen auf, und Hirad konnte sehen, wie der Rudergänger kämpfte, um das Schiff gerade zu halten und der größten Wucht der Wellen zu entgehen. Der Regen hämmerte aufs Deck, oben in der Takelage waren die Elfen mit den Segeln beschäftigt und versuchten, genug Leinwand in den Wind zu bekommen, damit sie das Schiff wieder unter Kontrolle hatten.

Hirad rannte zum Ruderdeck, das er in der Dunkelheit gerade eben erkennen konnte. Nirgends an Deck brannte ein Licht. Sie wollten unbemerkt bleiben, und die Elfen brauchten ohnehin kein Licht. Als er halb die Leiter hinauf war, traf eine Welle die Backbordseite des Schiffs, und ein Wasserschwall ergoss sich über das Deck. Eine Hand wurde ihm weggeschlagen, mit der zweiten konnte Hirad sich gerade noch halten. Er prallte mit dem Rücken schwer gegen das Holz über der Achterluke.

Als sich das Schiff wieder aufrichtete, schwang er sich zurück auf die Leiter und kletterte die letzten paar Stufen hinauf.

»Was, zum Teufel, ist passiert?«, rief er, ohne die Reling auf dem Deck loszulassen. Wieder ruckte das Schiff und stürzte ins nächste Wellental hinunter.

»Es ist aus dem Nichts gekommen«, antwortete Jevin. »Seid Ihr bereit?«

»Wieso, wie nahe sind wir denn?« Der Regen verwandelte sich in Hagel, der aufs Deck trommelte und schmerzhaft auf ihre Köpfe prasselte. Hirad zog sich die Felle über den Kopf.

»Auf See ist es immer noch mehr als ein Tag. Für Euch mit Schattenschwingen kann ich es nicht genau sagen. Wir werden heute Nacht aber nicht näher herankommen. Wenn die Leute auf der *Meerulme* halbwegs bei Verstand sind, dann werden sie beidrehen und versuchen, den Sturm abzureiten. Ich nehme jetzt alles bis aufs Toppsegel weg. Wenn wir das nicht tun, gehen wir unter.«

Hirad nickte. »Danke für Eure Bemühungen«, sagte er.

»Vielleicht gibt es ja eine Sonderprämie.«

»Darauf könnt Ihr wetten«, versprach Hirad.

Ilkar und Denser kamen die Leiter herauf. Ilkar war bleich, sah aber besser aus als am ersten Tag. Das Lemiir verschaffte ihm eine Atempause, um etwas auszuruhen und etwas zu essen, das anschließend auch im Magen blieb. Densers Blick war wild und verriet eine Entschlossenheit, die an den Mut der Verzweiflung grenzte. Hirad hatte diesen Blick schon einmal gesehen. So war Denser stark, aber auch unbeständig.

»Das wäre es dann«, sagte Hirad. Er musste schreien, um sich verständlich zu machen. »Jevin sagt, wir kommen heute nicht näher heran, und der Unbekannte hat nicht mehr viel Zeit.«

»Kannst du die *Meerulme* sehen?«, wollte Denser von Ilkar wissen. Der Julatsaner hielt Ausschau. Der Hagel kam wie ein Vorhang vor ihnen herunter. Hirad konnte kaum noch den Bug des Schiffs erkennen. Dahinter war nichts als tobende Finsternis. Der Wind heulte über das offene Meer.

»Nein. Wir müssen einfach losfliegen und das Beste hoffen.«

»Na, prima.«

»Bleib in meiner Nähe«, sagte Ilkar. »Ich muss dir meine Augen leihen.«

Denser winkte sie nahe an sich heran und legte ihnen die Arme auf die Schultern.

»Wir brauchen Schattenschwingen, die auf Tempo und nicht auf Masse ausgelegt sind. Ich werde also instabil sein, wenn Hirad an mir hängt. Nimm ja nicht zu lange den Blick von mir, denn wenn er fällt, dann musst du ihn schnappen. Und vergiss nicht, Ren sagte, Eriennes Kabine sei hinten. Wir müssen unterstellen, dass sie nicht verlegt worden ist.«

»Wenn sie in einer anderen Kabine ist, dann wird es eine lange Nacht«, sagte Hirad.

Sie lösten sich voneinander. Hirad hob das Stück Seil, das er sich schon am Abend um die Hüfte gebunden hatte. Ilkar band sich ein Ende ums linke Handgelenk, dann legte Hirad sich flach aufs Deck, während der Elf das andere Ende an Densers linkem Fußgelenk befestigte. Hirad durfte auf keinen Fall Densers Schwingen stören.

»Kommt ihr nur wohlbehalten drüben an«, sagte Ilkar.

»Sag das ihm, er ist der Kutscher«, entgegnete Hirad. »Habt ihr zwei genügend Waffen dabei? Ich denke, es könnte eine Nacht für Messer sein.«

»Wir sind gerüstet. Alles klar?«

»Niemals.«

Ilkar klopfte ihm auf den Rücken. »Also los.«

Hirad machte sich bereit. Denser stellte sich breitbeinig hin, Hirad schob den Kopf durch seine Beine und hielt sich an Densers Unterschenkeln fest. »Ich kann nicht glauben, dass ich das mache«, murmelte er.

Der Hagel wurde heftiger. Er hörte einen Ruf von Denser, und einen Moment später flogen sie, und er brüllte dem Sturm seine Furcht entgegen.

»Dann tötet mich meinetwegen!«, tobte der Kapitän. »Tötet, wen Ihr wollt. Denn wenn wir noch mehr Segel setzen, dann sind wir sowieso alle tot.« Er stieß Selik fort. Der Anführer der Schwarzen Schwingen fing sich rasch ab und kam wieder näher, er hatte immer noch den Dolch erhoben.

»Und was, zum Teufel, soll dieses Schnupftuch nützen, das Ihr da oben flattern habt?« Wieder packte er den Kapitän an der Kehle. Drei seiner Männer standen bereit, um einzugreifen, falls der Elf sich wehrte.

Der heftige Sturm hatte sie völlig überraschend getroffen. Er hatte sich im Süden unter den Wolken zusammengebraut, die so niedrig hingen, dass man beinahe meinte, man könne sie berühren. Der Kapitän hatte alle Leute aufs Deck beordert, und die Männer waren ausgeschwärmt und hatten die Segel gerefft, während die Wellen aufs Deck krachten und zwei Schwarze Schwingen und einen Matrosen vom Schiff ins erbarmungslose Meer fegten. Ein weiterer Matrose war aus der Takelage gestürzt. Sein Körper war zerschmettert, auch er würde sterben.

Selik war aufs Ruderdeck gestürmt und hatte verlangt, schneller zu fahren. Schneller? Sie hatten Glück, dass sie überhaupt noch schwammen.

»Ich sage Euch, wozu es gut ist, Ihr ahnungsloser Narr«, brüllte der Kapitän. »Es gibt uns gerade genug Manövrierfähigkeit, um in den Wind gedreht zu bleiben, damit wir diesen Sturm überleben. Ich gehe doch davon aus, dass Ihr überleben wollt?«

»Euer Tonfall wird Euch teuer zu stehen kommen.«

Der Kapitän packte Seliks Hand und zog den Dolch an seine Kehle. »Dann tut es sofort, Mann der Schwarzen Schwingen. Für mich ist es zu spät, um mir noch über irgendetwas Sorgen zu machen.«

Selik starrte ihn an, riss die Hand weg und wich einen Schritt zurück. Er ließ den Hals des Kapitäns los und nickte.

»Und was ist mit denen da hinter uns?« Er deutete über die Schulter des Kapitäns hinweg in die finstere Nacht.

»Wenn ihr Kapitän halbwegs bei Verstand ist, dann wird

er genau das tun, was ich tue«, sagte der Kapitän. »Sie können uns nicht einholen, Selik, so bedauerlich es auch ist. Und selbst wenn, was könnten sie schon ausrichten? Mit einem so großen Schiff kommen sie nicht nach Ornouth.« Es war die reine Wahrheit. Das Schiff, das ihnen folgte, hatte einen viel zu großen Tiefgang, um über die Riffe nach Herendeneth zu fahren. Glücklicherweise hatte ein Schiff von dieser Größe aber auch einmastige Landungsboote, um vom Tiefwasser aus die Ladung löschen zu können, was Selik vermutlich nicht wusste. Wenn Ren an Bord war, dann konnte sie den Kapitän warnen, wann es Zeit wurde, den Anker zu setzen. Außerdem wollte er selbst ein Zeichen geben, wenn er konnte.

»Zum Leidwesen der zivilisierten Welt weiß ich genau, was ich tue«, erklärte der Kapitän.

Selik schnaufte empört. »Die zivilisierte Welt, sagt Ihr. Und doch stellt Ihr Euch auf die Seite der Magie. Elfen. Ihr seid, wie ich höre, auf Eurem Heimatkontinent kaum besser als Tiere.«

»Verschwindet, Selik, und lasst mich meine Arbeit machen, sonst trinkt Ihr bald Meerwasser.«

»Euch kriege ich noch, Elf«, sagte Selik. Er drehte sich um und winkte seinen Männern, ihm zu folgen. »Ihr seid schon so gut wie tot.«

Der Kapitän sagte nichts, als Selik das Deck verließ, doch ihm stand der Sinn nach Rache. Er gestattete sich ein kleines Lächeln. Die Dummköpfe von den Schwarzen Schwingen hatten verlangt, dass auf Deck Lichter angezündet wurden, sobald es dunkel wurde, damit sie sich bei der Schräglage des Schiffs sicher bewegen konnten. So war das Schiff über Meilen sichtbar, wenn der Regen nachließ.

»Komm schon, Ren. Komm schon.«

Der Flug zur *Meerulme* war die reine Folter für Hirad. Er hielt sich an Densers Beinen fest, der Hagel prasselte ihm ins Gesicht und raubte ihm die Kräfte. Er konnte praktisch nichts erkennen. Hin und wieder tauchte Ilkar kurz auf, aber davon abgesehen wusste er nur die Wellen unter sich und spürte die Gischt auf den Beinen. Denser flog zu niedrig.

Sie bewegten sich in die richtige Richtung, so viel war immerhin klar. Ilkar hatte das Schiff gesichtet, kurz nachdem sie die *Calaianische Sonne* verlassen hatten. Er war näher gekommen, um es Denser mitzuteilen. Doch Hirad hatte keine Ahnung, wie weit das Schiff entfernt war. Wind und Regen kühlten ihn aus, die Arme taten ihm weh, die Finger wurden ihm trotz der Handschuhe taub. Beinahe hätte er es nicht geschafft.

Eine Bö drückte sie abrupt und viel zu schnell hinunter. Hirad schrie, als seine Stiefel einen Wellenkamm streiften. Denser zog viel zu schnell wieder hoch, Hirad konnte sich mit den klammen Händen kaum halten und hing wie ein menschliches Pendel am linken Bein des Magiers. Ein paar Fuß Seil waren alles, was ihn vor dem Ertrinken bewahrte.

Die plötzliche Gewichtsverlagerung brachte auch Denser aus dem Gleichgewicht. Er stürzte zum Meer hinunter, und Hirad sah ihn über sich um Höhe und um die Balance kämpfen, während er ins Meer stürzte. Die Kälte traf Hirad wie ein Schock, als er ins Wasser tauchte. Er keuchte erschrocken. Die Wellen schlugen über seinem Kopf zusammen, und Denser wurde gegen die nächste Welle geworfen, schoss nach oben, entkam im letzten Moment und zog den durchnässten Hirad mit.

Der Barbar schaute wieder auf. Denser rief etwas, das er nicht verstehen konnte. Die Kälte raubte ihm alle

Kräfte. Es gab einen heftigen Ruck, als Hirad vor und zurück pendelte. Er versuchte, am Seil hochzuklettern, was Denser furchtbar wehtun musste. Der Magier rang unterdessen ums Gleichgewicht, damit sie nicht beide ins Meer stürzten.

Hirad wollte den rechten Arm herumnehmen, bekam aber nicht genug Schwung. Das Seil schnitt in sein Handgelenk, und er packte es mit den Fäusten, um das Gelenk zu entlasten. Er betete, dass sie die *Meerulme* erreichten, bevor Denser einen Stiefel verlor. Noch einmal versuchte er, die zweite Hand an Densers Bein zu bekommen, doch wieder warf ihn eine Bö herum, bis er sich wie wild um sich selbst drehte. Jetzt wurde ihm auch noch übel, die Kälte machte ihn benommen, der Hagel und das Meerwasser blendeten ihn. Vom Gelenk, das vom Seil wund gescheuert war, lief das Blut seinen Arm hinunter.

Mit dröhnenden Flügeln kam Ilkar, um ihn aufzufangen. Er drückte ihn hoch und hielt ihn, bis Hirad sich wieder selbst festklammern konnte.

»Danke«, keuchte der Barbar. »Danke.«

»Wir sind fast da.« Damit war Ilkar wieder verschwunden.

Sie wechselten die Richtung, flogen niedrig über die Wellen hinweg und erreichten das Schiff von hinten. Hier brannte kein Licht wie an den Seiten. Sie konnten sicher sein, dass kein Elf, der sie sah, sie verraten würde. Unterhalb des Decks flogen sie nahe heran.

Obwohl das Schiff stampfte, waren sie hier ein wenig vor dem Wind geschützt, und Hirads heftig schlagendes Herz beruhigte sich langsam wieder. Denser stieg langsam hoch, und Hirad zog die Knie an, als sie die Reling überflogen. Sobald er die Planken unter den Füßen hatte, legte er sich flach hin, damit auch Denser landen konnte. Neben sich hörte er Ilkars leichten Schritt. Seine Hände waren zu taub, um das Seil loszubinden. Ilkar half ihm, und als das Seil gelöst war, schlang Hirad es sich wieder um den Bauch und begutachtete das wund gescheuerte Handgelenk.

»Das wird später wehtun«, sagte er. »Was macht dein Fußgelenk, Denser?«

»Geht schon«, flüsterte der Dunkle Magier. »Was jetzt?«

»Wir lauschen«, sagte Hirad.

Sie lauschten dem Kreischen des Windes, sie hörten hin und wieder einen Ruf, der den Sturm übertönte, und das Knarren der Schiffsbalken. Sie erfuhren nicht, wer oder wie viele Männer auf Deck waren, doch nach längerem Schweigen wussten sie immerhin, dass es keine Patrouillen gab, oder jedenfalls nicht im Heckbereich.

»Wenn das Schiff der *Calaianische Sonne* ähnlich ist, dann müssen wir durch die Achterluke rein«, sagte Denser.

»Sehr riskant«, meinte Ilkar.

»Tja, ansonsten könnten wir höchstens ungefähr hier ein Loch ins Deck sprengen. Wenn wir das nicht wollen, sind die Luken die einzige Möglichkeit«, entgegnete Denser.

»Und wir müssen sowieso auf diesem Weg wieder hinaus«, ergänzte Hirad. »Du kannst deine Schwingen ja kaum unter der Wasserlinie sprechen.«

»Dann wollen wir keine Zeit mehr verschwenden«, sagte Ilkar.

Hirad nickte und zog zwei Dolche. Einen nahm er in die rechte Hand, den anderen packte er mit den Zähnen. Das Langschwert blieb vorerst in der Scheide auf dem Rücken. Von Ilkar und Denser gefolgt, schlich er an der

Backbordreling entlang zum Hauptdeck. Er ging geduckt, das Stampfen des Schiffs war eine ständige Gefahr. Das Holz war glitschig vom Wasser, der Hagel verwandelte sich wieder in Regen, und dazu kam die Gischt von den Wellen. Seine Hände waren kalt, und das linke Handgelenk stach, wenn er die Reling packte.

So kroch er langsam weiter, bis er einen größeren Teil des Decks überblicken konnte. Sie waren noch im Schatten, doch im Licht einiger pendelnder Laternen konnte er nahe am Bug drei Wachen der Schwarzen Schwingen sehen, die sich am Vormasten festhielten, um nicht das Gleichgewicht zu verlieren. Ein anderer klammerte sich auf halbem Wege an die Backbordreling. Hirad musste annehmen, dass noch mehr unterwegs waren, vermutlich auf der Steuerbordseite, und natürlich auf dem Ruderdeck, unter dem sie gerade kauerten.

Er wandte sich an Ilkar. »Hast du noch genug Kraft für einen Tarnzauber?«

»Tarnzauber, einen Schild und noch einmal die Schattenschwingen, mehr ist nicht drin«, flüsterte Ilkar.

»Wir müssen wissen, wie es vor der Achterluke aussieht.«

Ilkar nickte. »Hoffentlich laufe ich nicht in den Schirm, der Erienne gefangen hält.« Er formte die Gestalt für den Spruch, machte einen Schritt und verschwand.

»Denser, alles klar?«

Der Xeteskianer nickte. »Lass uns Erienne hier herausholen, ehe ich mich vergesse.«

»Die Rache muss noch etwas warten, ja?«

Denser grunzte nur und starrte nach vorn.

Sie blieben im Schatten. Die Schwarzen Schwingen bewegten sich kaum, doch die Elfen waren beschäftigt, sie überprüften Taue, kletterten in die Takelage oder versorgten ihre Wächter mit heißen Getränken. Als der Wind einen Moment etwas nachließ, konnte Hirad sogar die Elfenstimmen hören. Er fragte sich, was sie dachten, und ob ihr Leben für Selik, nachdem Erienne verschwunden war, noch einen Wert hatte. Vielleicht sollte er Densers Wunsch nachgeben und alle Schwarzen Schwingen zu töten versuchen.

Ein leises Rascheln, und Ilkar war wieder da.

»Also, ich kann den Tarnzauber noch halten, deshalb sollten wir uns beeilen. Auf dem Ruderdeck sind ein Dordovaner und zwei Elfen. Uns gegenüber redet ein weiterer Magier mit zwei Schwarzen Schwingen. Möglicherweise können sie uns nicht sehen, aber vielleicht doch. Unser Problem sind die Wächter vor uns, die in unsere Richtung schauen, und der Kerl an der Reling da drüben. Die werden uns sofort bemerken, deshalb haben wir nicht viel Zeit.«

»Zeit wozu?«, fragte Denser.

»Mach einfach mit, weil es unsere einzige Chance ist. Wenn ich wieder unsichtbar bin, zählt ihr bis zwölf und rennt mir hinterher. Damit habe ich genug Zeit, die Tür im Vorbeigehen zu öffnen. Ihr rennt hinein, ich folge euch und verschließe sie von innen. Dann sehen wir weiter. Wir haben es mit Schwertern und Magiern zu tun, aber sie rechnen nicht mit uns. Alles klar?«

»Deshalb macht der Unbekannte die Pläne«, sagte Denser ironisch lächelnd. »Wir wollen es hinter uns bringen.«

Ilkar nickte und verschwand wieder. Hirad zählte laut und benutzte das Zählen, um sich vor dem Kampf zu beruhigen. Sie konnten hier nicht wüten, es war zu eng.

»... elf, zwölf. Los!«

Er stand auf und rannte zur Ecke. Als er dort ankam, stürzte das Schiff in ein Wellental, und er rutschte aus der Deckung heraus ins Licht. Vor ihm rief jemand, und die Schwarzen Schwingen kamen gerannt. Er achtete nicht auf sie, sondern drehte sich um und lief zur Achterluke, die aufging, als er sich ihr näherte. Ein leichtes Flimmern verriet ihm, dass Ilkar kurz davor stand, die Konzentration zu verlieren.

»Lauf, Denser!« Er sprang zur Tür und stürzte hindurch, kam in der Hocke auf, nahm den Kopf hoch und blickte den Gang hinunter.

Zwei Wächter standen etwa zehn Schritt entfernt vor einer Tür, zwei Magier saßen bei ihnen. Die Wächter sahen sich um, als er drinnen aufkam, und waren eine Sekunde verunsichert. Hirad dagegen wusste genau, was er wollte. Er rannte los, stieß einen Schrei aus und warf im Rennen einen Dolch, der einen Wächter mitten in der Drehung in der Schulter traf. Der Mann taumelte zurück, der andere zog das Schwert aus der Scheide und trat vor, um den Gang zu versperren.

»Denser, Magier voraus«, warnte Hirad.

»Ja«, sagte eine Stimme hinter ihm.

Der Wächter stach zu, weil der Gang zu schmal für einen ausholenden Hieb war. Hirad wich geschickt zurück. Der Mann der Schwarzen Schwinge setzte nach und stach noch einmal, aber dieses Mal drückte Hirad sich an die Wand, und die Klinge verfehlte ihn.

»Jetzt, Denser!«, rief er und knallte dem Wächter die Faust auf den Schwertarm, stach mit dem Dolch zu, durchbohrte die Kleidung des Mannes und verletzte ihn an der Brust. Er packte den Schwertarm, riss den Mann vorwärts und aus dem Gleichgewicht und zog ihm dabei den Dolch quer übers Gesicht. Denser rannte in den

Raum hinein, hinter ihnen knallte die Achterluke zu und wurde verriegelt.

»Ilkar, hilf ihm«, rief Hirad. Doch als er dem Wächter noch einmal die Faust ins Gesicht schlug, sah er, dass der Xeteskianer keine Hilfe brauchte. Er rannte den verletzten Wächter einfach um und stach ihm das Messer in die Brust. Der Barbar versetzte seinem Gegner einen Tritt in den Bauch und trat ihm auf den Nacken, als er fiel. Es knackte laut unter seinem Fuß.

Die beiden Magier kamen gerade erst zu sich, nachdem sie sich völlig auf den Schild konzentriert hatten, der Erienne unter Kontrolle hielt. Sie waren eine leichte Beute. Denser und Ilkar nahmen sich je einen vor. Sie zeigten keine Gnade für die dordovanischen Verräter. Denser sagte noch etwas zu dem Magier, den er tötete, doch Hirad konnte die Worte nicht verstehen.

Ohne auf sie zu warten, trat Hirad die Tür auf und drang mit gezücktem Dolch in die Kabine ein. Erienne hatte sich in eine Ecke zurückgezogen und riss den Mund auf, als sie ihn sah.

»Hirad! Wie …«

»Keine Zeit, Erienne. Bereite Schattenschwingen vor. Wir müssen hier so schnell wie möglich wieder raus, sonst schaffen wir es nicht.«

Denser und Ilkar kamen herein.

»Sie sind an der Luke«, sagte der Elf, als Denser durch die Kabine rannte und Erienne herzhaft umarmte und küsste.

»Sie brechen jeden Moment durch. Hat jemand Vorschläge?« Er zog das Schwert und hielt den Dolch in der linken Hand. »Denser, lass sie los. Dazu hast du später noch Zeit.«

»Spaßverderber.«

»Vorschläge?«, wiederholte Hirad.

In der Nähe wurde eine Tür geöffnet. Hirad trat in den Gang hinaus. Als der Wächter um die Ecke schaute, stach Hirad ihm mit der Rückhand den Dolch ins Gesicht und traf das Auge. Er riss die Klinge heraus, der Mann der Schwarzen Schwingen ging lautlos zu Boden.

»Falscher Ort, falsche Zeit. Ilkar?«

An der Achterluke war ein lauter Knall zu hören.

»Sie sind gleich so weit mit ihren Sprüchen, deshalb brauchen wir einen Schild. Denser kann das übernehmen. Ich bereite einen Kraftkegel vor. Wir müssen sie zurücktreiben, damit wir Platz haben, nach achtern zu laufen, falls wir dorthin wollen.«

»Einverstanden«, sagte Hirad. »Alles bereit?«

»Ich übernehme den harten Schild«, sagte Erienne. Sie war überglücklich, weil ihre magischen Fähigkeiten wieder da waren. »Sie haben Armbrüste.«

Nach kurzem Überlegen nickte Hirad. »Gut, danke. Aber behalte die Schattenschwingen im Hinterkopf. Das gilt für euch alle.«

Sie kehrten in den Gang zurück. Ilkar übernahm mit dem vorbereiteten Kraftkegel die Führung, Denser und Erienne hatten Schilde gesprochen, Hirad deckte ihren Rücken. Wo ein Wächter aufgetaucht war, konnten leicht noch weitere kommen. Die Tür vor ihnen hielt bis jetzt. Am andere Ende des Ganges öffnete sich jedoch eine weitere Tür. Ein Mann trat heraus, in jeder Hand eine Armbrust.

»Das reicht«, sagte er.

»Geht weiter«, sagte Hirad über die Schulter zu den anderen. »Den übernehme ich.«

»Ihr geht nirgends hin. Ich habe dreißig Männer und ein Dutzend Magier auf diesem Schiff. Ein netter Versuch, aber es ist vorbei.«

»Selik, es freut mich zu sehen, wie Erienne Euch zugerichtet hat. Eine Schande, dass Ihr überlebt habt.«

»Hirad Coldheart, nicht wahr? Ja. Der einsame Schwertkämpfer. Gebt sie mir, dann lasse ich Euch laufen.«

Sie hatten die Tür fast erreicht. Noch ein schwerer Schlag von draußen, die Bretter bekamen Risse, und die Bolzen gaben nach. Die Nägel kreischten, als sie aus dem Holz gezogen wurden.

»Bereit«, sagte Ilkar. »Konzentrieren.«

»Dann sterbt«, sagte Selik.

Er schoss die Armbrüste gleichzeitig auf Hirad ab, doch sie prallten vom harten Schild ab. Einer schlug neben seinem Kopf in die Wand, der zweite fiel klappernd auf den Boden.

»Du meine Güte«, sagte Hirad, als Selik zurückwich. »Ein einsamer Schwertkämpfer. Drei Magier. Kein Rabenkrieger kommt jemals allein. Und jetzt bist du dran.«

Hirad marschierte den Gang hinunter, während Selik sich in seine Kabine zurückzog. Er ließ die Armbrüste fallen und langte nach dem Schwert. In diesem Moment sprang die Achterluke auf.

»Hirad, komm zurück unter den verdammten Schild«, zischte Erienne. Ihre Stimme war gespannt vor Konzentration.

Der Barbar zog sich rasch zurück und sah, wie Selik die Augen aufriss. Der Anführer der Schwarzen Schwingen sprang nach links in seine Kabine, als der Eiswind durch den Gang fegte. Ringsum gefror die Luft, weiße Flocken legten sich von außen auf den Schild, das unterkühlte Mana fuhr pfeifend durch die Spalten zwischen Schild und Holz. Der Spruch zog über die Balken, hinterließ eine dicke Eisschicht und schlug in Seliks Kabine ein, dort wo gerade noch sein Kopf gewesen war. Blaue Eisbrocken entstanden auf dem Boden und unter der Decke. Die Abschirmung der Rabenmagier hielt.

»Gute Arbeit, Denser«, sagte Ilkar. »Und jetzt lasst uns verschwinden; sie wollen schon wieder einen Spruch wirken.«

Hirad spürte, wie der Kraftkegel freigegeben wurde, vorsichtig und genau kontrolliert. Dann lief der Rabe den Gang hoch.

»Selik«, sagte Hirad. »Ich könnte Selik erledigen.«

»Nein, wir müssen verschwinden. Der Rabe, seid ihr bereit?«

»Bereit.«

»Zurück aufs Deck, und haltet die Schilde oben. Lauft!«

Selik tauchte in der vereisten Kabinentür auf. Er hatte das Schwert in der Hand. Hirad winkte ihm, drehte sich um und rannte weg.

»Bis bald, Selik«, rief er über die Schulter zurück. »Bis zum nächsten Mal. Schieß den Kraftkegel ab, Ilkar, wir kriegen Ärger.«

Der Elf ließ den Kraftkegel los, der mit voller Wucht die Schwarzen Schwingen und die Magier traf, die Sprüche wirken wollten. Sie wurden aus der Türöffnung gefegt.

»Ilkar, nimm das Schwert und decke uns auf der Steuerbordseite. Denser und Erienne, haltet die Schilde. Ich übernehme die Rückendeckung.«

Der Rabe sprang aufs Deck hinaus, Ilkar rannte nach links und rutschte auf dem schmierigen, nassen Balken aus. Denser und Erienne folgten ihm Hand in Hand und mit gezückten Dolchen, und hinter ihnen kam Hirad. Selik hatte die Verfolgung aufgenommen, vorne kamen die Schwarzen Schwingen langsam wieder auf die Beine.

Das Schiff stampfte wieder, und Hirad stürzte nach rechts. Er rollte auf den Rücken und setzte die Bewegung weiter fort, bis er wieder auf die Knie kam. Dabei wurde ihm der Dolch aus der Hand gerissen und rutschte weg. Eilig sprang er wieder auf und rannte zur Backbordseite.

Seliks Kopf tauchte in der Achterluke auf. Hirad fluchte, denn er hatte das Schwert in der falschen Hand und konnte es nicht einsetzen. So schlug er im Laufen mit der linken Faust zu und traf den Anführer der Schwarzen Schwingen seitlich am Kopf. Er hörte, wie Seliks Kopf gegen den Türrahmen knallte.

»Da!«

Die Schritte hinter ihm beflügelten ihn, vor ihm rannte eine Schwarze Schwinge am Ruderdeck vorbei, den Magiern hinterher. Hirad rutschte gegen die Reling, fing sich ab und setzte dem Soldaten hinterher. Er holte weit aus und schlug dem Mann das Schwert in den ungeschützten Nacken und den Rücken. Der Kämpfer kippte um, das Schwert flog aus seiner Hand und segelte knapp über Eriennes Kopf hinweg ins Meer. Im Stürzen erreichte er sie jedoch noch mit den Händen, packte sie und zog sie mit sich hinunter.

Denser wurde langsamer.

»Los!«, rief Hirad. »Ich bringe sie mit.«

Er versetzte dem sterbenden Kämpfer der Schwarzen Schwingen einen Tritt und schob ihn zur Seite, packte die taumelnde Erienne am Ellenbogen und zog sie zum Heck.

»Schild unten«, sagte sie. »Schild unten.«

Wie um ihre Worte zu unterstreichen, zischte ein Armbrustbolzen vorbei und blieb in der Reling stecken. Hirad duckte sich unwillkürlich.

»Bei den Göttern, geh!« Er schob sie vor sich her. »Los doch!«

Erienne bog um die Ecke, Hirad folgte ihr. Im letzten Moment traf ein Bolzen seine Wade. Der Einschlag warf ihn um, er stürzte und prallte gegen die Reling, die unter dem Aufprall splitterte. Hinter sich hörte er Jubelrufe. Er schleppte sich weg, um aus der Schusslinie zu kommen.

»Verflucht«, sagte er.

»Hirad!« Erienne drehte sich zu ihm um.

»Keine Zeit«, knirschte er und kam mühsam wieder auf die Beine. »Haltet euch von den Fenstern da fern. Denser, Erienne, bereitet eure Schattenschwingen vor und fliegt los. Ilkar, was hast du noch drauf?« Die Schmerzen schossen durch Hirads Bein, sobald er es belastete. Er spürte, wie ihm das Blut in den Stiefel lief. Der Bolzen saß fest, was ein Glück war, und er hatte nicht den Knochen getroffen, was an ein Wunder grenzte. Er hob das Schwert.

»Eine unbekannte Zahl von Gegnern rennt hierher«, sagte Ilkar. »Ich werde sie beschäftigen.«

Auf Hirad Seite gingen die ersten Schwarzen Schwingen an der Backbordreling entlang auf sie los. Er hob das Schwert, wechselte es in die linke Hand, um einen besseren Angriffswinkel zu haben, und wartete. Jeder Augenblick, den sie herausschinden konnten, war wichtig.

»Ich könnte Feuerkugeln heraufbeschwören«, sagte Denser.

»Nein, Mann aus Xetesk. Schaffe Erienne von diesem verdammten Schiff herunter«, fauchte Hirad. »Verschwinde, bevor ich dich über Bord werfe. Wir kommen gleich nach.«

»Das will ich doch hoffen«, sagte Denser.

»Flieg schon!« Der Erste der Schwarzen Schwingen kam um die Ecke und fuchtelte in Schulterhöhe mit dem Schwert herum. Hirad blockte ab, dann zog er seine Klinge von links nach rechts. Der Mann wich rückwärts aus, um dem Hieb zu entgehen, nahm sein Schwert wieder nach vorn und versuchte es mit einem Stich. Hirad blockte auch diesen Angriff mühelos ab und versetzte dem Mann mit der rechten Faust einen Rückhandschlag ins Gesicht. Dann drang er auf ihn ein, was sein Unterschenkel mit stechenden Schmerzen quittierte, und stach zu. Die Klinge kam in seinem Rücken wieder zum Vorschein. Er hatte ihn mitten im Körper erwischt und die Lederrüstung glatt durchbohrt. Er spürte, wie das Schwert an der Wirbelsäule kratzte, und zog es wieder heraus. Der Mann brach vor ihm zusammen.

»Ilkar, wie geht es?« Hirad rückte weiter vor, als er sah, wie eine Armbrust um die Ecke geschoben wurde. Seine Klinge rutschte am Schaft der Armbrust entlang durchs Visier und fuhr den Mann der Schwarzen Schwinge ins Auge. Der Mann schrie und zog unwillkürlich ab. Der Bolzen kratzte harmlos über Hirads Lederrüstung.

»Ich halte sie zurück«, sagte Ilkar atemlos. »So gerade eben.«

»Mach weiter und achte auf Armbrüste.«

Er sah sich über die Schulter um. Erienne und Denser waren verschwunden.

»Zeit zu gehen, Ilkar.«

»Wie denn?«

Hirad bückte sich und wartete, seine Wunde pochte heftig. Der nächste Angreifer war vorsichtiger. Der Barbar lauschte aufmerksam und hörte die Stiefel übers Holz scharren. Und dann noch einmal. Er hielt sich mit der linken Hand fest, ignorierte die aufwallenden Schmerzen in der Wade, beugte sich vor und schlug niedrig zu. Sein Schwert traf den Mann am Fußgelenk und schlug durch den Stiefel bis auf den Knochen durch. Der Mann der Schwarzen Schwingen heulte und kippte um. Weitere Bolzen pfiffen vorbei, verfehlten ihn aber erfreulich weit.

Hirad drehte sich zurück. Jetzt oder nie. Er humpelte zur hinteren Reling. Ilkar war noch nicht ganz so weit.

»Hinter dir«, sagte er, als er sich Ilkar näherte. »Duck dich, wenn ich es sage.«

Ilkar wehrte einen Schlag auf den Magen ab und stieß den Mann fort, doch der Gegner war stark, riss das Schwert zurück und holte weit aus.

»Jetzt!«

Ilkar duckte sich. Hirad zog das Schwert in einem weiten Bogen herum, blockte den nach unten geführten Schlag ab und brachte den Wächter aus dem Gleichgewicht. Hirad stieg über Ilkar hinweg und knallte dem Mann die Faust ins Gesicht. Er taumelte einen Schritt zurück.

»Schattenschwingen und weg, Ilkar.«

»Sie fallen uns in den Rücken, Hirad.«

»Ich halte sie auf. Los jetzt.«

»Nein.«

Hirad schlug noch einmal zu, und der Mann der Schwarzen Schwingen konnte gerade eben noch abblocken.

»Vertrau mir, und verlier mich nicht aus den Augen. Verschwinde.«

Er trat vor und hackte dem Gegner das Schwert in den Hals. Der Mann taumelte und stürzte über die Reling.

»Fischfutter«, knurrte Hirad. »Wer ist der Nächste?«

Er hörte, wie Ilkar hinter ihm die Schwingen aktivierte und vom Deck abhob.

»Hirad, sie kommen«, rief der Elfenmagier.

Hirad lehnte sich mit dem Rücken an die Wand der Achterkabine. Von rechts tasteten sich Schwarze Schwingen an der Reling entlang vor. Hinter ihnen sah er Armbrustschützen.

»Verlier mich nicht aus den Augen, Ilkar!«, rief er in die Nacht. Er betete, dass der Elf ihn beobachtete.

»Lass die Waffe fallen«, sagte der Kämpfer.

Hirad lächelte. »Wohl kaum«, entgegnete er.

Er machte einen Schritt, sprang über die Reling und stürzte sich mit vorgestrecktem Schwert hinab.

Das eiskalte Wasser nahm ihn auf, die riesigen, dunklen Wellen schlugen über ihm zusammen. Er kam kurz hoch, trat Wasser und spürte die verletzte Wade, der das Salzwasser nicht bekam. Er suchte den Himmel ab, konnte aber nichts erkennen. Die *Meerulme* entfernte sich langsam, während er von einer weiteren Welle gehoben wurde. Der Wind pfiff ihm um die Ohren, und er spürte, wie schon wieder der Hagel herunterprasselte. Er fühlte sich schwer, sehr schwer.

Eigentlich sollte er sein Schwert loslassen und versuchen, die Lederrüstung abzustreifen, aber irgendwie sperrte er sich dagegen. Er kam wieder hoch, das Wasser türmte sich vor ihm auf, der Sturm hatte anscheinend beschlossen, dass der Barbar sein nächstes Opfer sein sollte. Wieder trat er Wasser, spürte die Luft im Gesicht und atmete tief ein.

»Ilkar!«, rief er in den Sturm hinaus.

Er legte sich auf den Rücken, ging wieder unter, versuchte, das Schwert in die Scheide zu schieben, obwohl ihm klar war, dass er es sich erlauben konnte, es zu verlieren, und dass es wichtiger war, beide Hände frei zu haben. Er sackte hinab und wollte nicht sterben. Endlich glitt das Schwert in die Scheide. Er schwamm zur Oberfläche, kam an die Luft und rief seinen Freund.

Er sah hoch, und da war Ilkar, der aus der Dunkelheit und dem Hagelschauer zu ihm herunterkam.

»Pack meine Beine und lass ja nicht los.«

Ilkar schwebte über ihm und versuchte, nahe genug zu kommen, während der Wind ihn hin und her warf und das Wasser über seine Beine spülte. Hirad griff nach ihm und verfehlte ihn, trat Wasser, griff noch einmal zu, und jetzt konnte er sich endlich mit einer Hand festhalten.

»Los!«, rief er, und Ilkar stieg hoch. Er schwenkte den linken Arm herum und erwischte Ilkars Stiefelspitze, während der Magier hoch über die Wellen stieg.

Er hielt sich verzweifelt fest und kletterte Hand über Hand höher und hielt erst inne, als sein Kopf in Höhe der Knie des Elfen war und er die Arme fest um dessen Unterschenkel geschlungen hatte. In der Nähe sah er zwei weitere Gestalten. Denser und Erienne.

Er blickte zum Schiff zurück und fragte sich, ob die dordovanischen Magier sie verfolgten, doch für die Leute auf dem Schiff waren sie blitzschnell in der Dunkelheit verschwunden. Sie hatten es geschafft, und wer jetzt noch vom Deck hochflog, hatte keine Ahnung, wo sie zu finden waren.

»Wir haben es geschafft!«, rief er. »Verdammt auch, wir haben es geschafft!«

Vor Freude brüllend hing er an Ilkars Beinen und flog zur *Calaianische Sonne* zurück.

Zwölftes Kapitel

Der Kapitän der *Meerulme* empfand äußerste Befriedigung. Sein Schiff gehörte ihm zwar nicht mehr, viel zu viele Besatzungsmitglieder waren ermordet worden, und er versuchte gerade, den schlimmsten Sturm abzureiten, den er je im Südmeer erlebt hatte, und doch war er mit sich und seiner Welt im Reinen.

Er war soeben Zeuge einer Rettungsaktion geworden, die eigentlich keinerlei Erfolgsaussichten gehabt hatte und die dennoch vom Raben erfolgreich abgeschlossen worden war. Der Mann, der Selik mit einem einzigen Faustschlag gefällt hatte, glaubte offenbar einfach nicht daran, dass er jemals scheitern konnte.

Das von den Schwarzen Schwingen besetzte Schiff war nun wieder frei. Da Erienne fort war, konnten er und seine Mannschaft über ihr Schicksal frei entscheiden. Und sie würden sich entscheiden. Tryuun hatte beobachtet, wie die Rabenmagier das Schiff verlassen und den Krieger aus dem Meer gefischt hatten und in der Nacht verschwunden waren. Die Armbrustschützen und die dordovanischen Magier fanden keine Ziele, weil die

Rabenkrieger sofort von der Dunkelheit verschluckt wurden. Sieben Schwarze Schwingen hatten den Tod gefunden. Der Hagel prasselte auf die dicke Lederkappe des Kapitäns, und es war ein wundervoller Abend.

Es sollte noch besser kommen, als jemand die Leiter zum Ruderdeck heraufstieg. Der Kapitän war im Augenblick allein, denn er hatte seinen neuen Rudergänger weggeschickt, damit er nicht unter den zu erwartenden Folgen der Rettungsaktion zu leiden hatte. Sein eigenes Leben sah er nicht bedroht, und er lächelte breit, als Selik am oberen Ende der Leiter auftauchte und zu ihm gehumpelt kam. Auf seinem Kiefer wuchs ein blauer Fleck, und an der anderen Seite wurde seine Schläfe von einer Schwellung in der Größe eines Hühnereis verziert.

»Braucht Ihr Hilfe?« Er warf einen kurzen Blick zu Selik und lächelte leicht.

Selik sah ihn wütend an.

»Vergesst nicht, wer auf diesem Schiff das Sagen hat«, spuckte er.

»Nein«, sagte der Kapitän. »Natürlich die Gilde der Drech. Ihr hattet nichts weiter zu tun, als eine einzelne Frau zu bewachen, und Ihr habt nicht einmal das geschafft. Wie fühlt Ihr Euch dabei?«

Selik packte den Kapitän am Jackenkragen. »Eure Beleidigungen werden Euch nichts weiter einbringen als einen langsamen, qualvollen Tod, Elf. Euch und Eurer Mannschaft. Vergesst nicht, wer die Waffen und die Magie hat.«

Der Kapitän wurde ein wenig ernster, konnte sich das Lächeln aber immer noch nicht ganz verkneifen.

»Ihr werdet jetzt dieses Schiff geradewegs nach Ornouth steuern. Weicht auch nur einen Fingerbreit vom Kurs ab, und Eure Mannschaft wird leiden.«

Der Kapitän lachte. »Wie wenig ihr Schwarzen Schwingen doch versteht. Ich habe nicht die Absicht, zu irgendeinem anderen Ort zu segeln. Wir gehören nach Ornouth. Ihr seid dort Fremde. Und jetzt, da Erienne fort ist, hat sich die Lage verändert. Vorher habe ich Euch dorthin gebracht, damit Ihr töten könnt. Jetzt bringe ich Euch hin, damit Ihr sterbt.«

Obwohl die abscheulichen Erinnerungen an die Schwarzen Schwingen sie plagten, arbeitete Erienne die ganze Nacht durch. Die erzwungene Pause in der Anwendung des Mana hatte es ihr erlaubt, große Reserven anzusammeln. Sie sehnte sich nach Densers warmer Umarmung, doch es gab einen anderen Mann, der sie noch dringender brauchte.

Die Beckenknochen des Unbekannten Kriegers waren zerstört wie eine Vase, die auf einem Steinboden zerschellt war. Knochensplitter waren ins Fleisch eingedrungen. Muskeln, Sehnen und Bänder waren zerfetzt und starben ab. Das Gelenk war voller Risse, konnte sein Gewicht nicht mehr tragen und erst recht keine Bewegungen ausführen. Die Schmerzen mussten, obwohl er in magischem Schlaf lag, entsetzlich sein.

Tränen quollen ihr aus den Augen, als sie mit ihrem Bewusstsein und mit vorsichtigem Tasten die furchtbaren Verletzungen erforschte. Sie hätte beinahe gesagt, dass nichts mehr zu machen sei, nicht einmal mit einem Körperspruch, doch der Ausdruck in Hirads Augen, als er sie bat, dem Unbekannten zu helfen, hätte sie ihr Leben lang nicht mehr losgelassen. Er war gekommen, um sie zu retten, und sie konnte ihn nicht im Stich lassen. Er wollte nicht einmal, dass sie den Bolzen aus seinem Bein entfernte, bevor sie nicht versprochen hatte, es beim Unbekannten wenigstens zu versuchen. Dann hatte er sie geküsst, und sie hatte seine raue Haut auf der Wange gespürt. Es war ein Gefühlsausbruch, den sie ihm nicht zugetraut hätte, doch dann sagte sie sich, dass es ungerecht sei. Der Barbar versteckte seine Gefühle unter der rauen Schale eines Kriegers, doch sie waren so tief wie bei jedem anderen Menschen, wenn nicht sogar tiefer.

Sie schuf die Gestalt für einen Körperspruch. Es war ein äußerst vielseitiger Spruch, der aber schwer zu kontrollieren war. Dabei entstand eine angenehme Wärme, die ihre Hände einhüllte, während sie noch einmal die Hüfte des Unbekannten erforschte. Sehnen zogen sich zurück und gaben das entzündete Fleisch frei, das sie als Erstes behandelte, um sich dann dem Hauptproblem zuzuwenden.

Sie lenkte das Mana, löste nacheinander die Splitter aus dem Fleisch und verschob sie zum Hüftknochen. Dort ordnete sie die Teile vor sich an wie die Stücke eines Puzzles für ein Kind. Sie benutzte den Spruch, um die Trümmer zu untersuchen, ihre Ränder zu erforschen und herauszufinden, woher sie gekommen waren. Die Splitter, die zu klein waren, ließ sie nach außen wandern, wo sie auf ein blutiges Tuch fielen. Sie musste hoffen, dass der Knochen mit der Zeit von selbst nachwachsen würde.

Doch sie hatte nicht viel Zeit. Sie wusste genau, dass weitere Kämpfe kommen würden. Die Dordovaner würden bald den Weg nach Herendeneth finden, und dann musste der Unbekannte wieder fähig sein, mit ganzer Kraft für den Raben zu kämpfen.

Sie machte sich an die Arbeit, wirkte den Körperspruch und formte, modellierte, fügte zusammen und heilte. Es war ein langsamer, mühsamer und ungeheuer anstrengender Vorgang. Mit hauchdünnen Mana-Fäden lenkte sie Splitter und Knochenstücke an den richtigen Platz, schloss die Risse im Gelenk und verknüpfte die durchtrennten Nerven und Muskeln.

Es war nicht perfekt, das war klar. Wenn sie unmittelbar nach der Verwundung hätte helfen können, dann hätte es vielleicht anders ausgesehen, doch inzwischen war zu viel Zeit verstrichen, und der Körper hatte bereits auf seine eigene, unvollkommene Art und Weise begonnen, sich selbst zu heilen. Einige dieser körpereigenen Eingriffe konnte sie nicht mehr rückgängig machen. Ein viel zu großer Abschnitt des Knochens war völlig zertrümmert, und in weiten Bereichen konnte sie mit ihrem Körperspruch nicht viel ausrichten. Es gab eben Dinge, die auch mit der stärksten Magie nicht mehr zu reparieren waren.

Der Unbekannte würde nie wieder so sein wie früher. Wie er damit zurechtkäme, blieb ihm selbst überlassen.

Erst eine ganze Weile nachdem die Sonne am nächsten Tag den Zenit überschritten hatte, gesellte Hirad sich zu Ren, Ilkar und Jevin auf dem Ruderdeck. Seine Wade tat noch weh, doch Denser hatte mit einer schwachen Warmen Heilung gute Arbeit geleistet, und danach hatten die Elfen ihn mit Salben versorgt, die die Haut beruhigten und die Schmerzen linderten. Bis sie an Land gingen, sollte er völlig wiederhergestellt sein.

Der heftige Sturm der vergangenen Nacht war abgeflaut, und die *Calaianische Sonne* stampfte und gierte nicht mehr und lag vergleichsweise ruhig im Wasser. Über ihnen war die Wolkendecke etwas lichter geworden, hin und wieder drang sogar fahles Sonnenlicht durch, auch wenn ab und zu noch Regengüsse niedergingen.

Jevin hatte alle Segel setzen lassen, und nun flogen sie beinahe übers Meer. Die *Meerulme* war noch mehrere Stunden vor ihnen. Hirad konnte das andere Schiff gerade eben am südlichen Horizont erkennen.

»Warum fahren sie weiter nach Süden?«, fragte Hirad.

»Der Kapitän zeigt uns den Weg«, erklärte Ren. »Wenn wir nicht weiter hineinsegeln können, dann lässt er es uns wissen, sofern es ihm möglich ist. Von dort an müssen wir dann die Boote nehmen.«

»Und wenn er uns nicht Bescheid gibt?«, fragte Hirad.

»Ich werde nicht zulassen, dass dieses Schiff auf Grund läuft«, entgegnete Ren.

»Ich auch nicht«, knurrte Jevin.

»Wie lange dauert es noch?«, wollte Ilkar wissen.

»Drei Tage, vielleicht etwas länger. Wir haben letzte Nacht Zeit verloren«, sagte Ren.

»Vielleicht sollte ich den Rest der Überfahrt schlafen«, meinte Hirad lächelnd.

»Verdienst hast du es«, bemerkte Ilkar.

»Du auch, Ilks. Das hat Spaß gemacht, was?«

Ilkar starrte ihn einen Moment lang an. »Nein, hat es nicht. Es sei denn, du hältst es für spaßig, mitten in der Nacht bei schwerer See in schwarzem Wasser einen Idioten aufzufischen, der sich kurz vorher auf einem Schiff herumgeprügelt hat. Was, zum Teufel, hattest du da eigentlich im Wasser zu suchen? Ich hatte dich schon fast, und dann bist du untergegangen, weil du an deiner Schwertscheide herumgefummelt hast.«

»Ich habe das Schwert in die Scheide gesteckt.«

»Oh, wie dumm von mir, dass ich das nicht erkannt habe. Warum hast du das verdammte Ding nicht einfach losgelassen? Du hättest ertrinken können«, schalt Ilkar. Er lenkte etwas ein und stupste Hirads Arm. »Ich dachte fast schon, du wärst wirklich ertrunken. Geh nicht wieder so ein Risiko ein. Auf diese Weise will ich dich nicht verlieren.«

»Das Schwert werde ich behalten, bis ich damit Selik durchbohrt habe«, sagte Hirad.

»Glaubst du, dass du noch eine Gelegenheit dazu bekommst?«, fragte Ren.

»Ich weiß es«, entgegnete Hirad.

Das Fenster im Schlafzimmer zersprang, und Aviana schrie auf. Ihr Schrei hallte im Bewusstsein aller Al-Drechar nach. Myriell war bereits angezogen und bereitete sich darauf vor, Lyanna zu übernehmen, sobald die Dämmerung einsetzte. Jetzt waren sie alle wach, aufgeschreckt durch einen Hilferuf, der nicht enden wollte.

Myriell befahl ihre Helfer zu sich, die eilig gerannt kamen.

»Bringt mich sofort hin. Tragt mich und lauft. Holt die anderen.«

»Ja, Myriell«, sagte einer. Die beiden bildeten mit ihren Armen einen Sitz, hoben sie hoch und rannten mit ihr hinaus. Unterwegs weckten sie mit lauten Rufen weitere Helfer.

Angetrieben von Lyannas Geist heulte der Wind durch die Gänge und schlug ihnen ins Gesicht. Rechts war ein gewaltiges Krachen zu hören, jenseits des Obstgartens bebte der Westflügel des Hauses und sackte ab, das Dach gab nach, Holzbalken splitterten, Ziegelwände zerfielen und brachen zusammen, und die Erschütterungen ließen sogar den Fels unter ihren Füßen erbeben.

»Bei den Göttern, sie ist erwacht. Schneller, schneller!«, drängte Myriell.

Die Elfen der Gilde rannten durch den Ballsaal ins Esszimmer und blieben vor Lyannas improvisiertem Schlafzimmer stehen. Dort setzten sie Myriell ab, öffneten die Tür und sahen sich einem heulenden Sturm gegenüber. Aviana lag am Boden, Lyanna saß aufrecht, ihr Haar wehte wild um den Kopf, sie hielt die Puppe mit ausgestreckten Händen und hatte die Augen geöffnet, ohne etwas zu sehen.

»Holt die anderen her!«, rief Myriell.

Sie betrat das Zimmer, setzte sich auf die Bettkante und drückte das kleine Mädchen an sich. Dann stimmte sie sich aufs Mana-Spektrum ein und betrachtete die Schrecken, die sich dort ihrem inneren Auge boten.

Rings um Aviana waberte eine dunkelgraue Masse. Sie pulsierte über ihrem Bewusstsein und griff unablässig an, getrieben von Kräften, deren Ursprung Myriell nicht einmal ahnen konnte. Tief in Lyanna lauerte offenbar etwas Bösartiges, das gefunden und zerstört werden musste. Das Bewusstsein des Mädchens war in orangefarbenes Licht gebadet, das von dunkelbraunen Flecken durchsetzt war. Sie schien jedoch das Mana auf die richtige Weise zu kanalisieren; sie nahm die ungeordneten Energie auf und erzeugte Formen, die sie als zerstörerischen Strom wieder entließ.

Myriell formte ein leichtes Mana-Netz und bewegte es vorsichtig in Lyannas Richtung. Sie wollte die Kleine von der Kraft abschneiden, mit der sie die hilflose Aviana attackierte. Undeutlich hörte sie eine Bewegung hinter sich. Ihre Schwester war gekommen und half. Sie bewegte sich weiter, kam aber nicht einmal in Lyannas Nähe. Kaum dass das Mädchen sie spürte, zuckten orangefarbene Mana-Fäden hervor, schlugen das Netz weg und verzehrten dessen Energie. Myriell löste es auf, bevor der Angriff auf ihren Geist durchschlug, und zog sich mit pochendem Herzen aus dem Spektrum zurück. Vor ihren Augen verschwamm es.

Lyanna wehrte sich, und Myriell gab sie frei. Das Kind sah sie aufmerksam an und erkannte sie offensichtlich. Myriell hätte beinahe aufgeschrien, als Lyanna zu sprechen begann.

»Hallo, Myra. Warum haltet ihr mich an diesem dunklen Ort fest?« Es war die Kinderstimme, doch sie klang drohend und breitete sich mit der Kraft eines Sturms im Zimmer aus.

»Oh, Lyanna, wir halten dich dort nicht fest. Dein Bewusstsein hat dich dorthin mitgenommen, und wir bewachen es, damit es dir nicht wehtut.«

»Aber ich will nicht mehr im Dunklen sein«, sagte Lyanna. Sie presste ihre Puppe an sich und streichelte sie.

Myriell runzelte die Stirn. Lyannas Nacht war noch nicht vorbei. Das Mana war keineswegs ruhig. Ihre Kontrolle ging gerade so weit, dass sie selbst nicht mehr verletzt wurde. Was sie freisetzte, war aber alles andere als bewusst geformt und kontrolliert. Sie sollte eigentlich noch ohnmächtig sein und lernen, das Mana zu formen und in sich aufnehmen.

»Aber du weißt doch, dass du den Wind in deinem Kopf nicht anhalten kannst, oder? Ich weiß, wie einsam es im Dunklen ist, aber das hilft dir, wieder glücklich zu sein.«

Doch Lyanna schüttelte den Kopf. »Nein. Ana wollte, dass ich dort bleibe, aber ich bin nicht dringeblieben, und etwas in mir hat ihr wehgetan.« Die Tränen rollten ihre Wangen hinunter. »Ich will niemandem wehtun. Deshalb will auch nicht, dass ihr wieder in meinen Kopf kommt.«

Myriell sah sich um. Ephemere war völlig auf Avianas

leblosen Körper konzentriert, während Cleress ihr zusah und hilflos mit den Achseln zuckte.

»Und überhaupt«, fuhr Lyanna fort, »Mami kommt bald, und ich muss mir noch die Haare bürsten.«

Sie schwang die Beine aus dem Bett, ließ sich auf den Boden hinab und marschierte ins Esszimmer hinüber. Die Puppe trug sie in einer Hand. Myriell sah ihr nach.

»Clerry?«, flehte sie.

»Ich weiß nicht, Myra. Ich fürchte, wir haben sie verloren.«

Tief im Südmeer, zweihundert Meilen vor Balaias Südküste, geriet der Meeresgrund in Bewegung und brach auf. Druckwellen, wie es sie seit Jahrtausenden nicht mehr gegeben hatten, pflanzten sich bis zur Oberfläche fort. Das Wasser türmte sich auf, bis eine berghohe Welle entstand, der viele kleinere folgten, wie der Hofstaat einem Monarchen folgen mag.

Die Welle raste nach Norden, eine unwiderstehliche Gewalt von mehreren Meilen Breite. Mühelos donnerte sie übers Meer, ohne an Kraft zu verlieren. Unter ihr bewegten sich die Wasserschichten bis zum Meeresgrund. Große und kleine Bewohner des Meeres flohen und schwammen aus dem Einflussbereich der dahinrasenden Welle, die nach einem Ort suchte, an dem sie brechen konnte. Dieser Ort war Gyernath. Das Wasser ragte turmhoch über dem Land auf und glich einem Raubtier, das sich bereit macht, die Beute anzufallen.

Die Hafenstadt besaß Schutzvorrichtungen gegen Überflutungen, sogar die besten aller Hafenstädte in ganz Balaia. Sie waren errichtet worden, um die hohen Wellen der Winterstürme abzuhalten und die Wassermassen aus den Straßen der Stadt und den umliegenden

Feldern wieder abzuleiten. Sie waren der Stolz der Hafenstadt und des Stadtrates. Doch keine Verteidigung war stark genug, um eine Welle zu brechen, die hundertfünfzig Fuß hoch und eine halbe Meile tief war.

Als die Menschen in der Stadt zu rennen begannen, war es schon zu spät. Als das letzte Schiff oben auf der Hauptstraße, fast eine Meile landeinwärts, auf die Erde geschmettert wurde, lebte niemand mehr.

Die *Calaianische Sonne* zog, zwei Tagesreisen von den ersten Inseln des Ornouth-Archipels entfernt, durch die ruhige See. Die Stimmung an Bord hatte sich deutlich gebessert. Die Wolkendecke riss auf, und dahinter sah man blauen Himmel, der Wind wehte stetig und verlässlich von Westen, und der Hagel war nur noch eine ferne, schmerzliche Erinnerung. Sie hielten Schritt mit der *Meerulme*. Jevin war überzeugt, dass der andere Kapitän das Tempo drosselte, und da die Elemente nicht mehr tobten, bestand eine echte Hoffnung, dass die Al-Drechar Lyannas Ausbrüche nun zu kontrollieren verstanden.

Hirad lag allein in der Kabine, die er sich mit Ilkar teilte. Der Elf war oben und schien endlich doch noch Gefallen an der Seereise zu finden. Hirad freute sich für ihn. Erienne hatte mit ihrem Körperspruch getan, was sie konnte, und der Unbekannte durfte jetzt ruhen, bis er von selbst erwachte. Seine Reaktionen würden ihnen dann verraten, wo noch etwas heilen und mit welchen Beeinträchtigungen er zu leben lernen musste. Hirad betete um ein Wunder.

Thraun lag weiterhin in magischem Tiefschlaf. Ilkar sagte, der Gestaltwandler habe einen Teil der Behaarung verloren, und seine Krallenfüße ähnelten allmählich menschlichen Zehen, doch insgesamt dürfe man sich keine großen Hoffnungen machen. Auch sein Zustand war ein Grund dafür, dass die Al-Drechar überleben mussten. Sie hofften alle, auch wenn es keiner von ihnen aussprach, dass die alten Elfenmagierinnen helfen konnten, weil es sonst nicht mehr viel gab, das der Rabe für den Freund tun konnte.

Blieben noch Denser und Erienne. Sie hatten kaum ihre Kabine verlassen, seit Erienne ihre Sprüche gewirkt hatte. Hirad wusste, dass sie ausruhen musste, aber es gab Grenzen, und wenn man zu viel ausruhte, wurde es anstrengend.

Hirad unterdrückte ein Lächeln. Denser blieb natürlich nicht mehr viel Zeit. In den wenigen Momenten, die er die beiden eng umschlungen an Deck sah, bemerkte er das Freudestrahlen in Densers Augen, aber auch eine Distanziertheit, die ihm verriet, dass er es ihr noch nicht gesagt hatte. Hirad konnte es verstehen. Das hätte ihr Glück getrübt, und Erienne hatte schon so viel durchgemacht. Früher oder später musste er es ihr allerdings sagen, und zwar bevor sie an Land gingen.

Er legte die Hände hinter den Kopf und spürte sofort das vertraute Ziehen in seinem Bewusstsein. Er schloss die Augen, atmete tief ein und sprach in Gedanken, wie er es gelernt hatte.

»Großer Kaan, ich dachte schon, du hättest mich vergessen«, sagte er.

»Und ich dachte das Gleiche von dir«, entgegnete Sha-Kaan. »Ich habe gespürt, dass du ausruhst. Trifft dies zu?«

»Ja, das ist richtig, und ich fühle mich besser, wenn ich deine warmen Gedanken in mir höre«, sagte Hirad.

»Und die Entfernung zu den kalten Bergen tut sicher

ein Übriges«, entgegnete Sha-Kaan. Hirad grinste unwillkürlich. Der Große Kaan hatte einen Scherz gemacht. Da stimmte etwas nicht.

»Wie ich sehe, lernst du allmählich, was Humor ist«, gab Hirad zurück.

»Das ist das Einzige, was wir noch haben, während wir auf den Tod oder die Erlösung warten«, grollte der Drache.

»Erzähle es mir«, sagte Hirad.

»Es wird schlimmer. Hyn-Kaan kann kaum noch fliegen. Ich ermüde viel zu schnell, und wir haben unser Feuer verloren. Auch das, was wir in Reserve hatten, ist verbraucht. Dieses verdammte Land saugt uns aus. Es tötet uns, und es wird jeden Tag schlimmer. Die Kaan haben mich gebeten, dich nach Neuigkeiten zu fragen. Es müssen gute Neuigkeiten sein.«

»Überwiegend sind sie es auch«, sagte Hirad. Er war entsetzt über den raschen Verfall, den Sha-Kaan beschrieben hatte. »Wir haben Erienne befreit und sind noch zwei Tage von den Al-Drechar entfernt. Wir fürchten, dass es Schwierigkeiten mit dem dordovanischen Kolleg gibt, und wir wollen die Magierinnen beschützen. Das Kind auch. Die Elemente setzen uns nicht mehr zu, wenigstens im Augenblick nicht, aber das könnte sich schnell wieder ändern. Ich hoffe nur, die Al-Drechar können euch helfen.«

»Es ist unsere letzte Chance, Hirad Coldheart«, sagte Sha-Kaan. »Wir sind schon viel zu lange von unserer Brut getrennt, von der lebendigen Luft von Beshara und den heilenden Strömen im interdimensionalen Raum.«

»Und die Jäger?« Hirad wagte es kaum, die Frage zu stellen.

Sha-Kaan seufzte. Ein müder Laut, der in seinem

Kopf dröhnte. »Anscheinend sind sie überall. Die Nachricht von deiner Reise ist in die falschen Ohren gedrungen, und sie kommen immer öfter. Wir haben sie getötet, wenn es nötig war, aber sie lassen sich nicht abhalten. Hilf uns, Hirad Coldheart.«

Hirad schlug über seinem Kopf mit der Faust gegen die Wand. All die Stürme, die Unwetter und die Überschwemmungen. Und anscheinend mussten immer nur die Unschuldigen sterben.

»Das werde ich tun, Großer Kaan«, versprach er. »Ich rufe dich, sobald wir die Al-Drechar erreicht haben.«

»Es sollte bald sein«, mahnte der alte Drache. »Sonst wird es nicht mehr lange dauern, bis einer dieser Jäger seine Beute bekommt.«

Damit war er fort.

Hirad musste an die Luft. Er sprang von der Koje auf und ging aufs Deck hinaus. Draußen stellte er sich an die Steuerbordreling und blickte aufs ruhige Meer hinaus. Wunderschön und blau war es. Er kratzte sich am Kopf, blies die Wangen auf und wünschte sich, das Schiff möge schneller fahren. Dann hörte er, wie sich jemand näherte.

»Ist was nicht in Ordnung?«, fragte Ilkar.

»Das Übliche«, entgegnete Hirad.

»Die Kaan.«

Hirad nickte. »Ich weiß nicht, was ich …«

Aber Ilkar hörte nicht zu. Der Elf starrte aufs Meer, in die Richtung, in die sie fuhren, rannte zum Bug des Schiffs, beugte sich vor und spähte in die Ferne zum leeren Horizont jenseits der *Meerulme*. Hirad kam zu ihm.

»Was ist denn los, Ilkar?«, fragte er.

Ilkar schüttelte den Kopf. »Bei den ertrinkenden Göttern, Hirad, es sind so viele.«

»Viele? Wer denn?«

Vom Krähennest ertönte ein Ruf.

»Die da.« Ilkar deutete aufs Meer.

Hirad strengte seine Augen an und konnte im Dunst am Horizont winzige Schatten erkennen. Es waren Segel, er zählte sieben. Vielleicht sogar noch mehr, doch er konnte es wegen der Entfernung nicht deutlich erkennen.

»Wer ist das?«, fragte er, obwohl er die Antwort schon wusste.

»Dordovaner«, sagte Ilkar. »Das ist die ganze verdammte dordovanische Flotte.«

Hirad wartete nicht, er durfte jetzt keine Zeit mehr verlieren. Er kehrte in die Kabine zurück. Sie brauchten Hilfe, und ob mit oder ohne Feuer, es gab nur eine Quelle dafür.

Die Kaan.

Denser küsste zärtlich Eriennes Brüste. Seine Zunge spielte mit ihren Brustwarzen, während er mit der Hand ihre Seite und den rechten Oberschenkel streichelte. Sie kicherte, hob den Kopf und sah ihm in die Augen.

»Das habe ich mir lange vorgestellt«, sagte er.

»Aber nicht praktiziert, will ich hoffen.« Sie zog ihn an sich, um ihn zu küssen. »Ich frage mich, wie du mit glatt rasiertem Gesicht wärst.«

Denser kratzte sich am Kopf. »Jünger«, sagte er. »Eindeutig jünger.« Doch Erienne konnte sehen, dass sein Lächeln gezwungen war.

»Was ist, Liebster?«, fragte sie. »Schau nicht so finster. Wir sind fast da.«

»Ja, ich weiß.« Er wandte den Blick ab und betrachtete ihren Bauch, über den er die Hand bis hinunter zu ihren

Schamhaaren wandern ließ. Erienne spürte einen warmen Schauer, doch sie schob seine Hand weg.

»Was ist los?«, fragte sie. »Keine Antwort, kein Spaß.«

Er starrte sie an, und sie sah, wie sein Blick vom Haar bis zum Kinn über ihr Gesicht irrte. Schließlich nickte er.

»Also gut, warum nicht jetzt.«

Er rollte aus dem Bett, und sie sah zu, wie er sein Hemd und sein Lendentuch anlegte. Auf einmal schlug ihr Herz aufgeregt, und ihr schossen allerhand unangenehme Gedanken durch den Kopf.

»Denser?«

»Zieh dein Hemd an und sieh dir das hier an.«

Sie suchte und fand ihr Hemd, entwirrte es und streifte es sich über den Kopf. Unterdessen öffnete er ein Schränkchen und zog ein Pergament heraus. Er gab ihr eine Seite.

»Hast du das schon einmal gesehen?«, fragte er. Er setzte sich neben sie und streichelte ihr Haar.

Sie zog sich das Hemd über die Hüften herunter und setzte sich auf den Saum, um ihre Blöße zu bedecken. Dann faltete sie das Blatt auseinander und keuchte.

»Woher hast du das?«

»Aus eurer Bibliothek«, erklärte er. »Ich habe noch mehr, aber dies hier solltest du als Erstes sehen.«

Sie blickte ihm tief in die Augen und sah seine schreckliche Sorge. Ihr Herz machte einen Satz und pochte schmerzhaft. Sie hatte Angst.

»Aber das ist eine Überlieferung. Niedere Überlieferung, und auf jeden Fall dordovanisch.«

»Es ist ein Teil der Tinjata-Prophezeiung«, sagte er.

Erienne schüttelte den Kopf. »Ich kenne sie nicht.«

»Das weiß ich. Sie verstecken sie vor den Leuten, die

sie nicht sehen sollen, und andere bekommen keine Übersetzung.«

»Leute wie du«, meinte sie.

»Ja. Deshalb habe ich sie gestohlen. Ich musste es einfach wissen.« Er schnitt eine Grimasse und schluckte, und sie legte eine Hand auf sein Gesicht und versuchte, seine Schmerzen zu lindern, die sie nicht verstand. »Jetzt kenne ich sie auch.«

Er gab ihr das zweite Blatt. Sie nahm es und las. Es war eine Übersetzung. Knapp und voller Lücken, aber dennoch sehr deutlich. Das Papier in ihrer Hand begann zu zittern. Sie hatte einen Kloß in der Kehle, und es drehte ihr den Magen um. Sie betrachtete die Prophezeiung, dann wieder die Übersetzung und überprüfte Wort für Wort, ob es einen Fehler gab.

»Nein, nein, nein!«, flüsterte sie verzweifelt. Fieberhaft las sie den Text und fuhr mit dem Finger Zeile für Zeile hinunter.

Es gab tatsächlich einen Fehler. Es war ein einfacher, aber sehr häufiger Fehler, wenn man nicht daran gewöhnt war, solche Texte zu übersetzen.

»Oh, Denser«, sagte sie. »Das ist falsch. Wer es auch war, er hat es falsch übersetzt.«

»Was … wie …«

Er nahm ihr das Pergament ab, auch wenn sie nicht verstand warum. Sie deutete auf ein bestimmtes Wort in der Überlieferung.

»Das Geschlecht ist falsch«, sagte sie und holte noch einmal tief Luft, ehe die Tränen zu fließen begannen. »Das da bedeutet nicht ›Vater‹. Es bedeutet ›Mutter‹.«

Dreizehntes Kapitel

Einen kurzen Tag lang, als sie sich der dordovanischen Flotte näherten, die von Westen kam, hofften Denser und Erienne, es müsse nicht mit dem Tod von einem von ihnen enden. Die Wolken verflüchtigten sich weiter, die Sonne strahlte aus einem nur noch locker bewölkten Himmel warm herunter, und der Wind war gerade so stark, wie Jevin es in diesem Teil des Südmeeres erwartet hätte.

Sie hatten lange zusammen geweint, sie hatten die Tür ihrer Kabine verschlossen, nichts zu sich genommen und sich getröstet. Einmal, als sie zu sich kamen und es ertragen konnten, eine Weile nicht eng umschlungen zu liegen, hatte Erienne noch einmal die Blätter der Prophezeiung durchgesehen, die Denser mitgebracht hatte, um einen Anhaltspunkt zu finden, dass ihre Deutung vielleicht doch falsch wäre. Sie fand jedoch nichts, und Tinjata hatte offenbar genau gewusst, wovon er gesprochen hatte.

Auch am frühen Abend des sechsten Tages lagen Denser und Erienne beisammen, er hatte sie in den Arm genommen und streichelte ihren rechten Arm mit den Fingerspitzen. Sie hatten sich unter Tränen zärtlich geliebt, sinnlich und leise, sie erfreuten sich aneinander und wussten um die Leidenschaft des anderen, auch wenn oft nicht mehr als ein Seufzen oder ein leises Stöhnen zu hören war. Keine Worte waren nötig, und auch als sie danach die wohlige Wärme genossen, brauchten sie nicht zu sprechen. Die Sonne stand knapp über dem Horizont und schickte schräge Strahlen durchs Fenster.

Bald wurde es Zeit, mit dem Raben zu Abend zu essen und den prächtigen roten Sonnenuntergang zu betrachten, der die am dunkelnden Himmel stehenden Wolken von unten in Brand zu setzen schien. Im Moment lagen sie noch still beieinander, starrten die Decke an und genossen die Wärme ihrer Körper und das entspannte Schweigen. Denser atmete tief ein und nahm Eriennes Körpergeruch auf. Vielleicht. Vielleicht war ihr Opfer gar nicht nötig.

Eigentlich sollte er wegen der Dordovaner, die den Ornouth-Archipel vor ihnen erreichen würden, sehr beunruhigt sein, doch irgendwie wusste er, dass sie scheitern würden. Ihn beschäftigte vor allem die aufkeimende Hoffnung, dass Lyannas Nacht vorbei war. Wenn sich das Wetter hielt, wenn in Balaia und im Südmeer wieder Ruhe einkehrte, dann konnte dies nur eines bedeuten. Lyanna hatte die Kontrolle gewonnen, die für sie und für Balaia lebenswichtig war. Und wenn dies zutraf, dann musste Erienne nicht sterben.

Ein Schatten glitt vor der Sonne vorbei. Denser verrenkte den Hals und sah hinaus. Der Schatten wurde dunkler. Er runzelte die Stirn.

»Der Sonnenuntergang kommt früh heute«, sagte er. Er stemmte sich auf einem Ellenbogen hoch und schaute auf Erienne hinunter.

»Nein, das ist nicht der Sonnenuntergang«, flüsterte sie. Die Tränen standen ihr in den Augen. »Es fängt wieder an.«

»Nein, meine Liebe«, sagte er, doch er wusste, dass es die Wahrheit war.

Die Temperatur sank, das Schiff bewegte sich auf einmal zur Seite, die Dünung wurde stärker. Ein Sturm zog auf.

»Wir haben doch gewusst, dass es nicht von Dauer sein konnte«, sagte sie. »Oder?«

Er nickte. Es gab nichts zu erwidern. Nicht in diesem Moment.

Er hörte, wie über ihnen auf Deck Befehle gerufen wurden, dann trampelten eilige Schritte. Er hörte das Klatschen von erschlaffendem Segeltuch und spürte, wie das Schiff wendete. Es klopfte an die Tür, drängend und beharrlich.

»Entschuldigt, ihr beiden, aber das müsst ihr sehen. Wir treffen uns auf Deck.« Ilkars Stimme war etwas verlegen, aber dennoch energisch. Denser hörte, wie sich seine Schritte entfernten. Er lauschte noch einen Moment dem hektischen Treiben an Deck, ehe er sich wieder an seine Frau wandte.

»Nun?«

»Wir müssen gehen«, sagte Erienne. »Es nützt nichts, wenn wir jetzt in Selbstmitleid versinken.« Sie setzte sich auf und küsste ihn inbrünstig. Als sie sich von ihm löste, konnte sie sogar ein wenig lächeln. »Dazu haben wir später noch Zeit. Der Unbekannte müsste bald aufwachen, und das will ich nicht verpassen. Außerdem gibt es noch viel Arbeit.« Sie schob ihn weg, schwang die Beine aus dem schmalen Bett und klaubte ihre Kleider vom Boden auf.

»Ich liebe dich, Erienne«, sagte Denser.

Erienne schluchzte erstickt. »Vergiss das bloß nicht.«

Sie zogen sich rasch an und gingen nach einer letzten, langen Umarmung aufs Deck. Als sie die vordere Luke öffneten, wehte ihnen der starke Wind ins Gesicht. Das Schiff stampfte schon wieder heftig.

»Da geht es wieder los«, murmelte Denser.

Hand in Hand trat er mit Erienne ins verblassende Licht hinaus und sah sich nach Ilkar um. Der Elf stand zusammen mit einigen anderen Leuten an der Backbordreling. Hirad, Ren'erei, Darrick, ein Protektor und die halbe Mannschaft der *Calaianische Sonne* waren dort versammelt. Ilkar bemerkte sie und trat zur Seite, damit sie es selbst betrachten konnten.

Dort, wo bald die ersten Inseln des Ornouth-Archipels auftauchen mussten, stieg ein Lichtstrahl vom Meer zum Himmel empor. Es war eine mächtige Säule aus Licht, gelb und mit grünem Saum, durchsetzt von Orangetönen, Braun und einem abscheulichen Schwarz. Die Säule verschwand im Himmel, und wo sie die Wolken berührte, wirbelten diese im Kreis, verdichteten sich und flogen nach allen Seiten davon.

Sie hatten sich bereits am ganzen Horizont ausgebreitet, verdeckten die Sonne und zogen mit jedem Augenblick weiter übers Meer in Richtung Balaia. Zwischen den Wolken zuckten Blitze, und verwaschene Flecken zeigten, dass an einem Dutzend Stellen Wolkenbrüche niedergingen. Über dem Meer kam wieder Wind auf, der die See aufwühlte. Weiße Hauben wuchsen auf den Wellen. Allmählich wurde es gefährlich, die Dünung nahm zu und war jetzt schon zehn Fuß hoch. Das Schiff fuhr weiter geradeaus, doch Jevin hatte bereits alles bis auf das Toppsegel und das Vorsegel reffen lassen. Bald musste er die Segelfläche noch weiter verkleinern.

»Bei den Göttern«, sagte Denser. »Sieh nur, was unsere Tochter uns allen antut.«

Erienne hatte ihm den Arm um die Hüften gelegt. Sie drückte ihn, und er schaute sie an und sah in ihren Augen den gleichen Schmerz, den er auch selbst empfand. Er fasste ihre zitternden Schultern und zog sie herum.

»Ich glaube, wir sollten etwas essen, bevor es zu stürmisch wird«, sagte er zu Ilkar. Der Elf nickte.

»Ich kümmere mich darum, macht euch deshalb keine Sorgen.«

Als sie dicht vor der vorderen Luke waren, wurde sie von innen geöffnet, und ein vertrautes Gesicht mit rasiertem Schädel schaute heraus. Der Unbekannte Krieger bemerkte sie und winkte sie zu sich. Er hatte sich ein Laken um die Hüften gewickelt.

»Wisst ihr, wo meine Sachen sind?«, fragte er.

»Unbekannter, es ist schön, dich zu sehen«, sagte Erienne.

»Ich freue mich auch, Erienne. Und es wird mir noch besser gehen, wenn ich darüber informiert bin, was inzwischen passiert ist – und wenn ich etwas gegessen habe. Ich bin am Verhungern.«

Der Sturm fegte in den frühen Morgenstunden durch den Choul. Es war noch eine Weile Zeit bis zur Dämmerung, und die Nacht war schwarz. Die Wolken bildeten eine dichte Decke, der Regen fiel unablässig. Sha-Kaan weckte die Brut. Ihre trüben Augen blickten ihn gereizt an.

»Hier können wir nur sterben«, sagte Sha-Kaan. »Hirad Coldheart hat Recht. Wir müssen ihnen helfen.«

»Es ist nicht unsere Art zu helfen. Man hilft vielmehr uns«, entgegnete Nos-Kaan. »Wir sind die Kaan.«

»Dies hier ist nicht Beshara, und hier herrschen wir nicht«, erwiderte Sha. »Deshalb werden wir meinem Drachenmann helfen. Wenigstens er hat Wort gehalten, und er hat unsere Hilfe verdient. Ohne ihn wären wir längst gestorben. Entfaltet eure Schwingen, junge Kaan, und lasst uns fliegen. Aber seid vorsichtig. Die Jäger sind überall.«

»Ja, Großer Kaan«, sagten Nos und Hyn.

»Ich führe euch.«

Sha-Kaan bewegte sich ein Stück durch den Choul, um etwas Platz zu haben, damit er seine Schwingen ausbreiten konnte. Es wurde allmählich ein schmerzhafter Vorgang, der nur durch den Kitzel der Jagd auf Beute ausgeglichen wurde. Doch selbst dieses Vergnügen wurde schal. Sha-Kaan war bereits ein alter Drache gewesen, als er in Balaia gestrandet war. Die feindlichen Bedingungen hatten ihn dem Tod erheblich näher gebracht. Doch es bestand noch Hoffnung. Die Al-Drechar konnten helfen. Sie hatten das Wissen und die Macht dazu. Wenn sie überlebten, dann konnte auch er überleben.

Er öffnete den großen Mund, atmete die Luft tief ein und öffnete die Muskeln über den Flammenkanälen. Die Kälte drang in die leeren Hautsäcke ein. Er fragte sich, wie viel frecher die Jäger erst werden würden, wenn sie erfuhren, dass die Drachen ausgetrocknet waren. Damit waren sie in den Augen der Jäger bei weitem nicht mehr so schrecklich, nahm er an. Andererseits, überlegte er, während er seine Klauen untersuchte und die Spitzen seiner riesigen Reißzähne mit der Zunge betastete, andererseits …

Sha-Kaan drehte sich um und beobachtete die beiden Drachen seiner Brut, die ihre müden Flügel bewegten und die trockenen, knisternden Membranen streckten. Sie waren bereit und würden ihn nicht im Stich lassen.

»Kommt, Kaan. Wir werden hoch und schnell fliegen. Der Himmel soll uns tragen.«

»Der Himmel soll uns tragen«, antworteten die Kaan.

Sha-Kaan ging zum Eingang und sah sich mit scharfen Augen in der Finsternis um. Er sah nichts außer dem glatten, dunklen Fels, den Bäumen, die sich im Sturm beugten, und dem herunterprasselnden Regen.

»Balaia«, knurrte er. »Je eher wir hier verschwinden, desto besser wird es meinen Schuppen gehen.«

Mit einem Brüllen breitete er die Flügel aus, sprang in die Luft und gewann rasch an Höhe. Nos und Hyn-Kaan folgten ihm. Sha-Kaan stieg zum Gipfel auf, unter dem ihr Choul lag, und wartete kreisend auf die Brut.

Unten gab es eine Bewegung. Er bellte eine Warnung und gab den Befehl, schneller zu steigen. In einem dichten Gebüsch konnte er Metall schimmern sehen. Dann kam ein dumpfer Knall, der sogar das Heulen des Windes auf dem Gipfel übertönte. Ein langer Schaft stieg schnell auf, und Hyn-Kaan kreischte, als er seinen linken Flügel durchbohrte. Die Metallspitze schlug durch die Membran, und der Schaft riss das Loch weiter auf, als er hindurchging. Das Projektil flog hoch in die Luft und stürzte wieder zur Erde zurück.

Sha-Kaan brüllte und stürzte auf das Gebüsch hinunter. Die Angreifer waren schon in Verstecke gerannt, doch einer war nicht schnell genug. Der Große Kaan schnappte ihn mit dem Maul und trug ihn hoch in die Luft. Der winzige Körper wand sich verzweifelt zwischen seinen Kiefern. Über dem Gipfel des Berges drehte Sha-Kaan den Kopf herum und nahm den Menschen in die vordere Pranke. Er hielt ihn dicht vor seine Augen.

»Stürze. Wie du meine Kaan stürzen lassen wolltest.«

Sha-Kaan schleuderte die kreischende Gestalt in den Tod und sah nicht einmal nach unten, um den Aufschlag zu beobachten. Dann machte er kehrt und stieg wieder hoch zu Nos und Hyn, die über ihm kreisten.

Hyn hatte Schmerzen, die Wunde war aber nicht gefährlich.

»Willst du immer noch den Menschen helfen?«, sendete Nos.

»Sie sind nicht alle so«, entgegnete Sha-Kaan. »Hyn-Kaan, kehre zum Choul zurück, wenn du die Entfernung, die wir fliegen müssen, nicht schaffst.«

»Sobald wir die höheren Luftschichten erreichen, kann ich gleiten. Dort werde ich so schnell fliegen wie du. Bitte mich nicht zu bleiben, Großer Kaan.«

»Dann folge mir. Dies ist der Flug, der über unser Schicksal entscheidet.«

Brüllend stürzte er sich dem Wind und dem Donner entgegen, stieg hinauf in die Wolken und suchte nach den oberen Luftschichten, die ruhiger waren.

Erienne wachte vor Denser auf, als das erste schwache Morgenlicht durchs Fenster drang. Eigentlich hatte sie kaum geschlafen. Das Schiff war während des Sturms hin und her geschüttelt worden. Das Unwetter tobte immer noch, und seit Jevin sie alle kurz nach dem Abendessen unter Deck gescheucht hatte, lag sie im Dunklen neben ihrem Mann.

Es war seltsam. Komisch beinahe. Auf der *Meerulme* hatte sie sich auf ihren bevorstehenden Tod eingestellt, doch sie hatte den Grund verabscheut, aus dem sie sterben sollte. Jetzt, da ihr Tod ebenso sicher war, blieb sie ruhig und hatte während der Nacht sogar beinahe etwas wie Euphorie empfunden. Es gab einen Grund dafür. Das Eine würde ebenso überleben wie ihr Kind. Sie musste von Lyanna und allen, die sie liebte, Abschied nehmen, doch sie wusste, dass ihr Tod für ganz Balaia etwas Gutes bewirken würde. Vielleicht sogar eine neue Morgendämmerung in den Annalen der Magie.

In den verzweifelten letzten Tagen hatte es einen Moment gegeben, einen Moment der Verzweiflung, den weder sie noch Denser verleugnen konnten, in dem sie Lyannas Tod als die bessere Lösung gegenüber ihrer unausweichlichen Trennung betrachtet hatten. Es war eine Möglichkeit, die Balaia rettete, und sie wären keine Menschen gewesen, wenn sie nicht auf diese Idee gekommen wären, so rasch sie letzten Endes auch wieder verworfen wurde. Doch als der Tag begann, schien diese Idee beinahe lächerlich.

Erienne drehte sich im schmalen Bett um und legte den Kopf auf Densers Brust. Sie fuhr ihm durchs Brusthaar, lauschte seinem gleichmäßigen Atem und dem ruhigen Herzschlag. Draußen heulte der Wind und trieb das Schiff weiter, ihrem Tod entgegen. Wenn alles nach Plan lief, dann sollte sie in etwa zwei Tagen tot sein. Ein eigenartiger Gedanke, aber einer, mit dem sie sich abfinden konnte. Und außerdem war noch eine Menge zu tun, ehe sie Balaia zumuten musste, nicht mehr unter den Lebenden zu weilen.

Sie lächelte und rieb ihren Kopf an Densers Haut. Einer ihrer Erfolge wanderte wieder auf dem Schiff herum. Er humpelte, und das würde sich nicht mehr ändern, aber der Unbekannte Krieger würde die Kraft im linken Bein zurückgewinnen. Sie war nicht sicher, ob er noch wirkungsvoll das Zweihandschwert führen konnte, aber kämpfen konnte er, und früher oder später konnte er auch wieder rennen. Vorerst konnte er allerdings nur im Stehen kämpfen. Sie hoffte, er war damit zufrieden.

Sie hatte das eigenartige Gefühl, es sei eine Art Schwebezustand erreicht. Ihre Rückkehr zum Raben hatte Darricks Stimmung sichtlich gehoben, der, wie sie gehört hatte, bislang die ganze Reise brütend verbracht hatte. Nur Thraun war immer noch ein Problem. Sie war erschrocken, als sie ihn sah und erkannte, in welchem Zustand sich sein Körper befand. Sie hatte es nicht ausgesprochen, doch sie fürchtete, er sei tot womöglich sogar besser dran als in diesem Zustand.

Genug davon.

Sie drehte den Kopf nach oben und sah nichts als Bart. Sie langte hoch und kratzte sein Kinn. Denser klatschte träge mit der Hand nach ihr und schnaufte, als wollte er eine Fliege vertreiben. Sie stupste seine Wange. Er wachte immer noch nicht auf. Es kam doch nicht in Frage, dass sie allein wach lag, während das Schiff auf diese Weise stampfte und rollte. Sie schob die Hand unter die Decke und packte seinen Penis. Er grunzte. Sie massierte ihn leicht. Er murmelte etwas. Das war schon besser, aber er machte immer noch den Eindruck, im Tiefschlaf zu liegen. Die Hand, die herumkam und sich auf ihre Brust legte, verriet ihn schließlich.

»Guten Morgen«, sagte sie.

»Und ob«, sagte Denser.

Lyanna wanderte durch den Obstgarten. Unter ihren Schuhen knirschten Glassplitter. Sie war unglücklich. Die alten Frauen redeten kaum noch mit ihr, seit sie wieder aufgewacht war. Und Mami war noch nicht zurück, obwohl sie ihre Nähe hatte fühlen können, als sie noch an dem dunklen Ort war.

Die Kobolde hatten mit ihr gesprochen, deshalb war sie in den Garten gegangen, um sie zu besuchen. Um wieder mit ihnen zu spielen. Sie tanzten jedoch nicht in den Bäumen, wie sie es schon einmal getan hatten. Und die Bäume standen auch nicht mehr gerade wie beim letzten Mal. Einige waren zerbrochen, und die Kobolde lagen auf dem Boden. Die meisten lagen in der Ecke des Obstgartens auf einem Haufen. Wie Blätter im Herbst.

Lyanna bückte sich und fuhr mit den Händen durch die aufgetürmten Blätter, die einmal Kobolde gewesen waren. Da war kein Leben mehr, sie waren alle tot.

Sie stand auf und schluchzte leise. Alle ihre Freunde waren fort, nur die alten Frauen waren noch da. Aber die mochten sie wohl nicht besonders. Sie rannte wieder zur Tür, in der kein Glas mehr war, und fragte sich, was passiert war. Vielleicht konnte es ihr einer der Elfen sagen. Vielleicht war Ren da, wenn Mami schon nicht da war.

»Ren!«, rief sie, als sie ins Haus zurückkehrte. Der Boden war ganz nass. »Ephy!« Ihre Stimme hallte durch den Flur. Sie begann zu weinen.

Sie verstand es nicht. Als sie zu dem dunklen Ort gegangen war, da war hier noch alles in Ordnung gewesen, und die Sonne hatte geschienen. Jetzt war sie zurück, aber alles hatte sich verändert. Es war kalt, und die Bilder waren von den Wänden gefallen, überall war es nass, und es war still im Haus.

»Myraaa!«, heulte sie.

Keine Antwort. Der Himmel war schwarz. Ganz schwarz bis auf das Licht, das sie in die Luft schickte, damit Mami nach Hause fand. Das war etwas, das der Wind in ihrem Kopf ihr erklärt hatte. Sie wusste aber nicht, warum die Wolken versuchten, das Licht wieder dunkel zu machen. Sie hatte versucht, die Wolken wegzuschicken, aber es waren zu viele.

»Myra!«, rief sie.

Niemand konnte sie hören. Das war nicht richtig. Der Wind sprach mit ihr. Sie konnte die alten Frauen wecken und dafür sorgen, dass sie kamen und zuhörten und ihr erklärten, warum es so kalt und nass war.

Lyanna drehte sich um und wanderte zu ihrem Zimmer zurück.

Das Grollen in der Erde hatte bereits begonnen. Das würde sie wecken.

Hirad und Ilkar waren an ihrem Lieblingsplatz im Bug des Schiffs, doch dieses Mal übergab Ilkar sich nicht, und Hirad musste ihn nicht festhalten. Es war Vormittag, der Sturm hatte ein wenig nachgelassen, die Dünung war zurückgegangen, und Jevin hatte schon in der Morgendämmerung mehr Segel gesetzt, damit sie vorankamen, doch sie konnten der dordovanischen Flotte nicht entkommen. Die sieben Schiffe mit dem Orange des Kollegs näherten sich von Steuerbord und waren inzwischen nahe genug, dass man Leute erkennen konnte, die sich auf Deck bewegten. Sie wollten alle zum gleichen Kanal im Archipel. Die *Meerulme* würde vor den Dordovanern dort ankommen, die *Calaianische Sonne* jedoch nicht.

Die Dordovaner mussten aufgehalten werden, und die Kaan waren längst überfällig. Ilkar und Hirad suchten den Himmel ab. Sie suchten nach irgendeinem Zeichen in den dunklen Wolken. Hirad redete, um die Spannung abzubauen, unter der er stand.

»Die beiden waren den ganzen Morgen miteinander beschäftigt«, sagte er.

»Du bist ja bloß eifersüchtig.«

»Nein«, gab Hirad grantig zurück. »Ich frage mich nur, woher sie die Kraft dazu haben.«

»Vielleicht kommt das, weil sie nicht mehr viel Zeit haben«, gab Ilkar zu bedenken.

»Das weiß ich ja, aber trotzdem …«

»Hirad, können wir nicht über etwas anderes reden? Beispielsweise über die Frage, wo deine Drachen bleiben?« Ilkar drehte den Kopf ein wenig herum und sah Hirad mit schmalen Augen an. »Ich denke, unsere schwierige Lage sollte dir doch eigentlich wichtiger sein als die sexuelle Energie unserer Freunde.«

»Die Kaan werden schon kommen, mach dir keine Sorgen«, beruhigte Hirad ihn.

»Bist du sicher, dass sie uns in diesem Durcheinander finden können?« Ilkar deutete zur dichten, Regen führenden Wolkendecke.

»Sie müssen mich nicht sehen, sie können der Signatur meines Bewusstseins folgen«, sagte Hirad ein wenig gereizt. »Das weißt du doch.«

»Ich bedaure jeden, der in diesem Augenblick deinem Bewusstsein folgen muss«, murmelte Hirad. »All die schmutzigen Gedanken.«

Über ihnen donnerte es. Inmitten der brodelnden Wolkenmasse zuckten unablässig Blitze. Noch einmal donnerte es, und schlagartig entließen die Wolken einen sintflutartigen Regen. Er trommelte aufs Deck, prasselte in die Segel und klatschte ihnen ins Gesicht.

Hirad wandte sich ab, um etwas Schutz zu finden.

»Bei den fallenden Göttern, das ist unglaublich«, sagte er.

Zusammen mit Ilkar eilte er übers Vordeck. Der Regen peitschte mit jedem Augenblick heftiger herunter. Sie rannten übers Hauptdeck, und das Wasser lief ihnen am Hals hinunter und durchnässte ihre Kleider. Endlich erreichten sie die Achterluke und die Kombüse. Sie brauchten dringend etwas Heißes zu trinken und die Wärme eines Kochherdes.

An der Luke begegneten sie Darrick, der aufmerksam zum Himmel schaute und den Regenguss nicht zu bemerken schien. Er lächelte sie an.

»Ist das nicht erfrischend?«

»Verdammte Soldaten«, sagte Hirad. »Die müssen doch immer beweisen, wie hart sie im Nehmen sind.«

»Eigentlich nicht«, sagte Darrick. »Ich habe mich nur gefragt, was dies auf einmal verursacht hat.«

»Mach dir nur Gedanken, aber könntest du einstweilen vielleicht zur Seite treten?«

Darrick kam der Bitte nach. »Ich dachte, es müsste doch etwas in den Wolken sein, das die Blitze auslöst. Vielleicht sind sie es.«

Er deutete am Schiff entlang. Hirad drehte sich um, und sein Kopf füllte sich schon mit Willkommensgedanken. Die Kaan waren durch die Wolken gebrochen und flogen auf die dordovanische Flotte zu.

Ich nehme an, wir sollen uns um diese Gruppe von Schiffen kümmern, sendete Sha-Kaan.

Ja, Großer Kaan. Die orangefarbenen Schiffe. Es sind sieben. Hüte dich vor der Magie.

Man hüte sich vor den Wracks. Schon wieder ein Scherz. Sha-Kaan wurde milde auf seine alten Tage. Nicht, dass dies die Lage der Dordovaner irgendwie einfacher machte. Hirad rannte wieder zum Bug. Der Regen war vergessen, als er aufmunternde Gedanken zu den Kaan schickte.

Vierzehntes Kapitel

Die Kaan stießen in Dreiecksformation aus den Wolken herab. Sha-Kaan übernahm die Führung, Nos und Hyn deckten die Flanken. Sie glitten rasch über die Flotte hinweg und sahen, wie die Menschen unten in Panik gerieten. Sie flüchteten sich unter die Segel, rannten unter Deck oder in sonst ein Versteck, das sie finden konnten. Sha spürte die Magier unter Deck. Es waren viele. Hirad Coldheart hatte Recht, sie stellten eine ernste Gefahr dar.

Sie passierten das führende Schiff, stiegen wieder hoch und wendeten, um anzugreifen.

Zerstört ihre Formation. Nehmt die Masten, wenn ihr könnt. Sie werden mit Sprüchen reagieren, sendete Sha-Kaan.

Sie tauchten hinunter, brüllten im Regen, jeder nahm sich ein Schiff vor. Schon zerstreute sich die Flotte, die Steuerruder wurden herumgeworfen, die Ruderpinnen tauchten in das Wasser, und die Schiffe drehten ab und verteilten sich. Viel zu langsam.

Sha-Kaan flog niedrig über den Bug seines Ziels hinweg und bremste mit Flügelschlägen gegen die Flugrichtung ab. Seine großen Krallen kratzten über das Deck, als er landete. Unter seinem Gewicht begann das Schiff zu bocken und zu schaukeln. Wasser stürzte über den Bug, der Strom ergoss sich in die Frachträume und zog das Schiff hinunter.

Sein Hals schoss vor, er biss einen Mast direkt vor sich ab, das Holz splitterte. Noch ein Biss, und der Mast kippte um, zog Segel und Tauwerk mit sich. Als er eine Gruppe Männer übers Deck kommen sah, flog er wieder auf. Es waren Magier. Sie stürzten, als das Heck des Schiffs nach seinem Start ins Wasser wippte. Mit langsamen Flügelschlägen näherte er sich den Magiern, schnappte nach ihnen, zog die Krallen über das Deck und ließ den Schwanz peitschen, ohne sich groß zu vergewissern, was er traf.

Hinter ihm lag das erhöhte Vorderdeck in Trümmern, und die Männer blieben liegen, wo sie getroffen worden waren, oder sie krochen mit gebrochenen Gliedmaßen davon. Sha-Kaan flog wieder hoch, bis er weit außerhalb der Reichweite von allen Sprüchen war, und blickte auf das hinab, was er erreicht hatte. Ein Mast war gebrochen, die Menschen hatten Angst, und das im Wasser schleifende Segel behinderte das Schiff. Es reichte noch nicht.

Wieder kam er, dieses Mal höher, und griff das Schiff von der Seite an. Er spürte die ersten scharfen Stiche von einzelnen Sprüchen, als er sich dem Schiff näherte. Er drehte sich und brachte die Hinterläufe nach vorn, um den Hauptmast zu packen. Er spürte, wie das Holz unter dem Griff seiner Krallen nachgab. Da er keinen guten Griff bekam, um den Mast herauszuziehen, benutzte er seinen Schwung, schlug heftig mit den Flügeln und kippte langsam, langsam das Schiff um.

Weitere Sprüche trafen seinen Rücken. Starke Hitze

und große Kälte bissen in seine trockenen Schuppen. Er bellte vor Schmerz, verlagerte sein Gewicht, und der Mast brach unter seiner ungeheuren Masse. Sha-Kaan überschlug sich, stürzte ins Meer und ließ die Trümmer des Masts los. Er tauchte unter, um das magische Feuer zu löschen und ihm die Luft zu nehmen, die es brauchte. Dann tauchte er wieder auf und gewann rasch an Höhe. Er war überrascht, wie schwer seine Verletzungen waren, und sendete erneut Warnungen an die Brut. Während er stieg, sah er sich um. Wo die Sprüche getroffen hatten, waren seine Schuppen geschwächt. Der Mast war durchs Deck gebrochen und hatte unterhalb der Wasserlinie ein Loch in den Schiffsrumpf gebohrt. Das Schiff ging unter. Es wurde Zeit für ein neues Ziel.

Sha-Kaan kreiste und rief die Brut zu sich. Unter ihm versanken zwei Schiffe, doch das Schiff, das Hyn-Kaan angegriffen hatte, schwamm noch, und als Hyn aufstieg, konnte Sha sehen, dass sein ohnehin schon angeschlagener Flügel stark beschädigt war.

Hyn, die Schlacht ist für dich vorbei. Du kannst auf einer der Inseln landen. Du musst dich ausruhen.

Nein, Sha. Es sei denn, du befiehlst es. Ich kann immer noch fliegen.

Sha-Kaan seufzte. *Ich werde dir nichts befehlen. Ich will aber, dass du überlebst. Sie werden dieses Mal besser vorbereitet sein, und wir haben immer noch viel zu tun. Riskiere nicht dein Leben.*

Wir können alle überleben und werden Beshara wiedersehen, sendete Hyn-Kaan. *Aber nur, wenn diese Feinde aufgehalten werden.*

Sha-Kaan musste ihm Recht geben. *Wir haben die Flotte aufgerieben, sie haben die Richtung verloren. Ein*

Schiff nach dem anderen. Nos, du nimmst die Masten. Ich übernehme das Steuerruder und den hinteren Mast. Hyn, suche das Ruder, dann schwimmst du weg und bringst dich in Sicherheit. Folgt mir.

Zum dritten Mal stürzte Sha-Kaan hinunter, und wieder waren die anderen beiden an seinen Flanken. Er bellte, als er zum Angriff überging. Er hatte sich für ein bisher noch unbeschädigtes Schiff entschieden, das gerade wieder auf den ursprünglichen Kurs einschwenkte. Sprüche schossen ihnen entgegen. Feuerkugeln flogen zischend und spuckend vorbei, Schwaden von großer Kälte trafen seine Flügelspitzen und gefroren die Adern und das Öl, wo sie trafen. Er wechselte die Richtung, kehrte den Magiern den Rücken und schwenkte scharf nach links ab. Mit geöffnetem Maul raste er über das Ruderdeck und nahm Steuerruder, Steuermann und Kompass mit und spuckte aus, was in seinem Maul hängen geblieben war, als er wieder über offenem Meer flog.

Ein lautes Platschen verriet ihm, dass Hyn-Kaan hinter ihm ins Meer tauchte. Ein mehrfaches lautes Knacken, und ein Mast brach durch. Magisches Feuer traf seinen Rücken, als er wieder abdrehte. Die Schmerzen waren stark, die Verletzungen drangen durch seine Schuppen bis ins Fleisch, und jeder Flügelschlag dehnte die Wunden. Ihr Aufenthalt in Balaia hatte ihre Häute und Schuppen viel stärker geschädigt, als er es sich vorgestellt hatte. Vielleicht mussten die Menschen die Schlacht um Herendeneth allein zu Ende bringen.

Vuldaroq sah den Angriff der Drachen und erinnerte sich an seine Worte, man dürfe den Raben nicht unterschätzen. Eine bittere Erinnerung. Binnen weniger Stunden war seine Stimmung von Siegesgewissheit zu Verzweiflung gewechselt. Seine sorgfältig ausgearbeiteten Pläne wurden aufgerieben wie seine Schiffe.

Als nach seinem Scharmützel mit Sytkan klar war, dass die Protektorenarmee nach Arlen ging, hatte er beschlossen, die Stadt zu meiden und mit einer viel größeren Streitmacht als ursprünglich beabsichtigt von Gyernath auszulaufen.

Er hatte die stehende Flotte des Kollegs aktiviert, die Mannschaften nach Gyernath geholt und die Schiffe für die lange Reise verproviantiert. Dies hatte ihn mehrere Tage lang aufgehalten, doch die Meldungen, dass Erienne in Arlen gefangen genommen worden war, rechtfertigten seine Entscheidung. Er hatte sich vorgestellt, er könne in See stechen, um die Al-Drechar und das Malanvai-Kind zu vernichten, wobei ihm die Mutter selbst den Weg zeigte. Dies wäre eine herrliche Ironie gewesen, und er hatte widerwillig Selik und seinen Schwarzen Schwingen Anerkennung zollen müssen.

Selik sollte natürlich nicht nach Balaia zurückkehren. Wer kaltblütig dordovanische Magier ermordete, musste seine gerechte Strafe bekommen.

Doch dann hatten sich seine Pläne nach und nach aufgelöst. Dieser Narr von Gorstan hatte es nicht geschafft, in Arlen ein Schiff zu requirieren. Die Schlacht war nicht wie geplant verlaufen. Noch schlimmer, der Rabe hatte ihm das Schiff gestohlen. Und sie hatten das andere Schiff nicht nur verfolgt, sondern – man mochte es kaum glauben – hatten es auch geschafft, Erienne direkt unter der Nase dieses Idioten Selik zu entführen.

Auch das war eigentlich nicht so schlimm, weil jetzt ein Leuchtturm am Himmel stand, den nur ein Blinder übersehen konnte. Es war schwierig, durch die trügerischen Untiefen zu navigieren, aber dazu hatte man ja die Beiboote und die Segeljollen.

Doch jetzt hatte der Rabe seine Drachenbrut gerufen, und die dordovanische Flotte war stark beschädigt worden. Allerdings waren die Drachen nicht ganz so unbesiegbar, wie Vuldaroq bisher angenommen hatte. Sie hatten kein Feuer mehr, so viel war klar. Und ihre Körper konnten durch Sprüche verletzt werden. Man musste nur genau zielen.

Vuldaroq stand mit dreißig Magiern bereit. Glücklicherweise waren ihre Vorbereitungen nicht gestört worden, und ihr Schiff war bisher nicht angegriffen worden, auch wenn es sich nicht mehr in die gewünschte Richtung bewegte. Doch früher oder später sollte sich eine Gelegenheit bieten. Vuldaroq hatte die Schiffe in der unmittelbaren Nähe angewiesen, sich auf ähnliche Weise vorzubereiten wie er.

Bald sollte der Moment kommen.

Der dordovanische Herr des Turms beobachtete, wie die drei Drachen die *Jäger* zerlegten. Die Masten fielen, das Ruderdeck löste sich in einem Schauer von Splittern auf, und das Schiff wurde ein hilfloses Opfer der Wellen, als das dritte Tier das Ruder zerfetzte.

Es war ein ungleicher Kampf, da jeder der drei Drachen so groß war wie das ganze Schiff. Es waren riesige, beeindruckende Biester, die das Schiff herumwarfen wie ein Spielzeug. Als sie es zerstört hatten, wandten sie sich dem Nächsten zu. Das konnte Vuldaroq nicht zulassen.

Er deutete zum spritzenden Wasser am Heck der *Jäger*.

»Dort. Der verletzte Drache«, sagte er zu den Magiern, die hinter ihm warteten. »Auf meinen Befehl.«

Der Drache biss und riss, und das ganze Schiff wurde

hin und her geschüttelt. Mit einem Ruck löste sich das Ruder vom Schiff, und das brodelnde Wasser beruhigte sich wieder. Der Drache war getaucht.

»Wartet«, sagte Vuldaroq. Er suchte das Meer vor ihnen ab, die hohen Wellen mit den weißen Kappen, die immer noch wütend anrollten, obwohl der Sturm abgeflaut war. Da entdeckte er Bewegungen, die nicht zu den Wellen passten und sich von der havarierten *Jäger* entfernten. »Wartet noch.«

Der Drache brach vierzig Schritt entfernt aus dem Wasser, die Schuppen schimmerten feucht, die Flügel trieben den mächtigen Körper empor, und ein paar Sekunden lang war der Bauch ungeschützt.

»Hoch zielen. Jetzt!«

Er nahm den Arm herunter, obwohl sie ohnehin nicht auf ihn achteten. Der Eiswind, ein gemeinsames Produkt aller dreißig Magier, heulte davon.

Der Drache stieg schnell, aber nicht schnell genug. Der Spruch traf ihn im unteren Bauchbereich und erfasste den ganzen Schwanz. Ein unirdischer Schrei drang aus seinem Maul, ein Schrei, der sogar das Brüllen des Windes und das Krachen der Wellen übertönte.

Vuldaroq sah, wie er noch weiter stieg, doch der Schwanz konnte den Körper nicht mehr ausbalancieren, und der Eiswind zerfraß sein Fleisch. Immer langsamer schlugen die Flügel. Er nahm den Kopf herunter und betrachtete seine Mörder, bog den langen Hals und drehte sich um die eigene Achse. Seine Augen funkelten, noch einmal bellte er, die anderen antworteten, und dann stürzte er ab.

Er hatte unter Wasser die Orientierung verloren und war zu nahe am Feind wieder aufgetaucht, und jetzt konnte

Hyn-Kaan nicht mehr atmen. Seine ganze untere Körperhälfte, wo der Spruch ihn getroffen hatte, war taub. Ein fremdartiges Gefühl war es. Die Schuppen waren durch die Kälte gesprungen, und seine Haut brannte, als sei sie mit Flammen in Berührung gekommen.

Es sollte ein einsamer Tod werden, weit entfernt von den Alten der Brut, und weit entfernt vom Frieden. Sein gewaltiger Körper schauderte, er riss den Mund auf und peitschte die Luft mit den Schwingen, doch er kam nicht voran. Hyn-Kaans Kraft war verbraucht, er spürte noch den langsamen Schlag seines Herzens und die schreckliche Kälte, die sich in seiner Brust ausbreitete.

Ein letztes Mal konnte er noch die Luft in die gequälten Lungen ziehen. In seinem letzten klaren Moment erkannte er, dass es noch eine Sache gab, die er tun konnte.

Der Jubel an Deck brach rasch wieder ab.

»Bei allen guten Göttern«, murmelte Vuldaroq. Er drehte sich zu den Magiern um. »Kraftkegel. Verbinden und weit ausbreiten. Das Reptil soll abprallen. Los jetzt!«

Fieberhaftes Gemurmel war auf dem Deck zu hören. Die Magier knieten nieder, um sich während der Vorbereitung besser konzentrieren zu können. Der Drache stürzte mit ausgestrecktem, pendelnden Hals herunter. Auch die Flügel flatterten kraftlos, doch sie blieben aufgespannt, und der Absturz war genau gezielt. Er würde das Schiff treffen. Sie hatten nur noch wenige Augenblicke.

Er spürte eine Bewegung im Mana. Kraftkegel zuckten hinaus, unsichtbare Barrieren, die in den Magiern verankert waren. Ein verzweifelter Versuch, das Untier abzulenken, das auf sie stürzte.

Hyn-Kaan traf auf die Mauer der Kraftkegel, sein mächtiger Körper riss sie einfach weg, und die Magier wurden vom Deck gefegt oder an der Reling zerquetscht.

»Lauft!«

Wer noch konnte, hatte sich längst in Bewegung gesetzt und rannte nach vorn oder nach achtern, weg vom Punkt des Aufschlags. Männer sprangen ins Meer, der Rudergänger drehte wie wild am Steuerruder, und das Schiff begann schwerfällig abzudrehen.

Zu spät.

Der sterbende Drache stürzte mit dem Kopf voran aufs Schiff, er traf es in der Mitte, knapp unterhalb des Hauptdecks. Es war ein mächtiger Aufprall, der weit übers Meer hallte. Der riesige Körper knallte aufs Schiff; sein Hals brach, und er schlug mit den Schultern durch den Schiffsrumpf. Das Schiff bebte, ruckte zur Seite und wurde hinuntergedrückt. Es kippte, einige Männer wurden in die aufgewühlte See geworfen, die anderen stürzten.

Holz und Balken schossen hoch in die Luft. Der Hauptmast knickte am Mastkragen ab, kippte aufs zerstörte Deck und rollte ins Wasser. Die Flügel des Drachen rissen den geschwächten Schiffsrumpf weiter auf, ehe sie zusammengedrückt wurden. Der gefrorene Schwanz zersprang, als er aufprallte.

Das Schiff brach in der Mitte entzwei, Hyn-Kaan blieb in der Mitte des Wracks hängen und zog die Trümmer nach unten.

Lauter als das Krachen der Balken und das Rauschen des Wassers, in dem das Schiff versank, lauter als die Schreie der Verletzten und Eingeschlossenen, die um Hilfe riefen, war eine klagende Kakophonie, die über dem Meer hallte, das sie alle verschlang.

Vuldaroq floh mit Schattenschwingen, die er im Laufen vorbereitet hatte. Zitternd und entsetzt flog er dicht über den Wellen zu einem Schwesterschiff und fürchtete sich vor dem, was als Nächstes aus dem stürmischen Himmel fallen mochte.

Sha-Kaans wütendes und bekümmertes Bellen durchbrach die Stille, die darauf folgte. Er und Nos-Kaan schossen durch den düsteren Himmel und tauchten dort, wo Hyn-Kaan und das Schiff verschwunden waren. Sie hatten die Flügel eng angelegt und drangen wie gewaltige Pfeile ins Wasser ein, um ihren verlorenen Bruder zu suchen.

Er war schon tot, als sie ihn fanden, verfangen in den Seilen und im Wrack. Sein Leichnam sank langsam tiefer. Der Kopf mit den starren Augen blieb auf den Himmel gerichtet, während er sank, sein schlaffer, gebrochener Hals wurde vom Meer, das ihn behutsam aufnahm, anmutig gehalten.

Sha-Kaan wendete und gab Nos den Befehl, ihm zu folgen. Er kam an die Oberfläche und stieg mit heftig schlagenden Flügeln in die Luft. Voller Zorn war sein Bewusstsein. Nach so viel Beschwernis hatte er auf Balaia seinen Bruder verloren, der von Menschen getötet worden war. Rache musste sein.

Doch als er bis dicht unter die Wolken stieg und den Kopf herumnahm, um den nächsten Feind zu suchen, rettete ihn ein Mensch vor sich und seiner Wut.

Nein, Sha-Kaan, sagte eine Stimme in seinem Kopf. *Sie werden dich töten.*

Er sah wieder hinunter, sah die Magier, die auf den Decks der noch fahrenden Schiffe versammelt waren, und wusste, dass Hirad Coldheart Recht hatte.

Die *Calaianische Sonne* fuhr weiter, mitten durch die Trümmer, die auf dem Meer schwammen. Segeltuch, Gepäck, zerbrochene Balken, Seile und Taue. Leichen. Dutzende Leichen. Alle tanzten in der Dünung, von oben prasselte immer noch der Regen herunter.

Die Kaan hatten die dordovanische Flotte zerstreut. Nur drei Schiffe segelten noch, und sie entfernten sich nach Norden und Westen vom Schauplatz der Schlacht. Zwei stark beschädigte Schiffe gingen unter, die noch lebenden Besatzungsmitglieder ließen hektisch Boote zu Wasser und brachten sich in Sicherheit. Ein drittes Schiff hatte ernsthafte Schwierigkeiten, das Deck hing schief, die Wellen spülten darüber und schlugen über der wehrlosen Mannschaft zusammen.

Sie kämpften mit Mast und Segel und versuchten, das Gewicht, das sie zur Seite zog, zu verlagern. Da sie keine Kontrolle über die Fahrtrichtung hatten, boten sie der Dünung die Breitseite und würden unweigerlich untergehen.

Doch Hirad hatte kaum Augen dafür. Er hatte Hyn-Kaans Todessturz gesehen, er hatte die überlebenden, aber schwer verletzten Drachen nach ihm tauchen sehen. Jetzt beobachtete er sie, wie sie am Himmel flogen und immer wieder aus den Wolken hervorstießen. Sein Herz war schwer. Er hatte sie gebeten, dem Raben zu Hilfe zu kommen. Jetzt war Hyn-Kaan tot, und weder Sha noch Nos würden einen weiteren magischen Angriff überstehen.

Fliegt nach Herendeneth, sendete Hirad. *Ruht euch aus.*

Wir werden vorerst über euch bleiben, lautete die Antwort. *Kein Feind wird euch aus der Luft angreifen können. Wenn es dunkel wird, werden wir uns ein Versteck suchen. Die Sprüche brennen immer noch. Wir hatten keine Verteidigung. Mit jedem Flügelschlag werden wir schwächer.*

Es tut mir Leid, Großer Kaan.

Der Himmel möge mich retten, Hirad Coldheart. Dein Land hat uns so zugesetzt, nicht du. Die Luft ist schlecht, das Essen nährt uns nicht, und wir können uns nicht erneuern. Mögen wir Glück haben mit dem, was vor uns liegt.

Danke, Großer Kaan. Du hast uns geholfen, diesen Kampf zu gewinnen.

Doch Sha-Kaans Geist hatte sich ihm bereits verschlossen. Hirad wusste, warum sie in den oberen Luftschichten glitten. Sie ruhten sich im Wind aus, bis sie bei Einbruch der Dunkelheit landen mussten.

Hirad blickte wieder übers Meer. Die Kaan hatten ganze Arbeit geleistet. Ob es genug war, würde die Zeit zeigen. Kleine Segel waren gehisst worden, und Beiboote kämpften mit den Wellen, während die Mannschaften die zerstörten Schiffe verließen. Einige hielten auf die Schwesterschiffe zu. Andere, die sich in der Dünung weiter entfernt hatten, mochten es mit ihren Soldaten und Magiern vielleicht bis ans Ufer schaffen. Der Rabe hatte die Protektoren, von denen jeder so viel wert war wie fünf normale Krieger. Wenn sie eine Schlacht in engem Gelände erzwingen konnten, dann würden sie siegen.

Doch der Rabe hatte zu wenig Magier. Auf der Seite von Dordover waren dagegen noch mindestens sechzig am Leben. Vielleicht sogar mehr. Der Rabe hatte nur drei und dazu das, was die Al-Drechar aufbieten konnten. Das war nicht viel, wenn Eriennes Einschätzung des sich verschlechternden Zustandes der Al-Drechar zutraf. Doch bevor sie in den Kampf zogen, mussten sie einschätzen, was sie überhaupt verteidigen sollten. Und sie mussten mit genügend Vorsprung eintreffen, um sich vorzubereiten.

Es gab viel zu tun. Hirad wandte sich von der Reling im Bug ab und ging nach hinten. Er winkte Darrick zu sich, der in der Nähe der vorderen Luken stand.

»Hole den Raben zusammen. Wir müssen reden. Sorge dafür, dass der Unbekannte da ist, und ich will auch dich und Ren'erei dabei haben. In der Kapitänskajüte. Ich komme gleich nach.«

»Kein Problem«, sagte Darrick.

Hirad ging weiter zum Ruderdeck und stieg die Leiter hinauf. Jevin begrüßte ihn mit einem Nicken.

»Ein außerordentliches Schauspiel. Es sind majestätische Geschöpfe«, sagte Jevin. »Wir sind im Vorteil.«

»Aber nur ein wenig, und wir könnten den Vorteil verlieren, wenn wir uns nicht beeilen«, entgegnete Hirad. »Dies ist der Moment, um alles zu riskieren, wenn Ihr an das glaubt, was wir tun. Könnt Ihr mit diesem Ding hier schneller fahren?«

Der Kapitän der *Meerulme* bemerkte die Fahrt der *Calaianische Sonne* mit Freude und stellte fest, dass sich an deren Masten mehr Segel blähten, als es eigentlich ratsam gewesen wäre. Alle Gesichter waren nach achtern gewandt gewesen, als die Drachen die dordovanische Flotte angegriffen hatten. Alle Herzen hatten angesichts der Ehrfurcht erweckenden, fremdartigen Geschöpfe und ihrer Kampfrufe doppelt so schnell geschlagen. Alle Augen waren weit aufgerissen, und kaum ein Atemzug war zu hören gewesen.

Der Kapitän hatte zwar gewusst, dass sich Drachen in Balaia aufhielten, die nach dem Krieg gegen die Wesmen gestrandet waren. Auch war ihm bekannt, dass sie in irgendeiner Verbindung zum Raben standen. Seiner Ansicht nach drohte seinem Schiff keine Gefahr, und er hatte dies seine Mannschaft wissen lassen. Allerdings hatte er es nicht für nötig gehalten, diese Einsicht auch den Schwarzen Schwingen und Dordovanern mitzuteilen, die sich noch an Bord befanden. Mit einer gewissen Befriedigung hatte er ihre panischen und hastigen magischen Vorbereitungen gesehen, als sie sich mit angespannten Gesichtern an der Reling aufstellten. Wieder waren einige Mana-Reserven verschwendet, wieder lagen einige Nerven mehr blank. Schaden konnte es nicht.

Er hätte nie gedacht, jemals einen Drachen zu Gesicht zu bekommen. Diese riesigen, majestätischen Geschöpfe waren atemberaubend. Der Tod eines Drachen und die offensichtlichen, möglicherweise tödlichen Verletzungen der anderen beiden waren bedauerlich, doch ihr Eingreifen hatte das Blatt gewendet. Jetzt konnte er dafür sorgen, dass Ren, falls sie tatsächlich wie vermutet auf der *Calaianische Sonne* war, Herendeneth zuerst erreichte.

Sie kannte die Kanäle gut und wusste, welchen Weg sie einschlagen musste. Sie wusste allerdings nicht, wo der Tiefgang der *Calaianische Sonne* die weitere Durchfahrt unmöglich machte. Der Kapitän wollte es ihr auf die einzige Art und Weise zeigen, die seiner Ansicht nach möglich war.

Der Regen ließ gerade wieder nach, doch die haushohen Wellen rollten erbarmungslos heran. Er befahl, die Segel zu trimmen, damit sie etwas langsamer fuhren, betrachtete den Leuchtturm am Südhimmel und betete, dass die Al-Drechar noch am Leben waren. Er klopfte seinem Rudergänger auf die Schulter.

»Halte sie geradeaus, Mann«, sagte er. »Halte sie geradeaus.«

Fünfzehntes Kapitel

Es hatte ängstliche Momente in der Nacht gegeben. Der Rest des Nachmittags war unter schweren Wolken, starken Winden und gelegentlichen Güssen sowie den allgegenwärtigen Donnerschlägen und Blitzen rasch vergangen.

Sie waren den Dordovanern mehrere Stunden voraus, als der Abend kam, und noch etwa eine Stunde hinter der *Meerulme*. Jeder vernünftige Kapitän hätte längst befohlen, den Anker zu werfen, sobald sie in den Kanal zwischen den äußersten Inseln des Ornouth-Archipels eingefahren waren, doch dies war eine Möglichkeit, die Jevin nicht offen stand.

Die *Meerulme* wurde nicht langsamer, und Jevin konnte es sich nicht erlauben, das schlanke, schnelle Elfenschiff aus den Augen zu verlieren. Auch durften die Dordovaner, die ihnen folgten, nicht zu ihnen aufschließen. So musste seine Mannschaft eine schlaflose Nacht verbringen. Wer nicht unmittelbar damit beschäftigt war, das Schiff zu segeln, war an Backbord, Steuerbord, am Bug und am Heck als Wache eingeteilt. Bleilote wurden ausgeworfen und hinabgelassen, um festzustellen, wie viel Platz noch unter dem Kiel war. Die Wellen wurden kleiner, sobald sie die geschützten Gewässer erreichten. Die Ausgucke riefen ständig Lagemeldungen herunter.

Ren war die ganze Nacht auf dem Ruderdeck geblieben und hatte Jevin Hinweise auf sichere Durchfahrten gegeben und seine Nerven beruhigt, als sein Schiff der *Meerulme* folgte und dabei einer Felswand, vor der sich die tiefste Fahrrinne befand, gefährlich nahe kam.

Nachdem die Besprechung beendet war und die Magier sich ins Bett gelegt hatten, um ihre Mana-Reserven aufzufrischen, blieben Hirad, der Unbekannte und Darrick in der Kapitänskajüte sitzen, sprachen Verteidigungsstrategien durch und schätzten ihre Kräfte ein. Auf dem Tisch standen noch die Reste der Mahlzeit, und die drei Männer pickten darin herum und spülten mit einem leichten, mit Wasser verdünnten Wein nach.

Der Unbekannte war in Gedanken; er hatte das verletzte Bein ausgestreckt und massierte unablässig seine Hüfte, während er eine Grimasse schnitt.

»Es wird Zeit, dass du uns sagst, wie es aussieht«, meinte Hirad. »Wir müssen deine Verfassung in unserer Planung berücksichtigen.«

»Ich will Aeb auf meiner linken Seite haben«, erklärte der Unbekannte. »Davon abgesehen brauche ich keine besondere Behandlung, klar? Das können wir uns nicht leisten.«

»So leicht kommst du mir nicht davon. Sag mir, wie es sich anfühlt.«

»Steif und schwach«, gestand der Unbekannte. »Ich hatte nicht genug Zeit, um die Muskulatur wieder aufzubauen, deshalb ist im Augenblick nur das da, was Erienne geflickt hat. Es behindert mich, und auch wenn Erienne sagt, es werde sich geben, habe ich nicht die Bewegungsfreiheit, die ich gern hätte.« Er nagte an der Unterlippe. »Das Kämpfen wird nicht leicht.«

»Also?«

»Also werde ich das Zweihandschwert nicht benutzen. Ich habe nicht genug Kraft, um damit wirkungsvoll zuzuschlagen. Die Elfen haben einige Reserveklingen an Bord. Nicht ganz das, woran ich gewöhnt bin, aber wir haben keine Wahl. Ich werde in der linken Hand wohl einen Dolch haben.« Er schüttelte den Kopf. »Tut mir Leid, Hirad, es sieht so aus, als sei ich ein Schwachpunkt.«

Hirad zog die Augenbrauen hoch. Darrick konnte sich ein Lachen nicht verkneifen.

»Ein Schwachpunkt?«, entgegnete der General. »Du bist möglicherweise von ›besser als alle anderen‹ auf ›besser als die meisten‹ reduziert, aber das ist auch alles.«

»Wir können es im Moment sowieso nicht ändern«, ergänzte Hirad. »Sage mir, Unbekannter, nach allem, was wir von Ren und Erienne erfahren haben, wo liegen deiner Meinung die größten Probleme?«

Der Unbekannte blies die Wangen auf. »Nun, sie werden nicht von der Landestelle aus direkt den Weg hinaufstürmen, oder? Da dürften ohnehin Schutzsprüche eingerichtet worden sein; sie können fliegen und sind fähig, Schwertkämpfer über kurze Distanzen zu tragen. Daher müssen wir mit Angriffen aus allen Richtungen rechnen. Wenn wir nicht einige Zugänge des Hauses versperren können, werden wir überrannt. Und wenn wir das Haus nicht gegen ein magisches Trommelfeuer verteidigen können, dann ist sowieso alles zu spät.«

»Glaubst du, sie werden es zuerst mit Magie versuchen?«, wollte Hirad wissen.

»Ich würde es tun«, sagte Darrick. »Damit bringen sie

das Leben ihrer Männer gar nicht erst in Gefahr, und möglicherweise erreichen sie schnell, was sie haben wollen.«

»Können wir das irgendwie verhindern?«, fragte Hirad.

»Das kommt darauf an, wie viele Protektoren du außerhalb des Hauses einzusetzen wagst«, erklärte Darrick. »Die Dordovaner rechnen vermutlich damit, dass wir irgendwo eine massierte Verteidigung aufbauen. Sie wissen, dass wir nur ein Schiff haben, und dadurch wissen sie, dass auch unsere Zahl begrenzt sein muss.«

»Allerdings haben sie keine Ahnung, auf welchen Widerstand sie auf der Insel selbst stoßen werden.«

»Das ist wahr, doch sie können rasch feststellen, dass es keine größeren Truppen dort gibt, sobald ihr Angriff beginnt«, sagte Darrick. »Wenn wir die Protektoren außerhalb des Hauses verstecken, könnten sie Magiergruppen angreifen, die gerade Sprüche wirken. Der Erfolg dieses Manövers hängt allerdings davon ab, wie viele Schwertkämpfer sie mitgebracht haben und welches Risiko wir aus ihrer Sicht darstellen.«

»Wie viele Protektoren würdest du von der Verteidigung des Hauses abziehen?«

»Höchstens acht. Aber es hängt stark vom Gelände ab. Sie müssen von oben ebenso wie vom Boden aus unsichtbar sein. Jedenfalls sollten wir diesen Schachzug ernsthaft erwägen.« Der General goss Wasser in seinen Kelch.

»Sonst noch etwas?« Hirad sah den Unbekannten fragend an. »Ich weiß, dass wir nichts als gegeben annehmen können, aber wir haben keine Zeit mehr, uns ratlos am Kopf zu kratzen, wenn wir angekommen sind.«

»Wir haben nicht sehr viele Möglichkeiten«, antwortete der Unbekannte. »Wir sollten unsere Kräfte nicht zersplittern, wenn es nicht unbedingt sein muss, aber Darricks Idee könnte nützlich sein, wenn wir das Überraschungsmoment auf unserer Seite haben. Es hängt viel davon ab, in welcher Verfassung die Al-Drechar sind. Wir sollten es vermeiden, dass die Rabenmagier ihre Kräfte darauf verwenden, das Haus abzuschirmen, falls es so weit kommen sollte. Wir sollten uns eher darauf konzentrieren, die Schwertkämpfer draußen zu halten.«

Der Unbekannte schnaufte schwer und stand auf. Er zuckte zusammen, als er das Knie und die Hüfte belastete.

»Ich muss mich ausruhen. Vorher laufe ich noch etwas auf Deck herum, um mich zu lockern. Kommt jemand mit?«

»Ja, warum nicht?«, stimmte Hirad zu.

Darrick nickte und lächelte. »Dann lasse ich euch zwei mal besser allein. Ich werde eine Weile in meiner Koje rotieren und zu schlafen versuchen.«

»Wir sehen uns morgen Früh«, sagte Hirad. »Und versuch doch, mit nicht allzu vielen blauen Flecken aufzuwachen, ja?« Hirad wandte sich wieder an den Unbekannten. »Komm schon, alter Mann, lass uns die müden Knochen nach oben hieven.«

»Siehst du diese Faust hier? Die ist immer noch völlig in Ordnung. Ich bin sicher noch nicht so kaputt, dass ich dich nicht mehr umhauen könnte, Coldheart«, sagte der Unbekannte.

»Dazu musst du mich erst mal kriegen.«

Die beiden Freunde gingen aufs Deck.

In der Morgendämmerung wurde die *Calaianische Sonne* langsamer. Der Wind heulte um die Inseln von

Ornouth und zerrte an den Bäumen, die auf den Hängen standen. Jevin musste die Segel reffen. Vor ihnen hatte die *Meerulme* bereits das Gleiche getan. Zweifellos würden die Dordovaner ihrem Beispiel folgen, wenn sie die unberechenbaren, wechselnden Böen in diesem Bereich bemerkten.

Sie segelten zwischen zwei größeren Inseln des Archipels durch einen breiten Kanal. Die Wolken hingen tiefer denn je und verhüllten die Hügel und Berggipfel, wallten träge und zähflüssig in die Täler hinunter und brachten immer mehr Regen mit. Das einzig Angenehme hier war der Seegang, der schwächer war als auf offener See. Die Wellen krachten zwar heftig auf die kahlen Ufer, und die Gischt wurde vom Wind verteilt, doch in den schmaleren Kanälen war es ruhiger.

Ren stand wie schon während der ganzen Nacht auf dem Ruderdeck und wandte keinen Moment den Blick vom Heck der *Meerulme*. Sie wartete auf ein Zeichen, dass sie in die Beiboote umsteigen sollten. Jede Stunde, die sie länger an Bord bleiben konnten, machte ihre Aufgabe ein wenig einfacher. Sie schätzte, dass sie immer noch eine ganze Tagesreise vor sich hatten, da sie inzwischen sehr langsam fuhren. Die Segeljollen waren bei dieser Witterung schwieriger zu bedienen, kämen aber wahrscheinlich etwas schneller voran.

Auf Deck standen Matrosen auf Freiwache, der Rabe und die Protektoren herum. Niemand außer dem Koch war noch unter Deck, und selbst er hatte Befehl, an Deck zu kommen, wann immer er seine Töpfe einen Moment allein lassen konnte. Jevin war sichtlich nervös und wollte, dass alle bereit waren, falls sie auf Grund liefen. Neben den Matrosen, die mit Bleiloten das Fahrwasser maßen, das ihren Rufen nach nur wenige Fuß tiefer war als der

Kiel des Schiffs, standen Protektoren bereit, um unter Anleitung von Elfen sofort die Boote zu Wasser zu lassen.

Auf einmal bebte das Schiff und wurde stark abgebremst. Ein Knirschen lief schrecklich langsam unter ihnen den ganzen Kiel entlang und wurde verstärkt, als die Schiffsbalken die Schwingung übertrugen. Aller Augen suchten das Meer ab, die Matrosen mit den Loten schüttelten die Köpfe. Die Schwingungen setzten sich fort.

»Haltet sie gerade«, sagte Jevin mit gepresster Stimme. Er hatte die Reling so fest gepackt, dass seine Knöchel weiß anliefen.

Ren stand neben ihm und wartete, dass aus dem Schleifen jenes Knacken und Splittern wurde, das der Kapitän fürchtete. Eine Ewigkeit lang rutschten sie über den Meeresboden, manchmal schwer und manchmal von der leichten Dünung fast befreit. Doch es gab kein Splittern, und nirgends brach das Wasser durch ein Leck ins Schiff. Schließlich hörte das Knirschen auf.

Jevin wandte sich mit bleichem Gesicht an Ren'erei. Er schnaufte schwer.

»Das war Sand«, sagte er leise. »Aber beim nächsten Mal könnte es etwas anderes sein. Wie weit ist es noch?«

»Nicht mehr weit«, erwiderte Ren, obwohl sie es selbst nicht genau wusste. Auch sie zitterte. »Es wird schon gut gehen, wir können uns auf sie verlassen.«

»Vorausgesetzt, der Kapitän ist noch am Leben«, sagte Jevin. »Ich will das meiner Mannschaft nicht länger zumuten, und meinem Schiff auch nicht. Auf was für ein Zeichen wartet Ihr eigentlich?«

Ren wollte schon mit einem Achselzucken antworten, doch als sie wieder zur *Meerulme* blickte, begann sie zu strahlen.

»Das da«, sagte sie. »Das ist es.«

Selik stürmte aufs Ruderdeck, zwei seiner Handlanger folgten ihm.

»Ihr solltet einen guten Grund nennen können, warum Ihr den Kurs gewechselt habt«, knirschte er und versetzte dem Kapitän einen Stoß.

»Ihr habt die Kanäle gesehen, und Ihr habt gehört, wie die Tiefen gemeldet wurden«, entgegnete der Kapitän. »Wir kommen nicht ans Ziel, wenn wir geradeaus fahren.«

»Ihr lügt«, sagte Selik. »Ich sehe es in Euren schrägen Elfenaugen. Bringt das Schiff wieder auf Kurs. Glaubt Ihr denn, ich bin blind?«

»Nein, aber solange Ihr über die Durchfahrtstiefen des Kanals, den wir gerade verlassen haben, keine besseren Informationen habt als ich, würde ich vorschlagen, dass Ihr mich meine Arbeit tun lasst. Warum sollte ich Euch eigentlich in die Irre führen? Ich bringe Euch gern zur Insel. Ich freue mich darauf, dass Ihr dort bald bestattet werdet.«

Selik trat etwas zurück und dachte nach. »Ihr müsst mich für dumm halten«, sagte er leise. »Wie lange dauert es, bis wir wieder wenden?«

»Einen halben Tag«, sagte der Kapitän. »Es hängt vom Wind ab. Wenn Ihr mir nicht glaubt, dann tötet mich und steuert das Schiff selbst ans Ziel.«

Seliks Augen funkelten kalt.

»Das ist ein Zeichen?«, fragte Jevin.

»Ja«, sagte Ren. »Weil es eigentlich geradeaus geht. Wir müssten erst hinter der nächsten Insel wieder abbiegen.«

Jevin nickte. »Ich verneige mich vor Eurem Wissen. Was wollen wir jetzt tun?«

»Wenn Ihr könnt, dann segelt bis zu der Stelle, an der sie abgebogen sind. Dreht dort bei, dann setzen wir die Boote aus, die wir brauchen, und fahren weiter. Ihr könnt entweder der *Meerulme* folgen, bis Ihr ruhiges Wasser findet und Euch verbergen könnt, oder Ihr fahrt zurück. Ich kenne keinen anderen Weg aufs Meer hinaus. Ihr müsst es selbst entscheiden.«

»Was liegt da auf der Backbordseite?«

»Eine Insel hinter der anderen. Auf jenem Weg könnt Ihr Herendeneth nicht erreichen, aber Ihr werdet eine Tagereise entfernt eine Lagune finden, in der Ihr sicher ankern könnt. Dort könnt Ihr Euch verstecken und ausruhen. Aber haltet Euch dicht an der Küste auf der Steuerbordseite. Das Schelf fällt direkt vor der Küste der Inseln steil ab. Die Backbordseite ist voller Riffe, die knapp unter der Oberfläche liegen.«

Jevin nickte noch einmal. »Und was ist mit der *Meerulme?*«

»Ich weiß es nicht.« Ren war sichtlich besorgt. »Ich nehme an, er wird versuchen, die Schwarzen Schwingen so weit in die Irre zu führen, wie es überhaupt möglich ist. Er ist ein sehr tapferer Elf.«

»Ich werde tun, was ich kann.«

»Danke.«

Schweiß mischte sich auf der Stirn des Kapitäns mit dem Regen und der salzigen Gischt, während die *Calaianische Sonne* bis zu der Stelle durch den Kanal schlich, an der die *Meerulme* abgebogen war. Schließlich drehten sie bei und richteten den Bug aus, um dem anderen Elfenschiff zu folgen, das sich wieder von Herendeneth entfernte.

Das Deck war voller Männer und Elfen und Kisten mit Lebensmitteln. Die Protektoren standen an den Davits bereit, die aus dem Laderaum hochgeschafft und auf Deck eingerichtet worden waren. Sie hoben die Beiboote hoch, setzten sie in die Flaschenzüge und ließen sie an der Leeseite des Schiffs hinab. Dann kletterten sie rasch an den Netzen hinunter und nahmen die Ruder. Ihre Ausrüstung war vorn und hinten unter Planen verstaut.

Jevin hatte zwei Beiboote vorbereiten lassen, auf die sich die Protektoren verteilten. Darrick und Ren fuhren in einem Boot, und Thraun kam mit, auch wenn er noch im Tiefschlaf gehalten wurde. Hirad duldete in dieser Hinsicht keinen Widerspruch.

»Wenn wir alle sterben, dann sind wir wenigstens zusammen. Thraun muss dort sein, wo die Al-Drechar ihm helfen können«, sagte er.

Der Rabe fuhr in einer Segeljolle. Mehr als diese drei Beiboote konnte Jevin nicht entbehren. Er wollte mit seiner Mannschaft nicht ohne jede Fluchtmöglichkeit dastehen, falls sie Schiffbruch erlitten.

Elfen schwärmten auf die Jolle und setzten den Mast ein. Das Segel war bereit, blieb aber vorerst noch gerefft, und sie halfen dem Unbekannten herunter, der Mühe hatte, in den Netzen zu klettern. Die Schmerzen in der Hüfte trieben ihm die Tränen in die Augen. Er wollte sich nicht setzen und hielt sich am Mast fest, als sie segelten. Hirad wechselte besorgte Blicke mit Ilkar, als sie dem Unbekannten zuschauten. Sie setzten sich nach vorn; Ilkar war schon beim bloßen Gedanken an eine Seereise in einem kleinen Boot erbleicht. Denser übernahm die Ruderpinne. Er konnte sich ein kleines Lächeln nicht verkneifen. Erienne setzte sich zu ihm.

»Das alte vertraute Gefühl«, sagte er.

»Allerdings war die Bucht von Triverne verglichen mit dem hier ein Tümpel«, entgegnete Ilkar. »Trotzdem hat es sich bei deinen Manövern angefühlt wie raue See. Ich kann gar nicht glauben, dass wir dich noch einmal ans Steuerruder lassen.«

»Ich sehe hier keine anderen Freiwilligen.« Denser wandte sich an Erienne, die ihrerseits nach Herendeneth blickte. Sie hatte die Arme um den Bauch geschlungen; ihre Schultern waren angespannt.

»Wir sind bald da, Liebste«, sagte Denser.

»Ich weiß.« Erienne drehte sich halb zu ihm herum. »Ich habe sie so sehr vermisst, aber …« Sie brach ab und schluckte.

»Wir können immer noch hoffen«, sagte Denser, auch wenn er keinerlei Hoffnung mehr hatte.

»Nein, können wir nicht«, widersprach sie. »Wir wollen einfach nur sicher dort ankommen, und zwar möglichst schnell.«

Hirad stieß sie vom Schiff ab, sie verabschiedeten sich winkend von der Mannschaft, die ihnen zusah, und nahmen Fahrt auf. Der Unbekannte setzte das Segel, das sich rasch blähte. Sie folgten den Protektoren.

Der Kapitän der *Meerulme* hatte sie längst gesehen, bevor der Ruf ertönte. Er ging übers Ruderdeck nach hinten und beugte sich vor. Ein dordovanischer Magier spähte angestrengt ins Zwielicht. Selik eilte zu ihm.

»Verdammt«, murmelte der Kapitän. Er kehrte zum Rudergänger zurück und stellte sich neben ihn. »Verlasse das Deck. Wenn Seliks Magier sie gesehen hat, dann kommt er hoch und tötet mich. Du weißt, was du zu tun hast.«

»Aye, Käpten.«

»Vergiss nicht, das Eine muss überleben, und die Al-Drechar sind wichtiger als alle unsere Gefühle. Wir haben getan, was wir konnten.«

Der Kapitän drängte ihn zur Leiter, übernahm selbst das Steuerruder und schaute entschlossen nach vorn. Unter ihm eilte der Rudergänger übers Deck, um mit dem Bootsmann und dem Ersten Maat zu sprechen. Die beiden sahen in seine Richtung, nickten leicht und machten sich an die Arbeit.

Der Kapitän hörte rennende Füße. Sein Herzschlag beschleunigte sich, und er packte das Steuerruder fester. Hände klatschten auf die Leiter, und Seliks Kopf erschien. Der Gesichtsausdruck beantwortete die stumme Frage des Kapitäns. Hinter ihm kamen zwei Magier und ein Handlanger. Selik schritt zum Kapitän, packte seine Kehle, schob ihn vor sich her und zog mit der freien Hand einen Dolch. Sein entstelltes Gesicht war vor Wut verzerrt.

»Nun sagt es mir«, verlangte er vom Kapitän. Er drehte sich über die Schulter um. »Du da, übernimm das Steuerruder und halte es so, wie es jetzt steht. Vorläufig jedenfalls.« Selik hob den Dolch höher, die Spitze war nur noch einige Fingerbreit vom rechten Auge des Kapitäns entfernt. »Redet.«

»Ihr habt Euch nicht einmal die Mühe gemacht, es zu überprüfen, was?«, entgegnete der Kapitän. »In Eurer Überheblichkeit habt Ihr geglaubt, ich gäbe einfach nach und ließe Euch das Heiligste in meinem Leben zerstören. Nun, meine Arbeit ist jetzt getan. Ihr habt Erienne verloren, und ich habe diejenigen, die fähig sind, Euch aufzuhalten, auf den richtigen Weg geführt, während wir in eine ganz andere Richtung segeln. Und währenddessen dreht sich die Welt ein wenig weiter, und Eure Hoffnungen, den Mord zu begehen, schwinden dahin.«

Selik sah ihn an, sein Mund stand offen, und etwas Speichel rann aus dem schlaffen, gefühllosen linken Mundwinkel. Er trat sogar ein Stückchen zurück, ließ die Dolchspitze jedoch, wo sie war.

»Man darf den Gerechten keinen Widerstand leisten«, flüsterte er. Ein fanatisches Funkeln entstand in seinen Augen. »Ihr habt alle lebenden Geschöpfe Balaias verraten.«

Der Kapitän konnte sehen, wie der Hass aufflammte. Die Hand spannte sich fester um seine Kehle, und der Dolch wackelte vor ihm. Die schimmernde Spitze suchte noch ihr Ziel. Er wusste, dass ihm nicht mehr viel Zeit blieb.

»Ihr kommt zu spät, Selik. Erienne wird mit ihrem Kind vereint sein, und sie werden Euch und alles, was Ihr verkörpert, vernichten. Wenn es das ist, was ich verrate, dann will ich Euch zustimmen. Also stoßt zu mit Eurem Dolch, Mann der Schwarzen Schwingen. Ihr könnt mir nicht mehr drohen, Ihr könnt mich nicht mehr verletzen.«

Selik sah sich über die Schulter um. Unter vollen Segeln und in ruhigem Wasser machte die *Meerulme*, vor den Stürmen geschützt, gute Fahrt. Wohin, das wusste nicht einmal der Kapitän, und es war ihm einerlei. Irgendwann würde sich der Meeresgrund dem Kiel entgegenheben, aber der Kapitän wäre dann schon nicht mehr am Leben und würde es nicht sehen.

Der Dolch kam noch näher. Der Kapitän zuckte nicht zusammen.

»Und wenn ich Euch töte, wird sich die Mannschaft natürlich weigern zu segeln, was? Ihr könnt mich nicht für dumm verkaufen«, sagte Selik.

Der Kapitän lachte. »Seht Euch doch um, Selik. Sie weigern sich jetzt schon. Ihr habt verloren, und ich habe gewonnen.«

Selik riss den Kapitän herum, damit er das Schiff überblicken konnte. Die Elfenmannschaft saß oder stand bewegungslos in der Takelage oder bei den Tauen und Stagen. Sogar die Schrubber und Eimer lagen unbeachtet auf dem Deck, und die Lote waren zusammengerollt worden. Kein Matrose rührte sich. Alle warteten.

»Wendet dieses verdammte Schiff!«, brüllte Selik. »Oder euer geliebter Kapitän stirbt.« Keiner bewegte sich.

»Euer Mann hat das Steuerruder«, sagte der Kapitän.

»Allerdings«, höhnte Selik. «Das hat er. Bringe uns in die Mitte des Kanals.«

»Aber …«

»Jetzt sofort! Das kann doch nicht so schwer sein. Dreh das Rad herum.« Der Kapitän sah zu, wie der Kämpfer der Schwarzen Schwingen das Steuerruder herumwarf. Die *Meerulme* folgte, und die Segel flatterten einen Augenblick wild, ehe sie den Wind aus der neuen Richtung wieder aufnahmen. Sie hätten getrimmt werden müssen, um den Wind wirklich auszunutzen. Der Kapitän musste sich nicht umdrehen, um zu sehen, was seine Mannschaft jetzt tat. Alle verließen ihre Posten und stellten sich unter das Ruderdeck oder kamen so nahe, wie ihre Besatzer es erlauben wollten.

»Geht wieder an die Arbeit!«, rief Selik.

»Niemand darf das Schiff ohne Erlaubnis des Kapitäns wenden«, sagte der Kapitän leise. »Sie werden keinen Finger rühren, wenn Ihr etwas befehlt.«

Doch Selik sah, wie die Segel sich wieder füllten und das Schiff die Wende vollendete. Das höhnische Lachen war wieder da. »Es sieht so aus, als brauchte ich Euch sowieso nicht mehr, mein guter Kapitän. Ich denke nicht, dass Eure Besatzung nur wegen irgendeiner altmodischen Vorschrift der Seefahrt ins Verderben rennen will. Ihr dagegen werdet nicht mehr die Gelegenheit bekommen, es herauszufinden.«

Als der Dolch nach oben stach und einen kleinen Moment lang ein scharfer Schmerz in seinem Kopf tobte, wusste der Kapitän, dass Selik ihm bald folgen musste, wenn die Götter der See ihn zu sich nahmen.

Sie würden ihr Urteil fällen und Vergeltung fordern.

Sechzehntes Kapitel

Die Fahrt war gelegentlich schwierig, aber nie wirklich gefährlich. Die Protektoren waren auf ihre Muskelkraft angewiesen, die Ruder stachen perfekt synchronisiert ins kabbelige Wasser, während der Rabe mit prallem Segel rasch den Kanal hinunterfuhr und die anderen Boote bald hinter sich ließ.

Links erhoben sich steile Klippen, die sich teilweise in niedrige Wolken hüllten, rechts lag eine zackige Reihe kleiner Felsinseln. Der Wind pfiff quer über das Boot und zwang den Raben, sich auf die Steuerbordseite zu setzen, um die Schräglage auszugleichen.

Mit einer Hand am Großschot und der anderen an der Ruderpinne segelte Denser unter den wachsamen, aber billigenden Blicken des Unbekannten, der mit einer Hand am Mast oder am Hauptstag die ganze Zeit aufrecht stand.

Densers Herz raste, und in seinem Kopf wechselten Erregung und Sorge miteinander ab. Es war schön, so schnell zu fahren. Sie eilten zu Lyanna, zu seiner Tochter, die er so lange nicht mehr gesehen hatte. Durch sie würde er jedoch Erienne verlieren. Er blickte sie an. Sie saß rechts neben ihm, eine Hand aufs Dollbord und die andere auf seine Schulter gelegt und starrte ihn unter der Kapuze ihres Umhangs hervor an.

Er lächelte, und sie drückte leicht seine Schulter und massierte sie durch den schweren Mantel. Er nickte nur, sprechen konnte er nicht. Sie waren in den letzten Tagen unzertrennlich gewesen und hatten eine Nähe und Verbundenheit gespürt wie noch nie.

Die Ursache war vor allem ihre Verzweiflung, doch das war bei weitem nicht alles. Es war das Gefühl, dass sie das Richtige taten, weil sie es tun mussten, und dass ihre Liebe in Lyanna weiterleben würde, auch wenn sie für immer voneinander Abschied nehmen mussten. Denser war allerdings jetzt schon sicher, dass er nie darüber hinwegkommen würde, Erienne verloren zu haben.

Sie hatten sich längst ausgeweint. Es war unwichtig, was hätte sein können oder sollen. Sie konnten keine Pläne mehr schmieden und nicht mehr träumen. Jetzt mussten sie sich mit der Realität auseinander setzen, und Denser musste sich darauf konzentrieren, seine Tochter zu retten, damit seine Frau für sie sterben konnte.

Er wandte den Blick ab, stellte die Ruderpinne ein wenig nach und reffte das Hauptsegel, als die Böen stärker wurden. Es war jetzt nicht mehr weit.

Als der Nachmittag allmählich in die Abenddämmerung überging, konnte der Rabe einen ersten Blick auf Herendeneth werfen. Zuerst sah die Insel aus wie eine nackte, unüberwindliche Felswand, doch in der grauen Fläche lugten überall grüne Flecken hervor. Die Pflanzen wirkten unnatürlich, wie abgeschnitten, und bewegten sich im Wind.

Erienne holte tief Luft. »Die Illusion bricht überall zusammen. Ich bin sicher, dass man das Haus inzwischen auch aus der Luft sehen kann.«

»Wir müssen die Lage erkunden«, sagte der Unbekannte.

»Flieg doch hoch und sieh dich um, Liebste«, schlug Denser vor. »Sage Bescheid, dass wir kommen, und verbringe noch etwas Zeit mit Lyanna, bevor wir beginnen müssen.«

Erienne strahlte. »Das ist eine schöne Idee.«

»Gelegentlich habe ich auch gute Ideen«, meinte Denser.

Erienne erhob sich halb, umarmte ihn und küsste ihn leidenschaftlich.

»Was für ein widerliches Schauspiel«, sagte Hirad breit grinsend.

»Aber sicher doch«, entgegnete Denser. Er löste sich von Erienne und zog die Ruderpinne zurück, die Erienne weggestoßen hatte.

Sie richtete sich auf, bereitete den Spruch vor und flog hoch. Sie schwebte hinter Denser und beugte sich noch einmal hinunter, um ihn von oben auf den Kopf zu küssen.

»Beeilt euch«, sagte sie.

Er langte hinauf und legte eine Hand an ihre Wange. »Ich werde sehen, was ich tun kann.«

Niedrig und geschützt vor dem schlimmsten Wind, der oben über die Klippen fegte, flog sie nach Süden. Bald war sie nur noch als kleiner Punkt am düsteren Himmel zu sehen. Denser sah ihr nach. Er war eifersüchtig, dass irgendjemand anders außer ihm selbst ihre Liebe bekommen sollte. Selbst wenn es seine Tochter war.

»Hör mal, Ilkar«, sagte der Unbekannte, der den grüngesichtigen Elfenmagier beobachtet hatte. »Könntest du dich vielleicht hinter uns umsehen? Wir müssen wissen, ob wir verfolgt werden und, wenn ja, wie weit sie entfernt sind.«

Ilkar nickte. »Ich würde alles tun, um von diesem Haufen hüpfender Bretter fliehen zu können.«

»Komm ihnen nicht zu nahe«, sagte Hirad.

»Keine Sorge.« Ilkar deutete auf seine Augen. »Die sind sehr gut.«

Jevin segelte, wie Ren es ihm empfohlen hatte, auf der rechten Seite den Kanal hinunter. Seine Ausgucke hielten nach vorn und hinten Ausschau, und als vom Krähennest ein Ruf ertönte und ein Zeichen gegeben wurde, war er nicht überrascht. Dennoch stimmte ihn der Anblick traurig.

Die *Meerulme* tauchte im Dämmerlicht des Spätnachmittags am Horizont auf. Sie torkelte nach links und rechts wie ein betrunkener Riese. Am Ruder stand offenbar jemand, der keine Ahnung hatte, wie sich die Drehungen am Rad aufs Ruder auswirkten, und der auch nichts über Stärke und Windrichtung und Trägheit des schönen Schiffs wusste. Es war kein Elf, der das Schiff steuerte, und in diesem Moment betrauerten er und seine Mannschaft schon die Toten auf dem Schwesterschiff.

Jevin fand sich mit dem Verlust ab und sprach ein Gebet an die Götter des Meeres und der Winde, damit die Seelen wohlbehalten am Busen des Ozeans Zuflucht fanden. Und dann schaute er nur noch zu und wartete auf das Unvermeidliche.

Wieder und wieder schüttelte er den Kopf, als er die Fahrt der *Meerulme* beobachtete. Unter vollen Segeln irrte sie hierhin und dorthin. Niemand hielt sich in der Takelage bereit, niemand arbeitete mit den Leinen. Die Feinde waren unvorbereitet, und das war immerhin eine gewisse Befriedigung. Wahrscheinlich würden die meisten ertrinken und die Ewigkeit in einem Zwielicht voller Schmerzen verbringen, eine Spur zu tief untergetaucht, um zu atmen. Er wünschte es ihnen.

Einen Moment lang fürchtete er, es könne zu einer Kollision kommen, doch die Narren auf der *Meerulme* konnten nicht gut genug steuern, um so etwas zuwege zu bringen. Er fragte sich, ob sie darüber nachdachten, warum er mit so wenig Segel fuhr und gemächlich glitt, während seine Mannschaft auf allen Seiten des Schiffs aufmerksam die Umgebung beobachtete. Er fragte sich, ob sie ihn überhaupt gesehen hatten.

So beobachtete er, und als es dann geschah, seufzte er schwer. Schönheit wurde zerstört. Das Auge zeigte es ihm, bevor das Geräusch ihn erreichte. Etwa eine Meile entfernt wurde die *Meerulme* schlagartig langsamer, als habe die Hand eines Gottes ihren Bug festgehalten. Sie hob sich aus dem Wasser, bewegte sich noch ein wenig vorwärts, dann kippte sie zur Seite. Die Löcher im Rumpf waren entsetzlich und tödlich. Ein schrecklicher Anblick.

Das Geräusch erreichte sie einen Herzschlag später, ein hässliches Reißen und Kratzen und Knirschen. Die Todesklage eines hilflosen Schiffs. Er hoffte, die Schreie der Besatzer an Bord hören zu können, die in die gnadenlose See stürzten oder zwischen Fels und Balken zerquetscht wurden. Das Wasser um das Schiff brodelte, als es rasch, sehr rasch sank.

»Haltet die Bogen bereit!«, befahl er.

Ein Dutzend Matrosen stellten sich hinten auf der

Backbordseite auf, legten die Pfeile ein und waren bereit, auf seinen Befehl zu schießen.

Er hatte mit ihnen gerechnet, und sie kamen. Feiglinge, die viel zu große Angst hatten, um auch nur zu versuchen, ein Boot auszusetzen. Während ihre überlebenden, an den Boden gebundenen Kameraden sich verzweifelt zu retten versuchten, flogen die Magier davon. Er verfolgte ihre Flugbahn, sein Blick wanderte über den Himmel. Einer trug einen anderen, wie Denser Hirad getragen hatte.

»Lasst sie nicht zu nahe kommen«, warnte Jevin seine Matrosen. »Keiner von ihnen darf auch nur einen Fuß auf mein Deck setzen.«

Sehnen wurden gespannt, die Langbogen waren feuerbereit, die Schützen warteten auf den Befehl. Jevin ließ sie noch etwas näher kommen. Sie wollten anscheinend den Kanal überfliegen und hofften, ihre dordovanischen Freunde zu finden. Jevin war der Ansicht, dass sie zwar keine Gefahr für sein Schiff darstellten, dass er sie aber nach allem, was sie der *Meerulme* und ihrer Mannschaft angetan hatten, nicht so einfach davonkommen lassen durfte.

»Schießt sie ab.«

Ein Dutzend Pfeile stiegen in den Himmel. Fünf Magier verloren ihre magischen Flügel und stürzten schreiend ab, das Meer schloss sich über ihren zuckenden Gliedern, und die Götter zeigten ihnen den Weg in die Hölle. Neue Pfeile wurden eingelegt, wieder surrten die Bogensehnen, und die schwarzen Schäfte schossen hinaus und suchten ihre Ziele.

Ein weiterer Magier stürzte ab, und der Mann, der getragen wurde, schrie auf. Jevin konnte nicht genau erkennen, wo der Pfeil getroffen hatte. Er hoffte, die

Wunde werde ihm einen qualvollen Tod bescheren. Er nickte.

»Verstaut die Waffen«, rief er. »Ausgucke zur Backbordseite. Wir wollen sehen, ob Elfen überlebt haben.«

Doch die Mienen seiner Männer bestätigten, was er im Grunde schon wusste.

Ilkar flog zur Jolle zurück, auf der der Rabe saß. Er hatte genug gesehen und ließ sich nun den Wind um die Nase wehen. Die ersten Regentropfen eines weiteren Regengusses spritzten ihm ins Gesicht. Wenigstens sollte er bald wieder festen Boden unter den Füßen haben.

Nach den ersten paar Tagen auf der *Calaianische Sonne* war er im Grunde nicht mehr seekrank gewesen. Inzwischen wusste er, wie er es vermeiden konnte, sich zu übergeben, auch wenn er immer noch nicht recht glücklich damit wurde, sich an Bord eines Schiffs zu befinden. Er hatte nicht die Absicht, wieder auf der Jolle zu landen.

Er flog neben dem Boot her, hielt sich auf der Höhe des Unbekannten, während der Regen stärker zu fallen begann und die von Böen getriebenen Topfen auf der Haut stachen.

»Wie sieht es aus?«, fragte der Unbekannte.

»Drei dordovanische Schiffe sind noch unterwegs«, sagte Ilkar. »Sie werden es bis Einbruch der Nacht nicht durch den ganzen Kanal schaffen, dazu sind sie zu langsam, aber sie kommen sicher bis zu der Stelle, an der wir das Schiff verlassen haben.«

»Hmm.« Der Unbekannte starrte nach achtern und schätzte die Entfernungen ab. »Dann müssen wir mit einem Angriff nach Einbruch der Dunkelheit rechnen«, sagte er schließlich. »Sie können, wenn sie Elfen dabei haben, im Dunklen mit Jollen hierher segeln. Sie können auch Magier fliegen lassen. Schade, dass wir diesen verdammten Leuchtturm nicht abstellen können.«

»Wir wissen es nicht genau. Vielleicht gelingt es uns ja doch«, meinte Ilkar.

»Auch wieder wahr«, stimmte der Unbekannte zu. »Nun, da du offenbar nicht wieder zu uns hier ins Boot willst, kannst du auch gleich losfliegen und sehen, ob du etwas tun kannst.«

»Darauf bin ich tatsächlich auch schon gekommen«, antwortete Ilkar. »Ich könnte ja einen von euch mitnehmen, aber ich spare mir meine Kräfte wohl lieber auf.«

»Wir sehen uns dann in ein paar Stunden«, sagte der Unbekannte.

»Hast du etwas von den Kaan gesehen?«, wollte Hirad wissen.

Ilkar schüttelte den Kopf. »Nein. Auch von Jevin und der *Meerulme* habe ich nichts gesehen. Jedenfalls nicht von dort aus, wo ich war. Es tut mir Leid.«

Ilkar war froh, bald wieder festen Boden unter den Füßen zu haben, und flog eilig nach Herendeneth.

Erienne schlug das Herz bis zum Hals, als sie sich Herendeneth näherte. Sie war weniger als fünfzehn Tage fort gewesen, doch in der Zwischenzeit hatte sich so viel verändert. So viel war zerstört worden.

Aus der Nähe war der Anblick der Klippen noch erschreckender als von unten. Die Illusion verfiel zusehends. Sie waberte, zersplitterte und baute sich unscharf wieder auf, an den schwächsten Stellen beinahe wie ein unvollkommenes Mosaik. An anderen Stellen war die Illusion bereits völlig verschwunden. Die außerordentlich komplizierte Mana-Struktur hinter ihr hatte sich aufgelöst und war zerfallen. Irgendwann würde ein kritischer Punkt kommen, an dem sie vollständig zusammenbrach, aber das spielte jetzt keine große Rolle mehr.

Auf jeden Fall war die sorgfältige Maske aus abweisendem Fels dahin, und was dahinter lag, hinter der schroffen Realität der Riffe, war eine sehr gut bewohnbare Insel mit einem Wald und mit fruchtbaren Wiesen, die sich bis zu einem schlafenden Vulkan im Zentrum erstreckten.

Von oben war es noch deutlicher. Erienne flog in etwa einhundert Fuß Höhe und konnte das Haus, die Gärten und die Gräber sofort erkennen. Als sie näher kam und die Schäden des Hauses sah, keuchte sie.

Der ganze Westflügel war verschwunden. Trümmer und gesplittertes Holz waren in einen Riss gestürzt, der den Hang hinauflief und auch die Schönheit der Wiesen dahinter für immer zerstört hatte.

Die lieblichen Wasserläufe, Teiche und Wasserfälle hatten sich in reißende Ströme verwandelt. Sie waren über die Ufer getreten, und Erienne sah schon auf den ersten Blick mindestens vier Stellen, an denen das Wasser ins Haus eingedrungen war. Die Dächer der noch stehenden Gebäudeflügel wiesen viele Löcher auf, überall lagen Trümmer, die von den Stürmen verstreut worden waren. Glas, Holz, Schiefer und Stein. Alles ohne Unterschied zerschmettert.

Dominiert wurde das Haus jedoch von einem Strahl sichtbaren Mana-Lichts, den Lyanna – es konnte niemand anders sein – geschaffen hatte. Still und atemberaubend schön stand er da, durchsetzt mit den Farben der vier Kollegien, dunkelbraun und mit schwarzen Flecken, im Zentrum ein leichter Wirbel, der sich immer schneller drehte, je höher er stieg.

Hoch droben kreisten dichte Wolken um den Strahl. Erinne hörte Donnergrollen und sah Blitze zucken. Ein bleicher Dunstschleier hing unter der Wolkendecke und umgab die Säule, wallte über die Insel und darüber hinaus und deckte alles, was unter ihm lag, mit einem feinen, kalten Regen ein.

Sie umflog das Licht, das aus dem Zentrum des Obstgartens kam, und als sie einen Landeplatz suchte, sah sie etwas, das ihr aufgeregt pochendes Herz beruhigte. Ein kleines Mädchen kam aus der zerstörten Haupttür gerannt und starrte zu ihr hoch. Es schirmte die Augen mit einer Hand ab und winkte mit der anderen.

Lyanna.

Erienne rief Lyanna und flog eine scharfe Kurve. Ein kräftiger Flügelschlag nach hinten bremste sie ab, damit sie landen und die Schattenschwingen abwerfen konnte. Sie bückte sich und schloss Lyanna in die Arme. Beinahe hätte sie geglaubt, ihr Kind nie wieder an sich drücken zu können. Sie hielt die Kleine lange fest, und das Mädchen umklammerte sie ebenso inbrünstig. Erienne streichelte Lyannas Hinterkopf.

»Lyanna, Lyanna«, flüsterte sie. Sie hatte einen Kloß im Hals und konnte fast nicht sprechen. Die Tränen strömten über ihr Gesicht. Sie schniefte. »Oh, meine Liebe, wie schön es ist, wieder bei dir zu sein. Du musst mir alles erzählen. Hast du deine Mami vermisst? Ich habe dich sehr vermisst, meine Liebe. Was hast du gemacht? Kannst du dich an etwas erinnern? Hmm?«

Sie zog sich zurück und betrachtete Lyanna, die nachdenklich das Gesicht verzog.

»Was ist denn, Liebste?« Sie fuhr ihrer Tochter mit dem Finger übers Kinn. »Was ist denn los?«

Lyanna runzelte die Stirn. »Du weißt doch, was ich

gemacht habe. Ich war an diesem dunklen Ort. Die Frauen haben mich da festgehalten, und deshalb bist du weggegangen. Weil du dachtest, ich merke es nicht. Aber ich habe es gemerkt, und ich habe ein Licht gemacht, damit du zurückkommst. Wohin bist du gegangen?« Ihre Stimme bebte.

Erienne widerstand dem Drang, sie noch einmal zu umarmen. »Oh, meine Liebe, du weißt doch, wohin ich gegangen bin. Du hast mir vom Strand aus zugewinkt, weißt du nicht mehr? Erinnerst du dich nicht? Ich wollte Hilfe holen, weil die Al-Drechar so müde geworden sind. Ich wollte deinen Papi holen.«

Lyanna dachte einen Moment darüber nach und nickte dann. »Ja, und ich wollte nicht an diesem dunklen Ort bleiben, aber die alten Frauen haben mich da festgehalten, und dann habe ich sie dazu gebracht, mich zu wecken.«

Eriennes Herz setzte einen Moment aus. Mit zitternder Hand wischte sie die Haare aus Lyannas Stirn. »Was meinst du damit?«

»Ich habe Ana wehgetan.« Lyannas Kinn zitterte. »Ich weiß nicht, was passiert ist. Sei bitte nicht böse, Mami. Ich wollte es nicht, ich hatte solche Angst.« Sie weinte, und Erienne zog sie an sich, wiegte sie und summte ihr beruhigende Laute ins Ohr.

»Natürlich bin ich dir nicht böse.« Erienne sah sich um. Jetzt waren die Trümmer viel besser zu verstehen. Sie fürchtete um Aviana, falls die Magierin überhaupt noch lebte. Doch so Leid Aviana ihr auch tat, sie war nicht das Hauptproblem. Wenn Lyanna die Wahrheit sagte, dann bedeutete dies, dass ihre Nacht noch nicht vorbei war. Ihre Aufnahme und Kontrolle des Mana war noch nicht vollständig. Sie konnte jederzeit zurückfallen und ohne Abschirmung sich selbst und Balaia ungeheuren Schaden zufügen.

Erienne riss sich zusammen und versuchte, möglichst unbeschwert und freundlich zu sprechen. Lyanna durfte nicht merken, wie groß ihre Angst war.

»Und wie fühlst du dich, Liebes?«, fragte sie.

»Geht so. Mir tut der Kopf weh, und ich glaube, ich habe das Licht etwas größer gemacht, als es nötig gewesen wäre. Der Wind ist noch in meinem Kopf, und die alten Frauen sagten zwar, sie könnten mir helfen, dass er aufhört, aber sie haben es nicht getan.«

Erienne richtete sich langsam auf und gab Lyanna die Hand.

»Sollen wir gehen und sehen, wo die Al-Drechar sind?«

»Ich glaube, die mögen mich nicht«, sagte Lyanna. »Sie reden nicht mehr mit mir.«

»Oh, ich bin sicher, dass das nicht stimmt«, ermahnte Erienne sie sanft. »Komm schon, ich zeige dir, dass sie immer noch deine Freunde sind.«

»Können wir dann rausgehen und auf Papi warten?«, fragte Lyanna. »Ich habe eine ganz besondere Stelle, wo ich immer stehe und aufpasse. Ich habe jeden Tag auf dich gewartet.«

»Danke, Liebes«, sagte Erienne. »Das hat mir geholfen, früher zurückzukommen.«

Nur widerstrebend ließ Lyanna sich ins Haus führen. Erienne wanderte über die nassen Dielen, ging an leeren klappernden Fenstern, zersprungenen Vasen, zerbrochen Bildern, zerfetzten Teppichen und Wandbehängen vorbei, und versuchte, sich nichts anmerken zu lassen. Lyanna nahm die Zerstörungen anscheinend überhaupt nicht wahr und schwatzte unbeschwert über ihre Freunde im Obstgarten und die schöne Suppe, die sie zum Mittagessen bekommen hatte.

Sie wurden langsamer, als sie sich den Räumen der Al-Drechar näherten. Erienne fürchtete schon, das einzige Geräusch im Haus sei das Pfeifen des Windes in den leeren Fenstern und den Löchern im Dach, und machte sich auf das Schlimmste gefasst, als sie die Tür zu ihrem Flur öffnete. Niemand stand dort als Wache, niemand wartete. Sie musste nicht einmal in die Zimmer schauen, sie wusste auch so, dass sie leer waren.

Erienne hob Lyanna auf und eilte zum Ballsaal. Wider alle Vernunft hoffte sie, die Al-Drechar im Esszimmer beim Pfeiferauchen vorzufinden. Lyanna sah sich über die Schulter um. Sie wehrte sich nicht, als sie getragen wurde, zappelte aber unbehaglich, als Erienne die Tür des Ballsaales öffnete und die großen Lüster anschaute, die wie alte, bleiche Tierskelette auf dem rissigen Boden lagen.

»Wer ist der Mann da, Mama?«

Erienne fuhr herum, und Lyanna wand sich in ihren Armen, um ihn nicht aus den Augen zu verlieren.

»Ilkar, den Göttern sei Dank. Lyanna, das ist einer von Mamis und Papis Freunden. Er wird uns helfen. Willst du nicht Hallo sagen?«

Lyanna schüttelte den Kopf und wandte sich halb ab.

»Schon gut.« Ilkar kam zu ihnen getrabt. »Bei den fallenden Göttern, ist das ein Durcheinander hier. Was, zum Teufel, ist hier bloß passiert?«

Erienne wies mit einem Nicken auf ihre Tochter. »Rate mal«, sagte sie. »Hör mal, ich kann hier niemanden finden. Eigentlich sollten hier überall Elfen der Gilde sein, und hier leben auch vier Al-Drechar. Doch das Haus fühlt sich an wie eine Leichenkammer. Komm doch mit, ja? Es läuft mir hier kalt den Rücken herunter.«

Ilkar lächelte. »Wo geht es lang?«

Erienne übernahm die Führung und lief durch den Ballsaal zum Esszimmer. Ihre Schritte machten feuchte, schmatzende Geräusche. Im Dach war ein Loch von der Größe eines Marktkarrens; der Stuck war heruntergebrochen und lag in großen Stücken auf dem Boden. Sie achtete kaum darauf und beherrschte sich, um nicht einfach loszurennen, als sie sich dem Ort ihrer letzten Hoffnung näherte. Sie packte den Türgriff mit der freien Hand und stieß die Tür auf.

»Oh, nein«, sagte sie. Stolpernd blieb sie stehen und legte sich eine Hand auf die Nase und den Mund. Lyanna wand sich in ihren Armen und gab einen angeekelten Laut von sich.

Ilkar trat neben sie. Erienne konnte hören, wie er sich bemühte, nicht zu würgen.

»Erienne, bringe Lyanna fort. Ich werde sehen, was ich hier tun kann.« Mit seinen starken Armen drehte er sie zu sich herum. »Hör mal, Denser wird in ein oder zwei Stunden hier sein. Du musst jetzt versuchen, Lyanna zu überreden, den Leuchtturm abzuschalten. Die Dordovaner sind nicht mehr weit entfernt, und dieses Ding lockt sie an wie eine Lampe die Motten.«

Erienne nickte und schluckte das Schluchzen herunter, das sie schüttelte.

»Bitte, lass nicht alle tot sein«, sagte sie. »Bitte.«

»Ich werde tun, was ich kann«, sagte Ilkar leise. »Und jetzt geh. Geh nach draußen und schnappe frische Luft.«

Übermannt von Verzweiflung lief Erienne durch den Ballsaal hinaus.

Ilkar sah sich im Speisesaal um und erkannte, warum sie sich hierher zurückgezogen hatten. Er war trocken. Wahrscheinlich der einzige trockene Raum im ganzen Haus. Ein Kamin strahlte noch ein wenig Wärme ab, und die Fenster waren fest verriegelt, die Blenden waren über gesplittertes Glas gelegt worden.

Der Esstisch war so weit wie möglich nach links geschoben worden, und im Zentrum standen jetzt vier Betten, die alle belegt waren. In mindestens einem lag eine Leiche. Er trat weiter in den Raum hinein. Der Gestank war überwältigend. Seine Augen tränten, und er würgte.

Er musste lüften. Links war eine Tür, die er eilig aufstieß. Dort war ein weiteres kleines Schlafzimmer, das einzige kleine Fenster war aus dem Rahmen gerissen. Er holte tief Luft, blockierte die offene Tür durch ein Sofa und ging rasch weiter zu einer weiteren Tür, die sich quietschend öffnete. Jetzt stand er in einer Art Küche. Er war schon halb mit einem Stuhl zurückgekehrt, um auch die Schwingtür offen zu halten, als er stehen blieb, sich aufrichtete und die Stirn runzelte.

Er setzte den hölzernen Küchenstuhl ab und ging zum Kochherd. Er war heiß, die Flammen flackerten unter den Rosten. Allerdings wurde kein Essen gekocht, und kein Wasserkessel wurde erhitzt. Doch wenn er sich nicht sehr irrte, war der Herd erst vor kurzem angeheizt worden, denn die Flammen brannten hell.

»Hallo?«, rief er. Er ging durch die Küche auf zwei Türen zu, die dem Eingang zum Esszimmer gegenüberlagen. »Hallo?«

Er zog das Schwert, legte die Hand an die linke Tür und stieß sie auf. Ein kalter Lagerraum, hier war niemand. Er ließ die Tür wieder zufallen und wandte sich nach rechts. Er drehte am Griff der Tür, die nach innen aufging. Dann wich er einen halben Schritt zurück.

»Was, bei allen Göttern, macht ihr denn da?«, fragte er

in der niederen Elfensprache. Er konnte nicht glauben, was er vor sich sah.

Eine Männerstimme antwortete aus dem Gewirr der zusammengekauerten Körper. Er zählte sechs Personen, aber es konnten auch mehr sein.

»Wir warten auf das Ende. Wir beten um Erlösung.«

»Von wem?«

»Lyanna.«

Siebzehntes Kapitel

Ilkar überredete die Elfen, ihr Versteck zu verlassen und sich in die Küche zu begeben. Er sah sich gezwungen, genau zu erklären, wer er war und was er an diesem Ort zu suchen hatte, bevor sie ihn auch nur ansehen wollten, ganz zu schweigen davon, seine Wünsche zu erfüllen. Es waren acht. Die beiden kleinen Kinder hatte er zunächst nicht gesehen. Die beiden jungen männlichen Elfen setzten heißes Wasser für Getränke auf, und inzwischen versammelte Ilkar die anderen am Tisch. Die ganze Zeit über musste er daran denken, dass die Al-Drechar nebenan im Sterben lagen. Er musste die Leute in Bewegung bringen.

»Ich kann noch gar nicht richtig verstehen, was hier los ist«, sagte er zu einem Paar, das am ehesten bereit schien, mit ihm zu sprechen. Sie waren alt und dienten der Gilde vermutlich schon seit zweihundert Jahren, doch ihr Selbstvertrauen war völlig zerstört.

»Ihr wart ja nicht hier«, klagte Arrin. Aus seinem runzligen Gesicht lugten strahlende blaugrüne Augen, und das früher schwarze Haar war dünn, grau und zottelig. »Es ist alles so schnell gegangen.«

»Was denn nur? Ihr seid die Gilde der Drech«, erinnerte Ilkar sie.

»Und bisher hat uns keine Macht berührt, die so groß gewesen wäre«, entgegnete Arrins Frau Nerane, eine schlanke Elfenfrau mit langem, silbergrauem Haar, das sie zu einem Pferdeschwanz gebunden hatte. »Und noch nie ist eine solche Macht außer Kontrolle geraten.«

»Ah«, sagte Ilkar. Bilder von Lyanna, die irgendwie die Elfen terrorisierte, tauchten in ihm auf. Eine böse Kraft, die auf Zerstörung aus war.

»Sie ist eben nur ein kleines Mädchen«, erklärte Arrin. »Und das ist das Problem. Sie versteht nicht, was sie tut. Eigentlich sollte sie unter den Schilden der Al-Drechar immer noch ihre Nacht durchleben.«

»Aber offensichtlich ist sie irgendwie wieder zu sich gekommen«, sagte Ilkar.

Das Wasser dampfte im Topf auf der heißen Herdplatte. Ein Elf füllte einige Becher auf. Er wirkte müde, als habe er drei Tage und Nächte nicht geschlafen. Vielleicht traf das sogar zu.

»Nein«, erklärte Arrin. »Sie hat den Schild vor drei Tagen durchbrochen. Sie läuft herum und redet und isst, aber sie versteht es nicht, das Mana zu akzeptieren oder zu kontrollieren, auch wenn ihr Unterbewusstsein durchaus fähig ist, das Mana zu formen. Und sie hat natürlich keine Ahnung, was ihr Bewusstsein erschafft. Oder was es zerstört, sollte man wohl eher sagen.«

»Ich bin nicht sicher, ob ich es begreife.« Ilkar schaute auf, als ihm ein Becher mit Kräutertee in die Hand gedrückt wurde. »Danke.«

»Es ist folgendermaßen.« Arrin trank einen kleinen Schluck. »Ihre Nacht war anders als die der anderen Magier. Sie ist zu jung, um die Kräfte zu akzeptieren, die in ihr wachsen. Sie weiß nicht, wie sie eine bewusste Kontrolle ausüben kann, damit sie sich und anderen nicht schadet. In gewisser Weise wird sie also vom Mana kontrolliert. Alle ihre Gefühle und Reaktionen finden einen Widerhall im Mana, das sie in sich trägt.

Wenn sie wütend ist, schlagen Blitze auf der Insel ein. Wenn sie traurig ist, regnet es. Wenn sie glücklich ist, scheint die Sonne. Es sind ganz einfache Metaphern. Wie man es eben von einem fünfjährigen Mädchen erwarten kann.«

»Das kann ich irgendwie verstehen«, stimmte Ilkar zu. »Aber das war noch nicht alles, oder?«

Nerane nickte, beinahe hätte sie gelächelt. »Es gibt noch eine Reihe anderer Punkte. Vor allem sind die Mana-Ereignisse umso heftiger, je tiefer die Emotionen werden. Von einer oder zwei Ausnahmen abgesehen können wir damit umgehen. Unser Hauptproblem ist aber, dass ihr Unterbewusstsein das Mana auf gefährliche Weise formt, damit sie ihren Willen bekommt. Sie manipuliert uns, und ihre Wut blieb beispielsweise nicht auf Blitze beschränkt, nachdem sie aufgewacht ist.«

Ilkar nickte. »Geistige Angriffe?«, sagte er.

»Ja. Wenn ihr Ziel ein einzelner Mensch ist. Ihr habt den Westflügel des Hauses gesehen. Das war ein Wutanfall, der sich als Erdbeben manifestiert hat. Siebzehn Elfen der Gilde fanden dabei den Tod. Wir hier sind die Einzigen, die überlebt haben.« Arrin blickte zu seinen Gefährten. Nerane legte ihm einen Arm um die Schultern.

»Es tut mir Leid.«

Nerane zuckte mit den Achseln. Ihre ganze Verzweiflung kam in der Geste zum Ausdruck. »Im Moment benutzt sie die Al-Drechar als Energiequellen für den

Strahl, den sie in den Obstgarten gesetzt hat, auch wenn sie es nicht weiß. Wir wagen nicht, sie zu bitten, den Strahl zu entfernen. Das macht sie sehr wütend.«

»Und jetzt versteckt Ihr Euch vor ihr?«, fragte Ilkar.

»Ja«, sagte Nerane. »Ich weiß, es ist albern, vor einem kleinen Kind so viel Angst zu haben, aber sie kann nicht damit umgehen, wenn man Nein zu ihr sagt, und sie wollte Ephemere wecken. Als wir sie nicht ins Zimmer lassen wollten, wurde sie wütend und hat das halbe Dach des Ballsaals zerstört. Das war gestern. Wir hatten Glück, dass sie die Küche nicht mag, sonst wären wir wohl nicht mehr hier.«

Keiner von ihnen erwiderte Ilkars Blicke, ihre Verlegenheit war fast körperlich spürbar. Er konnte ihnen jedoch keine Vorwürfe machen. Ein Nicht-Magier hatte absolut keine Verteidigung gegen die Magie, und sie konnten nicht viel tun außer sich zu verstecken. Verantwortungsbewusstsein war ein entscheidender Punkt in der Ausbildung eines Magiers. Lyanna musste noch viel lernen.

»Und seitdem ist keiner von euch noch einmal durch diese Tür getreten?« Er deutete hinter sich.

»Nein«, gab Arrin zu. »Wir wissen, dass Aviana tot ist. Sie ist vor zwei Tagen gestorben, aber Lyanna wollte nicht, dass wir sie wegbringen.«

»Also gut.« Ilkar hob eine Hand. »Hört zu, es gibt einige Dinge, die wir unbedingt tun müssen. Lyanna ist bei Erienne, sie haben das Haus verlassen. Ihr schafft jetzt die tote Magierin hinaus und kümmert Euch um die Lebenden. Dann müsst Ihr mir zeigen, in welchem Zustand das Haus ist. Weitere Freunde von mir sind unterwegs, es sind etwa dreißig, aber auch die Dordovaner kommen. Sie wollen Lyanna töten. Ihr müsst mir helfen, damit das nicht geschieht. Was meint Ihr?« Ilkar hatte auf einmal das Gefühl, er spräche mit Kindern. »Bitte, Ihr müsst uns vertrauen. Erienne wird Lyanna überreden, den Leuchtturm aufzulösen, und vielleicht können die Al-Drechar sich wieder erholen. Ich muss wissen, ob sie irgendwie fähig sind, uns zu helfen.«

Arrin runzelte die Stirn. »Wer sollte Lyanna denn töten wollen?«

Ilkar seufzte. »Was Ihr hier erlebt hat, geschieht seit siebzig Tagen oder länger auch auf Balaia. Tausende sind tot, viele weitere haben ihr Heim verloren, und das Land zerfällt. Manche glauben, Lyannas Tod sei die beste Lösung, um alledem Einhalt zu gebieten. Erienne und Denser denken, dass es noch einen anderen Weg gibt. Also, werdet Ihr uns helfen?«

»Das ist überhaupt keine Frage«, sagte Arrin. »Wir sind die Gilde der Drech. Wir sind der Sache des Einen verpflichtet.« Er wandte sich an die noch lebenden Mitglieder der Gilde. »Ihr habt gehört, was getan werden muss. Trinkt aus, dann kümmert ihr zwei euch um Aviana. Zwei weitere sehen nach Ephy, Myra und Clerry. Zwei weitere bereiten eine Mahlzeit für dreißig Gäste vor. Seht zu, was ihr finden könnt, und backt Brot, wenn sonst nichts anderes da ist. Ich mache inzwischen mit Ilkar einen Rundgang durchs Haus.«

Zustimmendes Gemurmel erhob sich am Tisch. Ilkar nickte und lächelte.

»Danke«, sagte er.

»Nein, wir müssen Euch danken«, entgegnete Arrin. »Euer Eintreffen hat uns alle gerettet.«

Ilkar zog die Augenbrauen hoch. »Noch nicht, meine Freunde, noch nicht.«

Erienne führte Lyanna vom Haus weg, fort vom Gestank des Todes und hinaus in den frischen Wind von Herendeneth. Der leichte Nieselregen hatte nachgelassen, es war warm und nicht feucht, und die Sonne versuchte, durch die rasch dünner werdenden Wolken zu brechen.

Lyanna war zufrieden und hüpfte gelegentlich sogar, während sie ihre Mutter über den Weg lotste, der zur versteckten Landestelle führte.

»Papi weiß doch gar nicht, wohin er fahren muss«, sagte Lyanna, und Erienne wurde klar, dass das Kind völlig Recht hatte. Es gab keine erkennbare Zufahrt zu der kleinen Landestelle.

Die meisten Bäume neben dem sanft geneigten und mit Stufen versehenen Weg waren umgeworfen worden. Einige waren weggeschleppt oder abgehackt worden, wo sie den Weg blockierten. Bei jeder Bö hörte man das bedenkliche Krachen von Wurzeln, die nach und nach ihren Halt verloren.

Kurz bevor der Weg nach rechts abbog und zum Strand hinunterführte, zeigte Lyanna ihrer Mutter eine steile, etwa zwanzig Fuß hohe Felswand. Unten konnte man die Wellen hören, die ans felsige Ufer schlugen.

»Ich zeige es dir, Mami«, sagte Lyanna. Sie löste sich von Erienne und lief zu den Felsen, über die sie mit bemerkenswerter Geschwindigkeit und überraschender Sicherheit kletterte.

»Wer hat dir das gezeigt?« Erienne stand ängstlich unter ihr und hielt sich bereit, die Kleine aufzufangen, falls sie strauchelte.

»Niemand«, sagte Lyanna ein wenig atemlos vom Klettern. Klein wie sie war, hatte sie Mühe, die richtigen Ansatzpunkte für Hände und Füße zu finden.

Erienne lief es eiskalt den Rücken hinunter. Wer hatte eigentlich auf ihr Kind aufgepasst? Sie wurde wütend. Sie hatte Lyanna der Obhut von Leuten anvertraut, die behaupteten, das Kind sei zu kostbar, um irgendwo sonst in der Welt leben zu dürfen. Doch sie hatten die Kleine anscheinend ohne Aufsicht in den Felsen herumklettern lassen. Ein falscher Schritt, ein einziger nur.

»Hat denn niemand auf dich aufgepasst?«, fragte Erienne.

»Das wollte ich nicht.« Lyanna hatte wieder sicheren Boden erreicht und stand neben ihr. »Siehst du, Mami, es ist ganz einfach. Jetzt du.«

Erienne blieb nichts anderes übrig. Sie zuckte mit den Achseln, begann zu klettern und stellte fest, dass es erheblich leichter ging, als sie vermutet hatte. Ihre Reichweite und ihre Kraft verschafften ihr einen Vorteil. Lyanna sah ihr zu und strahlte.

»Du bist klug, Mami«, sagte sie, als sie wieder nebeneinander standen.

»Lange nicht so klug wie du, meine Kleine«, entgegnete Erienne. »Das ist schwer für kleine Mädchen.«

Lyanna war sichtlich stolz. »Komm mit«, sagte sie.

Sie liefen ein paar Schritte über die buckelige, pockennarbige Fläche und blickten zum Meer hinaus. Rechts von ihnen fiel der Felsvorsprung zur Landestelle hin ab, links lag die unzugängliche Felsküste. Direkt voraus konnten sie über die Riffe hinweg zum Kanal blicken, der zum Südmeer führte.

Der Regen hatte schon vor einer Weile aufgehört, und endlich brach die Sonne durch die Wolken. Ein Stück entfernt tauchte im blaugrauen Meer vor dem schwarzen Fels ein Farbfleck auf. Ein Segel.

»Siehst du das Boot, Lyanna?« Erienne zeigte es ihr.

Lyanna nickte. »Wird Papi bald hier sein?«

»Ja, er ist bald hier.« Erienne hockte sich neben ihre Tochter und legte ihr einen Arm um die Schultern. »Und außerdem alle unsere Freunde, die uns helfen wollen.«

»Wie der Elfenmann da drin?«

»Genau.« Erienne dachte an Ilkars Worte, und die Erinnerung an den Speisesaal jagte ihr einen Schauer über den Rücken.

Sie setzte sich auf den feuchten Fels, streckte die Beine aus und ließ die Füße baumeln.

»Hör mal, Lyanna, ich muss dir etwas erklären. Setz dich doch, Liebling. Sei ein braves Mädchen.«

Lyanna setzte sich auf Eriennes Schoß und schaute zu ihr auf. Ihr Blick hatte eine Tiefe, die Erienne beunruhigend fand. Er zerstörte die Unschuld des sonst vollkommen kindlichen Gesichts.

»Böse Leute kommen hierher. Sie wollen uns wehtun, wenn sie können. Sie wollen uns hier wegbringen.«

»Ich weiß«, sagte Lyanna einfach nur. »Wir müssten dann alle sterben. Ich und du und die alten Frauen.«

Erienne schwieg einen Augenblick und dachte über Lyannas Antwort nach. Eigentlich war sie viel zu jung, um zu wissen, was der Tod war, ganz zu schweigen davon, ihn so bereitwillig hinzunehmen.

»Aber wir können sie aufhalten«, sagte Erienne. »Und du kannst dabei helfen.«

Lyanna strahlte. »Wirklich?«

»Ja, es ist ganz einfach. Das Licht, das mir geholfen hat, dich zu finden, solltest du jetzt wegnehmen, weil uns sonst auch die bösen Leute finden können.«

Lyanna dachte einen Moment darüber nach und nagte an der Oberlippe.

»Dein Papi kann uns auch so finden, auch wenn du das Licht jetzt wegnimmst«, drängte Erienne.

»Wenn ich ihn sehen kann. Dann lasse ich sie los«, sagte Lyanna.

»Wen?«

»Die alten Frauen. Sie helfen mir.«

Jetzt verstand Erienne, warum die Al-Drechar sich nicht bewegten. Sie betete, dass Denser schnell mit dem Boot ankäme. Lyanna verstand so viele Dinge, doch ihr Wissen war fragmentarisch und ergab kein Gesamtbild. So war es schwierig, mit ihr zu reden, und man konnte kaum ermessen, wie viel sie über ihre eigenen Fähigkeiten wusste.

»Vielleicht solltest du sie jetzt ausruhen lassen. Wir sind jetzt alle bei dir, wir passen auf dich auf.«

Sie drückte das kleine Mädchen an sich und öffnete sich für die Freude, auch wenn sie wusste, das es bald vorbei sein würde. Lyanna schaute zum Meer hinaus. Densers Segel wurde langsam größer.

»Er ist bald da«, sagte sie.

»Ja, er ist bald da«, sagte Erienne.

Sie entspannte sich, hielt das Kind in den Armen und versuchte zu vergessen, wie wenig Zeit ihnen noch blieb.

Als der Rabe eintraf, hatten die Elfen der Gilde auf Ilkars Geheiß bereits Avianas Leichnam entfernt, in leichte Tücher gehüllt und in das sonst leere Lager gebracht. Über die Beerdigung war nicht gesprochen worden. Diese Zeremonie musste warten, und Ilkar fürchtete, dass sich viele andere zu ihr gesellen würden, wenn es schließlich an der Zeit war, sie zur letzten Ruhe zu betten.

Nach seinem Rundgang durchs Haus war er angesichts der Zerstörungen und der Aussichten, es zu verteidigen, deprimiert gewesen. Er hoffte, die anderen Rabenkrieger hätten bessere Ideen als er, wie man die Lücken schließen konnte.

Er saß wieder in der Küche und hielt einen frischen Pott Tee in der Hand, als die Al-Drechar erwachten. Die Elfen der Gilde reagierten mit Freude und Erleichterung, und bald darauf wurde er ins Speisezimmer gebeten, wo die Al-Drechar es sich gemütlich gemacht hatten.

Als er eintrat, sah Ilkar sich einer alten Elfenfrau gegenüber, die jetzt aufrecht im Bett saß und sich eine lange Pfeife in den Mund gesteckt hatte. Es schien unpassend, doch Ilkar erkannte den Geruch des Rauchs und verstand.

»Lemiir«, sagte er, als er sich näherte. Es sah Ilkar nicht gerade ähnlich, vor Ehrfurcht zu vergehen, doch als er sich den Al-Drechar näherte, geschah genau dies. Er stand vor legendären Geschöpfen von großer Macht, er sah lebende Mythen. Sein Puls ging schneller, und seine Kehle wurde trocken.

»Es ergibt einen guten Tee, unterstützt aber auch die Genesung, wenn man es in einen Pfeifenkopf stopft«, entgegnete die Al-Drechar. Ihre Stimme war heiser und tief.

Ilkar wurde auf einen Stuhl vor ihrem Bett verfrachtet. Er betrachtete das fleischlose Gesicht mit der straff gespannten Haut, das lange weiße Haar und die fesselnden, funkelnden, durchdringenden Augen. In den Betten neben ihr lagen die anderen beiden und beobachteten ihn. Sie wurden von Elfen der Gilde versorgt und hatten sich noch nicht aufgerichtet. Ihre Gesichter wirkten erschöpft und eingefallen.

»Ich bin Ephemere«, sagte sie. »Links von mir, das ist Cleress, und rechts Myriell. Wir bedauern sehr, dass du nicht früher gekommen bist und unsere liebe Schwester Aviana nicht mehr kennen lernen konntest. Wir werden um sie trauern, aber ich fürchte, dazu ist im Augenblick keine Zeit.«

»Nein«, entgegnete Ilkar. »Es tut mir Leid, dass ihr einen solchen Verlust erlitten habt. Ich bin Ilkar, Magier vom Raben aus Julatsa. Da ihr wach seid, nehme ich an, dass Erienne Lyanna überreden konnte, den Leuchtturm abzustellen.«

»Ja. Sie ist ein Mädchen mit ungeheuren Fähigkeiten. Eine Schande, dass wir nicht stark genug waren, um sie noch länger in ihrer Nacht abzuschirmen. Ich fürchte, sie hat keine Vorstellung, welche Folgen ihre Handlungen für ihre Umwelt haben.«

»So ist es wohl«, entgegnete Ilkar. »Es tut mir Leid, dass ich euch antreiben muss, aber ich muss wissen, wie die Situation hier ist, und ich muss eine Vorstellung haben, in welcher Verfassung ihr seid.«

Ephemere schaffte es, spröde zu lächeln. »Ich nehme an, keiner von uns hat besonders gute Neuigkeiten zu überbringen.«

»Nein«, bestätigte Ilkar. »In Arlen hat es eine Menge Ärger gegeben, als wir versucht haben, Erienne zu befreien, und jetzt ist uns eine größere Streitmacht dicht auf den Fersen. Der Rabe hat vierundzwanzig xeteskianische Protektoren mitgebracht, die uns helfen. Aber die Dordovaner sind uns zahlenmäßig überlegen; wir wissen nicht einmal genau, wie stark sie sind, und sie könnten noch heute Abend angreifen. Sie werden jeden hier töten, wenn sie nicht aufgehalten werden.«

»Es ist doch immer wieder interessant, wie die Kollegien ihre Bündnisse schmieden. Dass Xetesk uns hilft, wundert mich so wenig wie die Tatsache, dass Dordover uns zerstören will. Aber du, Ilkar aus Julatsa, wem gilt deine Loyalität?«

»Als Julatsaner mache ich mir Sorgen wegen der Rückkehr auf den Einen Weg«, gab Ilkar zu. »Es ist eine Bedrohung, so klein sie auch scheinen mag, wenn ich euch jetzt sehe. Doch Erienne und Denser sind meine Freunde. Sie gehören zum Raben, und ich werde alles tun, was ich kann, um ihnen zu helfen.«

»Und du bist ein Elf, Ilkar. Ehre und Achtung sind ein Teil deines Wesens.«

Ilkar nickte. »Was ist mit euch? Wie fühlt ihr euch, nachdem ihr erwacht seid?«

»Ich nehme an, das Haus ist nicht mehr im allerbesten Zustand?«, erkundigte sich Ephemere, als habe sie seine Frage nicht gehört.

»Das ist stark untertrieben«, entgegnete Ilkar. »Und deshalb muss ich wissen, wozu ihr noch imstande seid. Die Dordovaner werden uns mit ihrer Magie angreifen, und wir müssen das Haus abschirmen. Wir können nicht hoffen, alle Lücken zu schließen, aber wir sollten uns wenigstens vor der Magie schützen.«

»Das ist eine Frage, die ich im Augenblick nicht beantworten kann«, sagte Ephemere. »Lyannas Ausbrüche haben uns viel Kraft gekostet. Wir sind alt und erholen uns nicht mehr so schnell wie früher. Es war schon schwer genug, sie in ihrer Nacht zu behüten, doch sie hat unsere Reserven für ihr außergewöhnliches Licht benutzt. Wir werden uns ankleiden und essen und in unserem Obstgarten unsere Übungen machen, falls vom Garten noch etwas übrig ist, und später werden wir es dir dann mitteilen. Aber erwarte bitte nicht zu viel.«

Ilkar stand auf, da die Besprechung offensichtlich beendet war. Ihre Gegenwart machte ihn befangen, er fühlte sich wie ein Knabe vor einem großen Meister. »Es tut mir Leid, dass ich euch so bedrängen muss, aber der Rabe hat nur drei Magier, und die Dordovaner haben möglicherweise zwanzigmal so viele. Die Lage ist ernst.«

»Bevor du gehst, musst du mir noch zwei Dinge verraten. Was ist mit der Mannschaft der *Meerulme* und mit Ren'erei?«

»Ren'erei ist wohlbehalten bei uns«, sagte Ilkar. »Die Mannschaft wurde von den Hexenjägern der Schwarzen Schwingen gefangen genommen, und ich fürchte, es hat sie das Leben gekostet. Es tut mir Leid.« Er zuckte mit den Achseln. »Was noch?«

»Vielleicht irre ich mich, aber als ich schlief, spürte ich die Berührung alter Geister, die uns suchten. Mächtige Geister. Es ist lange her, seit ich das letzte Mal Drachen der Kaan gespürt habe.«

Ilkar nickte. »Du irrst dich nicht. Drei Kaan haben uns auf der Reise hierher geholfen. Einer wurde von den dordovanischen Magiern getötet, die anderen beiden sind schwer verletzt. Zu schwer, um uns noch weiter zu helfen. Sie ruhen sich irgendwo im Archipel aus.«

»Hmm, ihr Bewusstsein war ruhig, fast resigniert. Du musst mir später erklären, wie es kommt, dass sie hier sind. Vielleicht können wir ihnen helfen.«

»Was ihre Gesundheit angeht, so könnt ihr sicherlich helfen, aber sie brauchen mehr als das. Sie haben den Zugang zu ihrer eigenen Dimension verloren und sind in Balaia gestrandet. Deshalb sind sie und Hirad Coldheart hergekommen. Hirad ist Sha-Kaans Drachenmann.«

»Sha-Kaan ist hier?«, keuchte Ephemere. »Welche Ehre. Ich muss mit diesem Hirad reden.«

Ilkar zog eine Augenbraue hoch und verkniff sich ein Lächeln. Das war eine Unterhaltung, die er auf keinen

Fall verpassen wollte. Er wandte sich zum Gehen, doch bevor er sie erreichte, wurde die Tür zum Ballsaal von Arrin geöffnet.

»Ilkar?« Ephemere hielt ihn noch einmal auf. Er drehte sich um. »Ich würde gern Erienne und Lyanna sehen. Könntest du ihnen bitte sagen, dass wir für sie bereit sind?«

»Selbstverständlich.«

»Die arme Erienne.«

Ilkar runzelte die Stirn. »Was meinst du damit?«

»Ich denke, du weißt es schon. Ich kann die Trauer auch in deinen Augen sehen. Wir hatten gehofft, dass es nicht dazu kommen muss, doch wir sind so müde. Wir haben nicht genug Kraft, und ich fürchte, es gibt keinen anderen Weg.«

Ilkar ging durch den zerstörten Ballsaal. Eine Hoffnung, von der er gar nicht gewusst hatte, dass er sie nährte, war auf einen Schlag zerstört worden.

Achtzehntes Kapitel

Hirad marschierte durch den halb eingestürzten Eingang des Hauses. Er war froh, wieder festen Boden unter den Füßen zu haben. Hinter ihm freuten sich Denser und Lyanna über ihr Wiedersehen. Der Unbekannte, dessen Hüfte nach der ungemütlichen Überfahrt schmerzte, ließ sich Zeit und humpelte langsam den Weg hinauf.

Unter Hirads Füßen knirschte das Glas, als er die große, muffig riechende Eingangshalle betrat. Rechts sah er gebrochene Balken und zerstörte Türen, also hielt er sich links.

»Ilkar?« Er ging einen langen, nassen Flur hinauf, zählte die Türen auf der linken Seite und sah sich rechts nach einem Obstgarten um. An geschützten Stellen lagen Laubhaufen, und er konnte Spuren der Zerstörung sehen, die auch in anderen Teilen des Hauses gewütet hatte. Über ihm tropfte Wasser durch die Löcher in der Decke, große Holzsplitter waren überall im Flur verteilt.

Vor ihm wurde eine Tür geöffnet. Ilkar trat heraus und kam ihm entgegen.

»Hirad, wir haben hier ein Problem.«

»Schön, dass du das auch schon merkst.«

»Nein, das hier meine ich nicht. Die Al-Drechar. Eine von ihnen ist tot, die anderen drei sind kurz davor. Wenn sie nicht einmal einen Teil des Gebäudes abschirmen können ...«

»Genau«, sagte Hirad. »Hast du dich im Haus umgeschaut?«

»Ja, und es sieht nicht gut aus. Ich zeige es euch, wenn der Unbekannte und Darrick hier sind«, versprach Ilkar. »Wie weit sind die Protektoren hinter euch?«

»Eine Stunde, meint der Unbekannte.«

»Wie geht es ihm?«

Hirad kratzte sich am Kopf und sah sich über die Schulter um. »Gibt es hier etwas zu essen? Ich bin am Verhungern.«

»Klar doch.«

Ilkar führte Hirad in die Küche und versorgte ihn mit Suppe und einem Becher Tee. Der wundervolle Geruch von frischem Brot zog durch den Raum.

»Das Brot ist noch im Ofen, tut mir Leid«, sagte Ilkar. »Jetzt zum Unbekannten. Und keine Ausflüchte.«

»Also, es sieht nicht gut aus. Er wollte sich auf der ganzen Fahrt nicht setzen, und jetzt läuft er den Weg herauf wie ein alter Mann. Ich dachte, Erienne hätte ihn wieder in Ordnung gebracht, aber es sieht nicht danach aus.«

»Zum Teufel, Hirad«, entgegnete Ilkar scharf. »Vor sieben Tagen war er praktisch tot. Jetzt ist er auf den Beinen und läuft herum. Was willst du noch? Sie hat seine Hüfte wieder aufgebaut und Muskeln und Sehnen verbunden, aber sie ist keine Wunderheilerin. Die Arbeit ist alles andere als beendet, und er wird nie wieder der Alte sein, dazu waren die Schäden zu groß. Was du jetzt siehst, ist das Beste, was du im kommenden Kampf haben wirst, also finde dich damit ab. Die Frage ist allerdings, ob er sich damit abfinden wird. Das wüsste ich gern.«

»Hmm.« Hirad aß seine Mahlzeit. Es war eine wohlschmeckende dicke Gemüsesuppe und so nahrhaft, dass er das Brot kaum vermisste. »Ich weiß schon, was du meinst. Ich will einfach, dass er wieder der Krieger ist, den wir alle kennen, und das ist er nicht. Jedenfalls nicht im Moment.«

»Und da oben?« Ilkar tippte sich an den Kopf.

Hirad zuckte mit den Achseln. »Er will sich einreden, dass er wieder kämpfen kann wie früher, aber es ist ziemlich klar, dass das nicht geht. Ich glaube, das wird sein Selbstvertrauen beeinträchtigen. Deshalb hat er auch darum gebeten, dass Aeb links neben ihm steht. Ich meine, Darrick ist ein überdurchschnittlich guter Kämpfer, aber ein Protektor ist er nicht, oder?«

»Ja«, sagte Ilkar. »Die Frage ist nun, wie wir uns verhalten sollen.«

»Zuerst einmal sollten wir uns nicht anmerken lassen, dass wir uns seinetwegen Sorgen machen.«

Die Tür zum Ballsaal ging auf, und der Unbekannte trat ein.

»Dann solltet ihr besser leiser sprechen, denn sonst höre ich es«, sagte er. Ilkar schloss ergeben die Augen.

Darrick stand im Obstgarten und betrachtete den zusammengebrochenen Westflügel. Die Al-Drechar schlurften in Begleitung von Erienne, Lyanna, Ren'erei und den Elfen der Gilde hinter ihm her. Dort hinten war wenig Anlass zur Zuversicht, und vor ihm sah es nicht besser aus.

Das Licht verblasste rasch, und je näher die Nacht

rückte, desto wahrscheinlich wurde ein Angriff. Deshalb war er direkt aus dem Beiboot nach oben gekommen, um das Haus in Augenschein zu nehmen. Zu seiner Überraschung hatte der Rabe die Verteidigung in seine Hände gelegt und überlegte unterdessen, wie man sich gegen die dordovanischen Magier verteidigen sollte. Es war eine Verbeugung vor seinen Fähigkeiten, aber trotzdem, sie waren der Rabe. Er konnte nicht leugnen, dass er stolz darauf war.

Nachdem er festgestellt hatte, dass es auf der Insel keinen anderen Schutz und keine andere Möglichkeit gab, jemanden zu verstecken, hatte er sich auf die Frage konzentriert, wie man das Haus verteidigen konnte. Einige Protektoren sicherten jetzt schon die Hintereingänge und die drei noch stehenden Gebäudeflügel. Die anderen bewachten den Haupteingang.

Er winkte Aeb, ihn zu begleiten, und ging durch den Obstgarten zum vorderen Teil des Hauses. Er betrachtete die wild durcheinandergeworfenen Ziegelsteine, den Dachschiefer, die Balken und das gekippte Dach, das auf unsicheren Fundamenten ruhte. Ein großer Teil des Gebäudeflügels war in eine Erdspalte gerutscht, aber hinter dem zerstörten Bereich standen noch die Mauern. Die beiden Männer gingen durch die verzogene Holztür in die große Eingangshalle, betrachteten die Arbeiten am Eingang und blieben vor einer Reihe von Türen stehen, die zum Westflügel führten.

»Hier«, sagte Darrick. »Das hier muss alles eingerissen werden. Sie sollen keine Möglichkeit mehr haben, von dieser Seite aus einzudringen. Schicke ein paar Männer zum anderen Ende und gehe dort auf die gleiche Weise vor. Unser Hauptproblem wird der Obstgarten sein, durch den sie vorstoßen können, dann die drei Ostflügel und das Dach des Ballsaales, wenn sie das Loch finden. Und natürlich dort.« Darrick deutete auf den Haupteingang. »Bei den Göttern, das wird nicht leicht.«

»Es soll geschehen«, sagte Aeb.

Sie gingen durch die Halle und dann den Gang hinauf und ließen den Obstgarten rechts liegen. Dort gab es drei Doppeltüren, von denen jede in einen der Gebäudeflügel führte, deren Anordnung Erienne an Insektenbeine erinnert hatte. Im ersten Gebäudeflügel befanden sich Räume, die zurzeit kaum benutzt wurden, im mittleren lebten die Al-Drechar, und der letzte diente den Mitgliedern der Gilde als Quartier. Dort gab es Durchgänge zum Ballsaal, zur Küche und zu den Lagerräumen, außerdem Nebenwege in andere Gebäudeflügel. Es war ein Durcheinander von Gängen, das Darrick Sorgen machte.

»Wir könnten die Decke einreißen«, schlug Aeb vor.

»Aber das versperrt nicht unbedingt auch den Zugang. Diese Gebäude hier stehen im Gegensatz zu denen auf der anderen Seite noch sicher. Die Angreifer können durch jedes Fenster und jedes Loch eindringen. Wir sollten das Haus nicht in Trümmer legen, wenn wir es nicht unbedingt müssen.« Er betrachtete Aebs teilnahmslose Maske. Die Augen des Protektors flackerten nicht, und er zuckte nicht mit den Achseln.

»Erst der Sieg, das Leben kommt später«, sagte er.

Sie liefen durch den Hauptflur des ersten Flügels. Links und rechts zweigten Türen zu Wohnbereichen, Esszimmern, Bädern und Räumen mit Quellen und überdachten Wasserbecken ab. Auch hier war es nach den Überschwemmungen und den Wassereinbrüchen durch die Löcher in der Decke nass, doch das Gebäude war noch intakt.

»Ich verstehe deinen Gedanken, aber wir haben eine Verantwortung denen gegenüber, die wir schließlich hier zurücklassen«, entgegnete Darrick. Mit jeder Biegung des Ganges nahm seine Verzweiflung zu. Weniger als dreißig Krieger, um ein Haus zu verteidigen, in dem mehrere hundert Platz finden konnten.

Sie liefen durch einen Wirtschaftsgang, der am äußersten Ende alle drei Gebäudeflügel miteinander verband und im Flügel der Gilde endete. Sie sahen sich rasch in den Durchgängen zur Küche und dahinter um und überprüften die Türen von der Außenseite. Dann kehrten sie in den Wirtschaftsgang zurück.

»Der hier«, sagte Darrick, »muss an zwei Stellen blockiert werden. Wir können es uns nicht erlauben, dass sie sich hier frei bewegen können.«

»Bei aller Mühe können wir sie nicht ewig aufhalten.«

»Ich weiß«, sagte Darrick. »Es geht eher darum, sie zu der Stelle zu locken, an der wir sie haben wollen, und uns dann zum nächsten Punkt zurückzuziehen. Es könnte ein langer Tag werden.«

Aeb nickte. »Sie müssen alle sterben.«

Die Dordovaner hatten sich auf Segeljollen und überfüllte Beiboote verteilt und rückten langsam, aber stetig zur Insel vor. Die Sonne war untergegangen, das Meer reflektierte das bleiche Mondlicht. Das Wetter hatte sich beruhigt, und da die Wolkendecke aufgebrochen und dünn war, fand Vuldaroq, dass die Dinge sich endlich in seinem Sinne entwickelten.

Doch wenn er sich umschaute und seine Augen verstärkte, um die Dämmerung zu durchdringen, dann musste er seinen ganzen Mut zusammennehmen, um nicht den Glauben zu verlieren. Am Horizont sah er noch den Umriss des führenden Schiffs, dessen Masten schief emporragten, eine Spiere war sogar ins Wasser getaucht. Er hatte immer noch das schreckliche Geräusch von Holz im Ohr, das knirschend über Stein rutschte, bis der Rumpf brach und das Wasser durchs zerstörte Schiff schwappte.

Die übrigen beiden Schiffe hatten eilig beigedreht, ihre Kapitäne hatten Befehle gebrüllt, als auf ihren Decks auf einmal Panik ausbrach. Sie hatten die Ruder herumgeworfen und enge Wenden nach Steuerbord versucht, doch der böige Wind hatte sie weitergetrieben. Dann kam es zu den gefürchteten Erschütterungen unter den Füßen, bis das Schiff ruckend anhielt und das Deck kippte.

Es hatte nicht viele Todesfälle gegeben, doch die ganze Streitmacht von Soldaten und Magiern musste eilig in Jollen und Beiboote umsteigen. Sie hatten alle noch vorhandenen kleinen Boote der ursprünglich aus sieben Schiffen bestehenden Flotte mitgenommen und somit Raum für etwas weniger als einhundertfünfzig Personen. Es reichte aus, aber Vuldaroq sah die Müdigkeit in den Augen der Kämpfer, die gezwungen gewesen waren, den größten Teil der Nacht bis zur Insel zu rudern. Seine Magier flogen abwechselnd neben den überladenen Booten her und vergeudeten dabei ihre wertvollen Reserven.

Wie auch immer, jetzt war er zuversichtlich. Sie würden die Insel eine Weile vor der Dämmerung erreichen und ein Lager aufschlagen, in dem sie ruhen konnten, um im ersten Morgengrauen die erbärmliche Verteidigung zu zerschmettern, die der Rabe mit seiner Hand voll Protektoren aufbieten konnte. Die Drachen waren verschwunden, und er hoffte, dass sie ohnehin keine echte Bedrohung darstellten. Sie waren verletzt und konnten durch konzentrierte Sprüche besiegt werden. Ohne ihr Feuer konnten sie nicht mehr viel Schaden anrichten.

Er wandte den Blick wieder nach vorn und konnte gerade eben die Insel in der Ferne ausmachen. Die außergewöhnliche Säule aus Mana-Licht war verschwunden, doch sie hatte ihren Zweck erfüllt, und da an den Ruderpinnen der Boote Elfen saßen, bestand keine Gefahr, dass sie zu nahe ans Ufer kamen oder irgendwo falsch abbogen.

Dennoch mussten sie einige Vorbereitungen treffen. Er winkte einem Magier, der neben dem Boot herflog.

»Es wird Zeit, dass unsere geschätzten Assassinen sich etwas betätigen«, sagte er. »Ich muss die Lage der Landestellen, die Positionen von Wächtern, Gebäuden und Zutrittspunkten wissen. Ich will wissen, wie das Gelände beschaffen ist, welche Richtung sich für unseren Angriff empfiehlt und ob es außer denen, die wir kennen, noch weitere feindliche Kräfte gibt.«

»Ja, mein Lord«, sagte der Magier, ein junger Mann mit ängstlichen Augen. »Wie viele wollt Ihr einsetzen?«

»Alle«, entgegnete Vuldaroq. »Und sagt ihnen, sie sollen nicht kämpfen, solange ihr Leben nicht in unmittelbarer Gefahr ist. Sie sollen unterhalb der Klippen fliegen und sich sofort tarnen, wenn sie das Land erreichen. Der Rabe soll nicht wissen, dass sie überhaupt dort waren.«

»Selbstverständlich, mein Lord.«

»Ausgezeichnet. Dann macht Euch an die Arbeit und ruht danach aus, Ihr seht etwas abgespannt aus«, sagte Vuldaroq, während er seine Gewänder glatt strich.

»Danke, mein Lord.«

Der Magier flog zu einem der Beiboote hinüber. Vuldaroq sah ihm nach. Er lächelte und stieß das Bein des Mannes vor ihm mit dem Fuß an.

»Fühlt Ihr Euch jetzt besser?«, fragte er. »Eigentlich solltet Ihr wohl lieber an Land bleiben. Das Segeln oder Fliegen bekommt Euch nicht.«

Selik drehte sich um. Sein Gesicht war kreidebleich, und er starrte den Magier böse an.

»Sorgt nur dafür, dass dieser Pott mich ans Ziel bringt, Dordovaner«, leierte er. »Und haltet Euren neunmalklugen Mund.«

Vuldaroqs Lächeln verschwand, und er beugte sich vor, damit niemand sonst ihn hören konnte.

»Ihr solltet lieber Eure Zunge hüten. Seht Euch doch um, Selik. So viele Möglichkeiten, einen Unfall zu erleiden.« Vuldaroq tätschelte Seliks Schulter. »Hmm … so viele Dordovaner. Und nur eine einzige Schwarze Schwinge.«

»Ich dachte, du bist der Meister-Taktiker«, sagte Hirad, als wieder einmal bedrücktes Schweigen in der Küche herrschte. Der Rabe, Ren, Darrick und Aeb saßen am Tisch vor geleerten Suppenschalen. Im Esszimmer schlummerte Lyanna, Arrin passte auf sie auf, und die anderen Elfen der Gilde kümmerten sich um die Al-Drechar, die wieder schliefen. Im Lagerraum, in dem Ilkar die Elfen gefunden hatte, war für Thraun ein Bett aufgestellt worden. Es war nicht ideal, aber so war er wenigstens in der Nähe und hatte es warm.

Draußen wurde das Wetter wieder schlechter. Der Wind frischte auf, und Regenböen peitschten gegen das Haus. Es war ein seltsam beruhigendes Geräusch, als es nach einer ruhigen Phase folgte, die den Dordovanern viel mehr geholfen hatte als den Verteidigern.

Niemandem war entgangen, dass die Wetterbesserung mit der Zeit zusammengefallen war, die Lyanna mit ihrer Mutter und ihrem Vater verbringen konnte, bis sie sich mürrisch damit abfand, dass sie zu Bett gehen musste.

Als die Nacht anbrach und die Protektoren im Haus patrouillierten und sich in der Nähe der Landestelle versteckten, erklärte Darrick den anderen Kämpfern, welch schwierige Aufgabe vor ihnen lag, und die Stimmung verschlechterte sich zusehends.

»Hirad, du könntest ruhig mal versuchen, etwas konstruktiver zu sein«, sagte Ilkar.

»Aber er hat uns gerade erklärt, dass das Haus praktisch nicht verteidigt werden kann.« Hirad zeigte mit dem Finger auf Darrick.

»Nein«, erwiderte Darrick geduldig. »Ich habe vielmehr gesagt, dass es nicht gebaut wurde, um Leute draußen zu halten. Es ist ein gastfreundliches Haus, offen und leicht zugänglich. Es ist keine Festung, und wir würden Tage brauchen, um es entsprechend herzurichten. Was ich vorschlage, ist die meiner Ansicht nach einzige Möglichkeit, Erfolg zu haben. Falls jemand andere Vorschläge hat, dann würde ich sie gern hören.«

»Du bist der Taktiker, das ist deine Sache«, knurrte Hirad.

»Und ich habe meinen Vorschlag gemacht«, erwiderte Darrick kühl.

»Dann erkläre ihn mir noch einmal, und zwar so, dass ich nicht wieder glaube, es sei ein reiner Selbstmordversuch.«

Der Unbekannte rutschte auf seinem Stuhl herum, und das Kratzen seines Stuhls war eine wohlüberlegte Störung des Wortwechsels.

»Es ist Nacht«, sagte er, und seine Stimme duldete keinen Widerspruch. »Wir wissen, dass jetzt jederzeit Spione oder Assassinen ums Haus schwärmen können. Ich will dich eines fragen, Hirad. Hast du einen besseren Vorschlag?«

»Nein, aber …«

»Dann halte den Mund. Denn wir müssen unsere Positionen abstimmen, dann müssen wir abwechselnd noch ein paar Stunden schlafen, und dann müssen wir den ganzen Tag kämpfen. Wenn wir nicht zusammenhalten, dann werden wir schnell abgeschlachtet, und ich habe nicht die Absicht, Eriennes großartige Arbeit an meinem Bein zu vergeuden. Trotz eurer Sorgen habe ich vielmehr die Absicht, morgen mehr Blut am Schwert zu haben als alle anderen zusammen.

Da wir gerade von Erienne sprechen: Ich will, dass sie und Denser ein abgelegenes Zimmer bekommen, das von Protektoren bewacht wird, damit sie das genießen können, was vermutlich ihre letzte Nacht zusammen ist.« Er sah Hirad scharf an, bis der Barbar sich zurücklehnte, ausgiebig seufzte und ins Leere starrte.

Ilkar sah es, wie er es schon hundertmal gesehen hatte. Er wusste, was Hirad bewegte, und der Unbekannte wusste es auch. Der Barbar wollte nur dafür sorgen, dass sie das Richtige taten. Allerdings brachte er seine Bedenken sehr ungeschickt zum Ausdruck.

»Ich will, dass wir siegen«, sagte Hirad. »Und es tut mir Leid, Erienne und Denser, aber ich will nicht, dass dies eure letzte Nacht ist, weil das bedeutet, dass wir morgen alle tot sind.« Er stieß den Stuhl zurück, schnappte seinen Pott und ging zum Wassertopf. Seine Stiefel tappten laut über den Steinboden.

»Ihr wisst, dass er Recht hat, oder?« Denser saß am Ende des Tischs und hielt Erienne im Arm, die den Kopf an seine Schulter gelehnt hatte.

»Aber wir streiten uns jetzt schon eine Stunde, und es gibt keinen besseren Weg.«

»Außerdem braucht er dringend etwas Unterricht in höflicher Konversation«, sagte Ilkar.

Das brach die düstere Stimmung, und sogar Hirad kicherte, als er seinen Becher auffüllte. Nur Aeb, der anwesend war, damit er alle Entscheidungen sofort seinen Brüdern mitteilen konnte, ließ sich nichts anmerken.

»Also gut«, sagte der Unbekannte und forderte Darrick auf, noch einmal die eilig gezeichnete Karte zu erläutern, die mit verschiedenen Besteckteilen beschwert war.

»Bereit, Hirad?«, fragte Darrick.

»Zu Befehl, Herr General.«

»Komm schon, wir müssen uns konzentrieren«, sagte der Unbekannte. »Wir dürfen keine Fehler machen.«

»Also gut«, begann Darrick. »Wie ich schon gesagt habe, werden wir unsere stärkste Verteidigung erst in der Morgendämmerung einrichten. Die Dordovaner sollen so wenig Informationen wie möglich bekommen. Wir können annehmen, dass ihnen die Lage des Hauses bekannt ist, sie kennen die Eingänge und könnten sogar ins Gebäude selbst eindringen, wahrscheinlich durch den Obstgarten. Aeb hat an jedem kritischen Eingang zwei Protektoren stationiert, und die Al-Drechar benutzen einen beweglichen Schild, der unter Tarnzauber eindringende Magier entdecken sollte.«

Er räusperte sich und beugte sich über die Karte.

»Wie ihr wisst, werden wir die letzte Verteidigungslinie in der Morgendämmerung hier in der Küche einrichten. Das ist aus mehreren Gründen sinnvoll. Diejenigen, die wir schützen, haben es hier warm und trocken, und wir haben freie Sicht auf alle Eingänge. Der einzige Weg, der von hier aus direkt nach draußen führt, wurde glücklicherweise blockiert, als der Westflügel zusammengebrochen ist. Die Lüftungsfenster«, er deutete nach oben zu sechs Fenstern, die der Tür zum Ballsaal gegenüberlagen, »sind deshalb die einzige schwache Stelle. Erienne wird, bevor sie sich heute Abend zurückzieht, einen Wachspruch auflegen, der den größten Teil der Schlacht über halten sollte. War das so richtig?«

»Ja«, sagte Erienne. Sie nahm den Kopf von Densers Schulter und strich sich die Haare aus dem Gesicht. »Es ist eine Sprengfalle, die nach außen gerichtet ist, damit hier drinnen niemand verletzt wird. Der Lärm wirkt gleichzeitig als Alarm.«

»Ich sollte noch erwähnen, dass wir die Fenster schwärzen werden, damit kein fliegender Magier hereinschauen kann«, sagte Darrick.

»Denkst du denn, dass sie gelegentlich mal hier reinschauen, wenn sie gerade irgendwohin unterwegs sind?«, meinte Ilkar. Seine Augen blitzten amüsiert.

»Natürlich«, sagte Denser, der den Scherz aufgriff. »Es ist schon oft vorgekommen, dass ich irgendwo herumgeflogen bin und zufällig irgendeine verzweifelte letzte Verteidigungslinie gefunden habe.«

Darrick klopfte auf den Tisch und bat um Aufmerksamkeit. »Wir wollen zu einfacheren Dingen zurückkehren wie etwa zu der Frage, ob wir den morgigen Tag überleben können. Jetzt zu den anderen Punkten. Ich habe drei Verteidigungsbereiche an den Stellen eingerichtet, an denen die Dordovaner höchstwahrscheinlich angreifen werden. Zuerst einmal der Haupteingang, dann die drei Seitenflügel und der Obstgarten. Das ist der größte und der nach außen hin am schwersten zu verteidigende Ort, doch der Zugang ins Haus ist schmal, und deshalb werden die Kämpfe auf engem Raum stattfinden.

Falls die Feinde durchbrechen sollten, ist der Ballsaal mit den Türen, die von den Gebäudeflügeln und dem Obstgarten dorthin führen, das erste Rückzugsgebiet. Der innerste Bereich sind das Esszimmer und die Küche, doch ich rechne damit, sie spätestens im Ballsaal endgültig aufhalten zu können. Haben das alle so weit verstanden?«

Die Zuhörer am Tisch nickten.

»Der Obstgarten bietet den Gegnern eine Möglichkeit, uns vom Haupteingang abzuschneiden«, sagte Aeb.

»Richtig, aber dort können nicht viele Gegner eindringen, solange nicht der Haupteingang oder die Flügel gefallen sind«, sagte Darrick. Er deutete zum Westflügel. »Da dieser Flügel hier zusammengebrochen ist, und da wir zusätzlich Barrikaden errichtet haben, um ihn abzusperren, führt der einzige unverteidigte Weg in den Obstgarten durch die Luft. Das bedeutet, dass dort nur Magier eindringen können, es sei denn, sie tragen Soldaten. Wie auch immer, die Anzahl kann nicht sehr groß sein, und damit sind sie angreifbar. Ren wird dort mit drei Elfen der Gilde stehen, die gut mit Pfeil und Bogen umgehen können. Wir müssen Jevin danken, dass er uns die Waffen zur Verfügung gestellt hat.«

Hirad beugte sich vor, und Ilkar konnte sehen, wie seine Begeisterung wuchs, als er endlich die Logik hinter Darricks Plan erkannte und sah, dass es funktionieren konnte.

»Wer kommt dann an welche Position?«, fragte Hirad.

»Fünf Protektoren bleiben jederzeit in der Küche«, sagte Darrick. »Der Rabe plus Aeb plus sechs weitere Protektoren werden den Haupteingang verteidigen. Wir müssen dort mit Angriffen durch Magie und Schwert rechnen. Das ist die Front, die am besten abgeschirmt werden muss. Zwei weitere Protektoren werden im Esszimmer und im Ballsaal patrouillieren. Ich rechne nicht damit, dass jemand durchs Dach des Ballsaales kommt, aber ich will mich auch nicht überraschen lassen. Ähnliches gilt fürs Esszimmer. Wir haben den Zugang vom kleinen Vorraum aus mit schweren Schränken, Ranken und Steinen blockiert. Auch die Fenster des Esszimmers und die Türen sind mit Wachsprüchen gesichert und mit vielen Möbeln blockiert. Wie ihr gesehen habt, ist der Zugang zum hinteren Teil des Hauses nach einem von Lyannas Wutanfällen sehr schwierig geworden.« Er lächelte Erienne und Denser an.

»Wir haben unser Kind gut erzogen«, sagte Denser. »Sogar ihre Wutausbrüche sind gut gezielt.«

»Schließlich werde ich mit den letzten zehn Protektoren die Türen der Gebäudeflügel bewachen, als Reserve zur Verfügung stehen und teilweise auch den Obstgarten sichern«, sagte Darrick. »Gibt es noch Fragen?«

Sie schwiegen und durchdachten den Plan.

»Die Kommunikation ist wichtig, deshalb habe ich die Protektoren aufgeteilt. Ich weiß, dass sie in einer Gruppe besser arbeiten, aber dieses Mal müssen wir wohl ihren zweiten Hauptvorteil nutzen.«

»Wir stimmen zu«, sagte Aeb. »Wir werden siegreich sein.«

»Wir sind eins«, flüsterte der Unbekannte.

Ilkar beschloss, die Bemerkung zu ignorieren, obwohl es ihm kalt über den Rücken lief. So viel Zeit war vergangen, und doch reagierte der Unbekannte immer noch unwillkürlich wie ein Protektor.

»Wird das alles in Kraft treten, nachdem die Dordovaner ihr erstes magisches Trommelfeuer losgelassen haben?«, fragte er.

»Ich habe den magischen Angriff bei unserer Verteidigung berücksichtigt, doch er berührt unsere Verteidigungsbereiche nicht, solange unser Schild nicht an einer entscheidenden Stelle durchbrochen wird«, sagte Darrick. »Die Al-Drechar glauben, dass sie einen ausreichend starken Schild aufbauen können, der allerdings nur ein begrenztes Gebiet abdecken kann. Die magische Bombardierung wird nicht sehr lange dauern, weil sie nur begrenzte Ressourcen haben, aber wir müssen damit rechnen, dass sie hart und gebündelt kommt. Ich habe die Al-Drechar gebeten, die Küche, das Esszimmer, den Ballsaal, die Flure und den Vordereingang zu schützen, wenn sie es können. Auch für die Seitenflügel wird es einen gewissen Schutz geben, aber der Bereich, den ich beschrieben habe, ist so groß, dass sie vorsichtig vorgehen müssen.«

»Noch Fragen?«, wollte der Unbekannte wissen. Die Zuhörer schüttelten die Köpfe. »Gut. Erienne, richte den Schutzzauber ein, und dann kannst du dich mit Denser zurückziehen. Ilkar, du gehst ins Bett. Ebenso Hirad und Ren. Darrick und ich übernehmen die erste Wache, die Protektoren werden abwechselnd wachen. Ich muss euch nicht eigens sagen, dass wir wachsam bleiben müssen, und wenn die Al-Drechar uns rufen, dann müssen wir springen. Also los, an die Arbeit.«

Doch der Rabe ging nicht sofort hinaus. Ohne dies abgesprochen zu haben, blieben sie sitzen, während die anderen sich zurückzogen. Tiefe Stille herrschte in der Küche. Eine Weile saßen sie mit gesenkten Köpfen da und dachten über das nach, was kommen würde und was es für sie alle bedeutete, besonders für Denser und Erienne.

»Es ist schwer, nicht wahr?«, sagte Erienne. Alle schauten sie an. Sie hatte wieder den Kopf an Densers Schulter gelehnt. »Wir haben in den letzten Tagen viel Zeit damit verbracht, uns darauf einzustellen, aber für euch ist es anders, und wir haben euch vernachlässigt. Es tut mir Leid.«

»Hör doch auf, Erienne«, sagte Ilkar. «Dir muss nichts Leid tun. Du tust etwas, für das normale Dankesworte völlig unzureichend sind. Es ist ein Opfer, von dem viele niemals erfahren werden, das aber allen nützen wird. Und ich kann nichts tun, als dir im Namen von ganz Balaia meine Bewunderung auszusprechen. Du stirbst, weil du versuchst, unzählige Menschen zu retten. Das ist außergewöhnlich, ganz außergewöhnlich.«

Er unterbrach sich, weil seine Stimme versagte. Denser lächelte.

»Danke«, sagte er.

»Das ist aber noch nicht alles, und das ist uns allen klar«, ergänzte der Unbekannte. »Erienne, du bist unsere Freundin. Du gehörst zum Raben. Und letzten Endes können wir dich nicht retten. Das schmerzt mehr als alles andere.« Hirad und Ilkar nickten. »Wir haben so viel durchgemacht, wir alle. Und wir haben auch früher schon Freunde verloren, aber dies ist schwerer als alles andere.«

Hirad spürte, wie sich aller Augen auf ihn richteten. Er zuckte mit den Achseln und stand auf. »Ich kann nicht viel sagen.« Er ging um den Tisch herum zu ihr. »Ich weiß nur, dass wir uns jetzt verabschieden sollten, weil wir morgen vielleicht keine Zeit mehr dazu haben.«

Er breitete die Arme aus. Erienne warf sich ihm entgegen und drückte ihn, und er erwiderte die Umarmung und drückte sie fest. Die Tränen liefen ihr übers Gesicht, und Ilkar konnte sehen, dass auch Hirad mit den Tränen rang. Sie hielten sich lange in den Armen, ehe er sie wieder freigab. Sie rieb mit einer Hand über seine Stoppeln.

»Du großer Kerl«, sagte sie. »Du brauchst keine Worte.«

»Komm schon«, sagte Denser. »Es ist Zeit fürs Bett.«

Erienne wandte sich nacheinander an den Unbekannten und Ilkar, umarmte auch sie und verabschiedete sich flüsternd vom großen Krieger. Als sie sich schließlich auch von Ilkar löste, sah sie ihm tief in die Augen.

»Ich weiß, dass du mit dem Einen Weg nicht einverstanden bist«, sagte sie leise. »Aber pass bitte auf mein kleines Mädchen auf, ja?«

»Auf sie und auf Denser«, sagte Ilkar. »Ich verspreche es.«

Erst als Denser und Erienne Arm in Arm die Küche verlassen hatten, ergriff Ilkar wieder das Wort.

»Kommt mit, ihr zwei. Ich will euch etwas zeigen.«

Sie folgten ihm in den Lagerraum, in dem Thraun schlief. Trotz der warmen Decken schauderte er gelegentlich. Sie versammelten sich an seinem Bett und sahen wieder das Gesicht des Mannes, von dem sie geglaubt hatten, es werde nie wieder hinter dem Wolfsgesicht zum Vorschein kommen. Es war ein langsamer Prozess.

»Was ist denn los?«, fragte Hirad.

»Nichts«, entgegnete Ilkar. »Ich wollte euch nur an etwas erinnern. Wir können Erienne nicht retten, aber wir können Thraun retten. Auch er gehört zum Raben.«

»Bei den Göttern, ich habe überhaupt noch nicht richtig darüber nachgedacht«, sagte der Unbekannte. »Wir waren so eingespannt, seit ich aufgewacht bin … es ist unglaublich, was? Dass er wieder da ist, meine ich.«

Er richtete sich auf, und Ilkar und Hirad drehten sich zu ihm um.

»Denkt doch nur mal darüber nach«, fuhr er fort. »Was muss ihm als Wolf durch den Kopf gegangen sein? Er war gezwungen, Dinge zu tun, die er nicht richtig verstehen konnte, auch wenn er wusste, dass sie richtig waren. Und er hat dabei seine Familie verloren.«

»Und dann ist er wieder zu uns gekommen«, sagte Hirad leise.

»Ja«, sagte der Unbekannte. »Zu uns. Erinnert euch doch, wie es war, als Will gestorben ist. Er wird sich auch für den Tod des Rudels die Schuld geben.«

»Er wird wohl noch etwas Zeit brauchen«, sagte Hirad.

»Aber wir werden da sein«, antwortete Ilkar. «Zusammen oder getrennt, wir haben es in den letzten Wochen bewiesen. Der Rabe ist immer da.«

Hirad lächelte, und Ilkar konnte sehen, dass für den Barbaren nie ein Zweifel daran bestanden hatte.

Der Magier-Assassine flog dicht über der Insel. Seine Gefährten waren schon gelandet und liefen unter Tarnzauber den Weg von einer versteckten Landestelle hoch, die vom Meer aus nicht zu sehen war. Er hatte beschlossen, das seiner Ansicht nach geringe Risiko der Entdeckung einzugehen. Unter sich sah und spürte er die verfallende Illusion, und wenn er durch die Barriere hineinschaute, sah er das weitläufige, stark beschädigte Haus.

Im Zentrum standen Bäume. Ringsum war freies Gelände, hinten ein von Wasser überspülter Felssturz, der vom Haus selbst aufgehalten worden war.

Hier gab es eine große Macht, und seine Instinkte warnten ihn, nicht tiefer zu fliegen. Man würde ihn bemerken, im Mana-Spektrum ebenso wie mit dem Auge. So kreiste er knapp innerhalb der Illusion, ohne ein Licht oder eine Bewegung zu entdecken. Einem zufälligen Beobachter wäre das Haus verlassen erschienen. Er fragte sich beinahe, ob es nicht sogar so war. Doch auf der Insel gab es keinen anderen Ort, an dem man sich aufhalten konnte.

Noch einmal flog er über das Haus, prägte sich mögliche Zugangspunkte ein und kehrte zur Flotte zurück. Er vertraute darauf, dass die anderen Magier seiner Sekte unentdeckt blieben, während sie das Gelände gründlich erkundeten.

Es war nicht leicht, aber sie würden siegen. Sie mussten. Die weitere Existenz der dordovanischen Magie hing davon ab.

Neunzehntes Kapitel

Irgendwann in der Nacht hatte Lyanna sie gefunden und war zwischen sie gekrochen, ohne sie zu wecken. Als Erienne aufwachte, war sie da, die Arme zu beiden Seiten ausgebreitet und viel mehr Platz einnehmend, als es einem kleinen, fünfjährigen Mädchen zugestanden hätte. Denser hatte sich ganz auf die rechte Seite zurückgezogen und lief Gefahr, aus dem Bett zu fallen. Erienne hatte ihren Körper völlig verdreht, um dem kleinen Mädchen Platz zu machen.

Es war ein idyllischer Augenblick, und einen Moment lang liefen Erienne die Tränen übers Gesicht, ehe sie sich zusammennahm, ihr Gesicht trocknete und im Bett nach unten rutschte. Sie stützte den Kopf auf eine Hand und streichelte mit der anderen Lyannas Wange. Im Haus war Bewegung, obwohl es noch dunkel war. Erienne nahm an, dass sie bald aufstehen mussten.

Ihr Zimmer war das erste im Flügel der Gilde und, obwohl ein wenig feucht, durchaus bequem. Zwei Protektoren hatten vor der Tür Wache gehalten, und die Fenster waren mit Läden gesichert und verriegelt. Denser hatte zusätzlich einen Schutzspruch auf den Rahmen gesetzt. Sie waren nicht gestört worden.

Lyanna öffnete die Augen und starrte müde ihre Mutter an.

»Guten Morgen, meine Schöne«, flüsterte Erienne.

»Es ist noch dunkel, Mami.«

»Ich weiß, aber es wird heute sehr gefährlich, und deshalb möchte ich, dass du ein braves Mädchen bist.«

»Ich passe auf dich auf, Mami.«

»Oh, Liebling, ich weiß!« Erienne umarmte sie, und Lyanna klammerte sich an sie. Erienne spürte, dass ihr Kind aufgeregt war und sich Sorgen machte. Dies war nicht der richtige Ort für ein kleines Kind, und Erienne würde nie erfahren, welche Auswirkungen die kommenden Schrecken auf Lyanna haben würden. Im Augenblick wusste Lyanna nur, dass etwas nicht stimmte, dass alle Erwachsenen unter starker Spannung standen. Dadurch wurde auch das Kind unsicher und nervös.

Ein Klopfen an der Tür ließ Erienne auffahren und zerstörte den friedlichen Augenblick. Lyanna löste sich von ihr, und Erienne richtete sich auf und zog die Decke hoch, um ihre Brüste zu bedecken.

»Herein«, sagte sie.

Nerane trat ein und brachte ein Tablett mit zwei dampfenden Bechern.

»Es tut mir Leid, dass ich so früh stören muss«, sagte Nerane, »aber der Unbekannte Krieger lässt ausrichten, dass Ihr aufstehen sollt.«

Nerane lächelte, als sie die Familie sah. Inzwischen regte sich auch Denser, rollte sich herum und richtete sich grunzend auf.

»Es ist eine Schande, Euch zu stören«, sagte Nerane. »Ihr gebt ein so schönes Bild ab.«

Erienne blickte zum noch halb schlafenden Denser. Sie sah das wirre Haar, einen ungekämmten Bart und den halb geöffneten Mund. »Seid Ihr sicher?«

»Ihr wisst doch, was ich meine«, sagte Nerane. Sie stellte das Tablett neben dem Bett auf einem Tisch ab.

»Was hat der Unbekannte noch gesagt?«, wollte Erienne wissen.

»Die Dordovaner sind am Strand und dringen auf die Insel vor. Sie werden uns bald eingekreist haben. Der Schild der Al-Drechar steht, alle sind im Haus, und Ihr müsst bald hier heraus, weil der Zugang zu diesem Flügel versiegelt und blockiert werden muss.«

»Hat er Euch das alles mitgeteilt?«, fragte Denser. Jetzt erst bemerkte er seine Tochter. »Oh, hallo, du.«

»Hallo, Papi.«

»Wenigstens weiß ich jetzt, warum mein Rücken wehtut«, sagte Denser.

»Ich glaube, das hat aber nicht viel mit Lyanna zu tun«, meinte Erienne.

Nerane errötete und zog sich wieder zurück. »Der Unbekannte sagte noch, beim nächsten Mal werde er Hirad schicken, um Euch zu wecken.«

»Das motiviert mich aber ungemein«, entgegnete Denser. »Vielen Dank, Nerane. Sage ihm, es wird nicht nötig sein.«

Die alte Elfenfrau ging und schloss hinter sich leise die Tür. Denser sah Erienne tief in die Augen, und sie verspürte ein Verlangen, das sie kaum hätte unterdrücken können, wäre nicht Lyanna zwischen ihnen gewesen. Er streichelte ihre Wange, und sie ergriff seine Hand.

»Das ist es dann wohl«, sagte er.

»Ja, so sieht es aus«, sagte Erienne.

Er nickte, seine Unterlippe bebte. »Vergiss nie, wie sehr ich dich liebe«, sagte er. Es war kaum mehr als ein Flüstern.

Lyanna wand sich zwischen ihnen. »Was ist denn los, Mami?«

»Nichts, meine Liebe, nichts.«

Hirad schob das letzte Bett der Al-Drechar in der Küche in die Nähe des Herdes, wo es warm war.

»Habt ihr ein paar Assassinen erwischt?«, fragte er.

»Drei«, entgegnete der Unbekannte.

»Nicht schlecht«, sagte Hirad. »Und es ist keiner eingedrungen?«

»Nicht, dass wir wüssten. Ren glaubt, sie habe einen Flieger gesehen. Wir müssen annehmen, dass sie den Obstgarten erkundet haben und die Größe des Hauses kennen. Die Al-Drechar meinen aber, es habe niemand den Schild berührt.«

Hirad setzte sich an den Tisch und zog seine Klinge, um die Schneide mit einem Wetzstein zu schärfen, den er von den Elfen der Gilde ausgeliehen hatte. Er fühlte sich lebendig. Ein Kampf stand bevor, und es sah nicht gut aus für sie, aber der Rabe war eine Größe, mit der man immer rechnen musste.

»Wie lange, bis sie angreifen?«

»Es kann jederzeit beginnen«, sagte der Unbekannte. »Sie haben die Truppe noch nicht zusammengezogen, aber es wird nicht mehr lange dauern. Wir sollten unsere Positionen einnehmen.«

Hirad überprüfte die Klinge, fand sie scharf genug, stand auf und steckte die Waffe in die Scheide. Automatisch überprüfte er auch die Dolche, die er ebenfalls in Scheiden trug. Die Tür zum Esszimmer schwang auf, und herein kamen die Al-Drechar, von den Elfen der Gilde gestützt.

»Alles in Ordnung, meine Damen?«, fragte Hirad.

Myriell warf ihm einen vernichtenden Blick zu. »Ich dachte doch, meine Zeit in der Küche wäre ein für alle Mal vorbei«, beklagte sie sich.

»Tja, wir wollen es so kurz wie möglich gestalten«, sagte Hirad. »Und dann können wir über meine Drachen reden.«

Er lächelte und wartete, bis sie vorbei waren, bevor er durchs Esszimmer in den Ballsaal ging. Er war besorgt, denn er hatte versucht, mit Sha-Kaan zu sprechen, hatte dessen Geist aber verschlossen gefunden. Entweder das, oder er war tot. Er hoffte, die Ruhepause werde sich für die Drachen als Wohltat erweisen, doch er erinnerte sich an Sha-Kaans müden Geist beim letzten Kontakt und fürchtete das Schlimmste. Der Rabe musste an diesem Tag auf die Kraft der Drachen verzichten.

Er schüttelte den Kopf und ging weiter. Der Unbekannte humpelte neben ihm, nachdem er sich vergewissert hatte, dass die Eingänge so gut wie möglich blockiert waren. Sie gingen durch den Ballsaal und dann den Flur hinunter. Vor ihnen wurde die Tür zum Gebäudeflügel der Gilde geöffnet, und Denser erschien, der gerade sein Schwert gürtete.

»Das wird aber auch Zeit«, sagte Hirad, als er vorbeikam.

»Sehr witzig«, sagte Denser.

»Ich werde die Dordovaner bitten, auf dich zu warten«, gab Hirad zurück.

»Wenn es dir nichts ausmacht.«

»Hirad«, ermahnte ihn der Unbekannte. »Jetzt komm schon.«

Sie liefen weiter den Gang hinunter. Die Protektoren waren bereits auf ihren Posten. Im Zwielicht konnte Hirad im Obstgarten einen Elf sehen, der sich unter einem abgebrochenen großen Ast, der an einer Wand lehnte und eine Art Dach bildete, versteckt hatte. Weiter den Flur hinunter begegneten sie Darrick, das Schwert noch in der Scheide, aber das Gesicht ein Ausdruck nervöser Konzentration.

»Guten Morgen, General«, sagte Hirad grinsend, als sie bei ihm stehen blieben.

»Ist der immer so?«, wollte Darrick wissen.

»Immer«, sagte der Unbekannte. »Man gewöhnt sich dran. So einigermaßen.«

»Alles bereit?«, fragte Hirad, der den Eindruck hatte, er müsse sich selbst zur Ordnung rufen. Er fühlte sich seltsam unbeschwert, und der Kitzel des bevorstehenden Kampfes belebte ihn geistig wie körperlich. Er konnte es sich freilich nicht erlauben, nachlässig zu werden.

»Wir müssen noch die Tür zum Gildeflügel versperren, dann haben wir es geschafft. Wir haben ein wenig Spielraum, um auszuweichen, sofern wir mit dem magischen Bombardement richtig liegen.«

»Sollen die Elfen draußen im Obstgarten bleiben?«, fragte Hirad.

»Der Schild deckt auch den vorderen Teil des Obstgartens mit ab. Das ist ein kalkuliertes Risiko, das wir eingehen müssen. Ich will nicht von dort aus überrascht werden, und die Dordovaner sollen nicht sehen, wo unsere Verteidiger versteckt sind.«

Hirad streckte eine Hand aus, die Darrick erfreut schüttelte. Ebenso hielt er es mit dem Unbekannten.

»Sag Bescheid, wenn du Hilfe brauchst«, bot Hirad an.

»Ihr auch«, gab Darrick zurück.

Die beiden Rabenkrieger liefen so schnell, wie es dem Unbekannten möglich war, zur Eingangshalle, wo Ilkar schon mit Aeb und den Protektoren wartete.

»Alles bereit?«, fragte Hirad.

»Schilde sind oben«, sagte Ilkar. Seine Stimme verriet, wie stark er sich konzentrierte. »Ich decke die Tür.«

»Gut«, sagte Hirad. »Und wo, zum Teufel, sind Denser und Erienne?«

Lyanna saß am Kopfende des Küchentischs auf einem Stuhl und wirkte schrecklich klein und verängstigt. Erienne hockte neben ihr, streichelte ihr Haar und flüsterte mit ihr, um sie zu beruhigen. Lyanna hielt ihre Puppe fest, und auch wenn sie gelegentlich nickte, wanderten ihre Blicke immer wieder zu den Protektoren, die regungslos in der Küche standen. Denser konnte ihre Angst verstehen.

Von den freundlichen, aber leicht abwesenden Blicken der Al-Drechar verfolgt, gesellte er sich zu Lyanna und Erienne.

»Wie geht es ihr?«, fragte er.

»Geht so«, antwortete Erienne.

Denser beugte sich hinunter und küsste Lyanna auf die Wange. »Du bist hier sicher, verstehst du?«, sagte er.

»Aber ich will bei euch sein«, klagte Lyanna.

»Da draußen ist es gefährlich, meine Liebe«, widersprach Erienne. »Hier drinnen bei Ephy und Clerry und Myra bist du besser aufgehoben, meinst du nicht auch?«

Lyanna sah sich in der Küche um und runzelte die Stirn. »Ich mag die Männer nicht. Warum tragen die Masken? Und warum sagen sie nichts?«

Erienne wandte sich an Denser, der die Augenbrauen hochzog. Es war sicherlich nicht der richtige Augenblick, einer Fünfjährigen die Berufung der Protektoren zu erklären.

»Sie sind ganz besondere Soldaten und kommen von meinem Kolleg«, sagte Denser. »Mach dir keine Sorgen wegen der Masken, die tragen sie nur, damit sie besser kämpfen können. Sie sind hier, um auf dich aufzupassen.«

Lyanna nickte. »Alles klar.«

»Und jetzt hör genau zu, Liebes«, sagte Erienne. »Es wird hier sehr laut werden, und du wirst viele Schreie hören und Angst bekommen. Aber du darfst uns nicht suchen und zu uns kommen, weil das zu gefährlich für dich wäre. Wir kommen schon zurecht, macht dir unseretwegen keine Sorgen. Wirst du tapfer sein?«

»Ich versuche es«, versprach Lyanna.

»Braves Mädchen«, sagte Denser. »Und wenn du zu viel Angst bekommst, kannst du dich an eine der alten Frauen kuscheln. Sie lieben dich auch.«

Lyanna nickte.

Ein dumpfer Schlag hallte durchs ganze Haus.

»Es geht los«, sagte Denser. Er kniete sich hin und umarmte seine Tochter. »Bis bald.«

»Mach's gut, Papi«, sagte Lyanna.

Auch Erienne umarmte sie. »Sei ein braves Mädchen und mach, was die maskierten Männer dir sagen, ja?«

Mit einem letzten Blick zu ihrer Tochter verließen sie die Küche und eilten zum Raben.

»Auf meinen Befehl, aber nicht vorher!«, brüllte Vuldaroq, als eine einsame Feuerkugel aufstieg und gegen einen Schild prallte. Er wandte sich an Gorstan, der in Arlen die Magier angeführt hatte. »Ich brauche konzentrierte Sprüche. Zerstört das Haus so weit wie möglich, aber hört auf, ehe Ihr erschöpft seid, wenn Ihr nichts erreicht. Der gerade geschossen hat, war vielleicht ein Idiot, aber es war aufschlussreich, nicht wahr? Das war kein Schild von irgendeinem Kolleg.«

»Ja, mein Lord.«

»Nun gut, Feuer frei. Aber vergesst nicht, mich zu unterrichten, bevor die Kräfte ganz erschöpft sind. Ich habe noch einen Angriff zu befehligen.«

»War es das schon?«, fragte Hirad. »Ich …«

»Mann«, sagte Ilkar, der sich leicht wiegte. Er hatte beachtliche Bewegungen im Mana gespürt. »Jetzt geht es los.«

Einen Moment herrschte Schweigen, dann brachen die Sprüche über sie herein. Als galoppierte eine Herde riesiger Pferde übers Dach, schlugen die Feuerkugeln in den Schild der Al-Drechar. Überall blitzte es orange, gelb und weiß durch die Spalten in den Barrikaden und im Obstgarten hinter ihnen. Der Schild zischte, als er den Angriff ablenkte, und Hirad zuckte unwillkürlich zusammen. Der Lärm schmerzte in den Ohren, obwohl er die Hände darübergelegt hatte. Der Boden bebte unter seinen Füßen, vor ihm klapperten die Türen, über ihm schepperte der Schiefer auf dem Dach.

Hinter ihm krachten die Feuerkugeln in den ungeschützten Obstgarten, Flammen tanzten über die nassen Bäume, verkochten das Wasser und fanden knisternd und flackernd Nahrung. Hirad trabte zur verbarrikadierten Tür, sah hinaus, konnte keine weiteren Probleme entdecken und kam eilig zurück. Die wortlose Frage des Unbekannten beantwortete er mit hochgerecktem Daumen.

Wieder ein Licht und ein Krachen, als eine einzelne Feuerkugel die Barriere durchdrang und ins Dach schlug.

Sie schauten alle besorgt nach oben, doch der Schild hielt, und der Lärm über ihnen ließ nach, als das magische Sperrfeuer schließlich eingestellt wurde. Jetzt war rechts von ihnen ein dumpfes Grollen zu hören.

»Erdhammer«, sagte Denser. »Sie greifen die Gebäudeflügel an.«

Hirads Ohren klingelten noch vom letzten Angriff. Hinter ihm brannte der Obstgarten auf einer Breite von zwanzig Schritt lichterloh, und über sich hörten sie die Feuerkugel, die Holz und Dachschiefer fraß.

In den Gebäudeflügeln nahm der Lärm noch zu. Die Schwingungen pflanzten sich unter ihren Füßen fort, und durch die Halle dröhnten die Detonationen von Feuerkugeln, die in engen Räumen explodierten. Im ersten Morgenlicht waren die magischen Blitze grell und erschreckend und vertrieben die Schatten, die sich noch im Haus gehalten hatten.

»Aeb, alarmiere deine Brüder und Darrick. Sie werden glauben, es habe einen Durchbruch gegeben«, sagte der Unbekannte.

»Ja«, bestätigte Aeb.

Wieder prasselten Sprüche auf den Schild über ihren Köpfen, dann wurde es für einige Augenblicke völlig still.

»Der Rabe, macht euch bereit«, sagte der Unbekannte. Er zog seine Elfenklinge und tippte mit ihr einhändig auf die Steinplatte vor seinen Füßen.

Sofort nahmen sie Aufstellung. Im Zentrum stand der Rabe in seiner bevorzugten Kampfposition als Fünfstern und bewachte den Haupteingang. Hirad stand rechts neben dem Unbekannten, Aeb zu seiner Linken. Je drei Protektoren deckten die Flanken, hinter ihnen knieten die Magier.

»Harter Schild steht«, sagte Denser.

»Eiswind bereit«, meldete Erienne.

Die Tür bebte unter einem heftigen Aufprall.

»Ein Spruch?«, fragte Hirad.

»Nein«, sagte Ilkar.

Noch ein Schlag. Die Türen krachten gefährlich. Hirad stellte sich anders auf und brachte sein Schwert in eine etwas andere Position. Draußen hörte er Rufe und eilige Schritte, als die dordovanischen Soldaten zusammengezogen wurden. Dann sollen sie kommen, dachte er und lauschte auf das gleichmäßige Tippen der Klinge des Unbekannten. Es schenkte ihm Kraft wie immer.

»Dieses Mal brechen sie durch«, sagte der Unbekannte.

Beim dritten Mal krachte der als Rammbock dienende Baumstamm mitten durch die Türen, und die Splitter prallten von Densers hartem Schild ab. Draußen war ein Brüllen zu hören, der Baumstamm wurde weggezogen, und in der Dämmerung konnte Hirad eine große Menge gerüsteter Kämpfer sehen, die auf ihn zugestürmt kamen.

Durch den Spalt flogen Pfeile und Armbrustbolzen herein, die vom harten Schild abprallten. Direkt dahinter zischten Feuerkugeln durch den zerstörten Eingang, die ebenfalls an Ilkars magischem Schild abprallten, aber das Holz in der Umgebung in Brand setzten.

»Wir halten die Stellung«, sagte der Unbekannte, der mit keiner Wimper gezuckt hatte, als die Sprüche und Geschosse geflogen kamen. »Jetzt kommen die Schwerter.«

Und wirklich, nachdem zwei weitere Feuerkugeln abgeschossen worden waren, drangen die Schwertkämpfer durch die Tür ein und gingen schreiend auf die unbeeindruckte Linie der Rabenkrieger los.

»Erienne, Feuer frei«, sagte der Unbekannte.

Erienne stand hinter ihnen auf. »Duckt euch«, sagte sie.

Die Krieger tauchten ab, und der Eiswind fauchte über ihre Köpfe hinweg und traf die vorderste Reihe der Dordovaner. Ihre Schreie brachen ab, als sie stolperten und stürzten, die Gesichter voller Angst erstarrt. Ihre Finger und Waffen zersprangen, als sie auf den Boden prallten. Der Angriff geriet ins Stocken, und die Rabenkrieger standen immer noch.

»Kommt schon!«, brüllte Hirad. »Wir warten auf euch.«

Und sie kamen. Die Klinge des Unbekannten tippte auf den Boden, den Dolch hielt er in der linken Hand. Dann hörte das Tippen auf, und der Unbekannte hob die Klinge, führte sie von links nach rechts, durchschlug die Abwehr des ersten Kämpfers und traf ihn im oberen Brustbereich. Die Klinge schnitt den Oberkörper des Mannes bis hinauf zum Unterkiefer auf. Er blieb wie angewurzelt stehen und taumelte dann zurück, das Blut spritzte in alle Richtungen.

Hirad blockte mühelos einen Schwertstreich ab und schlug mit der Faust zu. Der Angreifer wurde zurückgeworfen und stolperte, ging aber gleich noch einmal auf den Barbaren los, täuschte links an und schlug rechts zu. Hirad blockte wieder ab, zog dem Gegner aber dieses Mal die Klinge über die Brust und durchschnitt Tuch und Lederrüstung. Der Gegner keuchte und taumelte nach rechts. Eine Protektorenaxt spaltete ihm den Schädel.

Der Raum vor ihnen füllte sich mit dordovanischen Soldaten. Links und rechts kämpften die Protektoren, weit genug voneinander aufgestellt und jeder mit zwei

Waffen ausgerüstet, ihren schrecklichen schweigenden Kampf. Aeb, der mit dem Schwert die Dordovaner auf der linken Seite des Unbekannten abhielt, erledigte die Gegner mit der Axt und schlug mit der flachen Klinge zu, oder auch über Kopf und seitlich. Doch so viele Gegner auch fielen, der Druck nahm zu, und der Rabe musste langsam zurückweichen.

Der Unbekannte fing einen Schwerthieb mit dem Dolch ab und drückte die Klinge nach links. Die Brust seines Gegners lag ungeschützt vor ihm, und er brauchte keine zweite Einladung. Der große Mann stieß sein Schwert durch das Kettenhemd, und der Mann fiel zurück. Mit einem Ruck zog er das Schwert wieder heraus, seine steife Hüfte behinderte ihn jedoch, er verlor einen Moment das Gleichgewicht und stolperte nach vorn und schrie, als die unerwarteten Schmerzen durch sein Bein schossen.

Ein Gegner, der eine Chance witterte, ließ auf der linken Seite einen Schlag los. Der Unbekannte, der nicht richtig stand, um den Hieb abzuwehren, konnte nur noch hilflos den Dolch heben, doch dann schaltete Aeb sich ein. Der riesige Protektor schlug nach oben und traf den Mann knapp über dem Schulterblatt. Die Axt drang bis zur Wirbelsäule durch, und der Gegner wurde in die feindlichen Linien zurückgeworfen. Ohne auch nur eine Sekunde zu zögern, riss Aeb den Unbekannten zurück, und ihre Reihe stand wie zuvor.

Hirad hatte gerade einen halbherzigen Schlag abgewehrt und schnaufte erleichtert. Mit der freien Hand zog er den Gegner an sich, versetzte ihm einen Kopfstoß auf die Nase, stieß den betäubten Soldaten weg und jagte ihm die Klinge durch den Unterbauch. Der Dordovaner ging schreiend zu Boden.

Er drehte sich etwas und wollte sich gerade den nächsten Gegner vornehmen, als hinter ihm die Türen zum Obstgarten explodierten.

Ren suchte den Himmel ab. Ihr Bogen war noch nicht gespannt, aber der Pfeil war eingelegt, und sie war bereit. Über ihnen waren Schatten vorbeigezogen, zu schnell, als dass sie oder ihre Leute etwas hätten tun können. Zweifellos wollten sie Ärger machen und innerhalb des Hauses landen, während ihre Fußtruppen den Raben und die Protektoren beschäftigten. Sie hörte die Kampfgeräusche an der Vordertür, und hinter ihr verrieten dumpfe Schläge, dass auch die Gebäudeflügel angegriffen wurden.

Links von ihr ertönte ein Pfiff, und sie schaute hinüber. Der Elf von der Gilde deutete nach rechts oben. Ren sah in die Richtung. Acht Magier, die schnell herunterkamen. Die Warnung wurde im Obstgarten weitergegeben, die Bogen wurden gespannt, aber die Schützen warteten noch.

Ren atmete tief und gleichmäßig und beobachtete ihr Ziel, als es sich durch die Luft bewegte und sich drehte. Der Himmel wurde langsam hell, doch die Wolken sammelten sich, und der Wind kam auf. Böen peitschten die Laubhaufen im Garten hoch und fachten die Flammen rechts neben der Tür zur Eingangshalle an.

Sie kamen herunter. Warten, warten. Ren spannte die Bogensehne noch ein wenig weiter. Und los. Ihr Pfeil jagte durch den Himmel und traf den Hals eines Magiers, der geräuschlos abstürzte. Gleich darauf zischten drei weitere Pfeile durch den Obstgarten, und zwei weitere Magier stürzten ab. Somit blieben noch fünf.

Ren legte einen neuen Pfeil ein und sah nach links. Noch mehr Gestalten. Weitere Magier kamen. Ein Dutzend.

»Feuer frei, und schießt schnell«, rief sie. »Sie kommen von links.«

Sie ließ einen weiteren Pfeil fliegen, der einen Magier am Arm traf. Seine Flügel flackerten, stabilisierten sich wieder und verschwanden ganz. Mit einem gedehnten »Nein« stürzte er ab und schlug im zerstörten Dach des Westflügels ein.

Wieder flogen die Pfeile. Zwei verfehlten ihre Ziele, aber inzwischen waren ein halbes Dutzend Magier gelandet. Sie warfen ihre Flügel ab, rückten schnell vor und bereiteten unterwegs ihre Sprüche vor. Ren spürte, wie die Gildeelfen von Panik ergriffen wurden. Sie feuerte noch einmal und traf einen weiteren Magier ins Auge.

»Schießt weiter, schießt«, drängte sie.

Doch die Magier wollten sie nicht angreifen. Sie bewegten sich zu den Türen auf der rechten Seite. Feuerkugeln flogen, und die Türen barsten nach innen. Immer neue Kugeln flogen, und der Obstgarten war voller Flammen.

Zwanzigstes Kapitel

»Der Schutzzauber!«, rief Hirad, als es hinter ihnen Glas und Balken regnete.

Vor ihnen griffen die Dordovaner wieder an. Im Obstgarten war helles Licht zu sehen, und man hörte Schreie.

»Ilkar!«, rief der Unbekannte, »nimm den Schild weg und sieh dich hinten um.«

»Nein und ja«, sagte Ilkar.

Hirad wich einem schwachen Angriff aus und trieb dem Gegner sein Schwert in die Brust. Hinter ihm explodierten weitere Sprüche.

»Unbekannter!«, rief er, während er einen Schlag abwehrte. »Zweite Rückzugsposition.«

»Noch nicht. Mach weiter. Wir können sie hier noch aufhalten.«

Und tatsächlich, es gelang ihnen. Die Protektoren verbreiteten Angst und Schrecken in den Reihen der angreifenden Dordovaner, ihre Magier konnten keine Sprüche abfeuern, weil sie im Gedränge sonst ihre eigenen Männer getroffen hätten, und nachdem die Toten und

Verletzten fortgeschleppt worden waren, war der Boden glitschig von ihrem Blut.

»Bericht, Ilkar«, sagte der Unbekannte, während er mit dem Dolch zustieß. Aeb hackte einem Dordovaner den Schwertarm ab, zog sich dabei aber einen Schnitt am rechten Arm zu.

»Die Gildeelfen sind geschlagen, Magier besetzen den Garten. Ich halte die Tür.«

»Der Rabe, eng zusammenbleiben«, rief der Unbekannte. »Und noch einmal, los!«

Hirad brüllte, schlug zu und achtete nicht auf seine protestierenden Muskeln.

Lyanna war sehr unglücklich. Sie hatte versucht, am Tisch sitzen zu bleiben, Figuren zu malen und mit ihrer Puppe zu spielen, aber der Krach ringsum war schrecklich. Sie hatte zugesehen, wie die alten Frauen in den Betten Geräusche machten, als wären sie verletzt worden, während es knallte, dass die Tassen auf dem Tisch klirrten und der Boden unter ihrem Stuhl wackelte.

Sie wusste, dass dies alles mit Magie zu tun hatte. Sie konnte es spüren, verstand aber nicht, wie es gemacht wurde, und wenn sie versuchte, in die Köpfe der alten Frauen zu kommen, stieß der Wind sie weg, und sie bekam Kopfschmerzen. Sie weinte leise und hoffte, einer der komischen Männer würde kommen und nach ihr sehen, aber sie standen nur da und beobachteten die Fenster und die offenen Türen zum Ballsaal und zum Esszimmer.

Der magische Lärm hatte jetzt aufgehört, aber die alten Frauen waren ganz still geworden. Sie atmeten noch, aber ihre Gesichter sahen nicht richtig aus. Sie waren feucht und ganz weiß. Lyanna stand auf und ging zu ihnen.

»Ephy?«, sagte sie. Sie kniete sich vor die gebrechliche Elfenfrau. »Geht es dir nicht gut, Ephy?«

Ephemeres Augen öffneten sich flatternd, und sie versuchte zu lächeln. Sie hob die Hand, und Lyanna konnte sehen, dass die Hand zitterte, als sie ihre Wange streichelte.

»Wir sind so müde, Lyanna«, sagte Ephemere. »Ist es in Ordnung, wenn wir eine Weile schlafen?«

»Aber Mami hat gesagt, ich könnte zu euch kommen, wenn ich Angst habe«, sagte Lyanna.

»Bald«, versprach Ephy, und ihre Hand sank kraftlos herunter. »Sehr bald schon«, sagte sie mit brüchiger Stimme.

Lyanna stampfte mit dem Fuß auf. Das war gemein. Es war niemand da, der ihr half, und sie brauchte jetzt jemanden. Sie brauchte Mami. Sie wusste, was man ihr gesagt hatte, aber das war egal. Sie ging zur Tür, die zum Esszimmer führte. Einer der maskierten Männer stand davor. Sie wollte sich an seinen Beinen vorbeischieben, aber er legte ihr eine Hand auf die Schulter und sah sie an.

»Du sollst hier bleiben«, sagte er. »Es ist gefährlich da draußen.«

»Nein«, sagte Lyanna. Sie wurde wütend. »Ich will sofort zu meiner Mami. Ich habe Angst.«

»Hier in der Küche ist es sicherer«, widersprach der Mann. »Ich darf dich nicht hinauslassen.«

Lyanna wich zurück, und der Mann ließ ihre Schulter los. Sie wollte an ihm vorbeilaufen, doch er hielt sie mühelos auf und stieß sie energisch zurück.

»Nein!«, rief sie. »Lass mich gehen!«

Der Mann hockte sich hin und sah sie an, und sie konnte ihm in die Augen sehen. Sie waren schrecklich, als sei ein Teil von ihm nicht mehr da.

»Deine Mutter wird sehr böse sein, wenn du hier weggehst. Du musst hier bleiben.«

»Du darfst mich gar nicht aufhalten«, sagte Lyanna. Sie verstand nicht genau, was sie sagte, sie wusste nur, dass es richtig war. »In deiner Nähe sind Dinge, die dir wehtun können.«

Der Mann zuckte zusammen. »Bleibe bitte hier.«

»Ich will aber nicht.«

Der Mann schwieg eine Weile. Hinter ihr kamen all die anderen Männer auf sie zu. Lyanna bekam noch mehr Angst. Sie sah sie an, die riesigen, fremden Männer. Sie wollten sie aufhalten. Vielleicht wollten sie ihr sogar wehtun. Das war nicht nett.

»Ich habe es dir gesagt, aber du wolltest ja nicht hören«, sagte Lyanna. Auf einmal fühlte sie sich losgelöst von ihrem Bewusstsein und ihrem Körper. »Und ich bleibe nicht hier, ich bleibe nicht hier.«

Der Wind in ihrem Kopf wurde lauter, und sie hörte ein Plappern. Da waren die Dinge, und es gab einen Weg, sie freizulassen, es war ganz einfach.

Der Mann vor ihr presste die Hände an die Schläfen und kreischte. Er kippte um und wand sich auf dem Boden, seine Beine zuckten wild, er zitterte und wälzte sich hin und her. Lyanna wich zurück und sah die anderen Männer an, die reglos in der Küche standen und die Hände zu Fäusten ballten und wieder öffneten. Ihr Kinn bebte, und sie begann zu weinen, als sie die Laute hörte, die der Mann machte. Er hörte nicht zu kreischen auf.

»Es tut mir Leid«, sagte sie. Dann rannte sie ins Esszimmer. »Es tut mir Leid, Mami!« Ihre Schreie hallten durch das umkämpfte Haus.

Aeb zögerte neben dem Unbekannten und konnte einen Hieb erst im letzten Augenblick abwehren. Die Schwertspitze traf seine Hüfte, und er grunzte vor Schmerzen.

»Aeb, Aeb«, sagte der Unbekannte. Er schlug heftig um sich, um die Dordovaner auf Abstand zu halten. Sie drangen auf ihn ein, und er und Hirad wurden müde. Hinter ihnen hielt Ilkar den Schild gegen die Magier im Obstgarten. Er verließ sich auf die unerschütterliche Kraft der Protektoren, doch sie waren deutlich langsamer geworden, griffen nicht mehr mit der gewohnten Kraft an. »Aeb, sprich.«

Der Protektor schüttelte den Kopf und trieb eine Axt in die Schulter des Gegners vor ihm.

»Lyanna hat sich aus der Küche befreit«, sagte er. »Sie hat die Strafe der Dämonenkette verhängt.«

»Was?« Der Unbekannte stach zu, doch sein Angriff wurde abgewehrt. Er konnte nicht glauben, was er hörte.

»Unser Bruder leidet. Wir spüren seinen Schmerz. Es ist … es lenkt uns ab.«

Die Protektoren waren einen halben Schritt zurückgewichen und zwangen den Unbekannten und Hirad, ihrem Beispiel zu folgen. Sie liefen Gefahr, ihre Position sehr schnell zu verlieren. Immer mehr Dordovaner drängten nach, und ihr Selbstvertrauen stieg. Hirad verrenkte sich das Handgelenk, als sein Schwert gegen die Waffe eines Gegners prallte. Er hatte einen frischen Schnitt auf der vernarbten Wange.

»Erienne!«, rief der Unbekannte. »Beende deinen Spruch und gehe in den Ballsaal. Ilkar, begleite sie. Lyanna ist draußen.«

Erienne stand auf, schleuderte Feuerkugeln über die Köpfe des Raben hinweg und hielt nicht einmal inne, um zu sehen, wo sie landeten, sondern drehte sich sofort um und rannte den Flur hinunter.

»Ich kann die Tür nicht aufgeben«, sagte Ilkar.

»Geh!«, rief der Unbekannte. »Sichere den zweiten Rückzugspunkt. Sage Darrick, dass wir kommen.«

Eriennes Feuerkugeln schlugen ein und deckten die dritte Reihe der Dordovaner mit Flammen ein. Neue Brände entstanden im ohnehin schon verkohlten Fachwerk des Hauses. Die Panik trieb die Dordovaner vor die Waffen des Raben. Der Unbekannte stieß dem Mann vor ihm die Klinge in die Seite und zog ihm den Dolch quer über den Hals. Neben ihm duckte sich Hirad und schlug nach den Beinen des Gegners. Die Protektoren erwachten wieder zum Leben und griffen mit erneuerter Kraft an.

»Auf mein Kommando aus dem Kampf lösen«, sagte der Unbekannte. Er hörte, wie Denser hinter ihm aufstand. »Jetzt!«

Ein Schritt zurück, dann drehten sie sich um und rannten. Der Unbekannte war zwar langsam, doch zwei Protektoren nahmen ihn in die Mitte und trugen ihn.

»Magier im Ballsaal. Magier folgen uns durch den Obstgarten«, sagte Aeb. Seine Stimme war trotz des Durcheinanders ruhig.

»Bei den Göttern«, murmelte der Unbekannte. »Denser, halte den Schild oben.« Er starrte nach vorn, als sie um die Ecke bogen und den Flur zum Obstgarten überblicken konnten.

»Darrick!«, brüllte der Unbekannte. »Zweite Rückzugsposition. Ärger im Ballsaal. Wir haben den Obstgarten verloren.«

Darrick war vor ihnen, sein Schwert bewegte sich eifrig, während er einen Angriff aus dem ersten Flügel abwehrte. Der Gang brannte, das Feuer breitete sich an der Wand zum Obstgarten in Richtung Ballsaal aus, die Hitze war kaum zu ertragen. An den Eingängen zu den beiden anderen Flügeln waren die Protektoren in heftige Kämpfe verwickelt.

Der Unbekannte sah Ilkar und Erienne am dritten Gebäudeflügel vorbeilaufen. Einige Augenblicke später ertönte eine Detonation, und eine Feuerwalze schlug ein. Die vier Protektoren, die dort standen, hatten keine Chance. Sie wurden gegen die Wand geschleudert, ihre Körper verbrannten, und sie waren tot, bevor sie zu Boden sanken. Flammen loderten unter der Decke, und das Nachbeben der Explosion löste den Putz von den Wänden, dessen Staub sich mit dem erstickenden Rauch mischte. Die Dordovaner drängten von beiden Seiten in die Lücke.

Noch bevor er etwas sagen konnte, ließen die Protektoren den Unbekannten los und rannten mit Hirad weiter. Die Rückendeckung blieb dem Unbekannten, Aeb, Darrick und Denser überlassen. Er betete, dass Hirad vor ihnen nicht zu schnell durchbrach, denn sonst saßen sie in der Falle.

Lyanna blieb mitten im dunklen Ballsaal stehen. Hier waren noch mehr maskierte Männer, die sich genau wie die in der Küche nicht bewegten. Sie wusste nicht genau, was sie gerade eben getan hatte, aber sie wusste, dass es falsch war, und sie hatte keine Ahnung, wie sie es wieder gut machen konnte.

»Mami, wo bist du?«, heulte sie. Sie hielt sich an der Puppe fest.

Auf der anderen Seite des Ballsaales hörte sie Leute rufen; dort wurde gekämpft, und die Flammen zuckten und loderten hoch. Dort mussten Mami und Papi sein, die dabei halfen, dass ihr nichts passierte. Unschlüssig nagte sie an der Unterlippe. Sie sollte eigentlich zu den alten Frauen in die Küche zurückkehren und sehen, ob es dem komischen Mann wieder besser ging. Aber sie wollte auch bei Mami sein. Wahrscheinlich wurde ihre Mami gar nicht so wütend, aber Lyanna wollte nicht noch mehr Schelte bekommen.

Jetzt passierte etwas. Sie blickte zur Decke des Ballsaales hoch, in der ein großes Loch klaffte. Der Himmel war stark bewölkt, und es würde bald wieder stark regnen, aber das war es nicht, was ihre Aufmerksamkeit erregte. Männer mit Flügeln kamen durch das Loch herunter. Einer von ihnen trug sogar einen anderen Mann in den Armen.

Es waren sechs, und Lyanna beobachtete sie und wünschte, sie könnte fliegen wie sie. Links und rechts von ihr setzten sich zwei Männer mit Masken in Bewegung. Sie kamen zu ihr. Sie kreischte und rannte weg, und die Männer verfolgten sie. Einer hob sie auf, während der andere zu den fliegenden Männern ging. Sie landeten, die Flügel verschwanden, und der Mann, der getragen worden war, zog ein langes Schwert. Sie wollte sich befreien, aber der Mann mit der Maske hielt sie fest.

»Mami, hilf mir!«, rief sie. »Hilfe!«

Es wurde kalt im Raum, und der erste Mann stürzte. Derjenige, der sie trug, rannte zur Tür des Ballsaales. Wenn sie laut genug schrie, würde ihre Mami sie hören.

Ilkar rannte hinter Erienne und schaffte es nicht, zu ihr aufzuschließen.

»Erienne, langsam! Die Protektoren erledigen das!«, rief er, doch sie wollte nicht hören.

Als sie noch zwanzig Schritt von der Tür des Ballsaales entfernt war, tauchte ein Protektor auf. Er hatte die kreischende Lyanna in den Armen. Er rannte, aber mitten in der Bewegung zuckte er heftig und stürzte nach vorn. Ilkar spürte den kalten Hauch, der einem Eiswind folgte. Der Protektor hatte Lyanna mit seinem Körper geschützt. Er brach zusammen, das Mädchen war unter ihm begraben. Die Kleine schrie und wand sich, doch er war zu schwer, und ihre Beine steckten fest.

»Lyanna!«, rief Erienne und wurde noch schneller.

Ilkar lief ihnen hinterher und betete, dass Hirad ihnen folgte. Die Götter mochten wissen, wie viele Feinde inzwischen im Ballsaal waren. Er rannte jetzt mit voller Geschwindigkeit, doch die Zeit schien zu kriechen. Ein dordovanischer Magier, der noch die Schattenschwingen auf dem Rücken hatte, kam durch die Tür heraus, sah sich um und blieb stehen, um den Körper des Protektors beiseite zu ziehen. Erienne stürmte weiter und rief immer wieder Lyannas Namen. Die Kleine streckte ihrer Mutter die Arme entgegen und flehte um Hilfe, doch Erienne würde sie nicht rechtzeitig erreichen.

Hinter Ilkar ertönte eine Explosion. Auf einmal wurden seine Gedanken schrecklich klar. Vor ihm beugte sich ein dordovanischer Magier hinunter, um das Kind der Nacht zu schnappen und nach Dordover zu bringen, wo die Bedrohung durch den Einen Weg ein für alle Mal beseitigt werden sollte. Es wäre leicht, den Magier das Kind nehmen zu lassen und ihn nicht aufzuhalten. Er musste nur den Versuch eines Eingreifens demonstrieren, damit niemand ihm einen Vorwurf machen konnte, wenn Lyanna verloren wurde. Das konnte die Kollegien retten. Es konnte das gerade wieder entstehende Julatsa retten.

Für einen julatsanischen Magier war es die einzige Entscheidung, die er überhaupt treffen konnte. Was hatte der Unbekannte über ihn gesagt? Er würde sich nicht in den Weg stellen, wenn jemand anders das Kind zu töten versuchte. Was bedeutete, dass ihm die Rettung seines Kollegs wichtiger war das Leben des Mädchens.

Zum Teufel damit.

Ilkar wusste nicht einmal, was in ihn fuhr. Es war etwas, das zu versuchen er sich nicht einmal in seinen Träumen vorgestellt hätte, doch sein Unterbewusstsein gab dem Körper Anweisungen, ohne den rationalen Teil seines Bewusstseins zu fragen. Er zog das Schwert, seine einzige Waffe, und schleuderte es durch den Flur. Die Zeit schien still zu stehen.

Das Schwert drehte sich um sich selbst. Es war kein großartiger Wurf, aber er erfüllte seinen Zweck. Es prallte von der Wand zum Obstgarten ab und traf den Magier mit der flachen Seite. Der Dordovaner taumelte zurück, seine Konzentration und die Schattenschwingen waren dahin. In diesem Moment erreichte Erienne Lyanna und zog sie unter dem toten Protektor hervor. Der dordovanische Magier rappelte sich wieder auf, doch inzwischen hatte Ilkar ihn erreicht, packte ihn und taumelte mit ihm zusammen zurück in den Ballsaal.

Hirad hackte dem nächstbesten Dordovaner das Schwert in den Hals und durchtrennte Schlagader und Luftröhre. Der Mann brach im Flur zusammen, aus dem er gekommen war. Neben ihm holte ein Protektor zu einem Überkopfschlag aus und spaltete dem nächsten den Helm und den Kopf darunter. Er ließ die Waffe stecken, riss das Schwert aus der Scheide und trieb es hüfthoch in den Leib eines dritten.

Der Barbar brüllte, das Blut rauschte in seinen Adern, er war voller Energie und sehr, sehr wütend. Er wehrte einen Schwerthieb gegen seine Hüften ab und verpasste dem Mann einen Faustschlag auf die Nase. Von seinem eigenen Schwung weitergetragen, drehte er sich um, traf mit dem linken Ellenbogen und dann mit dem rechten noch zweimal das Gesicht des Gegners und brachte ihn durch einen Rückhandschlag mit der rechten Faust endgültig zur Strecke. Der Dordovaner ging mit blutigem, zerschmettertem Gesicht zu Boden, und dann war Hirad mitten zwischen den Feinden, ehe sie wussten, wie ihnen geschah.

»Kommt schon, ihr Hunde.«

Er wandte sich dem nächsten Gegner zu, zog das Schwert herunter und traf die Stirn des Mannes. Der Knochen platzte auf, und die Gehirnmasse quoll aus dem zerschmetterten Schädel. Er trat in Hüfthöhe zu, um den Toten wegzudrücken und freie Bahn zu haben.

»Ilkar, ich komme!«

Vor ihm waren noch mehr Dordovaner. Zwei Protektoren rannten an ihm vorbei und nahmen sich die Gegner vor, die Erienne und Ilkar verfolgen wollten. Hirad schloss zu ihnen auf; er sah nur noch rot, und suchte sich den nächsten Gegner aus.

»Los doch, bewegt euch!«, rief Denser, der mühsam den harten Schild hielt, von dem ständig Pfeile und Armbrustbolzen abprallten. »Bleibt hinter mir und greift nur an, wenn sie nicht mehr als ein paar Schritte entfernt sind.«

Der Unbekannte humpelte den Gang hinunter, Aeb schützte seine linke und Darrick seine rechte Seite. Hirad war vor ihnen und stiftete Verwirrung unter den

Dordovanern, die aus den Seitengängen kamen. Sie wussten nicht, wen sie angreifen sollten. Aeb erleichterte ihnen die Entscheidung, indem er sich einschaltete und einen Dordovaner mit einem sauberen Axthieb enthauptete.

Der Unbekannte ignorierte seine Verletzungen und rannte ihnen hinterher. Bei jedem Schritt wurde ihm fast schwindlig vor Schmerzen.

»In die Küche. Dritte Rückzugsposition. Dritte Rückzugsposition!«

Aeb blockte mit dem Schwert ab, schlug tief mit der Axt zu und durchtrennte das Bein eines dordovanischen Magiers, der zu Boden sank und den blutigen Stummel umklammerte. Der Protektor hackte ihnen den Weg frei, doch sie waren in der Unterzahl. Der Unbekannte drängte sie weiter.

»Denser, bleib bei mir«, quetschte er hervor. Jeder Schritt ließ einen stechenden Schmerz durch sein verletztes Bein bis in den Rücken schießen.

»Ich bin hinter dir, Unbekannter. Ich sage dir, wann du rennen musst.«

Der Unbekannte erreichte die Kampfzone und lenkte die Aufmerksamkeit von zwei Soldaten auf sich. Mit erhobenem Schwert ging der Erste auf ihn los. Der große Mann war langsam, aber ein Krüppel war er nicht. Er holte rechts aus, zog das Schwert nach links und schlitzte dem Mann den Bauch auf, als dieser gerade den tödlichen Schlag loslassen wollte. Der zweite Gegner war vorsichtiger, doch er wurde von Aeb abgelenkt, dessen Axt knapp an seiner Nase vorbei in die Schulter eines dritten Dordovaners fuhr. Der Unbekannte ergriff seine Chance und warf den Dolch, den der Soldat im letzten Moment abwehren konnte, doch dadurch war seine

Deckung völlig offen. Der Rabenkrieger stieß ihm das Schwert in den Bauch. Inzwischen war dem Unbekannten übel vor Schmerzen. Die Stiche liefen in Wellen seinen Rücken hinauf bis in den Kopf, und er war der Ohnmacht nahe.

»Lauft!«, rief Denser.

Der Unbekannte sah sich um und schluckte schwer. Die Dordovaner griffen jetzt in großer Zahl an, sie verzichteten auf die Fernwaffen und wollten die Gegner durch ihre schiere Überzahl überrennen. Darrick rannte an ihm vorbei und rief etwas, das er nicht verstand.

»Aeb, wir müssen laufen«, sagte der Unbekannte.

»Ja.« Aeb knallte einem Soldaten den Schwertgriff ins Gesicht und schob ihn gegen die Meute, die ihm folgte.

Dann drehte er sich um, fasste den Arm des Unbekannten und rannte mit ihm den Flur hinauf.

»Macht die Türen auf!«, rief der Unbekannte. Er musste gegen den Drang ankämpfen, sich vor Schmerzen zu übergeben. Er wusste nicht, wie lange er noch stehen konnte, vom Rennen ganz zu schweigen.

Hinter ihnen holten die Dordovaner rasch auf. Es wurde sehr knapp.

Ilkar rollte sich ab und landete auf dem Dordovaner. Er knallte dem Magier beide Fäuste ins Gesicht und hörte, wie sein Hinterkopf auf die Bodenplatten schlug und sein Körper erschlaffte. Hinter ihm stolperte Erienne aus dem Ballsaal. Er sah sich um. Überall Dordovaner.

»Bei den Göttern«, sagte er. Er stand auf, stürzte geduckt zum nächsten Magier und hoffte, er werde es schaffen, bevor der Gegner seinen Spruch vorbereitet hatte.

Lyanna klammerte sich an ihre Mutter, die mit ihr zusammen durch den Ballsaal in Richtung Küche lief. Auf einmal tauchte der Mann mit dem Schwert auf und schlug Erienne von der Seite ins Gesicht. Sie stürzte schwer, Lyanna flog kreischend aus den Armen ihrer Mutter und rutschte über den Boden des Ballsaales. Sie weinte nicht, sondern stand gleich wieder auf und wollte zu Erienne zurück, doch der Mann hielt sie auf und stieß sie weg.

»Du fährst nach Hause und wirst dort sterben, Kleine. Aber vorher sollst du noch sehen, wie ich dein Miststück von Mutter umbringe.«

Seine Stimme war nicht richtig, aber sie verstand ihn trotzdem.

»Du darfst meiner Mami nichts tun«, sagte sie. Dann noch einmal, viel lauter und kreischend: »Du darfst meiner Mami nichts tun!«

Ilkar taumelte unter dem enormen Druck des Mana, als er sich auf das Spektrum einstellen und im Laufen einen Spruch vorbereiten wollte. Vor ihm wiegten sich sechs Magier im Takt und hatten die Hände auf die Ohren gepresst. Was sie auch wirken wollten, es war vergessen. Ilkar hätte sie am liebsten auf der Stelle getötet, doch der Sturm, der im Mana tobte, zwang ihn auf die Knie. Er tastete umher und suchte Hilfe. Hirad stürzte durch die Tür, gefolgt von einigen Protektoren, und inmitten von allem war Lyanna, in die das Mana-Licht strömte.

Hirad sah Selik vor der am Boden liegenden Erienne stehen, als er in den Ballsaal stürmte. Lyanna stand allein in der Nähe und kreischte, doch um das Kind konnte er sich jetzt nicht kümmern.

»Selik!«, rief er, als er in den Raum eindrang. »Ich wusste doch, dass es noch eine weitere Gelegenheit geben würde.«

Der Anführer der Schwarzen Schwingen drehte sich, das Schwert in der Hand, zu ihm um. Sein verschmiertes Gesicht verzog sich zu einem garstigen Lächeln.

»Mir war klar, dass ich hier nicht lebend herauskomme, aber wenigstens habe ich dem Raben das Herz aus dem Leib gerissen. Erst dir und dann der Hexe.« Er trat zu und traf ihren Bauch. Erienne krümmte sich und stöhnte, Lyanna schrie noch lauter.

»Träum weiter, Schwarze Schwinge«, knurrte Hirad. Er rannte los.

Alle noch vorhandenen Glasscheiben im Haus zersprangen in tausend Stücke. Der Putz, der noch an den Wänden hing, bekam Risse und fiel herunter. Balken rissen, Dachschindeln regneten herunter, unter ihnen bebte der Boden.

Ein gewaltiger Wind heulte durchs Haus. Die Mauern des Obstgartens explodierten förmlich, der Gang neigte sich, das Dach wellte sich und stürzte ein. Hirad und Selik wurden von den Beinen geworfen. Der Barbar rollte sich ab, sah Lyanna stocksteif inmitten des Durcheinanders stehen, und dann bemerkte er Ilkar, der vor Schmerzen schrie. Das Blut lief ihm aus Nase und Ohren.

Der Wind riss ihm die Worte von den Lippen, doch Hirad konnte sehen, wie Ilkar litt.

»Ilkar!« Der Elf konnte ihn nicht hören. Hirad musste ihn in Sicherheit bringen.

Er kam mühsam auf die Beine und kämpfte gegen den schneidenden Wind an, um die paar Meter zu seinem Freund zu überwinden, der zusammengerollt und mit verzerrtem Gesicht am Boden lag. Er wollte noch einmal rufen, doch es war sinnlos. Er sah sich um. Den dordovanischen Magiern erging es nicht besser. Dann fiel sein Blick auf Lyanna. Wenn man sie nicht aufhielt, würden alle Magier im Haus sterben.

Denser stürzte, als der Boden sich hob und ein Riss entstand. Der Unbekannte drehte sich um und half ihm, während über ihnen das Dach abgerissen wurde und auf ganzer Länge zusammenbrach. Überall regneten Balken und Dachziegel herab. Der dordovanische Angriff war zum Erliegen gekommen, die Männer schützten ihre Köpfe mit erhobenen Händen und rannten nach rechts und weiter nach hinten, um den Zerstörungen zu entgehen.

Ein Stück Holz traf die Schulter des Unbekannten, als er sich vorbeugte, um den liegenden Magier aufzuheben. Vor Schmerzen drehte sich alles in seinem Kopf. Ein Wind, wie er ihn noch nie gehört oder gespürt hatte, drückte ihn auf den Boden, bis sein Gesicht dicht neben dem des Xeteskianers lag.

»Denser, was ist das?«, rief er.

»Lyanna«, knirschte der Magier durch zusammengebissene Zähne. Ein Blutfaden rann aus seiner Nase. »Erienne muss sie abschirmen. Sie zieht alles in sich hinein, aber sie wird … sie kann es nicht halten. Bring sie in die Küche zu den Al-Drechar.«

Der Unbekannte glaubte zu verstehen.

»Darrick, hilf mir!«

»Nein«, brüllte Darrick ihm ins Ohr. »Ich muss Ren finden. Ich kann sie nicht da draußen lassen.« Er rannte zum Obstgarten.

Der Unbekannte hob Denser auf und drehte sich um.

Aeb kämpfte sich zur Tür des Ballsaales durch. Der große Mann torkelte ihm hinterher, drehte das Gesicht in den Sturm und hob einen Arm, um die Putzbrocken abzuwehren, die ihm entgegenflogen.

Drinnen war der Lärm sogar noch größer.

Aeb, wenn du mich hören kannst, bringe das Mädchen und Erienne her. Wir müssen sie zu den Al-Drechar schaffen.

Aeb blickte zum Unbekannten und nickte. Sofort drehten sich einige Protektoren um und krochen über den Boden herbei. Einer legte einen riesigen Arm um Lyanna, zwei andere hoben Erienne auf. Hinter dem Unbekannten rückten die Dordovaner wieder vor. Sie stemmten sich gegen den Wind und bahnten sich zwischen ihren gefallenen Kameraden einen Weg durch den Schutt. Lyanna hatte den Verteidigern etwas Zeit erkauft, doch nach ihrem schmerzvoll verzogenen Gesicht zu urteilen, zerstörte dies auch ihr Bewusstsein.

Einundzwanzigstes Kapitel

Die Küche war eine Oase der Ruhe, doch es brachte die Al-Drechar beinahe um, die Abschirmung zu halten. Alle drei saßen jetzt aufrecht im Bett und fassten sich bei den Händen. Sie schoben den Schild nach außen, schafften es aber kaum bis über den Tisch im Zentrum des Raumes hinaus. Draußen tobte das Mana. Alles, was nicht gesichert war, wurde mitgerissen und gegen die Wände oder den Schild gedrückt. Tassen zersprangen in tausend Stücke, Stühle zerfielen zu streichholzgroßen Splittern, der Tisch war durch den Raum gerutscht und hätte sie beinahe zerquetscht.

Ephemere bemühte sich, Lyanna mit dem Bewusstsein zu erreichen und hinter die Abschirmung zu holen, um sie zu beruhigen. Doch das Mädchen war zu weit weg und zu verwirrt. Für Erienne war jetzt der entscheidende Moment gekommen, den sie nicht versäumen durfte.

Die Tür zum Ballsaal wurde aufgestoßen. Der Protektor, der sie verteidigte, machte einen Ausfallschritt, doch statt zuzuschlagen, zog er Hirad und Ilkar herein.

Hinter ihnen drückte er die Tür wieder zu und hielt sich bereit. Reglos und unbeeindruckt stand er da, knapp innerhalb der Grenze der Abschirmung, während der Sturm an seinen Kleidern zerrte.

»Wo ist sie, Ephy?«, stöhnte Myriell. »Wir können uns nicht mehr lange halten.«

»Draußen«, keuchte Hirad. »Sie sind noch draußen.« Er sah auf Ilkar hinab, der glücklicherweise noch atmete, und rannte zur Tür.

»Beeile dich, Hirad«, sagte Ephemere. »Beeile dich.«

Doch es war nicht nötig. Er stieß beinahe gegen einen Protektor, der mit Lyanna auf den Armen in die Küche stolperte. Er sprang in die Abschirmung des Schildes zurück, und das Heulen, Splittern und Reißen hörte auf, als habe jemand ein Seil durchtrennt und einen Vorhang fallen lassen. Der Schild der Al-Drechar unterbrach auch den Zustrom des Mana in Lyannas Bewusstsein. Sie war noch nicht weit genug ausgebildet, um das Netz zu umgehen, das die Al-Drechar gesponnen hatten.

Schritte waren zu hören und wurden lauter, als die Dordovaner sich zum letzten Angriff sammelten. Der Unbekannte humpelte mit Denser herein und wurde dabei von Aeb gestützt. Dicht hinter ihnen folgten zwei Protektoren, die Erienne trugen.

Der gepeinigte Protektor lag tot auf dem Boden, ein Bruder hatte ihn getötet. Für ihn und seine Seele war es ein Segen und eine Befreiung.

»Blockiert die Türen da«, sagte der Unbekannte. »Wir haben keine Zeit mehr.«

»Jetzt muss es sein, Erienne«, murmelte Denser. »Lebe wohl, meine Liebe.«

Der Unbekannte setzte ihn ab und zog den Tisch vor, um den Eingang zum Ballsaal zu blockieren. Denser kroch zu Erienne, die sich benommen hochdrückte. Dann blickten sie beide zu Lyanna, die steif wie ein Brett in den Armen des Protektors lag, der sie gerettet hatte.

»Lasst sie, verteidigt uns«, sagte Denser.

»Ja, mein Meister«, sagte der Protektor und legte das Mädchen auf den Boden.

»Erienne?«, sagte Ephemere sanft. »Du weißt, was du zu tun hast.«

Erienne nickte, nahm ihr Kind in die Arme, lehnte sich bei Denser an und bereitete sich darauf vor, in den Geist des Einen einzudringen – in dem Wissen, dass sie niemals zurückkehren würde.

Darrick lief geduckt zur Nordtür des Obstgartens. Er hielt sich im tiefen Schatten abseits der Brände, die in den Bäumen des Gartens wüteten. Rings um ihn waren nach dem Abebben des Mana-Sturms alle Geräusche doppelt laut. Die Dordovaner hörte er hinter sich rufen, vor ihm war es ruhig. Er erreichte die Tür, die gesplittert im Rahmen hing, und schlich durch das Viereck, hinter dem die Flammen loderten. Im Garten rannte er zur Mauer auf der rechten Seite, die von Lyannas kurzem, aber heftigem Mana-Ausbruch zertrümmert worden war.

Eilig huschte Darrick von Schatten zu Schatten und hatte Mühe, sich in der jetzt sehr fremdartigen Landschaft zu orientieren. Die meisten Bäume waren umgestürzt, viele waren von den Feuerkugeln eingeäschert worden, und die Brände fraßen sich langsam durch die feuchte Borke der Bäume, die noch standen. Das blau gesäumte, orangefarbene und gelbe Licht sprang und tanzte im natürlichen Wind, der durch den weiten, offenen Bereich wehte. Bisher hatte er die verkohlten Körper von vier Magiern und einem männlichen Elf gesehen.

Rechts von ihm liefen die Dordovaner durch den zerstörten Flur zum Ballsaal. Es waren zu viele. Selbst wenn die Protektoren in der Küche standen und der Rabe sie verstärkte, waren es zu viele Feinde. Es war nur eine Frage der Zeit, bis sie überwältigt wurden.

Darrick schalt sich einen Narren. Er hatte das Ausmaß des magischen Angriffs der Dordovaner im Obstgarten erheblich unterschätzt, und jetzt lag es bei ihm, die Dinge wieder ins Lot zu bringen. Wenn es ihnen gelungen wäre, den Obstgarten zu verteidigen, hätten sie ihre Position bequem halten und die Dordovaner langsam aufreiben können. Er hatte wirklich das Gefühl gehabt, dass sie siegen konnten und dass Erienne schließlich genug Freiraum bekäme, um zu tun, was sie tun musste. Jetzt war es ein Verzweiflungskampf. Und wenn die Dordovaner in die Küche durchbrachen, dann war alles zu spät.

Der General aus Lystern ging weiter zur Südtür. Dort lagen fünf weitere tote dordovanische Magier. Pfeile hatten sie vom Himmel geholt, und ihre Kehlen waren durchgeschnitten worden, ehe die Flammen ihre Körper verzehrten. Darrick kniete beim Letzten nieder und sah sich um. Mindestens ein Elf hatte überlebt und konnte noch sein Messer führen.

Er wartete und lauschte auf Bewegungen. Auf einmal spürte er die Spitze eines Pfeils am Hals.

»Ich sollte dich lehren, dich vorsichtiger zu bewegen«, sagte Ren und zog den Pfeil zurück. »Was tust du hier?«

Darrick sah sich um. Ren stand direkt hinter ihm, bei ihr war noch ein weiterer Elf. Sie hatte eine hässliche Verbrennung auf der rechten Wange, aus einem tiefen Schnitt hinter dem linken Ohr rann Blut. Sie zitterte.

»Ich suche dich«, sagte Darrick. »Die Dordovaner sind bis zur dritten Verteidigungsposition vorgestoßen. Der Rabe kann sich nicht mehr lange halten. Wir müssen etwas tun. Hast du vielleicht eine Idee?«

Ren nickte. »Ja, ich habe eine Idee.«

Die sechs überlebenden Protektoren verteilten sich auf die Türen. Der Unbekannte hatte den Tisch davorgestellt, und die breite Platte bedeckte die Tür vollständig. Zwei Protektoren lehnten sich dagegen, sodass der Durchgang zum Esszimmer der einzige Weg für einen Angriff war. Die Dordovaner benutzten ihn.

Unerbittlich kamen die Schläge und zersplitterten die Balken. Die Protektoren standen da und warteten, Hirad war hinter ihnen. Seine Lungen fühlten sich an, als würden sie gleich explodieren, ein Stück Putz war ihm auf den Kopf gefallen, und sein Schädel tat weh. Hinter ihm opferte Erienne ihr Leben für ihr Kind, und er war bereit, das Gleiche zu tun, damit sie ihre Aufgabe erfüllen konnte. Neben sich hörte er das Tippen einer Klinge auf den rissigen Bodenfliesen. Der Unbekannte erwiderte entschlossen seinen Blick.

»Bist du bereit?«, fragte Hirad.

»Was denkst du?«, sagte der Unbekannte.

»Was ist mit Darrick passiert?«

»Er hat gerufen, er wolle Ren suchen. Das sollte er auch. Schließlich hat er sie da draußen postiert.«

»Oh«, sagte Hirad. »Er wäre ein guter Kämpfer für den Raben.«

»Falls er überlebt«, sagte der Unbekannte. »Was ich bezweifle.«

Die Klinge des Unbekannten tippte nicht mehr. Aeb war links neben ihm, Hirad auf der rechten Seite, und die übrigen Protektoren standen bereit, um den Gegnern ein tödliches Willkommen zu bieten. Die Küchentür splitterte, und dann kamen sie.

Darrick, Ren und Aronaar, der zweite noch lebende Elf der Gilde, rannten durch den gespenstisch leeren Flur zum Haupteingang. Überall lagen Leichen, wie sie gefallen waren, Blutlachen machten den Boden glitschig, und aus Richtung der Küche waren Kampfgeräusche zu hören.

Ren hob eine Hand und hielt die anderen auf.

»Da unter den Bäumen auf der anderen Seite. Ein Feigling, wie er im Buche steht.«

Darrick konnte Vuldaroq ausmachen, der von drei Magiern und zwei Soldaten beschützt wurde. Er saß da, anscheinend ungerührt vom Tod, den er befohlen hatte, und wartete auf den Ausgang der Schlacht.

»Ihr müsst die Magier übernehmen«, sagte Darrick. »Sorgt dafür, dass Vuldaroq außer Gefecht gesetzt wird und keine Sprüche wirken kann. Es sieht so aus, als seien sie hier draußen dem Sturm entgangen. Ich übernehme die Schwertkämpfer.«

»Alle beide?«, fragte Ren.

»Kein Problem«, antwortete Darrick.

»Macht euch bereit«, sagte Ren.

Sie gab Aronaar ein Zeichen, und die beiden huschten lautlos hinaus und verschwanden sofort im Gebüsch zu beiden Seiten der Tür. Darrick sah sich um, ob noch weitere Dordovaner in der Nähe waren. Er konnte keine sehen, aber die Büsche standen dicht hinter dem etwa dreißig Schritt entfernten Vuldaroq. Er musste den Elfenaugen trauen.

Er zog seine Klinge, überprüfte die Schneide und

wartete. Vuldaroq redete mit einem Magier, der sich herumdrehte und zum Strand deutete. Links ertönte ein Vogelruf, dann summten die Bogensehnen, und zwei Magier stürzten, jeder mit einem Pfeil im Auge, zu Boden.

Darrick rannte los.

»Vuldaroq!«, rief er und lenkte ihn damit einen entscheidenden Augenblick lang ab.

Er überwand rasch die Distanz, die beiden Soldaten stellten sich vor Vuldaroq, der zusammen mit seinem letzten Magier einen Spruch vorbereitete. Wieder schwirrten die Bogensehnen. Der dicke dordovanische Herr des Turms stieß einen Schmerzensschrei aus, als der Pfeil in seinen rechten Oberarm fuhr. Sein Magier hatte weniger Glück.

Darrick rannte weiter und versetzte dem ersten Gegner einen Schlag, den dieser ungeschickt abblockte. Unter der Wucht des Angriffs wich der Mann einen Schritt zurück und ließ das Schwert fallen. Noch ein Schritt, und der General kreuzte die Klingen mit dem zweiten Soldaten, einem verängstigten jungen Kerl, der nicht für diesen Kampf bereit war. Darrick hatte kein Mitleid mit ihm. Er behielt den zweiten Soldaten im Auge, bückte sich, hob dessen Klinge auf und drehte sich von links nach rechts, sodass sein Gegner zurückspringen musste. Der junge Soldat hielt sein Schwert vor sich und versuchte hilflos, Darricks Angriff abzuwehren.

Darrick fegte die Klinge weg, drang auf den Gegner ein und jagte ihm sein Schwert durch den Bauch. Er stieß den Verletzten mit dem Fuß zurück, zog sein Schwert heraus und schlug es mit der Rückhand dem zweiten Mann gegen die Brust, der auf diesen Schlag nicht vorbereitet war. Er fiel auf den Rücken und presste keuchend die Hände auf die Rippen. Darrick stellte sich vor ihn und trieb ihm die Klinge durchs Herz.

Vuldaroq wurde inzwischen von Ren und Aronaar bewacht. Rens Dolch zielte auf seinen Hals, Aronaar sah sich mit gespanntem Bogen um, ob noch weitere Gefahr drohte.

»Bringt ihn her«, sagte Darrick.

Die drei schleppten Vuldaroq zurück zum Haus, in dem sie relativ sicher waren.

»Dafür werdet Ihr bezahlen, Darrick. Fahnenflucht und jetzt auch noch Verrat gegen Lystern. Ihr werdet hängen. Dafür werde ich persönlich sorgen.«

Darrick drehte sich um und packte Vuldaroqs verletzten Arm. Der Magier wimmerte vor Schmerzen.

»Noch ein Wort, und ich töte Euch gleich hier an Ort und Stelle, dicker Mann«, knirschte er. »Euer schändliches Bündnis mit den Schwarzen Schwingen hat all dies heraufbeschworen, und jetzt werdet Ihr tun, was ich Euch sage. Habt Ihr das verstanden?«

Vuldaroq hatte Angst, wie Darrick sehen konnte. Sein Gesicht war bleich vor Schmerzen, und der Schweiß lief ihm über die Stirn. Um seiner Forderung Nachdruck zu verleihen, drehte Darrick den Pfeil herum, der noch im Arm steckte. Vuldaroq kreischte.

»Habt Ihr verstanden?«

Vuldaroq nickte. Sie liefen rasch den Gang hinauf, vorbei an Leichen und Schutthaufen. Mit jedem Schritt wurden die Kampfgeräusche vor ihnen lauter. Darrick hatte Vuldaroq inzwischen seine Klinge auf den Rücken gesetzt, Ren und Aronaar waren knapp vor ihnen, als sie den Ballsaal erreichten.

Drinnen lagen reglose Körper von Protektoren, und einige dordovanische Magier stöhnten.

»Ziele auf sie, Aronaar«, sagte Darrick. »Also gut, Ren, jetzt wollen wir dieser Sache ein Ende machen.«

Erienne drang behutsam in Lyannas Bewusstsein ein, spürte ihre Anspannung und ihre Schmerzen und linderte sie. Dann drang sie tiefer vor und fand den Kern ihrer Magie, wo das Mana pulsierte und zuckte. Sie folgte den Fäden bis zu den Stellen, wo sie den Körper des Kindes verzehrten, ihm die Kräfte raubten und das Mädchen zerstörten. Sie löste die ersten Fäden aus den Verankerungen, doch sie schlugen wie Peitschen nach ihr, und sie verspürte einen Schmerz, als hätte sie eine Ohrfeige bekommen. Sie zuckte zurück.

Als sie sich wieder gesammelt hatte, versuchte sie es noch einmal. Sie erinnerte sich an die Worte der Prophezeiung, die sie gelesen hatte: *Die Mutter soll die Zerstörung im Innern aufheben und ihr Bewusstsein der Kraft öffnen. Sie soll den Untergang, der die Unschuld bedroht, in sich selbst aufnehmen. Wenn aber die Unschuld scheitert, dann muss auch die Mutter scheitern.*

Sie bewegte sich weiter. Im Zentrum ihres Kindes lauerte ein Ungeheuer, das Lyanna erstickte. Es saugte das Mana auf, fraß ihre Lebenskraft und nährte sich von beidem, um stärker zu werden, um ein Eigenleben zu erlangen. Dabei gab es nur ein Ziel: den Tod des menschlichen Wirts. Dordover hatte dies ausgelöst, und Lyanna hatte das Ungeheuer unwissentlich genährt. Die Al-Drechar waren letzten Endes zu hinfällig gewesen, um das Kind vor sich selbst zu beschützen. Lyanna schwand jetzt rasch dahin. Ihr letzter Ausbruch hatte dem Ungeheuer viel Kraft geschenkt, und jetzt raubte es dem kleinen Mädchen die restlichen Lebensgeister.

Nein, Mami.

Lyanna?

Du darfst nicht da hingehen. Das ist böse.

Aber es ist in dir, Liebes, und es muss weggenommen werden, weil du sonst stirbst.

Aber wenn du da hingehst, dann wird es auch dich töten.

Ich weiß, Liebes. Aber ich werde immer hier sein, in dir drin, und dir helfen, wenn du älter wirst.

Nein, wirst du nicht. Erienne spürte, dass ihre Tochter weinte. Sie drang weiter vor. *Du wirst tot sein. Du darfst aber nicht sterben.*

Es gibt noch eine andere Möglichkeit.

Erienne hielt inne. Eine neue Stimme, die sie sofort erkannt hatte.

Ephemere, verschwinde aus dem Bewusstsein meines Kindes.

Erienne, Erienne, hast du es denn immer noch nicht verstanden? Es ist nicht das Bewusstsein deines Kindes. Es ist das Bewusstsein des Einen. Die Mana-Konstruktion, die wir alle erschaffen haben.

Was meinst du damit? Eriennes Herz begann zu rasen.

Das Eine ist anders als die Magie der Kollegien. Es hat eine Form, es ist ein Wesen, das sich, sobald es erweckt ist, mit dem Geist des Magiers verbindet und eine einzigartige Harmonie erschafft. Und jetzt ist es erwacht, aber es kann nicht hier bleiben.

Warum nicht? Erienne war einen Augenblick lang verwirrt, ehe sie die Bedeutung von Ephemeres Worten wirklich verstand. Dann wurde ihr eiskalt. *Wage es nicht, ihr wehzutun, du alte Hexe, denn bei den Göttern, dann werde ich dich eigenhändig töten.*

Lyanna empfindet keine Schmerzen mehr. Aber ihr

Körper ist zu klein, um aufzunehmen, was in ihr erweckt wurde. Wir haben versucht, sie auszubilden, damit sie stärker wird. Aber sie hat nicht die körperliche Reife, um den Geist des Einen zu halten.

Ich kann sie retten, Ephemere. Tinjata hat es genau beschrieben. Verschwinde und lass es mich tun.

Er hat sich geirrt. Er hat die Zeichen nicht richtig gedeutet. Du bist hier, weil du die Mutter des Kindes bist. Weil du allein über die Empathie verfügst, die der Geist des Einen braucht, um zu überleben, nachdem die Unschuldige nicht überleben konnte. Deshalb sollst du dich dem Einen öffnen. Ich dachte, du hättest es verstanden, Erienne.

Was denn?

Oh, meine liebe Erienne. Wir lassen dich nicht in ihr Bewusstsein, damit du sie rettest.

Hirad blockte den Schlag ab, die Schwertspitze ritzte jedoch seine rechte Wange und verpasste ihm einen Schnitt, der ein Spiegelbild der Verletzung auf der anderen Seite war. Er sprang vor, seine Geschwindigkeit überrumpelte den Dordovaner vor ihm, der erschrocken zurückwich und die Klinge hob, um Hirad abzuwehren.

Vor ihnen drängten sich die Angreifer, und der Rabe hatte keine Möglichkeit mehr fortzulaufen. Denser und Ilkar konnten keine Sprüche mehr wirken, es gab also keine Rückendeckung, und er wurde rasch müde.

Der Unbekannte neben ihm grunzte bei jedem Schlag. Einer der Protektoren war gefallen, zwei weitere und Aeb waren verletzt. Die Dordovaner ließen ihre Angreifer rotieren, wann immer es möglich war, und blieben auf diese Weise bei Kräften, während der Rabe ermüdete.

Hirad suchte nach einer Lücke und zog das Schwert nach oben. Sein Gegner taumelte und wich dem Schlag mit knapper Not aus. Der Mann griff jedoch sofort wieder an, und Hirad ging in die Hocke. Die Klinge sauste über seinem Kopf vorbei, dann kam er wieder hoch und versetzte dem Soldaten einen Stich in den Rücken. Er stürzte. Hirad wich etwas zurück. Er blickte wieder über die Köpfe der Feinde hinweg. Es waren zu viele. Verdammt, es waren einfach zu viele.

»Unbekannter?« Er lenkte zweihändig einen Schlag auf seinen Kopf ab, die Waffe seines Gegners rutschte weg, und er stieß sofort zu, doch sein Gegner konnte sich mit einem raschen Schritt in Sicherheit bringen.

»Mach weiter«, sagte der Unbekannte. Sein Atem ging schwer, und seine Stimme klang verzweifelt. »Nicht den Glauben verlieren.«

Neben dem Unbekannten knallte Aeb einem Dordovaner seine Axt in die Brust. Der Soldat kippte gegen seine Gefährten zurück. Hirads Gegner verlor das Gleichgewicht, und der Barbar ergriff die Gelegenheit und stieß dem Mann die Klinge in den Hals. Das Blut spritzte in einer hohen Fontäne aus der Schlagader. Würgend ging sein Opfer zu Boden und wurde sofort weggezerrt. Der Nächste nahm seinen Platz ein.

Irgendwo und irgendwann musste eine Seite nachgeben. Hirads Arme und Lungen brannten. Er brüllte, um seinen Kopf zu klären, und schwor sich, dass nicht er es sein würde.

Darrick war nicht in der Stimmung zu warten. Sie waren hinter den Kämpfenden, im Rücken der dordovanischen Kräfte, die unerbittlich weiter vordrangen. Er konnte Hirads Schwert sehen, das gehoben und gesenkt wurde, abblockte und seitlich schlug. Er konnte aber auch erkennen, welchen Verlauf der Kampf nehmen würde. Seine Freunde würden sterben.

»Ruft sie zurück«, sagte er.

Vuldaroq schwieg.

»Ren, ich glaube, wir sollten ihre Aufmerksamkeit erregen. Schieße, bis sie dich bemerken.«

Ren seufzte, spannte den Bogen und ließ einen Pfeil fliegen, der einen dordovanischen Hals traf. Der Mann kippte gegen die nächste Reihe vor ihm.

»Ruft sie zurück«, sagte Darrick noch einmal. Seine Schwertspitze drückte sich ein wenig tiefer in Vuldaroqs Haut, und seine freie Hand lag wieder auf dem Pfeilschaft. »Wenn meine Freunde sterben, dann sterbt auch Ihr. Das ist ein Versprechen.«

Ren schoss einen weiteren Pfeil ab, ein weiterer Soldat stürzte, und die Kämpfer in der hintersten Linie drehten sich rasch um. Einige rückten gegen sie vor. Ren legte einen neuen Pfeil ein und spannte den Bogen. Darrick drückte die Klinge an Vuldaroqs Hals und hielt den Dordovaner mit der anderen Hand fest.

»Ihr seid dran, dicker Mann«, flüsterte er. »Entweder wir alle leben, oder wir müssen alle sterben. Entscheidet Euch.«

Hirad konnte die Bewegung hinter dem Gedränge der Dordovaner sehen, er wusste aber nicht, was sie zu bedeuten hatte. Männer entfernten sich, und statt ermutigender Schreie hörte man jetzt Warnrufe. Der Druck ließ etwas nach.

»Der Rabe, los jetzt!«, rief er, und obwohl nur der Unbekannte neben ihm stand, nahmen auch die Protektoren die Einladung an. Sie stießen vor.

Hirad hackte seine Klinge einem Feind in die Brust, dessen Kettenhemd eingedellt wurde und ihm den Atem nahm. Der Soldat bekam keine Abwehr mehr zustande, und Hirad schlug von rechts nach links und dann gerade auf seinen Magen. Der Unbekannte holte zu einem Überkopfschlag aus und traf einen Helm, dessen Besitzer betäubt wurde. Aebs Klinge zischte durch die Luft und zerfetzte einem Gegner die Kehle.

Vor ihnen ertönten jetzt drängende, besorgte Rufe. Er dachte sogar, er hätte den Befehl gehört, den Kampf einzustellen. Jedenfalls wichen die Dordovaner zurück. Er wollte weiter auf sie eindringen, um nicht den Schwung zu verlieren, doch Darricks Ruf hielt ihn auf.

»Hirad, warte!«

Hirad ließ verwirrt von den Gegnern ab.

»Kampf einstellen«, sagte der Unbekannte. Die Protektoren folgten sofort.

Die Dordovaner zogen sich ins Esszimmer zurück. Es waren immer noch zwanzig, vielleicht sogar mehr. Hirad keuchte und schwitzte heftig; er war froh, dass er eine Pause bekam. Er konnte beobachten, wie sie sich teilten, und dann kamen, mitten durch sie hindurch, Vuldaroq mit Darricks Klinge am Hals, und Ren, die den Bogen schussbereit gespannt hatte.

Hirad lächelte und wollte etwas sagen, als Erienne kreischend zu sich kam.

Sie tauchte aus Lyannas Bewusstsein auf und dachte an Mord. Sie wollte Denser warnen und es ihm irgendwie mitteilen, doch die Mana-Ranken suchten sie, und das Ungeheuer drang in sie ein und ließ Lyanna sterben. Solange es sich von Lyanna hatte nähren können, hatte es sie auch gestärkt. Es hatte sie am Leben gehalten und ausgesaugt, bis es sie wegwarf und sich einen neuen Wirt suchte. Die Al-Drechar waren nicht bereit zu verlieren, was sie in Lyanna gefördert hatten und was jetzt auf einen anderen, viel besser geeigneten Wirt übergehen sollte. Es war eine perfekte Verbindung.

Erienne klammerte sich ans Bewusstsein, sie kämpfte gegen das Ungeheuer, das sich in ihr festkrallte und ihr Bewusstsein überschwemmte, ihr Wunder und Macht zeigte. Sie wollte nichts davon. Sie wollte nur, dass ihr Kind überlebte.

Sie schlug die Augen auf. Ihr Herz hämmerte wie wild in ihrer Brust. Sie sah Lyanna an. Das Kind lag so still da, viel zu still. Ein Schrei kam über ihre Lippen, sie massierte Lyannas Arme, ihre Brust, ihren Rücken, wollte ihren Atem in Gang bringen und den Puls wieder schlagen hören, wollte sehen, wie sich die Lippen bewegten und wie die Lungen sich mit Luft füllten.

Irgendwie nahm sie wahr, dass Denser mit ihr redete; er rief sie und weinte. In ihrem Kopf herrschte ein unbeschreiblicher Lärm. Sie legte Lyanna auf den Boden, schüttelte die Hände ab, die nach ihr griffen, drückte ihre Lippen auf den Mund ihrer Tochter und hauchte ihr immer und immer wieder den Atem ein.

Sie hörte nichts außer dem Brüllen in ihrem eigenen Kopf und einem Flüstern, dass es zu spät sei. Sie hob langsam den Kopf, strich Lyanna eine Strähne aus dem wunderschönen Gesicht. Ihre Tränen tropften auf Lyannas Wangen, mit zitternden Fingern streichelte sie die blau verfärbten Lippen.

»Mein armes kleines Mädchen. Es tut mir so Leid.«

Denser nahm sie in die Arme. Es wurde still, das Brüllen in ihrem Kopf ebbte ab.

»Lass mich los«, sagte sie ruhig.

Er gab sie frei. Sie sprang auf und zog das Messer aus der Scheide am Gürtel, stürzte sich auf Ephemere und stach der Al-Drechar die Klinge immer und immer wieder in die Brust.

»Mörderin!«, rief sie. »Mörderin!«

Starke Arme zogen sie weg. Sie wehrte sich.

»Ihr habt sie umgebracht, ihr Schweine!«, tobte sie. »Verdammte Hexen, ihr habt sie umgebracht!«

Fast hätte sie sich losreißen können, doch es kamen noch mehr Hände, die ihre Arme festhielten. Der Dolch wurde ihr weggenommen. Densers Gesicht tauchte vor ihr auf. Er legte ihr eine Hand in den Nacken und zog sie an seine bebende Brust.

»Sie haben mein Kind umgebracht«, flüsterte sie. »Sie haben mein Kind umgebracht.«

Dann wurde es dunkel.

Hirad zitterte. Er verstand es nicht. Lyanna lag tot auf dem Küchenboden, und Erienne hatte Ephemere die Brust zerfleischt. Die anderen Al-Drechar hatten nur zugeschaut, zu benommen oder zu schwach, um etwas dagegen zu tun. Der Unbekannte hatte sie fortgezogen, und Aeb hatte ihr den Dolch abgenommen.

Er drehte sich mit dem blutigen Schwert in der Hand um. Ilkar saß zusammengesunken und benommen auf dem Boden. Darrick hatte Vuldaroq zwischen sie getrieben, die Dordovaner zogen sich zurück und kümmerten sich um ihre Verwundeten oder beobachteten besorgt die Protektoren, die als Einzige noch willens und bereit schienen, den Kampf fortzusetzen.

Hirad atmete tief ein. Denser weinte und hielt Erienne in den Armen. Er hatte sich mit ihr auf einen Stuhl gesetzt und vergaß alles andere um sich her. Der Barbar wandte sich an Darrick, der Vuldaroq das Schwert an den Hals hielt.

»Danke«, quetschte er hervor, auch wenn er das Gefühl hatte, völlig versagt zu haben.

Darrick zuckte mit den Achseln. Draußen im Esszimmer standen die Dordovaner schweigend und verwirrt beisammen. Ren und Aronaar hielten sie von der Küchentür aus in Schach.

»Das spielt doch kaum noch eine Rolle«, sagte der General.

Hirad schüttelte den Kopf. Er betrachtete die reglos liegende Lyanna und die schreckliche, blutige Masse, die einmal Ephemere gewesen war.

Neben ihr saßen Myriell und Cleress mit geschlossenen Augen, je eine Hand auf die Hände ihrer toten Schwester gelegt.

Vuldaroq räusperte sich. »Wenn Ihr so nett wärt, das hier wegzunehmen?« Er deutete auf Darricks Schwertspitze. »Aus offensichtlichen Gründen stelle ich keine Gefahr mehr dar.«

»Hirad?«, fragte Darrick.

»Meinetwegen«, entgegnete der Barbar. »Umbringen können wir ihn nicht, also können wir ihn auch laufen lassen.« Darrick steckte das Schwert in die Scheide, und Vuldaroq entspannte sich.

Hirad sah den Unbekannten an, der seinerseits das tote Kind betrachtete.

»Unbekannter?«

»Alles umsonst«, sagte er. »Das arme Würmchen. Sie hatte von Anfang an keine Chance.«

»Aber versuchen mussten wir es trotzdem«, gab Hirad zurück.

»Sie war von Anfang an dem Untergang geweiht,

oder?« Der Unbekannte deutete auf die Al-Drechar. »Und die da haben es gewusst.«

»Was jetzt?«, wollte Hirad wissen.

Der Unbekannte schaute mit feuchten Augen auf. »Zuerst einmal sollten die Dordovaner ihre Verletzten abtransportieren und die Toten begraben und dann verschwinden. Die Schlacht ist vorbei. Was dann passiert – ich habe keine Ahnung.«

Als sich am Rande von Hirads Gesichtsfeld etwas bewegte, fuhr er herum. Ein Mann, falls man ihn so nennen wollte, drängte sich durch die Dordovaner, die sich vor der Küchentür versammelt hatten. Er hatte eine Hand, unter der Blut hervorquoll, an den Kopf gepresst. Er ging schwankend und blutete auch aus einer schlecht verbundenen Beinwunde. Sein Blick irrte umher.

»Selik«, knirschte Hirad. Er hob das Schwert. »Der darf nicht lebend entkommen.« Er ging hinüber und hob das Schwert. »Verteidige dich. Ich will keinen unbewaffneten Mann niederstrecken.«

Selik zog das Schwert aus der Scheide und nickte den Dordovanern zu, dass sie Platz machen sollten.

»Mit dir nehme ich es jederzeit auf.«

Doch der Unbekannte trat zwischen sie und wandte sich an seinen Freund.

»Nein, Hirad«, sagte er. »Der Kampf ist vorbei. Es wäre Mord.«

Hirad sah ihn an, sein Blut kochte und drängte ihn, den Anführer der Schwarzen Schwingen zu töten, doch der Unbekannte hielt seinem Blick stand und sprach leise weiter.

»Hirad, wir haben einen Kodex.«

»Ja«, sagte der Barbar. Er steckte das Schwert weg und deutete auf Selik. »Eines Tages wird der Unbekannte nicht zur Stelle sein, und dann werde ich dich erwischen. Denke jeden Tag daran, wenn du aufwachst.«

Selik spuckte auf den Boden. »Mit Vergnügen. Es wird der Tag deines Todes sein, Coldheart. Aber jetzt, Vuldaroq – wann werden wir diese verdammte Insel wieder verlassen?«

»Komm mit, Hirad«, sagte der Unbekannte.

Es war spät am Nachmittag, und vieles hatte sich verändert. Die Dordovaner waren auf ihre Schiffe zurückgekehrt und hatten die Verwundeten und Selik mitgenommen. Ob der Anführer der Schwarzen Schwingen es bis Balaia schaffen würde, war fraglich, aber Hirad hoffte, dass er dort ankäme. Er wollte sich die Rache nicht nehmen lassen.

Ilkar wachte wieder über Thraun, dessen Verfassung immer noch ein Rätsel war. Sie mussten ihn bald wecken und herausfinden, ob in dem Zwitterkörper ein Mann oder ein Wolf steckte. Denser war mit Erienne ins warme Sonnenlicht hinausgegangen und hatte sie in der Nähe der alten Gräber ins Gras gelegt, wo sie unter einer Warmen Heilung schlief. Der Spruch konnte ihr die seelischen Qualen nicht nehmen, verschaffte aber wenigstens ihrem Körper ein wenig Ruhe nach dem Schock. Darrick wanderte allein umher, dachte zweifellos über die Fehler seiner Taktik nach und fragte sich, ob er etwas hätte besser machen können. Die sechs noch lebenden Protektoren und Aeb führten eine Zeremonie für ihre gefallenen Brüder durch.

Der Unbekannte humpelte neben Hirad durch die Trümmer des Hauses und den Weg zum Strand hinunter.

»Was meinst du, wie sie damit zurechtkommt?«, fragte der große Mann.

»Erienne?«

»Wer sonst?« Der Unbekannte schwieg einige Schritte lang. »Ein Kind zu verlieren, auf welche Art auch immer, das ist ein schrecklicher Schlag. Erienne hat dies zweimal erlebt. Erst die Zwillinge, jetzt Lyanna.«

»Wir werden für sie da sein«, sagte Hirad.

Der Unbekannte lächelte. »Ich weiß, aber sie wird mehr als das brauchen. Stelle es dir nur vor. Alle ihre Kinder sind tot. Sie ist niedergeschlagen. Ihr Glaube an ihre Fähigkeiten als Mutter ist dahin. Ich glaube nicht, dass sie jemals darüber hinwegkommen wird. Lyanna war ihr Ein und Alles.«

»Denser ist der Schlüssel, nicht wahr?«, sagte Hirad. »Er ist der Einzige, der ihren Kummer teilt und versteht, was sie durchmacht, und er kann ihr helfen, damit sie wieder an sich selbst glaubt.«

»Auch er wird unsere Hilfe brauchen. Es wird eine schwierige Zeit. Vor allem für Denser und Erienne, aber wir brauchen alle Geduld und Nachsicht. Auch du.«

»Ich hab's begriffen«, sagte Hirad.

Die Freunde liefen weiter, und Hirad bemerkte, wie der Blick des Unbekannten in weite Fernen schweifte. Offenbar ging es bei ihrem Spaziergang um mehr als nur darum, ihn zu erinnern, dass er sich beherrschen sollte.

»Was ist denn los?«, fragte er.

»Kannst du die fühlen, die dich am meisten brauchen?«, fragte der Unbekannte.

»Wie meinst du das?«, fragte Hirad.

»Nun ja, weißt du tief in dir, dass sie leben und auf dich warten?«, erklärte der Unbekannte.

Hirad zuckte mit den Achseln. »Ich denke schon. Ich will es mal so sagen: Wenn Sha-Kaan tot wäre, dann würde ich es spüren.«

»Also ist er nicht tot?«

»Nein.« Hirad schüttelte den Kopf. «Es kann sogar sein, dass er dieses Klima hier für eine Weile genießen wird. Wärme und Feuchtigkeit. Fast so wie bei ihm daheim.«

»Das will ich hoffen.«

»Du denkst an Diera und Jonas, nicht wahr?«

Der Unbekannte blieb stehen und stützte sich auf einen umgekippten Baum.

»Ich will einfach nur wissen, ob sie wohlauf sind.«

»Tja, du bist ja bald wieder zu Hause.«

»Nicht bald genug«, gab der Unbekannte zurück. »Bald genug, das wäre jetzt sofort, heute noch.«

Hirad ging weiter, der große Mann folgte ihm humpelnd. Er zog das linke Bein etwas nach.

»Denkst du denn, du müsstest sie irgendwie fühlen?«, fragte Hirad nach einer Weile.

»Ich glaube schon«, meinte der Unbekannte. »Ist das nicht albern?«

»Überhaupt nicht.« Hirad legte ihm einen Arm auf die Schultern. »Es geht ihnen sicher gut. Tomas hat doch auf sie aufgepasst.«

Sie kamen um die Wegbiegung und liefen über den Sand, der unter ihren Füßen knirschte. Myriell stand dort mit Ren. Sie blickten zur See hinaus und drehten sich um, als die Männer sich näherten.

»Nun, Rabenkrieger«, sagte Myriell mit müder, schwacher Stimme. »Warum blickt ihr so düster drein?«

»Wir sind es nicht gewohnt zu versagen«, erklärte Hirad ihr.

»Versagen?«, gab Myriell zurück. »Wer sagt denn, dass ihr versagt habt?«

»Lyanna ist tot«, knurrte der Unbekannte. »Wir sind gekommen, um sie zu retten. Wir haben versagt.«

»Ich kann verstehen, dass es für euch so aussieht«, antwortete Myriell. »Und ich kann auch Eriennes Reaktion verstehen. Auch wir sind traurig, dass wir zwei Schwestern verloren haben. Lyanna war ein ganz besonderes Kind, und sie wird niemals ganz fort sein. Nur ihr Körper ruht.«

»Was redest du da?«, wollte Hirad wissen. «Ihr habt sie doch umgebracht, oder nicht?«

»Sie war schon tot«, entgegnete Myriell. »Das müsst ihr mir glauben.«

»Du musst vor allem Erienne überzeugen, nicht uns«, sagte Hirad.

»Ich weiß.« In Myriells Augen funkelte eine neue Energie. »Aber ihr müsst verstehen, dass ihr nicht gescheitert seid. Höre gut zu, Rabenmann. Ihr habt dieser Welt eine Erlöserin geschenkt. Und diese Welt wird eine Erlöserin brauchen, glaube mir.«

»Das verstehe ich nicht«, gab Hirad zu.

»Erienne«, erklärte Myriell. »Was sie jetzt in sich trägt, muss beschützt werden. Ein Glück, dass die Dordovaner glauben, ihre Arbeit sei mit dem Tod der armen Lyanna getan. Das Eine ist eine Macht, die nicht aus dieser Dimension verschwinden darf, noch nicht. Es ist nicht leicht, es mit Worten zu beschreiben, die du verstehen würdest, aber das Gewebe der Magie und der Dimensionen ist belastet, und die natürliche Ordnung ist gestört. Das Eine ist das Bindeglied. Solange die Störung im Gewebe anhält, ist das Eine die heilende Kraft, die allen hilft. Auch denen, die es für eine Kraft des Bösen halten.«

Hirad runzelte die Stirn. »Heißt das, dass die Welt stirbt, wenn Erienne stirbt?«

»Oh, zweifellos würde eine neue Ordnung entstehen,

doch das Chaos, das in Balaia und im interdimensionalen Raum ausbrechen würde, könnte denen, die es erleben müssen, durchaus wie das Ende der Welt vorkommen. Das Eine am Leben zu erhalten, ist unendlich besser, glaube mir.«

»Oh, ich verstehe.«

»Nein, du verstehst es nicht, aber eines Tages wirst du es erkennen«, sagte Myriell lächelnd. »Und jetzt wüsste ich gern, ob ihr zwei jungen Burschen mich nicht vielleicht zum Haus zurücktragen könnt. Ich bin so schrecklich müde.«

»Junge Burschen?«, meinte Hirad. »Sie kann dich nicht gemeint haben, Unbekannter.«

»Erinnerst du dich an das, was ich über meine Faust gesagt habe?«, sagte der Unbekannte.

Sie hoben die alte Elfenfrau auf ihre verschränkten Hände und trugen sie den Weg hinauf.

Lesen Sie weiter in:
JAMES BARCLAY: Schicksalswege